I0646412

www.ingramcontent.com/pod-product-compliance
Lightning Source LLC
Chambersburg PA
CBHW030825020726
47499CB00006B/2072
9781801352758

بیستوچوار چرکەی ژیانی شەهین

TWENTY-FOUR SECONDS OF SHEHIN'S LIFE

Fiction: 11
Twenty-four Seconds of Shehin's Life
By Chiya Parvizpur
Editor: Najma Brakhasi (Hewar)
Editor of Kalhori Dialogues: Smko Heydari
Typographer: Paria Shasanam

First Published in 2024 by Transnational Press London in the United Kingdom, 13 Stamford Place, Sale, M33 3BT, UK.
www.tplondon.com

Transnational Press London® and the logo and its affiliated brands are registered trademarks.

Requests for permission to reproduce material from this work should be sent to:
sales@tplondon.com

Paperback
ISBN: 978-1-80135-275-8
Digital
ISBN: 978-1-80135-276-5

Cover Design: Sina Mohammadi

Transnational Press London Ltd. is a company registered in England and Wales No. 8771684.

بیست‌وچوار چرکەی ژیانی شەهین

چیا پەرویزپوور

بیست‌وچوار چرکه‌ی ژیانی شه‌هین

نووسه‌ر: چیا په‌رویزپوور

بابه‌ت: ڕۆمان

هه‌ڵه‌گر: نه‌جمه‌دین براخاسی (هه‌وار)

هه‌ڵه‌گری وت‌وویژه که‌لۆڕییه‌کان: سمکۆ حه‌یده‌ری

په‌ڕبه‌ندی: په‌ریا شاسه‌نه‌م

دیزاینی رووبه‌رگ: سینا موحه‌مه‌دی

ناوەرۆک:

پێشکەش بە
ڕەش و شین و ئاڵی ژێر سەهۆڵەکان

"تەمووره تەنیا مووزیک نیه، گرێ دریاگه بە کۆ-زوان گۆرانەو. گۆران گرێ دریاگه بە بگردگ و ئایین و ئوستووره و خاک کوردەوارییەو، بە کەلام و ئەدەبیات و بیر و یەکێتییەو. گرێ کۆره. نیشتمانێک ئەم ئامێریه بێت هەر نامرێت. له هەر کوێ زرِه و زایەڵەی تەمووره بێت، من لەینه گۆران ئەهۆنمەو؛ نەک گۆرانێک کە بووچکەلەیان کرگەسەو ناو یەک ناوچە، گۆرانێک کە گشت کوردەواری له باوەش خوەی ئەگرێت، وەک دایکێک دڵدۆز." دایراک شەهین مەرەمۆ.

گێژەوایەک پەنجەرەکە دەکاتەوە ...

باران دەبارێ و بۆنی نمساری خاک لە درزی ئەم پەنجەرە نیوەئاوەڵا دارەلووسەوە ئاماو ناو دیوەکەم. ئاسمان ڕەش هەڵدەگەڕێ. مەلکۆسان و لێزمەبارانە. جیرەی پەنجەرە دارینەکە درێژ دەبێتەوە ناو کووجیی تەنگ و تەسک و لۆناولۆ ... بەتەواوی کراوەتەوە ... چل ساڵە خەریکم سەیری ڕوومەتی ئەم شارە دێرینە و دەمارە ڕەشەکانی دەکەم. چل ساڵ ... لەو کاتەوە کە دایراک دایکم لە بیستوچوارەمین چرکەی ژیانیدا تیرباران کرا، هەموو مردووەکانی ئەم شارە خەمبارە دزەیان کردە ناو مێشکم و بوون بە ساحێواری ڕۆحم و ئەم ماڵە کۆنە. نهۆمی دووەم، شەقامی 'پردیوەر'، شاری 'کەسنەزان'.

چل ساڵی ویەردە، هەورەتریشقەیەک بست بە بستی کەسنەزانی ڕاچڵەکاند. چرکەساتێک، گرمەیەک، سامێک، تێگەیشتنێک، پەیڤ و کەلامێک ... من بینیم بەڵام بینین نەبوو، ژنەفتم بەڵام بیستن نەبوو، قەت کاری چاو و گوێ ... هەموویانم چاوی، زریکەیانم بیست. لەو چرکەساتەدا بەس بە زمانی پێوەر نەسووتام، بە سەرجەم زاروزمانی خاکی کوردان ئاگرم تێبەربوو. بە کەسنەزانی سووزیام، بە کەلهوڕی سزیام، بە کورمانجی شەویتم، ئەز بە زازاکی وەشایا ... سووژیام، سۆژیم، سوەتم، سۆختم،

بەریشتم ... من بە کۆ-زمانی گۆران سووچیام. بە پانتایی کۆ-چیاکان و بە ئەندازەی زامی یەک بە یەکی داربەڕووەکان گڕم گرت. بیستوچوار چرکە، بیستوچوار هەنار، بێوەند ماسی و پێنج‌هەزار و بیستوچوار مردگ، لە ناو کۆشکێکی لەسەهۆڵ‌تەنراو، هەموویانم لە چرکەساتێکدا بینی و چیتر ... نەمتوانی خۆم تێکەڵ بکەم. بەردێکی ساردم لە سەر چیایەک. بێ‌هەست، بێ‌زام، بێ‌ئەوین، بێ‌خەم‌وخۆشی ... بەس دەبینم ...

چل ساڵە لاشە و تەرمی خەڵکی کوژراو لە ژێر و ژووری کۆڵان و شەقامەکانی کەسنەزان ئەبینم کە لە سەر یەک کەڵەکەکراون و خەڵک بەدڵ‌ڕەقییەوە بە سەریانا هەنگاو هەڵدێنێ و پێ‌شێلیان دەکات ... لە ناو کووجی و کۆلانی باریک و شەقامی ئەستوور ... ڕەنگە چڵک و تۆز چاویانی چەپەڵ کردبێت. چل ساڵە هەنیشکم ڕانی کون کردووم و دەستی چەپم لە ژێر چەناکەم بووەتە کۆڵەکەی سەرم؛ بەس تەماشای شار دەکەم. لاشەکان، مینا وشە مردگ و نەخوێنراوەکانی چیرۆکێکی سوورئاڵی کوردی، یەک لە دوای یەک و یەک لە سەر یەک قەلاقووچن و چەمەڕێن. چاوەڕێن نووسەرێک بێت و کۆیان کاتەوە. نووسەرەکەش، ڕەشۆ، لە دوون و جامەیەکی دیکەدا دیسان لە دڵی مەرگەوە لە دایک بۆتەوە، لە لای منە. پەنجەرە چێوینە دارەلووسەکەی بەتەواوی کردۆتەوە. خۆی دەخاتە خوارەوە و دوونی 999ی تێدەپەڕێنێت و دەبێت بە ژین‌بەخشێکی گۆڕنشین.

ڕەشۆ وەک پای شەم تاریکە، چوار دەوری مەدرۆشۆ و خۆی هاشار و دەروونی ڕەشە. ڕەشۆ، بۆ دۆزینەوەی خۆی، بە تەواوی کوردەوارییا گەڕا بە شوێن من و شەهیندا... دوونای‌دوون کراسی گۆڕی و جلی دڕی و چیرۆکی چڕی ... لەئاکامدا نوقمەسار... لەت‌لەت بوو... نەیتوانی لەم گێژەنە دەرباز بێت... خۆی دەرباز کات... هەرسێکمان یەکێکین، گیرۆدەی یەک ڕەسالەت و یەک بڕوا و یەک وار و میلکان...

"ئەم خستنا زینداںان لۆ دلۆ لۆ دلۆ
ئەم کەتن دەست نەیاران لۆ دلۆ لۆ دلۆ،" ڕەشۆی دەنگبێژ مەرەمۆ.
"با بمانخەن. گەر دێوانە بین، هەمیشە قۆلانچەیک هەس ڕسگارمان کات، جا ئەگەڕین بە تەک‌تەک شارەکانا و نەمام هەنار ئەنینە ناو خاک . . . هەنارگەلێک پڕ لە ماسی بووچک و سوور." ڕەشۆی گۆڕنشین وڵامی دایەوە، من وڵامم داوە.
دوایی شەهین نووسی بۆم، "او واتە یاران او واتە یاران، ایمە دیوانین او واتە یاران، هنی مگیلین یک یک شاران، تا زندە کریم آیین کوردان."
وتم، "بۆچە وا نووسیت؟ ئەوە کوردی نییە!!"
پەیقی، " هەر وا بوو و گشتی وا ئەینووسی، جا دەسمان لێ شۆرد. وەک منالێ قەپ بکاتە مەمکەی دایکیا. بێخاوەن ماوە و ئەوان گشتیان تاڵان کرد. خوەمان بە دەس خوەمان مەیانمان بۆ ئەوان خوەش کرد گشت چتێ کە لە بنەڕەتا هی خوەمانە هەڵیکەنن و بیوەن و بیکەنە ناو خوەیانەو."

قالۆنچەیەک لە زیندان ڕسگاری کردم

زیندان. تاریک. پێم وابوو کوێر بووبێتم. جگە لە تاریکی هیچم نەئەدی. ساردوسڕ، نامۆ، تەنگ و تەماوی، هیچ هێمایەک لە ژیان و ڤەژینی تیا نەبوو. بۆنی نەوت و بنزین و دیواری چەور، تۆخ، زۆڵانە خۆیان ئەکردە ناو لووتما. بیر و بیرماگم سەراولێڵ بوو؛ ئاگاداری حاڵی خۆم نەبووم. چیم لێ قەوماوە و چییان بە سەرما هاوردووە؟ بۆ جەستەم هەمی زامدارە؟
لە سووچێکا دەستەوئەژنۆ دانیشتبووم، کەسێک لە ناو ڕۆحما تەموورەی ئەژەند. زایەڵەی تەموورەکە شەهین مەنمانۆ. وە بیرم هاتەوە. ژیانم وێنەئاسا، لەت‌لەت، بڕگەبڕگە، وەک فیشەکی سەرگەردان ئەهات و ئەچوو، وەک سەگی هار... باوکم. دایکم. دایراک شەهین. ڕووناک. لەتەکانی لاویم. هاوجلووسەکانم کە کوژران، هەموویان لە بیست‌وچوارەمین چرکەی ژیانیانا. مێهدی. مادی. مادییەکان. مێهدی ئەو ڕۆژە ڕەشە هات

و لەگەڵ هاوکارەکانی کەلەپچەیان کردم ...

پێش ئەو ڕۆژە ڕەشە لە ژێرخانا خەریک نووسینی بەسەرهاتی ژیانی خۆم بووم. ڕۆژێک دوای ئەوە ... ژیانم ئاراستەی خۆی بەرەو پێواژۆیەکی تر گۆڕی ...

ئەو ڕۆژە نامەتە من خەباتم کوشت و مێرووله ڕەشەکان لە سەر 'قەڵای کەسنەزان'ەوە ڕژانە ناو کۆڵان و شەقام. جەستەی خەباتیان جاوی ... لە ناو کۆڵانێکی بن‌بەستا گیرمان کردبوو ... پاڵمان دابووە کۆتەرەی ئەستووری دارێکا. دارێ کە لق‌وپۆی ڕۆیشتبووە سەر دیوار و ناو حەوشەی چەند ماڵێکا. دژمن لە سەر کۆڵان ... فیشەک سەرگەردان وەک با و بۆران لە پاڵ دەسمان ئەهات و ئەچوو. فیشەک دارەکەی ئەپێکا و لە ناو لۆچ و چرووکی کۆتەرەکەیا ئەچەقی. ڕێگەیەکی ترمان نەبوو. خەبات پێی‌وتم بێ‌ژان بە فیشەکێک بیکوژم و ئینجا خۆم ... ڕێگەیەکی ترم نەبوو، لە چرکەساتێکا دونیا ڕووخا بە ملما و سەدان جار مردم و زیندوو بوومەوە. بڕیارم دا و ... بەرچاوم ڕەش بوو. دەنگێک یاخۆ بێ‌دەنگییەک، نازانم چی بوو، بێشۆ لە بەرم قورس و گران بوو، مەژگەمی وەک هێلانەی کاکڵەمووشان تەنی. بەس لێوی خەباتم ئەدی. چاویم ئەدی، پڕ لە تکا بوو. نەمئەتوانی وڵامی تکای چاوەکانی نەدەمەوە. بیلبیلەی چاوی ئەلەرییەوە. نەئەکرا. نەئەکرا خەبات بەر دەستی دژمن کەوێت. بۆ خۆم نەمپەژراندبوو هاوڕێکەم بەزیندوویی... خۆیشم... م خەبات کوشتم شەهین.

نیام بە سەریەو. خوێن فیچقەی کرد. خەبات هیچ ئێشێکی لە مردن نەکێشا. تەنانەت چێژی مردنیشی وەرنەگرت. بەس چاوی ... لەرینەوەی چاوی ... پێڵووەکان چاوی لە سەر نیگای پڕلەتکایا داخست ...

کوشتم و ئینجا لوولەی چەکەکەم نیا ناو دەمم، قامکم لە سەر پەلەپیتکە و ... تەق... بەڵام ... ناحەزترین بەڵامی ژیانم ... فیشەکی تیا نەمابوو. هاتن شەهین، خاتوون مردێەگان، خاتوون ڕەنگەگان، هاتن و کەڵەپچەم کردن. م چون تۆەنم وە هۆر خوەم بوەمەوەی شەهین، لۆلۆ؟ خەبات لە وەر چەو خوەمەو مرد و جەستەی بێ گیانێ بردن و م کەفتمە دەس دشمن. شەهین سرم. سەردم. جوور کوچکێگم وە بان چیایێگ ...

زیندان. تاریک. کتوپڕ دەنگێکم ژنەفت. مێهدی هاتبوو و لێوی نابووە سەر گوێی چەپم و ئەیچپاند. ئەیزانی گوێی ڕاستم کەڕە. کاتێ منداڵ بووین و مێهدی هاوگەڕەکمان بوو، خۆم پێم وتبوو.

چپاندی، ئەرێ مێهدی بوو. دڵنیام ئەوە دەنگی چپەچپی مێهدیە. تەنانەت گەرمای

هەناسەشی پڕ لە ڕق و کینە بوو.

"تۆ کوردی یا گۆران؟"

ماق بووم، نەمئەزانی ئەم وشەگەلە هی خۆی بوو یان چاندبوویانە مێشکییەوە ... چلۆن ئەکرێت؟ قەت بیرم نەئەکردەوە مێهدی ئەم شتانە بزانێ، بەس پێم وابوو مێهدی بوونەوەرێکی پڕ لە ڕق و کینەیە. ئەو مێهدیە ساویلکە و گەمژە و لاژگە چلۆن ئەم باسە ئەکات؟ بە دەم ئێش‌وژانەوە پەنجەم لە دیوارە ڕەش و چەورەکەی زیندان گرت و هەستامە سەر پێم. هەنگاوێکم هەڵێنا و کەوتمە سەر ئەژنۆم. چوارچێوەی تەنکارم ژانێکی بێ‌شۆی تێ‌زا بەڵام نەمئەتوانی بیر لە پرسیارەکەی مێهدی نەکەمەوە. پرسیارێ کە سەد ساڵە بەردەوام جیایی ئەخاتە نێوان کوردان و دەم بە دەم پانتایی و بەرژەوەندیی لێ تەنگ ئەکاتەوە.

گەلۆ بێجگە ئەو دوو بژارەیە، ڕێگەیەکی ترم هەبوو، ڕێگەیەک وەکوو بژارەی سێهەم؟

نەمئەزانی لە وڵامەکەیا چی بڵێم. نەمئەتوانی مووی سینەم هەڵنەکێشم.

"چەو؟ وا دیارە نازانی مناڵ کیت؟" مێهدی دیسان دەمی کردەوە.

توانجەکەیم پێ سەیر نەبوو. ئەوەشم پێ سەیر نەبوو چما ئەشکەنجەی جەستەییم نادا و شێوەکەی گۆڕاوە. سەرم لە ئەوە سووڕ مابوو چلۆن خەریکە بە ئەم زمانەی من قسە ئەکات. لە گۆ چوومەوە. مەژگەم کاری نەئەکرد. لە ناو تەنگانەیەکی گەن و پیسا گیرم کردبوو. مێهدی و کوردی قسەکردن؟ مێهدی و ئەو پرسیارە پڕ لە کێشە کە بێجگە دابڕان هیچ قازانجێک تری نیە؟ بە دەم پێکەنینەوە لە ژوورە تاکەکەسییەکەم چووە دەرەوە. هاتم بانگی کەم، نەمتوانی. مێهدی بە سەرما زاڵ بوو و لە ناو خۆما شکامەوە. ورد بووم. دانیشتم. گردین ئەنامەکانی جەستەم ژانی ئەکرد. مێشکم ئاڵۆز ... نەمئەتوانی بگریم. من نکاریبوو پێ‌بکەنم. نەتاوێنا بدوێم. بەس ئەمتوانی گۆهداری بکەم. دەنگدانەوەی پێکەنینەکەی مێهدیم ئەژنەفت. لە ناو هۆڵەکا دەنگی ئەداوە، دیار بوو هۆڵەکە درێژ بوو. دیار بوو قەمچوپێچی بوو. دیار بوو هەندێک لە وەتاقەکان دەرگایان وازە و خاڵین. وەمئەزانی کەسێ لە دەروونما پێ‌ئەکەنێت. گاڵتەجاڕانە پێ‌ئەکەنی. بە من پێ‌ئەکەنی. بە شەهین پێ‌ئەکەنی. شەهین؟ شەهین؟ ئێ زامە چ بوو شەهین. م چە بکەم؟

شەهین چیتر وڵامم ناداتەوە. هەڵەی خۆم بوو. لەو کاتەوە کە ...

ئەمزانی ئەشێ چلۆن وڵامی مێهدی بدەمەوە. بەس نەمئەتوانی قسە بکەم. لەو کاتەیا هزرم بەستبووی. وشەکان سارد و وشک لە زارم ئەترازیان. ئەمتوانی بەباشترین شێوەش

وڵامی بدەمەوە بەڵام دەستی تاریکی تا بینەقاقەم چڕ چەقابوو، ناخی گرتبووم. وڵامەکەمی خنکاندبوو. وڵامێ کە دەمێکە لە دووی ئەگەڕام، وڵامێک کە ڕێگەیەکی واز ئەکرد لە بۆ یەکیەتی کوردان. هەمووی پێکەوە گرێ ئەدا. گرێ‌کۆرەیەک کەس نکارە بیکاتەوە. چەمکێ کە گشتی لە ناویا خۆی ببینێت و خۆی بدۆزێتەوە. ڕێگەیەک کە خەڵک بە پیاسەکردن لە ناویا بتوانن تێبگەن کە ئەم زامە چە بوو سەدساڵە بە سەرمانا هاتووە. شتێک کە دەمێکە ئەترسم باسی بکەم. بۆ کێ باسم بکردایە؟ کەسێک بوو کە بتوانێ گوێ بۆ قسەم شل بکات و لێم تێ‌بگات؟ کەسێک بوو کە بەبێ ناوبردن لە مێژوونووس و فیلسووفە دەرەکییەکان بتوانێ بە گوێرەی دەقەکوردییەکان و شێوەژیانی خۆمان دۆخی کوردان شی بکاتەوە؟ کەس ئەیزانی چە مەرگەساتێکمان لێ قەوماوە؟ کەس ئەیەویست باسێکی نوێ و بەربڵاوتر لەوەی کە بیستوویە بژنەفێت؟ کەسێک بوو کە ئەوەندە دڵسۆزانە دەرگای دڵ و مێشکی واز بکات بۆ ژنەفتن نەوتراوەکان؟ هەرکەسێکم بینی بەس خەریک بوو وشەی ئەوانی دووپات ئەکردەوە، وشەگەلێک کە سەد ساڵە جەعل‌کراون و هەردەم خەریکە پەرەی فرەتر ئەسێنێت. نا، من کەس ناناسم. من لە ناو شار خۆما، لە ناو خاک خۆما هەستم بە خەریوی ئەکرد.

برووسکەیەک لە ناکاو دزەی کردە ناو مێشکمەوە ... ڕەنگە مێهدی باشترین کەس بێت کە گوێ بۆ وشەکانم شل بکات. کێ لە ئەو باشترە کە ... خەریکم چی ئەڵێم؟ دەی خۆ مێهدی دژمنی منە. ئەو تینووی خوێنی منە. وا نییە؟ نا. درووسە دژمنە بەڵام گەلۆ کەسێک ترم هەیە بۆی باس بکەم؟ گەر مێهدی بزانێ کێیە ڕەنگە لە ئەم ڕێگا ناحەز و ناشیرینە دەرباز بێت. وایە، گەر من بتوانم مێهدی دەرباز کەم، گەر مێهدی گوێچکە بە قسەکانم بدات دڵنیام هام‌خوێن و هاوخاکەکانم گوێم بۆ شل ئەکەن. بەڵام من لێرە، لە زیندانم، لە تاکەکەسی، هەتا ماوەیەک تر یا سەرم ئەکەن بە پەتەو یاخۆ حوکمی زیندانی ئەبەدم بۆ ئەتاشن ... ئەی چی بکەم؟ بە هەر شێوەیەک ئەبێ ئەم قسەگەلە بۆ کەسێک بدرکێنم ئەگینە دەیری ئەوم، مەژگەم ئەتەقێت.

ماوەیەک ویەرد. مێهدی هاتەوە. کورسییەک ئاسنی وەگەرد خۆی هێنا و لە سەری دانیشت. پێی خستە سەر پێی و دەستی نا ژێر چناکەی و چەن دەقەیەک چاوی خستە ناو چاوم. من لە سەر زەوی ڕاکشابووم و جەستەم هێشتا زریکەی ئێشی لێ ئەهات. نازانم چما بەڵام لە دڵەو خوشحاڵ بووم کە مێهدی هاتۆتەوە. نەک لەبەر ئەوە خۆی ببینم، لەبەر ئەوەی کە قورسایی ئەو تەنیاییە لە سەرم گەلێک گران بوو. نیگای پڕ لە تکای خەبات

هێشتا لە سەر ڕۆحم قورس و گران ... لەشی بێ‌گیانی هێشتا ساردی مەرگی ئەخستەوە ناو جەستە و گیانم. هێندە لە ئەو زیندانا لە ناو ئەو تاکەکەسییە لە سووچی شێدار و بۆگەنی ئەو ژوورە تەنیا بووم کە تەنانەت هاتن مێهدیشم پێ خۆش بوو. ئەم شتە لە سەرەتاوە ئاوەها نەبوو. یەکەمین ڕۆژەکان لێرە حەزم بە دیتنی کەس نەئەکرد. مێهدیم ئەبینی هێڵنجم ئەدا. بەڵام ڕۆژ لە دوای ڕۆژ باری تەنیاییەکە گرانتر ئەبووەوە و من وەکوو قوربانییەک لە دیتنی جەلادەکەم خوشحاڵ ئەبووم. دیتنی جەلاد لەو تەنیاییە کە پڕ بوو لە سەدان پرسیاری بێ‌وەڵام باشتر بوو. لانیکەم نەیئەهیشت فرەتر بیر بکەیتەوە و مێشکت لەوە فرەتر کاوێژ بکات.

زیندان. تاریک. کزە تیشکێک. چاوی بڕیبووە ناو چاوم و ماتڵ بوو شتێ بڵێم. مێهدی هەمیشە نیگاکانی قورس بوو، هەر لەو کاتەوە کە دراوسێمان بوو، هەر لەو کاتەوە کە هاوپۆلم بوو لە مەدرەسە، کاتی منداڵی، تەنانەت ئەو کاتەش نیگای وەک نیگای ماری زەخمار قورس بوو، تیژ بوو. هیچوەخت نەمزانی ئەو هەمووە ڕق و قینەی چۆن توانیوە لە ناو نیگای چاوانیا جێ بکاتەوە. وەک داوڵ تماشای ئەکردم. چاوەڕوانی وڵام بوو. نەمئەویست زوو وڵامی پرسیارەکەی بدەمەوە، ئەمویست زۆرتر لای خۆم ڕایگرم. نزیک بە یەک کاتژمێر هەروا ماق چاوی لە سەر چاوم قوفڵ کردبوو و منیش هەروا ڕاکشابووم. جاروبار چاوی ئەگەڕا بە سەر جەستەما. بە جەستەی ڕووتوڕەجاڵما، جەستەی شڕوشیتاڵ و زەخمار و خوێناڵیما. ئەمویست بە بێدەنگی و وڵامنەدانەوە زاڵ بم بە سەریا تاکوو دواتر بتوانم قسەکانی خۆمی پێ بسەلمێنم و وشە بە وشە و ڕستە بە ڕستە دایچکێنمە ناو مێشکییەوە. بەو شێوەیە ئەمتوانی تۆزێک ڕۆحی ماندوو و قورسم هێور بکەمەوە. ماندوو بوو مێهدی. پێی لە سەر ئەژنۆی داخست و ئەو پێیەی تری لە سەر دانا. دەستی لە ژێر چەناگەی لابرد و ئەو دەستەکەی تری کردە کۆڵەکەی سەری. ماوەیەک ویەرد. نەمئەزانی چەن دەقە یاخۆ چەن کاتژمێر، بەس ئەمزانی درێژ بوو. کات تێنەئەپەڕی. شوێن سارد بوو. پێستی پشتم، خوێناڵی، چزابوو بە ساردیی و سەهۆڵیی عەرزی زیندانا. پێش هاتنی مێهدی هەستم بە ئەو ساردییە نەئەکرد. مێهدی ماندوو بوو. دەستی برد بۆ گیرفانی و پاکەتێک جگەرەی دەرهێنا و ئینجا نەخێک سیگار. شقارتەیەکیش لە گیرفانەکەی تر. دایگرساند، لێوی لوول کرد و دووکەڵەکەی کرد بە سەروچاوما. پێم خۆش بوو. بۆنی دووکەڵی سیگارم خۆش ئەویست، بۆنی سیگار هێورمی ئەکردەوە. شەپۆلە شینەکان، خەست و تراو، بە ناو ڕەشایی ژوورەکا ناسک و ناسکتر بڵاوەیان ئەکرد و ئەبوونە دەماری جەستەی زیندانی سارد

و تاریک. بێتاقەت بوو مێهدی، نەیئەوێرا پرسیارەکەی دووپات بکاتەوە بەڵام چارەیەکی نەبوو. من گەرەکم بوو ئەوەڵ ئەو دەست بکات بە قسەکردن. چاوەڕێ بووم دیسان پرسیارەکەی سەر لە نوێ ... ئەوە بۆ من بە مانای سەرکەفتن بوو. درکاندی. دۆڕاندی.

"بە بۆنەی ڕۆژەکەی کافە لە ڕووناک جیا بوویتەو؟"

دۆڕاندم جە نوو. هەستامە سەر قوونم قنجوقیت دانیشتم. پێستی پشتم لکا بە عەرزا. هەستم بە دڵۆپی خوێن ئەکرد لە سەر پشتم دائەچۆڕا. ئێش و ژان گەڕا بە جەستەما، چاوم نووقان و لۆچ کەوتە ناو ڕوومەتم بەڵام دەنگم نەکرد. چوارمشقی دانیشتم. قیت. مووچڕک ...

"دەی خۆ ڕووناک سمت و مەمکەی جوان بوو؟ چۆن دڵت هات ...؟"

مووچڕک بست بە بستی جەستەمی داگرت. شپرز بووم. لە هەمووی ژیانما هێندە ڕانەچڵەکابووم. گومان و دووڕیان، شک و لەرزەلێوی دەروونمی گێژاند. کۆم بوومەوە و سەرم داخست. دەستم ئەخشاندە سەر عەرزا و نەمئەتوانی ... بیرم هەتا ئاقاری چاوم هەتەری ئەکرد. سەرم بەرزەو کرد. سەرنجی دەموچاویم دا. ورد بوومەوە ناو شێوەی نیگاکردنی. گەنەمووی نەبوو. ڕیش و سمێڵی تاشیبوو. چاویلکەی ڕەش، لیباسێک سپی و شەلوارێک پارچەیی ڕەشی لە بەر بوو. مێهدی نەبوو. ئەوە ناتوانێ مێهدی بێت. مێهدی ناتوانێ کوردی بدوێت. بۆچی یەکەمجار تێنەگەیشتبووم. چلۆن سەرنجم نەدابوو؟ ڕەنگە لەبەر ئێش و زامەکان جەستەم. ڕەنگە لەبەر تێکچوونی ڕۆح و هزرم. ڕەنگە لەبەر تاریکیی زیندان. ڕەنگە ئەوەی کە شەهینم لێ ون بووە. لەو کاتەوە کە ڕووناک ... ئیتر شەهینم لێ ون بوو.

ئەی ئەوەی ئەوجار کێ بوو؟ ئەویش مێهدی نەبوو؟ ئەو نەبوو ئەی کێ بوو. مێهدی نیە ئەی کێیە؟ دڵنیام ئەوەی کە ئەهات و وەک داوڵ دائەنیشت مێهدی بوو. ئەوەی کە قسەی نەئەکرد و جاروبار ئەشکەنجەی ئەدام مێهدی بوو. مێهدی جەستەمی بریندار ئەکرد. ئەم، ڕۆحم. ئەی ئەمە کێیە؟ هەرچێ بیرم ئەکردەوە نەمئەزانی ... دۆزینەوەی کەسایەتیی ئەم داوڵە خەریک بوو دەیری و دێوانەی ئەکردم. زانی. تێگەیشت کە داچڵەکیاگم. زانی زانیگمە مێهدی نیە. زانی ناوبردن لە ڕووناک شێتم ئەکات، ئازارم ئەدات، لەتلەتم ...

"نامشناسی کێم؟"

وەڵامیم نەداوە. بەس سەیری چاویلکەکەیم ئەکرد.

" ڕووناک قسەی منی نەکرگە بۆت؟"

وڵامیم نەداوە. بەس چاوم لە شێوەی ڕوانینی ئەکرد و لەتلەتبوونی ژیانی خۆمم لە ناو نیگایا ...

"ئەهات بۆ ماڵم نەققاشی ئەکێشا بۆ خوەی ... لە کافەیش ..."

زانیم کێیە. هاتەوە بیرم. نەمگەرەک بوو ناو نگریسی بێرم. ناو نگریسی بهاتایە سەر زارم ڕووناکیش بە شۆنیا ئەهات. ڕووناک سەرمی شۆڕ کرد ... ڕووناک لەکەیەکە قەت لە سەر ژیانم بە هیچ شێوەیەک خاوێن نابێتەوە ... قەت لە سەر ڕۆحم ... شەهین دەخیلدم بووەخشەم. م ئشتبا کردم. بنیایەم هەمیشە ئشتبا کەیٚ. شەهین مەچوو، یەیٚ جار تر خوەد نیشانم بێیە ...

حەزم نەئەکرد تەنانەت بزانێت کە ناوی ئەزانم. چلۆن ئەمتوانی بێڵم ناوی دژمنم لە زارم بترازیٚ. دەمم ئەدوورنم ناوی نەیتە زارمەوە.

زۆر لەمێژە مادی ئەناسم. هاوپۆلم نەبوو، هاومەدرەسەییم بوو. ئەوکات، زۆر لێی نزیک نەئەبوومەوە. کوڕێکی شەرمن و کز بوو و هەمیشە لە کوڵەسووچێکا لە ناو حەوشەی مەدرەسە بۆ خۆی دائەنیشت و سەیری قوتابییەکانی ئەکرد. دەستی ئەکردە نێو جانتاکەی و لفەیەکی دەرئەهاورد و تەنیا بۆ خۆی ئەیخوارد. لفە نەبوایە، گوێز، بام، هەنجیر، یا قاقۆڵەیەک هەنگوین و پەنیر. هەمیشە شتێکی بۆ خواردن بوو. ماڵەکەیان نزیکی مەدرەسە بوو، بەرانبەر مەدرەسە. لە درگای مەدرەسە ئەڕوا دەرەوە ڕێک ئەچوا ناو ماڵی خۆیان. کەسێک هەمیشە درگای حەوشەی ماڵەکەیانی پێش تەحتیلبوونی مەدرەسە ئەکردەوە و مادی بەبێ تەقەلێدان خۆی ئەکرد بە ژوورا. ڕەنگە لەبەر ئەوە حەزی نەئەکرد کەسێک لێی نزیک ببێتەوە یاخۆ خۆی تخوونی کەس کەوێت. ڕەنگە پێی خۆش نەبوو کەس بزانیٚ دایک و باوک یان خوشک و برای کێن. هەمیشە بە ڕوانین و قسەنەکردنی پرسیارگەلێکی بۆ قوتابییەکان چیٚ ئەکرد. ئەیانوت ئەو کوڕە کێیە، خەڵکی کوێیە و دایک و باوکی کێن؟ کەس بنەماڵەی مادیی نەئەدی و مادیش بنەماڵەی کەسی نەئەناسی. بۆی گرنگ نەبوو، لانیکەم من ئەوکات وەها بیرم ئەکردەوە کە بۆی گرینگ نییە. ئەوکاتەش چاوی کز بوو و چاویلکەی لە چاو ئەکرد. پەتێکی گریٚدابووە چاویلکەکەیەوە و ئەیخستە دەوری ملی دانەکەوێت. کاتیٚ بڕیارم دا ئیتر نەڕۆمەوە بۆ مەدرەسە، مادیم نەبینییەوە.

تەنیا شتیٚ سەبارەت بەو کوڕە بزانم هەر ئەوانەیە. ساڵەهای ساڵ چاوم پێی نەکەوتەوە. من نەمام ئەویش نەما. من ون بووم ئەویش وەک دڵۆپێک ڕۆچووە عەرزا. دەموچاویشیم

لە بیر نەما. بۆ چرکەساتێکیش لە ژیانما بیرم لەو کوڕە نەکردەوە. ڕۆڵێکی زۆر گرنگی لە ژیانی منا نەبوو، پێویستیشی نەئەکرد لە بیرم بمێنێتەوە. تا ئەو ڕۆژە لە شەقامی 'کەسنەزان'ا وەگەرد ڕووناک پیاسەم ئەکرد. ئەوکات ڕووناک دەسگیرانم بوو. کتوپڕ ڕێگەی لێ گرتم.

وتی، "ڕەشۆ سڵام ... مادیم ... لە بیرت ماگە؟"

نەمئەناسی. ڕووناکیش قەت نەیدیبوو. هیچم لە بیر نەبوو. ئەگەریش لە بیرم بووبێت زۆر لێڵ و تەماوی بوو. ئەڵێی ئەو کوڕە قەت لە ئەو شارا هەبوونی نەبووە. لەتەکمانا هەتا شەقامێک ئەولاتر پیاسەی کرد. خواحافزیشم لێ کرد بەڵام ئەیەویست لەگەڵمان بێتەوە بۆ ماڵ. هەتاکوو بەر ماڵیش هات و وەکوو زەروو نووسابوو پێمەوە. بەڵام بیانوویەکم دۆزییەوە و ... چکەچکە ئەو کوڕە خۆی لە من نزیک کردەوە و منیش چکەچکە ناسیمەوە. هەر وەک سەردەمی منداڵی، خۆی کز و شەرمن ئەنواند. ئەهات بۆ ماڵمان و شەوانە تا درەنگوەخت دائەنیشت و باسی ژیانی خۆی ئەکرد. ئەوسا بۆم دەرکەوت باوکی، تەسلیمیی بوو و دایکی، هەر لە منداڵیی مادییەوە بەجێی هێشتبوون. ڕەنگە لەبەر ئەوە نەیئەویست پەیوەندییەکی نزیکی چەنی هاوپۆلەکانی بێت.

لە دوای ماوەیەک زۆرم پێ ناخۆش بوو کە مادی خەریکە تەنیاییەکەم ئەشێوێنێت و من پێیم بۆ ناو ژێرخانەکەم، ئەشکەوتەکەم، کە ناوەندی دونیا بوو کردبووەوە. لەناکاو، وەخت و ناوەخت، تەقەی درگای ئەدا و خۆی ئەکرد بە ژوورا. نەیئەپرسی چی ئەکەم و سەرقاڵی چیم، بەس ئەیویست بێت و بزانێ من چی ئەکەم. هەرکات ڕووناک لە لام بوایە ئیتر هەتا ئاخرشەو دائەنیشت و ... وەک سرێش ئەنووسا بەو ژێرخانەی منەوە. هەرکات ئەیویست بڕواتەوە ماڵی خۆیان، ئەیوت من ڕووناک ئەگەیەنمەوە. ترمبێلێکی بوو و دەیان جار منی ئەخستە ناو ئەو دووڕێیانەوە. پێم خۆش نەبوو لە ڕووناک نزیک بێتەوە و ڕووناکیش لە ڕووی هەڵنەئەهات بڵێ نا.

هەر جار ئەهات بۆ ماڵی ئێمە ئەموت کاکە مادی ئەوە تۆ بۆ خێزانت وەگەرد خۆت ناهێنیت. نەیئەهاورد. خێزانی بۆ هیچ شوێنێک نەئەبرد. نەیئەویست کەس، تایبەتەن کچان، بزانێ ژنی هەیە. ڕواڵەتێک متمانەپێکراوی بوو، کۆتوشاڵوارێکی ڕەش و کراسێکی سپی و چاویلکەیەکی چارچۆڤە ڕەش. کاتی قسەکردن سەری دائەخست و ئەنگووسەکانی پێکەوە لە سەر سکی گرێ ئەدا و ... خەڵک وەها بیریان ئەکردەوە ئەگەر کەسێک باسی حزبی یانخۆ زمانی کوردی بکات زۆر متمانەپێکراو و ڕووناکبیرە. خەڵکیش بەم بۆنەوە لێی نزیک ئەبوونەوە. هاوکات لەگەڵ هەندێک کچ و ژنا پەیوەندیی هەبوو ...

پارە ... جارێکیان پێم وت، "کاکە مادی، جنابت ژنت هەس ..."

فرە هێمن و هەژار وڵامی ئەداوە، "ئێمە بڕوامان بە ڕابتەی ئازاد هەس."

سەرم سووڕ ما و بیرم لە ئەوە ئەکردەوە جاران وا نەبوو. شێوەژیان و ئاکارێک، خوو و سرشتێک گشتی بەیەکەوە گرێ دابوو؛ داتەک گەلێک کە بە شێوەیەکی سروشتی لە ناو خەڵکا لە درێژەی ساڵانێکا ساز کرابوون؛ یاساگەلێک کە نەهاتبوونە سەر لاپەڕە بەڵام گشتی ڕەچاوی ئەکردن. کۆـزمانێک کە هەمووی ... بەڵام مێهدی بە یارمەتیی مادیمانان، بە زەق کردنەوەی باسی زمان هەموو شتێکیان لە ناو برد، خاکیان فەرامۆش کرد و هەموویان لە یەک جودا کردەوە.

"ئەی باوەڕتان بە ئەخلاق کوردانە نیە؟"

"ئەوەڵ ئەشێ زمانی یەکگرتوو بگرسێت؛ ئەو وەختە ئەخلاق کوردیش درووس ئەوێت. پێناسەی شوناس هەر کەسێ زمانەکەیە."

"یانێ هەورامی کورد نیە؟ ئەی لەک و لوڕ؟ ئەی زازا؟ جیا لەمە، لە کەیەو تەنیا پێناسەی شوناس کوردێ، زوان یەکگرتووە ..."

"کاکە، چتگەلێ هەس تۆ جارێ نازانی."

هەر جار وڵامێکی بۆ پرسیارێکم نەبوایە ئەو قسەی ئەکرد.

لە ڕووم هەڵنەئەهات پێی بڵێم کاکە من ئیتر نامەوێ بتبینم؛ نامەوێ ئامێتەی باسگەلێک بم کە ڕۆژ لە دوای ڕۆژ خەریکە کورد بووچک و بووچکتر و سەرشۆڕتر ئەکات؛ باس و چەمک گەلێک کە خەریکە زنجیرەی پەیوەندیی گشتمان ئەپچڕێت، لەیەکمان ئەکات، پووچەڵ و پووتارمان ئەکات میناکی هەنارێک کە وشک هەڵگەڕێت و بە پڵتۆکێک شەق بەرێت.

تەقەی درگای ئەدا. نەمئەکردەوە. ئەچوو و دوای ماوەیەک ئەهاتەوە و دیسان تەقەی درگای ئەکوتایەوە. نەیئەتوانی شتێک بە ژیانی من زیا بکات و هەبوونی، زۆر ئازاری ئەدام. هەمیشە ئەترسام باسی بۆ بکەم. باسی مەسەلەی کورد و خاکی داگیرکراو و نووسینەکانی خۆم. مێشکی ئەوەندە بچووک بوو، بە تێنەگەیشتن لە بابەتەکە، بۆ هەر شوێنێک ئەچوو باسی ئەوەی ئەکرد کە من لە خۆیان نیم. ڕاستی ئەکرد. من لە ئەوان نەبووم. نەمئەویست لە ئەوان بم. لە هەموو شارەکان هاوڕێی هەبوو. وەکوو شێرپەنجە بە تەواوی کوردەوارییا بڵاو بووبوونەوە. وەکوو مرۆچە لە قەڵای 'کەسنەزان'ـەوە لە هێلانەکەیان هەڵهاتبوون و کووجی و کۆڵانی کەسنەزانیان ڕەش هەڵگەڕاندبوو ... دوایی زانیم هەر شوێنێک و هەر

شارێک ئەچێ باسی ناباش‌بوونی من ئەکات. بۆم گرنگ نەبوو. خەریکی کاری خۆم بووم و گوێم بە کەس نەئەدا.

قەت باسی شەهینم بۆ مادی نەکرد و لە سەرەتاوە نەمئەهێشت ئەو ژێرخانەی من و تەنیاییەکانم لەتەک شەهینا ئالوودەی ئەوانی تر بێت. تەنانەت ئالوودەی ڕووناکیش. قەت نەمهێشت ڕووناک بزانێت شەهین کێیە. شەهین تەنیا هی خۆم بوو.

گەورەترین هەڵەم ئەوە بوو هێشتم مادی و دواتریش هاوڕێکانی پێیان بە ژێرخانەکەم بکرێتەوە. هەر لە سەرەتاوە هێشتم کە بێتە ناو ژیانم و ڕۆحم ئالوودە بکات. نەئەبوو ... ڕووناکیش. قەت پاکانەی هەڵەی خۆم ناکەم. شەهین کە زانی ژێرخانەکەم بووەتە جێگەی ئەوان ئیتر نەهاتەوە بۆ لام و داکێڵمی کرد. هیوای بە من نەما. شەهین منی هەڵبژارد بۆ ئەرکێکی گران و من ... منی چارەڕەش ڕۆحی خۆمم فرۆشت.

مادیم دەرکرد. دوارە هاتەوە. چەن جاری تریش هاتەوە. دوایی زانیم هاوڕێیەکی ئەویست کە ماڵ یا ژێرخانێکی هەبێت و بتوانێ هاوڕێکانی تری بێنێتە ئەوێ. میوانی زۆری لە شارەکانی ترەوە بۆ ئەهات و پێی خۆش نەبوو بیانباتە ماڵی خۆیان. منیش لە یەکەم ڕۆژەکانا پێم خۆش بوو بیانبینم و بێن بۆ ماڵی من. بیری ئەوەم ئەکردەوە کە ئەوانیش خەڵکی کەسنەزانن و من ئەبێ وەکوو ئەرک خۆش‌هاتنیان بکەم. بەڵام دوایی وەکوو مێرووله نووسان بە میچ و دیوارەکانەوە و بەجێیان نەئەهێشت. ژێرخان و ئەشکەوتەکەی من کە شوێنی تەنیاییەکانی من و شەهین بوو بووبووە هێلانە و بنکەی ئەوان ... بنکەی بیر و بڕوایەک کە من هیچ بڕوایەکم پێی نەبوو و دڵنیاش بووم ئەو بیرۆکەگەلە ئەتوانێ زۆر مەترسیدار بێت. هەر کامیان ئەندامی ئەنجومەن یاخۆ ئێن-جی-ئۆیێک بوون. جاروبار کۆ ئەبوونەوە و باسگەلێکیان ئەکرد کە سەد ساڵە هەر بەردەوام دووپات ئەبێتەوە بەبێ ئەوەی کە بیرۆکەیەکی نوێیان ژ بۆ پاشەڕۆژی کەسنەزان بێت. هیچ. کێ چی وت و کێ چی لە فڵان پەرتووکا باس کرد. پەرتووکگەلێ کە هەمووی بۆ کۆیلەکردنی ... یەک کەسیان باس و بیرۆکەی خۆی نەبوو. یەک کەسیان نەیئەتوانی دۆخی ئێستای کەسنەزان شی بکاتەوە. هەرچی سەرنجم ئەدا ڕێک خەریک بوون ئاکار و دەسەڵاتی داگیرکەریان بەردەوام و دووپات ئەکردەوە. من وەها بیرم ئەکردەوە کە خۆیان نازانن خەریکن چ کارێکی مەترسیدار ئەکەن. سەرەتا قەت لە باسەکانیانا بەشداریم نەئەکرد و نەئەچوومە ناو قسەکانیان. گەورەترین چالاکی و داڵغەی ژیانیان خەباتی زمانی بوو و هیچ کامیان نەیانتوانی قۆناخێک ئەولاتر بچن ... ئەوە ڕێک ئەو شتەیە داگیرکەر بە سەرمانا سەپاندوویەتی کە کورد

یەخسیری زمان بێت ... لە دوای چەن جارێک کە هاتن، لە کۆتایی باسەکانا، وتم، "هەرچێ نووسیاگە لە بارەی کەسنەزانەو درۆی دەرەکییە. هەرچێ پێش هاتگە، هەر کەس و هەر کەسایەتی گەورە و بووچکێک، هەر جمشت و بیروبڕوایک، لە سەد ساڵ پێشەو هەتا ئیسە، گشتیان بخەنە ناو زبڵدان. ئەوسا ئەتوانن کورد بژووژنەو."

بوو بە شەڕێک مەیژە و مەپرسە. تەنیا یەک داهاتی زۆر باشی بۆ من بوو. ئیتر نەهاتنەوە بۆ ماڵی من.

هەر لە هەوەڵەوە نەمئەزانی بەڵام دوایی سەرنجم دا دڵنیا بووم کە ئەم کوڕە، مادی، بە شێوەیەکی نائاسایی، هاتنی بۆ لای من هاوکات بوو لەگەل هاتنی ڕووناک. هەر کات ڕووناک ئەهات بۆ لای من دوای نیوکاتژمێر ئەویش ئەگەیشت، یا بە پێچەوانەوە. ڕووناک ئەهات و سەرقاڵی نەققاشی‌کێشان ... سێ‌پایە و ڕەنگ و بووم و قەڵەمووەکانی لە لای من لە ماڵا دانابوو. منیش بۆ خۆم شتێکم ئەنووسی. مادی ئەهات. جاروبار هەواسم نەبوو و چاوێکی ئەخشاند بە لاپەڕەکانما. جاروبار چەن لاپەڕەیەکی ئەخوێندەوە. قەت باسی ئەوەی نەئەکرد ئەو بابەتە چی بوو، چلۆن بوو، پەیوەندیی ئەم پاژ و ئەو پاژ چی بوو. چ مانایەکی هەیە، چلۆن ڕووی‌دا، ئەو چیرۆکە باسی چی ئەکات و شێوازی نووسینەکەی چۆنە، پەیوەندیی بیچم و ناوەڕۆکەکەی ... قەت نەیتوانی شیی بکاتەوە چ بگات بە شیکاریی دۆخی چەن‌لایەنە و پێچاوپێچی کورد.

ئەیوت، "کاکە، 'ل'ێی قەڵەو لە دەسپێکی وشەدا نایەت." دەماری گرژ ئەبوو. دووکەڵ لە کەپۆیەوە ئەهاتە دەرەوە. ناوچاوی تاڵ ... هەستی ئەکرد دونیا گەیشتۆتە کۆتایی خۆی.

ئەیوت، "کاکە، ئەوە خەیانەتە ... ئەم زمانە شەرەفی ئێمەیە."

ئیتر نەئەکرا هیچ نەڵێم ...

ئەموت، "ئەی شەرەفت لە کوێ بوو وەختارێ ئەم و ئەوت ئەخڵەتاند بۆ پەنج دێقە ..."

"من ژنەکەم کێشەیکی نیە تۆ بۆچە ..."

ماوەیەک مادیم لە هەرچی شتە داکێڵ ئەکرد و دووبارە ...

مادی دیسان ئەهاتەوە و فرەیێک شتی وەگەرد خۆیا ئەهێنا. نەهاری ئەکڕی، خواردنەوەی ئەهێنا و پارەیەکی زۆری خەرج ئەکرد. کاروپیشەیەکی نەبوو و من هەمیشە بیرم ئەکردەوە ئەم کوڕە ئەم هەموو پارەی ڕۆیشتن بۆ کافە و کڕینی ئەو هەموو شتومەتە لە کوێوە دێنێ. ئەهات و باسی ئەنجومەن و کۆڕ و ئاهەنگ و ... باوکی کە ئەوکات ئەندامی حزب بووە. هەموو بۆشایی و لاوازییەکانی خۆی بە شانازیی باوکییەوە قەرەبوو

ئەکردەوە. بۆ من و ڕووناک باسی ئەکرد. پێم وابوو تەنیا هاوڕێی لەم شارەیا منم، بەڵام ئەم قسانەی بۆ دەیان کەسی تریش ئەکرد. وەل دەیان هاوڕێی تریا لە کافە کۆ ئەبوونەوە و ...

دواتر مادی خۆی کافەیەکی دامەزراند و من ئیتر نەمبینییەوە تا ئەو ڕۆژ یا شەوەی زیندان و ئەو پرسیارەی: "تۆ گۆرانی یا کورد؟"

ئەم جارەیان شوێنی بژارەکانی جێ‌بەجێ پرسی. لەحنی وەک ئەوڕایە نەبوو. شک بوو مووسیقیی دەنگی. ماندوویی بوو. لەرزۆک بوو.

نەمئەزانی چی بێژم، هێندە باسەکە گەورە و پان و بەرینە کە نەمئەزانی لە کوێوە دەست پێ‌بکەم. دەی چلۆن ئەکرێ کورد و گۆران لە یەک جیا بکرێنەوە؟ چلۆن ئەکرێ ماسی لە ئاو، زمان لە خاک، ڕوانین لە چاو، موور لە تەموور، مردوو لە گۆڕ و گیان لە جەستە جودا بکرێنەوە؟

باسێکی زۆر قورسە و ئەبوو کورت بیڵێم، کورت و بە شێوەیەکی ساکار و سادە. دڵنیا بووم گەر بە وردی باسی بکەم مێهدی تێناگات. مێهدی یا مادی؟ ئەمە کێیە بەرانبەرم دانیشتووە؟

ئەکۆکیم. مێهدی بوو. سەرم داخست. چاوم بەست. سەرم هەڵبڕی و چاوم کردەوە. مادی بوو. بۆ هێندە ئەم دوو کەسە لە یەک ئەکەن؟ مێشکم شڵەژابوو. جیاوازیی نێوان هیچ دوو شت یا دوو کەسم نەئەزانی.

تۆ کیت؟

مادیم.

ئەی بۆچە گەنەمووت هەس؟

مەن مێهدییەم.

گەنەمووەکەی درێژ بووبووە سمێڵ و ڕیش. تەنک. لوول. پێ‌ئەکەنی.

تۆ کیت؟

مادیم. نامناسی؟ لە بیرت نیە ڕووناک ئەهات بۆ لام؟

هەستامە سەر پێ و چوومە پێشەوە. دستم برد هەستی بکەم بزانم ڕاستە یاخۆ ساویر و خولیایە.

کەس نەبوو. کەس لەوێ نەبوو. من وەگەرد کێ قسەم ئەکرد؟ یا شای کەسنەزان فەریادڕەسم بە خەریکم دەیری ئەبم. تماشای دیوارەکانم ئەکرد و نەققاشییە بێ‌ماناکانی

ڕووناک ئەهاتنە پێش چاوم. لە سەر دیوارەکان دەرئەکەوتن و خۆیا ئەبوون. هەمووی هێڵگەلێکی باریک و سەرگەردان. نیگاری دەم و لووت و برۆی مادی لە سەر دیوار بوو. چاوی نەبوو. ڕووناک نەیئەتوانی چاوی مێهدی بکێشێت. چاوی مادیش. چاوی منیش. سەیری دیوارەکەی ترم کرد. مێهدی بوو. ئەویش بێچاو بوو. نەقاشییەکەی مێهدیش هەر هێڵە باریک و بێماناکانی ڕووناک ... هیچ ڕەنگ و پەڵەڕەنگێک لە ناو نەققاشییەکانی ڕووناکا پەیوەندییەکی ماناداری وەگەل ڕەنگەکانی تر نەبوو ... دوو دیوارەکە نیگاری خواروخێچ و لاروگێڕی مادی و مێهدی بوون. هاتمەوە سووچی دوو دیوارەکە و دەستەوئەژنۆ دانیشتم. سەیری دیوارەکانی بەرانبەرم کرد. هێڵە باریکەکانی دوو نیگارەکە لە یەک ئاڵان و بوون بە نیگاری یەک کەس و ... گیانی گرتە خۆی و هات لە سەر کورسییەکە دانیشت. وەک داوڵ.

"کوردی یا گۆران؟"

هەناسەم هەڵگرت و چەن چرکەیەک لە ناو سینەما ڕامگرت. هێواش هەناسەم دایە دەرەوە. واتم، "گۆران وەسە باوایادگار و کورد وەسە شائێبراهیم."

وڵامێک نەبوو. مێهدی یا مادی چاوی ماق ما و نەیئەزانی چی بڵێت. باسەکە بۆی نامۆ بوو. جیا لە ڕێنووس هیچی نەئەزانی. ئەوەندە سەرقاڵی ...

واتم، "گۆران خوەرە و کورد خوەرەزا."

فامی نەکرد. وڵامێک نەبوو.

واتم، "گۆران خوەرە و کورد تیشکەکەی ..."

وڵامێک نەبوو. بێدەنگی بوو. زاڵ بووم بە سەریا.

واتم، "کۆـزوان گۆران ئەندێشە و شێوەژیان و فەرهەنگ و خاک کوردانە."

مێهدی پای لە سەر ئەژنۆی هەڵگرت و نایە سەر زەوی، دیار بوو چاوەڕوانی ئەو وڵامە نەبوو. قەت ناوی باوایادگار و شائیبراهیمی نەبیستبوو. هیچی لە لایەنەکانی تری کەسنەزان نەئەزانی. هەر نەیئەزانی گۆران چییە. تەنانەت نەیئەزانی کورد کێیە. مادی هەر نەیئەزانی واتای کۆـزمان چییە. مێهدی یا مادی نەیئەتوانی لە مانای کۆـزمانی گۆران تێبگات. وڵامەکەی کردە ئاوێتەی قۆزە، ئەوجار بە شک و گومانەوە وتی، "یانێ ئیسە تۆ گەرەکتە ... ئیسە تۆ جوداییخوازی." مێهدی بوو. مێهدی نەبوو. مادی بوو. هەردووکیان بوون. پێکەوە وتیان. دەنگیان تێکەڵی یەک بوو. دەنگی مادی بەم و دەنگی مێهدی زیل یاخۆ مێهدی بەم و مادی زیل. هەر باسێکیان فام نەکردایە ئەیانوت تۆ جیاییخوازی.

"من هامە ناو خاک خوەما، ئێوە جێگەتان لە من، لە ئێمە تەنگ کرگە."
مێهدی پێ‌ئەکەنی و نەیئەزانی ئەبێ چی بڵێ. ئەیویست بە پێکەنین قەرەبوو بکاتەوە.
تەقەی سەری ئەهات، نەیئەزانی چێش واتۆ. ڕق و قینەکەی هەڵسا و وتی، "ئیسە ئەمانە چە فەرقێ بە حاڵ تۆ ئەکات، تۆ ماوەیک تر پەت ئەکەنە ملت. من خوەم پەت ئەکەمە ملت." مادی وتی.
هەستایە سەر پێ و کورسییەکەی ڕوو بە من فڕێ‌دا. دەنگم نەکرد لەحاڵێکا ئێشەکەی هەناسەمی بڕی. دیسان مامەوە تەنیا خۆم. تەنیا خۆم و تاریکی و ئێش و بیرەوەری.
زیندان. تاریک. کزەنوورێک. تاق و تەنیا. سەرم نابووە سەر چۆکم. ئەژنۆم لە ئامێزی دەستما گەمارۆ دابوو. ڕووت‌وقووت، قامکەکان لێم ون بوون. هەستم بە جەستەی خۆم نەئەکرد. ئەترسام جەستەم لێ ون بێت. ئەلەرزام. ئەکۆکیم. ئەقۆزیم و بە هەر قۆزەیەک چوارپارچەی جەستەم ژانی ئەکرد. ژانێکی بەژان.
دڵۆپ دڵۆپ دڵۆپ ئاو لە سووچ و قوژبنی میچەکەوە یەکیان ئەگرت و شڵپەشڵپ یەک لە دوای یەک عەرزەکەیان ئەکوتا و ئەم ڕیتمە دڵەکوتەی هێندە زۆر کردبووم دەنگی لێدانی دڵم گرمەی خستبووە قووڵایی گوێی چەپم. ئەوەی ڕاستم کەڕ بوو و هەستی بە هیچ دەنگ و گرمەیەک نەئەکرد. وەکوو دەنگی کپی تەقینەوەی خومپارە لە پشت کێوێک، گوێی چەپم گرمەی ئەهات. کتوپڕ دڵۆپێک، قورس، مینس وە بەردێکی ڕەق، لە سەر شانم گلێر بووەوە و پژرا بە ناو پشتما. ئەجووڵا و دەست و پێی چەقۆئاژۆ ئەچەقی بە ناو لەش و تەنکارما.
ترسام و سەرم هەڵگەڕاندەوە سەرنجێکی بدەم. وەمئەزانی پەسپەسەکۆڵە یاخۆ دووپشکە. شتێکم نەئەدی، لەو ڕەشییا شتێک دیار نەبوو. هەستامە سەر پێ و کەوتە سەر زەوی. کزەتەقەیەک لە ناو زیندانەکەیا پەنگی خواردەوە. وەکوو لەتە شووشەیەک داکەوێت و نەشکێت. دانیشتم و بە دوایا گەڕام. هێز و وره کەوتە گیانم. هیوایەک کەوتە دڵم. جەستەم خوێنی تێ زا. دەستم بە سەر عەرزا خشاند. هاشار و پێوار بوو بەڵام خشەخش. دۆزیمەوە. گرتم. پەلەقاژەی ئەکرد. ئەو کاتە زانیم قالۆنچەیە. هێندە ڕەش بوو کاتێ دەست و پێی ئەجووڵانەوە، لۆچەکانی تاریکیی ئەقڵیشاند.
لە چاوم نزیک کردەوە. ڕێک دوو سانت و نیو. تیشکی چاوم ڕۆژنی خستە سەر قالۆنچەکە. چاوی چەرموور و قووڵ بوو جوور چاوی ... کاتێ کە سەیری چاوی کردم، مێهدیم لە ناوەڕۆی چاوگەلیا بینی. مادی. باوکم هاتەوە ناو بیرماگم و لە سەر مێشکم دانیشت. چاوم لە چاوی هەڵەنگووت و مناڵیی خۆمم جە نوو هاتەوە بیر. باقم دەم‌وچاوی

پان و ڕەش، قژە لوولەکەیم ئەبینی. باوکم کە ئەمترسێنێت و پێم پێ‌ئەکەنێ. دەنگی پێکەنینی وەکوو ورچێ کە دەست و پێی قرتابێت وا بوو. قۆلانچەکە مێهدی بوو، پێ‌ئەکەنی و گەنەمووەکانی ... مادی کە ڕاپۆرتی داوم و لە زیندانیش ئەشکەنجە. قۆلانچەکە، باوکم بوو پەلەقاژەی ئەکرد، هریکەی پێکەنینی لە ناو ژووری زیندانا زایەڵەی ئەدایەوە. قۆلانچەکە مادی بوو کە ڕووناکی ... قالۆنچەکە ڕووناک بوو ڕووت بوو و نەققاشی ئەکێشا ... لە لای مێهدی ... لە لای ...

قاچێکیم قرتاند، باوکم کەمتر پێکەنی. باوکم قاچێکی... ئەو قاچەکەی تریشیم قرتاند، کەمتر خەنی ... قاچێکی ترم قرتاند و ئیتر ڕووناک لە لای مێهدی و مادی نەبوو ... گشت دەست و لاقەکانی تریشم قرتاند و ئیتر پێ‌نەکەنی. بزەیەکیش چییە لێی نەئەهات. ئیتر مێهدی بێدەنگ بوو. چیتر بابم ئازاری نەئەدام. چیتر لێی‌نەئەدام. چیتر مادی و چاویلکەکەی، ڕۆحمی ئازار نەئەدا ... هەر سەری مابوو قالۆنچەکە و جەستەی کە وەکوو تەنەکە پووتێکی خرت‌وخۆڵ زلق و جمشتی لێ بڕابوو. دڵم سوکنایی هات.

دامخست. شەپلە لێی دابوو. چیتر نەجووڵا. دەست و پێی نەبوو. ئیفلیج. ئیفلیج. ئەرێ هاوڕێیان، ئەرێ یاران وەکوو ئیفلیج وابوو. ڕێک مینا وە ئیفلیجێک. چوارپارچەی مێشک و گیان و ڕۆح و جەستەم یەک وشە بوو: ئیفلیج. ئەو قالۆنچە لە زیندان ڕزگاری کردم... ڕۆح و گیانم یەک شتیان ئەویست: فەلەج‌بوون. ئاوات و تەمەنگام ژ بۆ نووسینی زینگیی خۆم و بیست‌وچوار چرکەی ژیانی شەهین هێندە زۆر بوو وایان لێ‌کردم بتوانم فەلەج بم. بۆ نووسینی بیست‌وچوار چرکە کە سەد ساڵە بەردەوامە. بۆ پاراستنی کۆشکێک کە شەهین لە سەهۆڵی داچنا و لە مردووەکانی ڕاچنا. مانگێ وەک ماری تۆپیو جووڵەم لێ نەئەهات و هەستم بە هیچ نەئەکرد. ئاگاداری یاسا و داتەکێک بووم. ئەمزانی گەر فەلەج بم لە زیندان ڕزگار ئەبم. لێوم، زگم، گوێم، دەستم، پێم، ماسوولکەکانم هەمووی فەلەج بوون. هیچم هەست نەئەکرد. بەس گەڕانی خوێنی ناو دەمارەکانم. تەنانەت نەمئەتوانی چاو بنووقێنم. مانگێ وەکوو فەلەج قوونم بە سەر عەرزا نووسا. لەشی بێ‌گیانم، ساردوسڕ، مردوو، ڕاکشابوو.

پێیان‌وابوو مردووم، لەپڕ ئەهاتن و تێیان‌هەڵئەدام. لە دڵەوە پێیان پێ‌ئەکەنیم. ماسوولکەکانی دەم‌وچاوم نەیانئەهێشت لە ڕواڵەتا پێ‌بکەنم. لە دڵەوە پێ‌ئەکەنیم.

سەر دەدەم و سڕ نادەم لێ یادێ
باوەڕم باش دزانم لێ دایێ

نەجووڵام. ژانم نەبوو. ڕووت‌وقووت بووم، بە دار لە جەستەیان دام بەڵام کاری تێ‌نەکردم. مردووەکان لەگەڵم بوون و هێزیان پێ‌ئەدام. میلە ئاسنی داخیان ئەچزاندە ناو پشتما، کاری تێ‌نەئەکردم. مردووەکان هاتبوونە ناو جەستەم. هەر وشەیەکی ئەم کتێبە مردووێکە ... لە ژێر ماڵێکا ... لە شاری کەسنەزان. مینس وە سەگی هار ڕقی هەڵسابێت لێیان ئەوەڕیم. یەکیان هاتە پێش. تخوونی یەک کەوتین. چاوم لە چاوی بڕی، دەمارم گرژ بوو، بە سەریا زاڵ بووم. قاقا پێی پێ‌ئەکەنیم. مێهدی بوو. لە ناو بیلبیلەی چاوی مێهدییا گشت مادیم ئەبینی. مادی کە چیتر ناتوانێ بۆن بە خاکەوە بکات و وەکوو سەگی هار دێت و ئەچێت، وەکوو فیشەکی سەرگەردان. وشەیەک لە زاری نەترازێ. وشەیەک لە زاریان نەترازێ. مادییەکان. گەنەمووەکانی درێژ، بووبووە سوێڵ و ڕیش. حەپەسا. مێهدی. جەستەم هێڵی نەققاشیی ئەکبەر بوو، 'ئەکبەر مەنسووری'، توندوتیژ، شڕوشیتاڵ خوێنی لێ ئەتکا. پێستم بڕگەبڕگە دادڕابوو. بەڵام ئێش و ژان ئاوڕی لە جەستەم نەئەدایەوە. چووە ئەولاتر و شەرواڵە پارچەییە کورتەکەی داکێشا. میزی بە سەر برینەکانما کرد.

مانگێک تێپەڕی ... تاک و تەنیا. مێهدی یاخۆ مادی چوار جار لە ڕۆژا ئەهات و وەکوو داوڵ لە سەر کورسییەک بەرانبەرم دائەنیشت. هیچ قسەیەکمان نەئەکرد. ئەیزانی ئەگەر قسە بکات باسی منداڵییەکانی ئەکەم. لە کۆڵان، لە مەدرەسە، پشت مەدرەسە ... ئەو کاتە کە منداڵ بووین مێهدی و بنەماڵەکەی تازە هاتبوونە ناو کەسنەزان. لە دوای ئەو بیست‌وچوار چرکە هاتن و کەسنەزانیان داگیر کرد. خەڵک بە بێگانەیان دائەنان. دیار بوون. میناکی ئێستە نەبوو کە پاش چل ساڵ ... بین بە مادی ...

هزاران چۆ تو ئاماو و ویەردەن

هۆچکام تا وە سەر دونیاش نەوەردەن

مانگێکی تر تێپەڕی و هەر ڕۆژ کاسە ئاوێکی تاڵیان بەزۆر پێ‌ئەدام. دیار بوو کە قورس یاخۆ شتێکی هۆشبەری تیایە. تووشی خەون و ساویر و خەیاڵگەلێکی سەیروسەمەرەی ئەکردم. هەر ساتێک ئەمویست بخەوم ئاواتەخواز بووم خەوم لێ نەکەوێت. ئەقەرە خەونی تۆقێنەرم بینیبوو کە ڕووداوەکان ئیتر ئاسایی بوون بۆم. چیتر نەمتوانی لە دڵەوە پێ‌بکەنم. چیتر شتێک خوشحاڵی نەکردم. چیتر نەمتوانی بگریم. وەرزەکانم لە یەک نەئەکردەوە، هامێن زستان بوو، زستان هامێن. شەو و ڕۆژم لێ تێک‌ئەچوو، خۆر ئاشما بوو و ئاشما خۆر. فرمێسکی چاوم وشک‌هەڵات. دواهەمین دڵۆپەکانی کانیاوی هەستم ... چاساولای

شتەکانم بە شێوەیەکی تر ئەبینی، سەیروسەمەرە، جادووئاسا. هێزی نیگام گۆڕابوو و وەمئەزانی ڕووداو و دیاردەکان لە ناو ئاوا ئەبینم. بیرەوەریم لێڵ بوو و منداڵیی خۆمم لەت‌لەت ئەدی. بەردێکی سارد بووم لە سەر چیایەک، بێ‌هەست، بێ‌خەم، بێ‌ئەوین، بێ‌زام ... وەمئەزانی کەنیلەیەکی چل‌ساڵەم، کچێ کە دوو چاوی لە یەک دوور بوون ...

دوو کەس هاتن و چاومیان بەست. مێهدی و مادی بوون. هێنایانم بۆ بەشێکی دیکەی زیندان. ژوورێک کە دە دوانزە کەسی تیا بوو. لەوێ توانیم شوێنێک ئەڕا خۆم هەڵۆژنم. پێواژۆیەکی دیکە لە ژیانی دەربەندیخانەم. قۆناخێکی تر لە پەرتەخبوونی هەستم. ئەو بەشە لە زیندانا گیلەک و بەلووچ و گەڕووس و ئەردەڵان و کورمانج و تاڵش و ... ی تیا بوو. شەهین وتەنی، "با هەمووتان وەک یەک بژین چونکە هەموو هەر وەک یەکن، لوڕ و جاف و لۆلۆ و لەک و زازا و ... گرینگ ئەوەسە کە هەوەڵ یارە، ئاخر یارە، وە گشت چتێ ئاگادارە." ئەوەندە ڕۆحم گەورە بووبووەوە کە چیتر جەسەم نەیئەتوانی هەڵیبگرێت. ئەوێ بەهەشتی من بوو. هێندە تێگەیشتنم لە پانتای کوردەواری و کۆ‌چیاکان بەربڵاو بووەوە کە چیتر مادییەکان لە دەورما نەمان. ون بوون. ئەوە کاتێک بوو کە زانیم پیر بووم. کاتێک کە زانیم دواهەمین دوونەکانی ژیانمە ... چاوم بە چاڵا چوو، پێستم چرچ بوو، لۆچ کەوتە دەور و ناوچەوانم و ... یەک ساڵی دەربەندیخانە هەزارویەک چیرۆکی دا پێم و ڕۆحمی سەد ساڵ پیر کرد. چیرۆک‌گەلێک کە نەمئەتوانی بیاننووسم و شەهین ... کە چیتر تەنانەت لە خەونە ژەحراوییەکانیشما نەمبینییەوە ...

ئەو بەشە لە زیندان زۆر سەیر بوو، تەرخان کرابوو بۆ کەسانێ کە چارەنووسیان بە گاڵتەیەک دابین کرابوو. بە گاڵتەیەک دەسبەسەر بووبوون. هەندێکیان بە گاڵتەیەک لە سێدارە درابوون و ئەوی دیکەشیان بە گاڵتەیەک تا هەتایە ئەبوو لە زیندان بمێننەوە.

مەنووچە شێت کارتۆن‌خەو بوو و بۆ ئەوەی لە سەرما نەمرێت شووشەی سەیارەی شکاندبوو تاکوو لە ناویا بخەوێت. نەیئەزانی سەیارەی قازێک بوو. دە ساڵ زیندان. جەبارە قوون‌ڕەق کە هەنای لە سەر کورسی دائەنیشت تەقەی قوونی ئەهات. پێیان وابوو زمانێک واوەورێزی ئڕا خوەی خوڵقاندووە کە ڕەمزگەلێک شاراوە و مەترسیدار بگوازێتەوە. لە سێدارە درا. سابرە سەروقنگ کە هەمیشە سەرەوقنگ قسەی ئەکرد و ئەیوت لە حەسرەت حاڵی ورد داغان و کوردم. قازی پێی‌وت لە ڕێکەوتی بیست‌وچوارەمی خاکەلێوە لە کوێ بوویت و چیت ئەکرد؟ وڵامی دایەوە لە ژنەکەت بووم و ماڵم ئەکرد. سێدارە. حەمە سێ‌گوێچکە سێ گوێچکەی بوو. گوێچکەیەکی بە قەرای سێ کڵۆ قەن ئەبوو و بە گوێچکەی چەپیەوە

نووسابوو. دەنگ گەلێکی ئەبیست کەس نەیئەبیست. هێزی گوێچکەی هەتا سێ کیلۆمەتر هەتەری ئەکرد. کاتێ کە گیرا دوو گوێچکەیان بڕییەوە و لە دوای دوو ساڵ ئازادیان کرد. هەزارویەک داستانی سەیروسەمەرەی ئیخانەتی لە دڵ ناشتبوو. عەبە کەڵەشێر زۆر خۆش هەڵئەپەڕی و وەک کەڵەشێر قیت بوو. لە کاتی هەڵپەڕینا چاوی لە ژنی خەڵک ئەقرتان. هەنێک لە ژنەکان شووی جاشوولکەیان بوو. دڵی هەموویانی دزیبوو. عەبە کەڵەشێر لە ناو زیندانا بە دەس زیندانییەکان کوژرا. برایم بڕوێش درۆی زۆری ئەکرد. وەکوو گەنمی زرۆ و بڕوێشی پاش هاڕە هەمیشە درۆکانی دیار بوون. لە شوێنێکا وتبووی پێنج‌هەزار و بیست‌وچوار دارهەناری لە کۆڵانەکانی کەسنەزانا چاندووە. ڕاپۆرتیان دابوو. بە قازیی وتبوو ڕۆژێ لە زیندان هەڵدێت و هەناری زۆرتر ... وتبووی قالۆنچەیەک ڕزگاری ئەکات. ئەو درۆیە بوو بە ئارد و لە زیندان هەڵات. کوڕ سەیا کە هەر کاتێ لە گورگانەشەوا لە ماڵ ئەچووە دەرەوە سەرما ئەهات و هەمیشە تاشەبەردێکی زەبەلاحی بە کۆڵەوە بوو. تەقەی زۆریان لێ کرد بەڵام نەپێکرا. تۆڕیان خستە سەری و دەسبەسەر کرا. ئەیانوت خەڵک ئەترسێنێت ... بەڵام بۆخۆیان ئەترسان. شێرزاد عاشقی جوان حاجۆ بوو. چوو بۆ کەسنەزان کە بیبینێت و کاتێ کە هاتەوە دەسبەسەر کرا و منیش کە بەردەوام ...

منیژ کە ... منیچ کە بەردەوام خوێنم لێ ئەچۆڕا و ڕۆژ بە ڕۆژ زامەکانی سەر جەسەم کەوگ و کەوگتر ئەبوون. هێزی ئەوەشم نەمابوو تەنانەت ئەنگووسێکم بجووڵێنم. چاوم بەست و خەوم لێ کەوت. دوایی یاران وتیان بیست‌وچوار چرکە خەوتبووم. لە ناو ئەو خەونە قووڵەیا من توانیم بیست‌وچوار چرکەی ژیانی شەهین ببینم. ژیانێک کە ئەبوو بینووسمەوە. چاوم کە کردەوە دوکتورێکی پسپۆڕم بینی. دوکتورەکە منی ناسییەوە. منیش ئەوم ناسییەوە. کاتی منداڵی هاوگەڕەکمان بوو. هیچ‌کاممان هیچمان نەدرکاند. ئەمزانی پیاوێکی چاکە و لە خۆمانە. لە ڕواڵەتا لە ئەوان بوو. تەنانەت دینی خۆیشی گۆڕیبوو کە مێهدی و هاوکارەکانی متمانەی پێ بکەن. بەئەنقەست هاتبووە ناو زیندان هەتا ئەو شوێنەی ئەلوێ ئاگاداری بارودۆخی زیندانییەکان بێت.

"بنووڕ بزانە چە ئەیژم،" دوکتورەکە وتی، ئارام وتی، لە ناو گوێچکەی چەپم وتی، "بێ‌هۆش بوویت دەرزیکم دا لێت. بەیێ تر ئێعدامت ئەکەن. ئەم دەرزییە بۆ ماوەیک فەلەجت ئەکات. شایەتیش بۆ هەمیشە. مەژبوور بووم. ئەنووسم بۆیان فەلەج بووگی. مۆر و ئیمزایشی ئەکەم، ڕزگارت ئەکەن."

نەمئەتوانی چاویشم بە نیشانەی سپاس بنووقێنم. هەتاکوو ئێستەش لە دڵمەوە هەمیشە

سپاسی ئەکەم.

"ڕزگار بووی، سەرت هەڵگرە و دەرچۆ."

ڕزگاریان کردم.

پەنام بردە ئەشکەوتەکەم ... بۆ نووسینی ژیانی خۆم و شەهین و گشت ئەوانەی لە ژێر ماڵ و کووچی و کۆلان و ناو حەسارەکانی شاری کەسنەزانا نێژراون. دوای ماوەیەک هەستم کرد سێبەری مێهدی و مادییەکان ژێرخانەکەم گران ئەکات. دەرچووم و هەڵگەڕامەوە بۆ باوەشی خاکێک کە بە ڕەچەڵەک خەڵکی ئەوێ بووم: 'کەسنەزانان،' یانەی خودا. کانگای کانیئاوەکان ... سەرزەویی تەمووره و هەنار. هەمیشە ئەو قسەیەی شەهین لە ناو دڵما، لە ناو مەژگەما، زڕەی دێ، "ئەو واتە یاران ئەو واتە یاران، ئێمە دێوانەین ئەو واتە یاران، هەنێ مەگێڵین یەک یەک شاران، تا زیندە کەریم ئایین کوردان."

دوایی شەهین پەیڤی، "هەر کەلیمەی ئەم چیرۆکە خەونی مردگێک بەناحەق کوژیاگە. نەیگەرەک ناو گشتیان بێری. لە دڵ ئەم وشەگەلا خوەیان شارگەسەو. تۆ بنووسە، ئەوان خوەیان زینگ ئەونەو." من لەو کاتەوە بووم بە نووسەری مردووەکان. بەر لە پەیڤی شەهین نووسەری زینگەکان بووم.

"ڕێگەی گۆران هەر بگرە بەر،" دایراک شەهین مەرەمۆ."تا سەرکەوی هەتاکوو سەر، چونکە گۆران ڕێی ڕۆژنە، ئەم ڕێیە بۆ گشت پیاو و ژنە."
"ڕێگەی گۆران چەس؟" واتم.
واتۆ: "مردن و زینگ‌بوونەوەس ... ژیانەوەس ... لە ناو ڕەنجا ئەمریت و زینگ ئەویتەو تا ئەگەیتە ئاگاهی ... دوڕ دەروونت ئەتەقێتەوە و ئەگەیت بە یەک ئاکام: یەکیتی. زینگەکان ئەم یەکیتییە فام ناکەن. تەنیا کەسێ کە مەرگی چێشتگە ... تەنیا مردگەکان فامی ئەکەن."

بیست وچوار چرکەی ژیانی شەهین

لە زیندان دەربازبووم و هەڵگەڕامەوە بۆ هەلۆرک و باوەشی دایکم، بۆ زێد و وڵاتی خۆم، کەسنەزانان. میلکان و واری یار و تەمووره و هەنار. چیایەک دوو چیا و زنجیرەچیاکان و شاخێک و دوو شاخ و شاخەکان و گۆی زەوی لە سەر شاخی مانگا بوو و مانگا لە سەر پشتی ماسی بوو و ماسی لە دەریا لە سەر بەردێک، دارێک دوو دار سێ چوار و بێ‌وەند دار و دارستانی هەنار و تەموورەیەک و دوو تەمووره و سێ و چوار تەمووره و ئەو شارە یەکڕا زایەڵەی تەمووره بوو. یەک ماسی و دوو ماسی و سێ ماسی و گش کوردەواری ئارەزووی گۆشتی ماسی ئەکرد و ماسی لە دەستی شائیبراهیما بوو. خەڵک چەمەڕێی ئەو بوون بێت و ئەو پەتایە کە چوارچێوەی ئەپەرەسن و خاکی کوردانی تەنیوە لە ناو ببات. شائیبرایم شووی قەدەمخەیر بوو. قەدەمخەیر نەخۆش کەوتبوو. کوڕەکەی، خەبات بوو و کوژایەوە. کچەکەی، دایراک شەهین، کۆشکێکی سەهۆڵی بۆ مردووەکان ساچنا تاکوو بۆنی مەرگ کوردەواری نەگرێتەوە.
تابلۆکەی 'کەسنەزانان'م بینی گڕ کەوتە گیانم. لە ژێر خۆر و ساجنار هەموو دەنگ و

زایەڵەیەک هی ئامێرەکەی 'شاخوەشین' بوو، کەسێ کە هەزارویەکساڵی ڕابردوو کەلام و ئایینی کوردانی ئامێتەی دەنگی تەمووره و ڕۆحی مۆسیقا کرد ... سەروازی ڕێگای گۆران و هونەر بوو شاخوەشین ... دانای دەوران. لە گۆڕەپانی کەسنەزانان، کوڕێکی دڵدۆز لە کوڵەسووچێکەوە چای دووکەڵی وەرد مەرزەکێفی دەم ئەکرد. بۆنی چای و مەرزە و ئاگری داربەڕوو وەل دووکەڵ و خۆڵەمێش تێک ئاڵابوو. ئالوودەی دەرد بووم ...

پیرەمەردێک پوختە، بە جل‌وبەرگی خاکییەوە، فەرەنجی‌پۆش، سەروێن‌لەسەر، تەزبێحێکی سوور بە دەستەوە، تواشای ئەکردم. نیگای تێژ. پەیڤی، "وەش ئامای وە خەیر هەی بەرگوزیدە." کاتێ کە ئەو کەلامەی وت لۆچەکان دەور چاوی وەک ئەوانەی دایەم، وەک ئەوانەی شەهین، وەک ئەوانەی دایکم ئەجووڵانەوە. داهاتووم لە ناوڕۆی لۆچەکانی دەور چاو و لە نیگای چاویا ئەبینی ... مردووەکان، ئەستێرە و شەو.

برسیم بوو و بێزووم کردبوو بۆ لەتێک نانی وشک. پیاسەم کرد تا ناو شار و هاوکات ویرم لە زیندان ئەکردەوە. چوومە ناو کۆڵانێک و ماڵێک پەنجەرەکەی واز بوو. کچێ یاخۆ کوڕێ تەموورەی ئەژەند. دەنگی تەموورەکە درێژ بووەوە ناو کۆڵان و ... زرە و زایەڵەی تەموورەکە چرکەیەک لە ژیانی شەهین مەنمانۆ: پیرەژنێک دانا و پوختە، هەزارویەک دوون و جامەی تێپەڕاندبوو، لە ناو کۆڵانێکا، لە شەقامی 'شەکرۆ'ی شاری کەسنەزان، قژی خۆی ئەڕنییەوە و دەم و چاوی خۆی ئەڕووکاندەوە و شینی ئەگێڕا. لەناکاو ئاسمان ڕەش‌هەڵگەڕیا. ڕووی کرد لە هەنێک ژین‌بەخشی گۆڕنشین. هاواری کرد، "تەم و مژ و مرۆچەی ڕەش شاری داپۆشاگە. ئاگر بکەنەو. دووکەڵ دووکەڵ. خوەتان بشارنەو... لە ناو خاکا. بێسن تا ئەوان تێن. مەکەن ئاوا بەم جۆرە ناکرگێت. ڕۆڵەکانم، ڕۆڵەکانیان، ڕۆڵەکانتان ... خوێنیان کۆ کەنەو ... شین مەگێڕن ... هێز گرن ... یەک گرن ..." زمانی شکا وەکوو سترانێکی لاڵ، بێ‌دەنگ، بێ‌زمان ... وەرجە هاوارەگەی، خومپارەیەک، دوو خومپارە، سێ خومپارە یەک لە دوای یەک جەسەی هەنێک کوڕ و کچی لاوی پژاندبووە سەر دیوارەکانی ئەو کۆڵانە. من بینیم. ڕێک لەوێ بووم. خەریک بوون باس بیس‌وچوار چرکەی زینگی شەهینیان ئەکرد. یەکیان وتی، "ئەوان هیچوەخت ناتوانن لە سەر خاکا لەتەک ئێمە شەڕ بکەن. هەمیشە بۆمباران هەوایی بووگە." یەکێ تریان وتی، "ئەرێ واسە منیش ..." یەکرا دەم و زوانی لە دارتێلەکەوە شۆڕەو بووەوە و لە دوای چەن چرکە سەگی هار هات و مەچەک و دەست و ئەنگووستی ئەخوارد. برسیم بوو و منیش مینس وە سەگی هار ئەمویست لاشە لەت‌لەت و شرۆشیتاڵەکانی هاوشارییەکانم ... مێروولە ڕەشەکان، لە

هێلانە مێرووولەیەکی گەورەوە لە سەر قەڵای کەسنەزان، ڕژانە ناو شار و لاشەیان ئەخوارد. بۆنی مەرگ ...

دەنگی ***کین ئەم*** و ***ئەی هاوڕێیان***م ئەژنەفت. پیرەمەردێکی زانا و چاوبەچاڵاچوو، نەبی بوو. مەکروونی. پڕ لە هومێد، بە زەفتێک قەیمی بە دەستییەوە، گۆلەگۆل ئەگەڕا و گۆرانی بۆ خەڵکی بڕنەولەدەس و تەموورەلەدڵ ئەخستە سەر... زایەڵەی حماسە لە 'سپی‌بەرد'ەوە هەتا 'ڕەشبەرد' کۆڵان بە کۆڵان و شەقام بە شەقامی کەسنەزانی ڕائەچڵەکاند ... شەهین لە ژووری نەشتەرگەری خەریک تیمارکردنی بێماران بوو ... ئینجا چووە ناو حەوشەی نەخۆشخانە. لە هەر سووچێکا هەنێک مردوو لە سەر یەک ... هوراسانە و هەناسەگران. خێرا ڕۆیشتە ناو سەردخانە کە چیتر جێگەی لاشەی نەمابوو. لاشەی ڕەش و شین و ئاڵی ژێر سەهۆڵ. چاوی شەهین بەرایی نەئەدا ئەو هەموو مردووە ببینێت. ساردیی مەرگ ڕۆچووە ناو جەستەیەوە. زمانی شکا و فرمێسکی وشک هەڵگەڕا. دیسان هاتەوە ناو حەوشە. خەڵکی کەسنەزان سەهۆڵیان هێنابوو. شەهین سەهۆڵی لە سەر سەهۆڵ وەکوو خشت ئەچنی کە کۆشکە سەهۆڵییەکەی ساز بکات. کۆشکێک کە هەزارویەک دیوی هەیە، بۆ مردووەکان. نەیئەویست بۆنی مەرگ دزە بکاتە ناو شاری کەسنەزان، ناو وەڵاتی کەسنەزان.

کات و شوێن و ڕێکەوتم لێ ون بووگە.

خەڵکی کەسنەزانان ئەو ڕۆژە بۆ سێهەمین ڕۆژ بەڕۆژوو بوون. بەیانی جەژنی خاوەنکار ... ڕۆژگ‌گرتن بۆ یادەوەری ئەو ڕۆژ و شەوانە کە سوڵتانی 'کەسنەزان' و کەسنەزان و 'کەسنەزان' وەل یارانی لە ناو ئەشکەوتێکا پەنایان گرتبوو. پاش ئاشکراکردنی ئایینی کوردان، سوپای دژمن لە دووی سوڵتان و یارانی کەوتبوو و ئەوان لە ناو ئەو ئەشکەفتا سێ ڕۆژ و شەو گەڵای داربەڕوو و هەناریان ئەخوارد ...

خۆر ئاوا بوو. تواشای پەنجەرە کراوەکەم ئەکرد و دەنگ تەموورەکە ئارامی لێ بڕیبووم. کۆڵانەکەم گرتە بەر و لە ناو ئەو کۆڵانە کۆن و تەنگەبەرا ڕۆیشتمە ناو کۆڵانێکی تر. چووم بەرەو جەمخانەیەک. لە سەر درگاکەی هێمای ماسی و هەنار ... دەنگی کەلام و یاران ئەهات. چوومە ناو. دەستم شوست. پام شوست. گیانی تازەم هاتەوە بەر. هێڵانی ئەوەم نەبوو بڕۆمە ناو. برووت و سمێڵم نەبوو. تکام کرد. واتم منیش هەوەڵ و ئاخرم یارە. واتم 'کەلام'م خوێندووەتەوە. لە ناو چاوما شەهینیان چاوی. تەموورەیان بینی. کەلامیان بیست. درگایان بۆ کردمەوە. چل یار بە جل‌وبەرگی کوردییەوە بە دەور یەکا حەڵقەیان

بەستبوو. پیرێک گۆزەڵەیەک لە ئاوی کانی 'کەسنەزان'ی لە ناو جەمەکا بەش ئەکرد و هەموویان لەو ئاوە پاکەیان ڤەدەخوارد. پیرێک لە دەرەوەی کۆڕەکا تەمۆرەی ئەژەند. هەموویان پێکەوە ئەیانخوێند و هاوکات چەپڵەیان لێ‌ئەدا. لە سەر ئەژنۆ ڕاوەستابوون. لە ناو حاڵ‌وهەوای خۆیانا خنکابوون و ئاگایان لە من نەبوو. چوارمشقی دانەنیشتبوون، نەک بە پشتەوە بکەون. ئەژنۆیان یارمەتی‌دەری ڤەستان و نەکەوتنیان بوو. منیش لە سووچێکا بۆ خۆم دانیشتبووم، چاوم داخستبوو. بیرم ئەکردەوە و سەرم سەورێکانێ ئەجووڵاندەوە. دەنگی تەمووره ئارامی لێ بڕیووم.

سەرجەم و پیرەکە ئەیخوێند:

"هانای فەریادڕەسە،"

و جەم‌نشینەکان پێکەوە ئەیانوت:

"داوو."

لە سەر ڕیتمێکی دابین‌کراو. ئەتوت هەموویان سەرسپێردراوی تاڵی ئەو تەمووره بوون. ئەو شەوە تەموورەیەک بووم لە ناخ زەوی و خاکا ... لە جەمخانە نە جەم دانەم بەش. لێوانێک ئاو. پیرێکی دانا بۆی هێنام. ناچەشی بۆ هێنام. ئەو شەوە من ئاوێتەی کەلام بووم. چوومە ناو پێواژۆیەک لە ژیانم کە شای بەرزەمل و ئاموژگارەگەی لە سەر چیای کەسنەزان نوقم بووبوو. مەقام 'جلەوشاهی'یان ئەژەند یارەکان و تەیار و چەمەڕێی خۆنواندنی دانایان و سان و پاتشای کەسنەزان و 'کەسنەزان' و کەسنەزان و کەسنەزان بوون، چاو لە ڕێگە بوون بێتەوە و نەوەد و نۆ پیر و یاری کۆ‌چیای کەسنەزان لە دەوری کۆ بینەوە و کەلام و تێگەیشتن لە ناو دەماری کوردەوارییا بەڕێ و بڵاف بکەنەوە.

سوور سوور ئەمزانی، کۆبوونەوەی هێز و وردەحەقیقەتی مردووەکان لە ناو مێشک و ڕۆحما ئەو تواناییەی پێ‌دام کە بزانم و تێبگەم و بتوانم سنووری زەمەن تێپەڕێنم و تەنانەت دوون و جامە پێشووەکان خۆیشم هەست پێ‌بکەم. شەهین ڕاستییەکان دوونادوونی پێ نواندبووم، لە ژێرخانی ماڵەکان لە شاری کەسنەزان، گەڕەکی کەسنەزان، شەقام و کۆڵانی کەسنەزان، کاتێ منداڵ بووم، کە گەر کەسێک گەرەکی بێت بکەوێتە ناو ڕێگەی خۆناسی، هەزارویەک جار لە درێژایی ژیانیا ئەمرێت و زیندوو ئەوێتەوە. نەک مەرگێکی جەستەیی. سەرچاوکەی ئەم ژیواى و ژیانەوە ڕەنجە. دوونادوون، کراس‌گۆڕین، چیرۆک‌چڕین، ڕێگەیەکە کە ڕۆحت گەورە ئەکاتەوە و ئەتکات بە دانا و شارەزای چیرۆکەکانی ژیانی خۆت. هەزارویەک جامە و چیرۆکی ڕەنج و قووڵ‌بوونەوە. دوونادوون ڕێگەی هەر کەسێک نیە.

تەنیا کەسێک ئەتوانێ ئەم دوونگەلە بپێوێت کە خۆی لە ناخی دڵیەوە هەڵیبژاردوێت. کەسێک کە چیتر نایەوێت لە دونیای سڕبوون و بێدەسەڵاتییا بمێنێتەوە. کەسێ کە گەرەکیە گەورە بێت و بوینێت و دونیای ڕەنج و ڕاستی بچێژێت کە پڕ لە ژانی دانایيە. لەدوای ئەم پێواژۆیانە، کاتی تێکەڵبوون لەگەل حەقیقەتی مەرگە. ئەوسا ئەوێتە پاشا، ئەوێتە شای شیرین‌کەلام. ئەوسا تێئەگەیت و فام ئەکەیت مانای یەکێتی. شەهین ئەو کاتە وارما، "نەونەمامێک ئەوینی وەک پیرەمەرد یا پیرەژنێک زانا و ئاگا قسە و هەڵس‌وکەوت ئەکات، ئەوە شایەد دوون فرەی تێپەڕانگە و جامەی فرەی دڕانگە. پوختەس. ئارشیڤێک لە ڕابردوو و ژیان و مەرگ لە هەست و نەست ئەو بنیامە کۆ بووگەوە و باس لە فەردا ئەکات. بە پێچەوانەوە، پیرەمەردێک خام ئەوینی کە وائەزانی هەر گەورە نەوگە و ڕوانگەی بۆ دونیا فرە ڕووکەشە. ئەوە هەس لە دوونە ئەوەڵەکانیا و لە بنەڕەتا فرە گەورە نەوگە." ئەوەی ئەوت ئەکەفتمە بیر کچە سەندرۆم‌داوننییەکەی خەونەکانم. ساردوسڕ وەکوو مردوو، وەکوو بەردێک. کچێ کە مەودای نێوان چاوانی زۆر بوو.

شەهین هەمووجارێک دەربارەی دووناددوونەوە، بە دەنگە ژنانەکەی خۆی، وەکوو ئەوەی دایەم، ئەم کەلامەی بۆ ئەخوێندم:

گوهر باوران نە جیحون وە
ها وی شون رای دونادون وە
اوسا پادشام نە دون یا بی
نە ارض نە سما نە ثریا بی
نە ذات نە بشر نە شرط نە اقرار
نە لوح نە قلم نە دنگ دیار ...

چاگا لە جەمخانە بایەی ئاو و بەش و ناچەیان بۆ هێنام لە ناو ئاوەکا خۆمم بینی. شەهینم بە جل‌وبەرگی نەخۆشوانییەوە بینی. دایراک شەهین ...

وە حەفتەوانە سوێند ئەخۆم گیانە
تەنیا تۆم ئەوێ لە ئەم جیهانە

هاتمە فام‌کردن کە دونیا لە ڕەنگی ئەوەوە پێکهاتبوو. لە بێمارستانی کەسنەزانیش زەخمارەکانی تیمار ئەکرد و هاوکاتیش نەیەهێڵا بۆنی مەرگ کوردەواری لەخۆ بگرێت، بۆیە کۆشکێکی سەهۆڵی سازنا ...

کەسنەزانان. جەمخانە. کەس لەوێ نەمابوو بەس پیاگێک بە ناوی ئیبراهیم. پێیان

ئەوت شائیبراهیم، یەکێک لە حەفتەن و یارانی سوڵتان. پێیان وابوو شائیبراهیم نە دوون و جامەیەک ترا لە ناو جەسە و ڕۆحی کاک ئیبراهیما جیێک ئەڕا خوەی هەڵوژنیگە. پێی‌وتم لەوێ بنووم و دوای جەژنی خاوەنکار میوانی ئەوم. نمەز چی لە منا دۆزیبووەوە ... خۆی و کناچەکەی ...

خەوم لێ کەوتبوو. نە خەو ڕاچڵەکام، دەم‌بەیان بوو. لە 'کەسنەزان' بووم ... لە 'کەسنەزان'، لە باوایادگار ... هیچ شتێک مینس و جوور جاران نەبوو، سەرلەنوێ لە دایک ئەوامەوە، لە ناو خاکێکا کە بنچینە و مەسکەن و پایتەختی منە. بیر و ئاوەز و هەستم لێڵ بوو. بەپێخاوس هەنگاوم هەڵئەهێنا، لەوێوە چیای کەسنەزانم بینی ... شای شیرین‌شێوە، سەرخوەش لە خوڵقاندنی حەفتەن و حەفتەوانە، لە سەر لووتکەی ئەو کێوەوە ئەهاتە خوارەوە ... هاتۆتەوە؟ گەر بێتەوە هەمووی یاران یەک ئەگرن. (تێنەگەیشتم!!! یانێ گەر نەیتەوە ئێمە خۆمان ناتوانین یەک بگرین؟ یانێ هەر کوردێک ناتوانێت پاتشا و شارەزای چیرۆکانی ژیانی خۆی بێت؟) بورجی کەسنەزان لەوێ بوو ... دیواری کەسنەزان. قەڵای کەسنەزان ...گشت کوردەواریم ئەبینی ... پیاوەکان چوونە سەر ماڵەکان و نیگایان ئاراستەی کەسنەزان ... ژنەکان لە حەوشەی ماڵەکان هەناریان بە پێستەوە ئەخوارد و دووگیان ئەبوون. مناڵێک چەو وە دونیا ڕۆچن کرد. باوکی هەنار بوو و دایکی نائاوس. لە دایک بوو و دایکی دەسەی تەموورەکەی نیا ناو دەم کۆرپەکەی. بە دەم گرتی. تەموورەی ئەژەند دایکی، 'مەقامی باباناووس.' دەنگ و زایەڵەی ئەو مەقامە لە ناو مێشکی کۆرپەکا پەنگی ئەخواردەوە و هەست و نەستی تەژی لە ڕۆحی ئەو ئامێرە ئەکرد. مێشکم، هەموو خانووکەکانی مێشکم نۆتی تەموورە داگیری کردبوو. ئەو کۆرپە ... ئەو کۆرپە هاتە قسە. هەروا کە قسەی ئەکرد گەورە ئەوا. تەموورەیەکی گرتە دەس و کۆکی ئەکرد. هەروا کە کۆکی ئەکرد گەورە ئەوا. ئەو مناڵە لە چوار چرکە چل ساڵ گەورە بوو. بەردێکی سارد بوو لە سەر چیایەک، بێ‌خەم‌وخۆشی و بێ‌ئەوین. تێگەیشت لە زاری مردووەکان. زایەڵەی کۆکی تەموورەکە پەیقی:

یاران ئەو نیشان ...
یاران گەواهی بیان ئەو نیشان
کووکی تەنبوورم ئاما وە زوان ...
وەعدەی شاخوەشینە یانەی شیرەخان

شاخوەشینیش هاتبووەوە و کراسی گۆڕیبوو کە دەنگی تەموورە گرێ بداتە سەربەستیی

کوردەوارییەوە ...

کەسنەزان. یانەی خودا. لە ناو دەروازەی شاخە هەڵچووەکان. هەنگاوەکانم قورس بوون. پیرەمەردێک بێ‌دار و تەموورە لە دەست لە ناو ڕێگا، لە تەنیشت دارێکا بەکەردی ویرە ... واتم باوگە نیای ئڕا جەشن؟ پیرەمەرد واتۆ ئەو جەشنە وە بوونەی منە رووله ... دارەکە قسەی ئەکرد. دارەکە هاوسەرەکەی بوو و وشک هەڵئەگەڕا، کاتێ قسەی ئەکرد لۆچەکان دەور چاوی ... و گەڵاکانی ئەوەریان. پیرەمێرد ڕێگەی گرتە بەر و پیرەژنی هاوسەری لە لا بوو. شان‌بەشان و گۆلەگۆل و لارەسەنگ بەرەو باوایادگار ئەچوون، ڕێگەیەکی سەخت و شاخاوی. شاخەکان ئاوێتەی یەک بووبوون و ڕێگاکەیان کردبووە نسار. پیرەمێرد بە دەستی ڕاستی دەستی چەپی پیرەژنی گرتبوو. دەستی چەپی چنگی کردووە دەستەی تەموورەکەی. گەیشتنە ئەوێ قوڵ فەرەنجییەکەی ئاگری تێ بەر بوو و دانیشت تەموورەی ئەژەند. پێی وتم برۆم و سەردانی کانیی 'کەسنەزان' بکەم، کانییەکەی 'خوەرەزا'. لە سەر لووتکەی کەسنەزان و لە تەنیشت کانیی کەسنەزان ئەمتوانی قەڵای کەسنەزان ببینم، واری بەیت و حەیران و کەسنەزان و چیای کەسنەزانم ئەبینی. خەڵک لەوێ کەڵەشێرەکانیان سەر بڕی و شەو هات. خۆر، سووربائاڵ بە ناو ئاسمانا شکا و ڕژا ناو خانووەکان. لە تەنیشت دارەکا ڕۆژم کردەوە. ساجنار هەڵات و تیشکەکەی هاویشتە ناوەڕۆی لق‌وپۆی دارەکەوە و خۆی گەیاندە چاوم. تێکەڵێک لە فێنکیی دەم‌بەیان و گەرمی وەرەتاو وزەی خستە گیانم.

هاتمەوە سەر ڕێگا و بەرەو شاری کەسنەزانان وەڕێ کەوتم. کێوەکان تەژی لە داربەڕوو بەڵام بەریان هەنار ... هەنار وشک. برسیم بوو. هێزی پیاسەم نەمابوو. تینوو. مانوو. گۆڕستانێک لای ڕاستی ڕێگاکە پڕ بوو لە بیناگەلێکی بچووک و خشتی کە گومەزەکەیان نووک‌تیژ بوون. لە نێوان بیناکان قەورگەلێک بێ‌ناوونیشان ... و لە سەر قەورێک، کچێک دانیشتبوو و ... دەنگی تەموورەکەی ئەژنەوم. کراسێک تەخت ڕەش و پڕ لە گوڵی زەرد ... تەموورەکەی خۆڵەمێشی. قژی شۆڕ لە لای ملیەوە هاتبووە سەر بەرۆکی و بەشێک لە کاسەی تەموورەکەی داپۆشاو. دەنگی مەرگاژۆی تەموورەکە شەهین مەنمانۆ: چرکەیەکی دیکە. لاقێکم بینی، قرتیاگ. خوێناڵی. لاقی ژنێکی دووگیان. خومپارە لێی‌دابوو، لە شەقامی کەسنەزانی شاری کەسنەزان. لە جەستەی جیا. منداڵی ژنەکە لە دایک بوو. کە لە دایک بوو مرد. چێژی ژانی بەدایک‌بوونی ئەبرد. داڵگەکە پێی وابوو منداڵەکەی زیندووە و لە باوەشی گرت. ژانی لاقی بوو بە پێکەنین و بە سەر منداڵەکا ڕژا. شەهین لە ژووری

نەشتەرگەری بێمارخانەی 'کەسنەزان' لە تەنیشتی ژنە لەت‌لەتەکە بوو. باوەفا بوو، بە خۆی، بە هەستی، بە خاکی، بە مردووەکان و دەمەومردووەکان. شەهینی نەخۆشەوان ... نیگەران، چاوی لەرەی ئەهات. هیچ کەرەستەی نەشتەرگەری لە بێمارستانی کەسنەزان نەمابوو. هۆشبەر و دەوا و بتادین ... مەژبوور بوو تواشای بکات تا گیان بەخت ئەکات. حەزی نەئەکرد کەس تەنیا و بێ‌کەس بمرێت. دەستی لە ناو دەستی ژنە بریندارەکا بوو. لە شەشەمین چرکەی ژیانی شەهینا، شەهین و هەمووی بێمارەکان و ئەندامانی نەخۆشخانە برسی بوون. من لە داوێنی دوو شاخ و کوچکەکێوی بەرانبەر بە یەک بووم. پیرەژنێک لە سەر تەنوورێک نانی ئەکرد، سەدان کەس مینا مێرووولە لە ناو ڕیزێکا چاوەڕێی نان بوون. تەشتی هەویر لە تەنیشتی کە بەش شارێکی پێوە بوو ... بەڵام قەت ئەو تەشتە هەویرە تەواو نەئەوا. لە چیایەک لە چیاکانی کەسنەزان ... ژنێک بە جل‌وبەرگی سپییەوە هات و نانی برد. شەهین نان بەدەسیەوە ...

"شەهین چە بکەین؟ خەریکە ئەمرێت. شەهین شەش چرکەس نەخەفگیت. بچۆ چاوێک بنەرەو."

"شەهین دانەیک تریان هاورد. سەر دڵی کونا بووگە."

"شەهین چە بکەین، ئەو ژنە خەریکە ئەژاکێت. دووگیانە."

"دووگیان؟"

شەهین دانیشت و بیری کردەو. برووسکەیەک بەس بوو تا ...

شەهین بە یارمەتیی پەرەستارێک ژنە دووگیانەکەی لە نەخۆشخانە بردە دەرەوە. بەری بە سەیارەیەک گرت کە فیشەک کون‌کونی کردبوو. شوفێر لە ژێر بوردومان و فیشەکی هار، هێنانی بۆ شەقامێکی تر. شەهین لە ژێرخانەیماڵێکا لە شەقامی 'شاخوەشین' نەخۆشخانەیەکی قاچاخی بینا کردبوو بۆ نەشتەرگەری. لەوێ ئەو ژنەی تیمار کرد بەڵام منداڵەکەی لەوێ بوو بە وشەیەکی مردوو ... دایکەکەی هێنایەوە بۆ نەخۆشخانەی کەسنەزان و منداڵە مردووەکەی لە ژوورێکی زۆر بچووکی کۆشکە سەهۆڵییە ناتەواوەکە ئەسپەردەی سەهۆڵ کرد. لە کۆشکەکە هاتە دەرەوە ناو حەوشە. خەڵکێکی زۆر بەبێ پەروا و بێ‌هاس سەهۆڵیان ئەهێنا و بەیارمەتی شەهین خەریک بوون کۆشکە سەهۆڵییەکەیان بینا ئەکرد. دیواریان لە خشتی سەهۆڵی ساچنا... لە ناو دیوارەکانا دیوگەلێک زۆر بچووک، بەس بە ئەندازەی چوار یاخۆ پێنج تەرم ... گەرەکیان بوو هەزارویەک دیوی سەهۆڵی ساز بکەن ... بۆ پێنج هەزار و بیست‌وچوار مردوو. تیشکی وەرەتاو لە خشتە سەهۆڵییەکانەوە

دزەی ئەکردە ناو کاخەکە و پرشنگی ئەختستە سەر لاشەکان. لاشە لەت‌لەت. ئەنگووس ڕەش. چاو ڕەش. جەستە کەوگ و شین و شەت‌وپەت. دەمار سوور...

لەو کاتەوە شەهین ئەم ئەرکیە سەپاندە ملما، ئەتوانم ببینم بەبێ ئەوەی کە خۆم ئیزنی لە سەر بدەم. وێنەکان، بەسەرهاتی مردووەکان، تێکڕا بەدڵڕەقیەوە تێن و من چارم ناچارە. چاوم ناچارە لە بینین، دەسم ناچارە لە نووسین. لە منداڵییەوە ئەو ئەرکەی پێ سپاردم. خۆم هەڵمبژاردبوو. لە دوونی پێشووما خۆم بە ئیزنی خۆم هەڵمبژاردبوو. ئەبێ بڕۆم و بەردەوام بم. پێم خۆشە. هەر شتێ لە لایەن شەهینەوە بێت پێم خۆشە. لەو کاتەوە ژێرخانی ماڵەکەمان لە شاری کەسنەزان بوو بە مەتەرێزم ... تیشک و لیسکی خۆرەتاو وێنەی مردووەکانی بۆ دەرئەخستم و باشتر ئەمبینی، دونیایەک کە شەهین سازی کردبوو...

عالەم ساچنا عالەم ساچنا

پاشام جە نووری عالەم ساچنا

عالەم و ئادەم پەی وێش ڕاچنا

ئەو نوورەش جە پشت بنیام داچنا

ڕێگام گرتە بەر. ژنێک لە سەر زەوی گەنمی ئەوەشیان. گەنمەکان ئەبوون بە مار. وەکوو شەهین وا بوو ئەو ژنە، بەڵام ئەو نەبوو. سەیری کردم. سەرم داخست. هووشەی مار ئەهات. ئەو مارگەلە یارمەتیدەری بێمارەکان بوون. لە لایەن شای‌مارانەوە هاتبوون. وەکوو شەهین کە دوای تیرباران بوو بە مارێک و ڕۆچووە ناخی خاک و ڕۆیشت بەرەوە چیای کەسنەزان، نهێنگەی شای‌ماران و بارگەی ڕەشەمارەکان. شوێنێک کە نهێنییەکان خاکی لە خۆ گرتووە. هەر ئاوەیشتەیەک ئەرکێکی وە ئەنجام ئەگەیاند، ئەیانزانی سەرەنجام و دوادوونی هەمووان کەسنەزانە.

وەڕێ‌کەوتم هەمدیسان. پیرەمێردێک پوختە تەموورەی ئەژەند. ژەنیارێکی دەستڕەنگین و چازان، مینس وە شاخوەشین. دەنگی تەموورەکەی شین، شەیتان بوو شینی ئەگێڕا بۆ مەرگی دڵدۆزەکەی. خودای کوشتبوو، گەورەترین دڵدارەکەی و، لە سەر تەرمەکەی ... موورەی ئەکرد دەنگی ئەو تەموورە. خشەی کاسە چێوینەی تەموورەکە دەنگی ڕووکانی بەرۆک و دەم‌وچاوی بوو. دەنگ و زریکەی لاقە ڕاکردووەکەی چیرۆکی 'ڕاکردوو'ەکەی پیربال. لاقێک کە لە جەستەی شەڕقانەکەی هەڵاتووە و تەنانەت لە کتێبی *پەتاتەخۆرەکان* هاتۆتە دەرەوە و بەحاستەم خۆی گەیاندووەتە بێمارستانی 'کەسنەزان'. چرکەیەکی دیکە لە ژیانی شەهین. لاقەکە گەرەکیە شەڕ کات. لە ناو ڕێگا فیشەکێک

ئەژنۆی پێکاوە و برینداری کردووە. قاچە ڕاکردووەکە ئەیەوێ دایراک شەهین دەرمانی بکات. باش ئەزانێت کە باوەفایە.

دوای ئەوەی فیشەکەکە لە قاچی دەرتێرێت و قاچەکە دێتەوە هۆش، دایراک شەهین پەیقی، "قاچەکە، ئەوە تۆ چلۆن هاتگی بۆ شار کەسنەزان؟ دوکتور فەرهاد ئەزانێت کە هاتگی بۆ ئێرە؟" ئەژنۆی ئەجووڵێنێ و وڵام ئەداتەوە، "نا، دوکتور فەراد نازانێت و تکایە ئاگاداری مەکەنەوە. زۆر تووڕەیە. ئەمن قاچی شەڕڤانێکم، شەڕم دیوە، چیا بە چیا و هەوارەوهەوارم تێپەڕاندووە، ئەزموونم هەیە و دەمەوێ شەڕ بکەم. بۆیە خۆمم گەیاندە کەسنەزان."

دایراک مەرەمۆ، "تۆ تەنیا قاچێکی و ناتوانی شەڕ بکەیت، ئەگەر گەرەکتە خزمەت بکەی من چتێک باشت بۆ ئەدۆزمەو."

"چی خاتوو شەهین؟"

"کوڕێک هەس ناوی جەلالە. چاسا خەریک بوو خەڵک برینداری لە ژێرماڵە ڕۆخیاگەکان دەرئەهاورد، خومپارە ئەیپێکێت و قاچی ئەقرتنێت. چوار چرکەس ئێمە بێ هیچ دەوا و دەرمان و هۆشبەرێک قاچی ئەوڕینەو عوفوونەت نەکات. گەرەکمە تۆ بچەقنمە جێگەی قاچ جەلال."

"من کوڵ یا درێژ نیم بۆ قاچی کاک جەلال؟"

"تۆ بۆ قاچ جەلال کوڵیت. بنووڕ، جەلال گشت قاچی نەقرتیاگە. لە ژوور چۆکییەو خومپارە داگیە لێ. ئەگەر تۆ بخەمە جێگەی قاچ ئەو، ڕێک دەرتێت."

"من دەمەوێ شەڕ بکەم خاتوو شەهین."

" لەتەک جەلال خوەیا قسە کە."

قاچەکە چاو لە دەوروبەری ئەکات. چاو لە هاڵ و ڕاڕۆ و سەهۆڵخانە ئەکات و ئەبینێ لیپاولیپە لە جەستەی مردوو. مرۆڤی دەستوپێ‌قرتاو و فیشەک‌لێ‌دراو و خوێناڵی ئەبینێت. نەخۆشخانە پڕ لە مەرگ و خەریکەومردن و مەرگ‌گەمارۆدراو و مەرگ‌مانان و داوای‌مەرگ‌کەر و خاوەن‌مەرگ و لەمەرگ‌هەڵاتوو و بەدوای‌مەرگاچوو و داگیرمەرگ‌کراو و مەرگ‌داهێن و مەرگ‌هێنەر و مەرگ‌پژێن ئەبینێت، لە هۆش ئەچێت. کاتێ کە دێتەوە هۆش دەستێک لە سەر ئەژنۆی و ڕانی هەست ئەکات کە بە نانووکی ئەیخورێنێت. ئەبینم، لە ناو ئەم ڕێگە کە ئەگاتە کەسنەزان ئەیبینم. جەلال دیسان خومپارە لێی‌ئەدا و ئەمجارەیان دوو قاچەکەی قرتا. ئێستا ئەیبینم لە ناو تاکسییا. پاش چل ساڵ، جەلال بە

شوفێرەکە ئەڵێت کاکە من لە ناو ئەو شەقامە لە سیانزەمین چرکەی ژیانی شەهینا قاچم قرتیا. شوفێرەکە نازانێت چی بە سەر کەسنەزانا هاتووە. جەلال باسی ئەکات. شوفێر خۆی لە باسەکە لا ئەدات و ئەڵێت کاکە من باوەڕ ناکەم. ئەڵێ شەڕی چی؟ ئەڵێ لە کوورە؟ ئەڵێ کوا ئاسەواری؟ جەلال لە شووشەی سەیارەکەوە سەیری سپی‌بەرد ئەکات. چاوی ئەکەوێت بە پەیکەرەیەک زەبەلاح، پیاوێک دوو منداڵی کوژراو بە باوەشییەوە. خەم دای‌ئەگرێت و بیر ئەکاتەوە کە خودایە کەی ئەم سێبەری مەرگە خۆی لەم شارە لا ئەدات. نا، نا، جەلال، کەس بڕوا ناکات. دەتەوێ چی بەم خەڵکە بفامێنیت؟ ناکرێ جەلال، ناکرێت، کەس نازانێت و گەر تەنانەت بزانێت بڕوا ناکات و گەر تەنانەت بڕوا بکات لە دڵەوە باوەڕ ناکات. گەر بڕوا و باوەڕیشی بێت لە ترسا دایئەپۆشنێت.

ئەوانەش کە ئەزانن و بە قسەی خۆیان ڕووناکبیرن (مادییەکان) بەس بە دوای زمانا ئەچن. ڕێنووس بۆ ئەوان گەورەترین خەباتە. شەهین؟ لۆرۆ؟ ها یادد؟ ت خوەد وتی زوان وەختێ مانا دێرێ کە گیروودەی خاکوو. گریە دریاوٚدە خاکەو. ئەگەر خاک نەود زوان پۆتارە. کۆرپەیەکی بێمار و لاواز و برسی و تینووە کە لە دایکی دابڕابێت. وتت داگیرکەری کاتێ دەستی پێ‌کرد کە خاک و زمان لە یەک جودا کرانەوە و ئەم شتە بوو بە هۆی فەرامۆشی و سڕبوون. هەتا ئەم دوو دیاردە یەک نەگرنەوە کۆ-زمان ناگرسێت و فەلسەفەی کۆ-زمانی گۆران زیندوو نابێتەوە. ئەی شەهین بۆ ئەمانە بوون بە مەعمووری ئێمەگەل؟ تێگەیشتن لەم چتە پیری کردم شەهین. لەوە بەدوا کەس لە دەورما نەما و تەنیا بۆ خۆم داکەفتم و دەستەبراکانم بوون بە دوژمنی خۆم. دەستەبرا؟ یاخۆ مرۆڤی هەرزان؟

شەهین بڕێک پەڵپم پیا ئەگرن،
بۆ ئێمەگەل وەک سکڵ ئاگرن
ئێژم کاکە گیان دادە هەنیە
ئەتۆش کوردی شارەزووری
کەچی ئێستە لە ئێمەوە دووری
سەیر کە بزانە چیت لێ قەوماوە
خاک و کەلتوورت تالان کراوە

خەڵک دێن و بەپەلەن. ئەو هەویرە بەشی هەموو شاری کەسنەزانی پێوەیە. تەواو نابێت. نانەکان لە کەسنەزان ئەبەن بۆ خەڵکی ژین‌بەخش، خەڵکێ کە بڕیاری داوە تا پای مەرگ کەسنەزان بپارێزێت ... چاو لە گۆڕستانی پای کێفێک ئەکەم. چووم و تاقەدارێکم

بینی. دار بەڕوویەک. قەوریک لە تەنیشتیا بوو و لە سەری، بوومێکی سپیی نەقاشی جوور کێل دانرابوو. تواو سپی. هەستم بە قورسایی هەزاران مردوو لە سەر مێشکم ئەکرد.

چرکەیەکی دیکە: بێمارستانی 'سێ ئەسکەر'ی کەسنەزان لە ژێر بۆردومانی نەیارانا بوو. نیوەی ئەو بینایە وەک کەلاوە ڕووخا. ئاجۆر و سیمان و بەرد بە سەر نەخۆشەکان و برینداره‌کانا دائەکەوتن. نەخۆشوانەکان مەژبوور کەوتن هەموویان بگوازنەوە بۆ بێمارستانی کەسنەزان. گەیشتنە ئەوێ و لە بەر درگاکە دایراک شەهین هاتە بەرەوپیریانەوە. خێرا شوێنێکی بۆ نەخۆشەکان دابین کرد و ئەرکی نەخۆشوانەکانی بەپەلە ڕوون کردەوە. یەکێکی هەنارد بۆ بەشی منداڵان و یەکێک بۆ ژووری نەشتەرگەری. یەکێک و دووان بۆ جیاکردنەوەی دەس‌وپاقرتاوەکان لە فیشەک‌لێدراوەکان. یەکێک بۆ بەشی فریاکەوتنی خێرا. کچێکی لاوی هەنارد بۆ ژووری نەشتەرگەری. "دوکتورێکیان لە 'شاری تاراوەکان'ـەوە هەنارگە. فرە شەکەم هەس پێ. بچۆ چاودێری بکە. برینداره‌کان بە ئامپوول هەوا ئەکوژێت و دەس‌وپای ئەوانە کە بە ئاسانی دەرمان ئەکرگن ئەقرتنێت. هەواست بێ چە ئەکات. زوو دەرچۆ دێرە." شەهین ئاگاداری دۆخی هەموویان بوو. دانای دەوران بوو. سەدان برینداری لە دەیان ماڵا شاردبووەوە و بەدزیکەوە ئەڕوا و تیماری ئەکردن. کەرەسەی تیمارکردنی کۆ کردەوە و خێرا لە نەخۆشخانە چووە دەرەوە. تیری سەرگەردان وەک با و بۆران ئەهات و ئەچوو. وەک سەگی هار. شیا بان سەر یەکێک لە برینداره‌کان. زامەگەی ناسۆر بوو. "شەهین گیان بنووڕ، وەخت خوەت دامەنە بۆ من. من نامێنم. ئەو خومپارە دەروونمی شڕوشیتاڵ کردگە. من لە باخچەی ئەم ماڵ خوەمانا ئەنێژن. خەم من مەخوە جەرگەکەم. بچۆ ئەوان چاوەڕوانتن." شەهین گوێی نەدا و ئەرکی خۆی وە پەرتەخ گەیاند. لە ناو ڕێگا کە ئەهاتەوە لە هەر ماڵێک داوای سەهۆڵی ئەکرد. کە گەیشتە ناو بێمارستان، خەڵک بە سەوەتەی جەوری لە سەهۆڵ ئەهاتن و شەهین داوای لێ‌ئەکردن دیوارەکانی کۆشکە سەهۆڵییەکە بینا بکەن؛ گەورەترین کۆشکی سەهۆڵیی دونیا بوو ژ بۆ مردووەکان؛ کچێکی گەنج هاواری کرد، "خەریکە ئەمرێت شەهین. ئەویش مرد. ئەو دانەکەیش. گشتیان مردن شەهین." کەس لە لای نەبوو. دایراک حەزی ناکرد کەس لەوێ بەتەنیا و بێ‌کەس بمرێت. کچێکی بانگ کرد. پێی‌وت، "دەست بنە ناو دەس ئەو کەنیشکە کاڵە. مەیلا تەنیا خوەی ..." هێسر لە چاوێن وی بەر ب ژێر بوو. "تا گیانی بەخت ئەکات دەست ناو دەسیا بێت." سترانێکی لال، بێ‌دەنگ، بێ‌زمان، ئە بە بە بە ئەبە ئەبە بە بە بە. یەکێ هات و وتی شەهین تکایە برۆ بنوو. چوارده چرکەیە نەنووستوویت.

چرکەکان یەک لە دوای یەک لە پێش چاوم تێن و ئەچن. چرکەیەک، چرکەیەکی دیکە، چرکەیەکی تر و گردین چرکەکانی ژیانی شەهین حەقێقەت و مەرگ و مردوو بوو. شەهین، رۆلۆ، ناتوانم من ناگەیم بەم گشتە ... ژنێکیان هێنایە ناو ژووری نەشتەرگەری. شەهین لەوێ بوو. ژنەکە دووگیان بوو. مێردەکەی کوژرابوو. شەهین چاوی منداڵەکانی وە ئی دونیا رۆشن کرد. دایکیان مرد. مناڵەکان مردوو لە دایک بوون. شەهین بیری ئەکردەوە، لە تیربارانێک ... بە نەخۆشوانەکەی وت، "لە بیرتە ئەو کەڵەپیاگە هەولێدا نەکەفێت؟ ئەو پیاگە تیری خوارد و نەکەفت. مەرگ، تەنیا مەرگ توانی چۆکی پێ بدات. دەسی لە سەر سینگی بوو. ئەزانی بۆچە ؟" وره کەوتە گیانی شەهین. "چون هەستی بە سەرووەری ئەکرد و خوەی مەرگ خوەی خولڤاند."

شەهین منداڵەکانی لە باوەش گرت و بەگریانەوە بردنی بۆ ژوورێکی چکۆلە لە ناو کۆشکە سەهۆڵییە ناتەواوەکە. کۆرپە مردووەکانی لەوێ دانا و فرمێسکی ڕژاند. فرمێسکەکان سەهۆڵەکەیان تواندەوە. حەپەسا. لە هۆڵە تەنگ‌وتەسکەکان کۆشکەکە ئەهاتە دەرەوە و هاوکات بیری ئەکردەوە و دەستی بە دیوارەکانا ئەخشاند. ساردیی سەهۆڵ و مەرگ ڕۆچووە ناو ئەنگووس و ناو دەمارەکانیا. ساردیی مەرگ وە گیانیا ئەگەڕا و خۆی گەیاندە دڵی ... کۆشکەکەی بەجێ هێلا. شوێنی ئەو نەبوو، ئەو کۆشکە بەس شوێنی مردووەکان بوو.

شەهین لە بێمارستان چووە دەرەوە. جل‌وبەرگی سپی. شەهین هەر لە منداڵییەوە خولیای نەخۆشوانی بوو. چووە ناو کۆڵانی کەسنەزان و ماڵێکی بینی کە ڕووخاوە. ئاسەواری فیشەک و خومپارە لە سەر دیوارەکان دیار ... چووە ناو ماڵەکە. دایک و باب و خوشک و برا کوژرابوون و بەس کۆرپەیەک لە ناو بێشکە هێمانە هەناسەی ئەکێشا. ئەگیریا. بە هەلۆرکەکەوە هەڵیگرت و هێنایە بێمارستان. کۆرپەکەی دایە دەست نەخۆشوانێک و بێشکەکەی برد بۆ ناو کۆشکە سەهۆڵییەکە و دوو منداڵە مردووەکەی نایە ناوی. خەڵک سەهۆڵی ئەهاورد. بە دەوری بێشکەکەیا سەهۆڵی لە سەر یەک داچنا و بینایەکی چکۆلەی بۆ ئەو دوو منداڵە دایک‌مردووە ساچنا.

داربەڕووەکە میوەی نەبوو بەڵام خەریک بوو گیانی تازەی وە خۆ ئەگرت. نیگای چاوم لە سەر بوومە سپییەکە بوو. ڕیشەکانی ئەجووڵان و من هەستم بە لەرینەوەی خاکی ژێر پێم ئەکرد. ڕیشەکان تەرمێکیان لە ئامێز گرتبوو. نەم‌ئەبینی، بە تواوی گیانم هەستم ئەکرد. ئەمزانی کە خۆمم. دڵنیا بووم کە ڕۆژێک یاخۆ شەوێک خۆم لە ناو ڕیشەی دار بەڕووێکا ئەدۆزمەوە.

کەوتمە ڕێ. گەیشتمە ناو شاری کەسنەزانان. کەسنەزانان نەبوو. کەسنەزانی ڕووبار و کەسنەزانی دەریا و کەسنەزانی کێف و کەسنەزانی قەڵا و کەسنەزانی دیواری کۆن و کەسنەزان و کەسنەزان و کەسنەزان و کەسنەزان بوو. کوردەواریم لەوێ ئەدی لە ناو باوەشی گۆرانا، لە ناو باوەشی دایکیا، دایکێک دڵدۆز.

وەڕێ کەوتم. کەوتمە ناو گێژەنێک، ناوەڕاستی ئاپۆرەیەک. هەزاران کەس لە شاری کەسنەزانەوە هەتا شاری کەسنەزان لە لێواری ڕێگاکەوە هەناریان ئەچاند. لە ناو دۆڵ و داوێنی چیاکانا. یەک مانگ لە ناو ڕێگا بوون. ئەیانویست بە پێشوازی خەڵکێکەوە بڕۆن کە هەموویان پێکەوە شاریان چۆڵ کردبوو و لە دڵی دارستانی بەڕووا ئەژیان. پیرەژنێک لە گەڵای داربەڕووەکانی ئەخوارد و ئەیوت تا گەڵای بەڕوو مابێت کۆڵنادەین و لە سەر بڕیاری خۆمان ڕادەوەستین. هەمووی کەسنەزان وەڕێ کەوتبوون، هەناربەدەست، ژیانبەدەست. شەوانە کاتی نووستن پەسپەسەکۆڵە و دووپشک ئەیانگەستن ... وەڕێ کەوتم. نزیکی کەسنەزان بوومەوە.

تابلۆکەی 'کەسنەزانان'م بینی گڕ کەوتە گیانم. شارێک لە نێوان دوو تاشەبەردی زەبەلاح کە ئاویان لێ ئەچۆڕا. لە سووچ و قوژبنی ئەو شارە زایەڵەی کەلام و ... ژێر ساجنار هەموو دەنگ و زایەڵەیەک هی ئەوەی تەمووره بوو. لە گۆڕەپانی کەسنەزان، کوڕێکی دڵدۆز لە کوڵەسووچێکەوە چای دووکەڵی وەرد مەرزەکێفی دەمئەکرد. بۆنی چای و مەرزە و ئاگری داربەڕوو وەل دووکەڵ و خۆڵەمێش تێکئاڵابوو. گەیشتمە کەسنەزان. جەژنی خاوەنکار بوو.

لە شەقامی 'پیربنیامین' پاڵم نا بە دیوارێکەوە. لەو بەر شەقامەکەوە پیاوێکی باڵابەرزم بینی. سەر و ڕیشی یەکجار سپی بوو. برۆی ڕەش. فرەیک سەنگەکی بە دەسیەوە بوو و هیچکەسی بێبەش نەئەکرد. هەر پیاوەکەی ناو جەمخانە بوو. شائیبراهیم. چناکەی چکێ درێژ بوو بەڵام لە ناو دەموچاویا شوێنی خۆی کردبووەوە. چووە ناو کارگەیەکی تەمووره و هاتە دەرەوە. مناڵێکی بینی. سەنگەکییەکی پێدا. بۆنی نان ...

ئێستاش لە دوای چەنەها ساڵ هێشتا ئێژم شائیبراهیم خۆزگەم بە خۆم کە تۆم بینی. دونیات بە من بەخشی. ڕۆحی کۆ-چیاکانت خستە ناو ڕۆح و جەستەم. دایراک شەهین و خەباتت بە من ناساند. بەڵام من بووم بە هۆی کوشتنی خەبات و بزربوونی شەهین. شەهین لە کوورەی؟ لۆلۆ؟ شەهین؟ شەهین گیانەگەم؟

چووە ناو کارگەیەکی ترەوە. هاتە دەرەوە و بەس یەک سەنگەکی پێ مابوو. زۆرم برسی

بوو. سەری بەرزەو کرد و منی چاوی. سمێڵی تا سەر چناکەی شۆڕ بووبووەوە. بانگی کردم، "لە جەمخانە خەفتی رووڵە؟"

چلۆن وریای خەون و خەیاڵەکانی من بوو؟ نەمئەزانی چە بێژم. سەرم لەقاند.

پێی‌دام، لەتێک نان. وەڕێ کەوت و وتییە پیم کەفمە شوونی. هەستم ئەکرد تواس بێت بە باوکێک بۆ من کە هیچکات نەمبوو. لە کۆڵانگەلێک کۆنەوە ئەچووا بەرەو ماڵی خۆیان. سەیری درگای ماڵەکانم ئەکرد. لە سەر هەرکامیان هێمای ماسی یان هەنارێک هەڵکۆڵرابوو. لە بن هەر ماڵێکا دارهەنارێک نێژرابوو. لە سەر هەر ماڵێک دارهەنارێک چێنرابوو. لە هەر ماڵێکا کچێک بوو کە هەناری بەپێستەوە ئەخوارد و تەموورەی ئەژەند و دووگیان ئەوا. هەستم ئەکرد لە هەر ماڵێکا شەهینێک هەیە و ژیان ...

"کاک ئبراهیم ئڕا کوورە بەیدەم؟"

سەرێ ئەڵگەردانەو و نووڕیە پیمەو، "توام بەشت بەم."

"لە چە؟"

"لەوە گ توای بۆنیدەی."

ڕاوەستا لە بەر ماڵێکا. درگای دارینە و کۆنینە. لق‌وپۆی دارهەناری بەر ماڵەکە لێواری دیوارەکەی داپۆشیبوو. دەسی کردە ناو گیرفانی پانتۆڵەکەیا و کلیلێکی دەرهێنا. هەناسەیەک قووڵم هەڵکێشا و سەرم داخست. درگای کردەوە و سەرم بەرزەو کردەوە. حەوشی ماڵەکەم چاوی. حەوزێک شین و دیوارگەل خشتی. بۆن و بەرامەی شێداری خشتەکان ڕۆحمیان هەژاند. شائیبراهیم چووە ژوور و منیش بە دوایا چوومە ناو حەوشەکەوە. ژێرخانێک کە درگاکەی تاک بوو و ئەمبینی کە ئەبێ حەفت پلەی نیم‌میتری بپێوی تاکوو بچیتە دڵی ئەو تاریکییەوە. هێزێک ڕامی‌ئەکێشا برۆمە خوارەوە. نەمئەوێرا. وەکوو ژێرخانەکەی ماڵی خۆمان لە کەسنەزان کاتێ کە منداڵ بووم ... ئەو شەوە ... کە ژیانی گۆڕام، کە وەک منداڵێک بۆ یەکەمین جار شەهینم لەوێ چاوی ... هاتبوو ببێتە ساحێواری ڕۆحم. شەهین گۆڕستانی مردووەکان بوو. مردووەکانی بیست‌وچوار چرکەی ژیانی شەهین.

لە گۆشەی حەسارەکەوە، شائیبراهیم بە پلەکانا هەڵگەڕا. بانگی کردم برۆمە ماڵەوە. ڕۆیشتم. هەزارویەک ژووری لێ بوو و کچەکەی، شەهین، شارەزای هەموویان ... دوایی زانیم. هەزارویەک شاری کەسنەزان لەو دیوگەلا بوو و هەر کامیان چیرۆکێکی نەوتراوی لە دڵا بوو. شەهین لەو ماڵا ... کچی شائیبراهیم ... دایکی ناوی قەدەمخەیر بوو. لە

گەڕەکی 'جۆراوای' شاری کەسنەزانان.

قەدەمخەیر نەخۆش بوو. شەهین پەرەستاری لە دایکیی ئەکرد. شائیبراهیم، وەکوو عومەرخاوەر، نۆ منداڵی بوو و بەس دوو منداڵی لەو ماڵا بوون. شەهین و خەبات. خەباتێک کە بیر و بیرۆکەی زۆر بێگەرد و خاوێن بوو. من خەباتم کوشت. مەرگی خەبات لە سەر ئەستۆی منە شەهین. من خۆم ناوەخشم. من ئەمتوانی فریای کەوم. بەڵام مێهدی ...

شەهین لە ژوورێکا لە تەنیشت دایکی نیوەگیانیا نووستبوو. شائیبراهیم بانگی کرد. هات. لە دوای چەن ساڵ من دیسان شەهینم دۆزییەوە. شەهین زانی؟ ڕۆڕۆ؟ ها یادد؟ شەهین هاتە پێشەوە. ئەوەڵین شتێ کە سەرنجمی ڕاکێشا چاوی بوو. من لە ناو چاویا داهاتوویم دی یاخۆ ڕابردووی؟ خۆی ئاگاداری بوو؟ نازانم هێزی جادووی ئەو ماڵە بوو یاخۆ نا، بەڵام من دیم چی بە سەر شەهینا تێت یان هاتووە. چاوی شەهینیان بە پەڕۆیەکی ڕەش داپۆشابوو و دوو کەس تریش لە تەنیشتیا بوون. لە ناو حەوشی بینایەکی گەورە. نوورئەفکەنگەل گەورە مەیدانەکەیان ڕووناک کردبووەوە و پارچەیەکی ڕەشی زۆر گەورەیان لە پشتی مەیدانەکا هەڵواسیبوو کە دراوسێکان لە دەرەوە نەتوانن تیربارانەکە بوینن. بەبێ ئەوەی کە بە چتێک بەسرابێتنەوە، لە ناو گوڵ و گیا ڕاوەستابوون.

"چاوم بکەنەو، گەرەکمە بۆ ئاخرین ڕا هەسارەکان بوینم." شەهین پەیڤی.

بە قسەیان نەکرد.

جووخێ ئامادێ هەدەف شێللیک ...

یەکەم کەس پیاوێک بوو کوشتیان. خێرا مرد و هەستی بە ژانی فیشەک نەکرد. دووەم کەس ژنێک بوو. پێیان‌ئەوت 'شاژن'. خێرا نەمرد. بە سێ فیشەک مرد. سێهەم کەس شەهین بوو. جلی کوردی لەبەرا بوو. تەخت ڕەش و گوڵی زەرد. دایکیشم هەمیشە ئەو جلیە لەبەر ئەکرد. دایەیشم. ژنەکانی گەڕەکیش. گشت ژنەکان کەسنەزانیش. تا ئەو شوێنە بیرم هەتەر بکات هەر ژنێکم دی ئەوەی لەبەرا بوو. شەهین نەئەمرد و خۆی خڵۆپانی خاک ئەکرد. ئەیەویست لەگەل خاکا ببێتە یەکێ. بوو. شەهین نامرد و وەکوو مار پێچی لە خۆی ئەدا. چوونە سەری و فیشەکیان نا بە سەریەوە. شەهین بوو بە شای‌ماران و ڕۆچوو بە ناو دڵی خاکا و هەڵچوو بەرەو چیای کەسنەزان.

شەهین هات و من بە چاوانیا ناسیمەوە. قسەی نەکرد. منیش قسەم نەکرد. بەس سەرێکم لەقاند و شەهین چوو بۆ ناو ژوورەکەی کە ئاگای لە دایکی بێت. زانسیا ک گشت مناڵیم داگیر کردیە؟

تا کەی تۆ وەو زام من وەی دەردەوە

تۆ وەو کاوەوەو، من وەی هەردەوە

قەدەمخەیر قسەی نەئەکرد. نەیئەتوانی زاری بکاتەوە. ئەو ماڵە فرە بێدەنگ بوو. دەنگی زاڵی ئەوێ دەنگی تەموورە بوو، کە دەنگ و زایەڵەی حەقیقەتی مەرگ ... شەهینیش بە بۆنەی دایکییەوە فرە نەئەدوا. خەبات و شائیبرایمیش بەزۆرینە لە کارگە بوون. خەبات پەیوەندییەکی زۆر نزیکی چەنی باوکی بوو. یار و هەیاری یەک بوون. لە بەر دەستی باوکیا لە کارگەی تەموورەسازی کاری ئەکرد و منیش وەگەردیان ئەچووام. تەموورەژەنین لەوێ فێر بووم. خێرا فێر بووم. ڕۆحی تەموورە لە ناو دەمارەکانما ئەسووڕایەوە. کارگەکە لە شەقامی 'دڵنەواز' و نزیک ماڵ بوو. شائیبرایم بەڵێنی دابوو بۆ گشت خەڵکی کەسنەزان تەموورە ساز بکات و تەنانەت کلی کاتە 'کەسنەزان'یش. ئەیوت، "گەوراترین ئارەزووم یەسە ئڕا گش کوردەواری تەمۆرە درس بکەم." وەکوو ئەرکێکی نیشتمانی پێیا ئەڕوانی. بڕوای وابوو ئەو پەتایە کە خاک و خەڵکی کوردەواری نەخۆش خستووە بە تەموورەژەنین چارەسەر ئەکرێت. گەر خەڵک گوێیان لە تەموورە بێت گشت شتێک تێتەوە بیریان و ئەتوانن ئەم پەتای فەرامۆشییە چارەسەر بکەن. بۆیە هەتا نیوەشەو سەرقاڵ بووین و درەنگ ئەهاتینەوە بۆ ماڵ. شەهینم زۆر کەم ئەدی بەڵام هەمیشە لەگەڵم بوو، مان دایکم کە ئێستاش لە باوەشمە.

چەندجار ئەمەویست بڕۆم و لەتەک شەهینا قسە بکەم. بێژم پێی گەلۆ ئەویش ئەزانێ؟ یاکوو هەمووی وەهم و خەیاڵ و ساویری منداڵی من بوو؟ یەک ساڵ لە ماڵیانا بووم و قەت نەمتوانی باسی منداڵیی خۆمی بۆ بکەم. کاتێ کە شەهین لە ژێرخانی ماڵەکەم لە کەسنەزانا گیرۆدە و گرێدراوی دارهەناره وشکهەڵاتووەکە بوو. کاتێ کە، لە خەون یاخۆ بەیارییا، ڕابردووی کەسنەزانی پێ ئەنواندم. کاتێ کە تێ‌ئەکۆشا حەقیقەتێک بخاتە ناو مێشکمەوە. تێکەڵی تاریکیی شەو بوو شەهین لە گشت سەردەمی منداڵیما. داخۆ پێی ئەزانی؟ ترس و دڵەکوتەی درکاندنی ئەم وشەگەلە ئارامی لەم دڵە سەگەم بڕیبوو. شەوێک چووم بۆ لای دایراک شەهین. بڕیارم دا قسەی وەگەڵ بکەم. لە دیوەکەی خۆی خەریک بوو نەققاشی ئەکێشا. درگاکە نیمەواز بوو و گۆشەیەک لە تابلۆکەیم لە درزێکەوە چاوی. هەنێک تەرمی بریندار، لەش شین و دەمار سوور، لە سەر یەک کەڵەکەکرابوون. هەنێک ماسی خەڵپاوخوێن، لە ناو کۆڵانگەلێکی مەستەر و کۆن و تەنگەبەرا. درگای ژوورەکەیم کردەوە. هەنگاوێک چوومە ناو. شەهین سەری هەڵگەڕاندەوە. " شەهین ها هۆرد؟" نا نا ڕەشۆ

مەیژە، بیگێژە و جا بێ بیوێژە. نەموت. ترسام. شەهین هەرچێ شتیە ئەزانی. دڵنیا بووم. لە گۆشەنیگای چاویەوە، قورس و گران مینس وە وارانەشەوێک، بینیم و زانیم و تێگەیشتم کە قەت ناوێ سەبارەت بەو سەردەمە قسەی لەگەل بکەم. چەن جار بە خۆمم وت ڕەشۆ زوانت ئەبێ ڕاگری و واز لە لۆترەوانی بێنی. وتەیەک لە زارم بترازیبا ئەبووە هانی نەمانی. شەهین کچێ نەبوو بە زوان لێم تێبگات. قەت پێویست نەبوو پێکەوە باس بکەین. قەت نەمانکرد. هەمیشە نیگای لە سەر نیگام هەڵنگووت و هەموو شتێکم فام ئەکرد.

من هەر یارم ئەوێ یاران
بێن بۆ لام وەک جاری جاران
من گەرەکمە گاس بخوێنم
گاسی من دیداری یارە
یاری جوانم لە من دیارە

لە حەوشە بووم. ڕۆژ ئاوا بوو و دواهەمین تیشکە سوورەکانی وە سەر ڕوومەتی شەهین درەوشاوە کە لە درگای ماڵەوە لە سەر پلەکانا داگەڕا. تەموورەکەی لە دەستی بوو. ئارەزووم ئەوە بوو شەهین لە کاتی تەموورەژەنینا ببینم. جلە کوردییە تەخت ڕەشەکەی ... پڕ لە گوڵی زەرد. پرچی نیوەی دەموچاوی داپۆشابوو و لە سەرشانیەوە بۆ ناو بەرۆکی شۆڕ بووبووەوە. شەهین سنگ و بەرۆکی نەبوو. سەرجەم هەستەکانی لە ناو ئەنگووسەکانییەوە کۆ بووبوونەوە، بۆ تەموورەژەنین. لەبۆ تیماری بێمارەکان: لە گەڕەکی 'خاوەن‌زەمانی' کەسنەزانەوە هەواڵی پێ‌گەیشت کە خوێنی لێ نەماوە. شەهین گ گیانی دڵەڕاوکێ بوو گەلۆ کێ خوێن بیات بۆ ئەوێ؟ فیشەکی سەرگەردان وەک سەگی هار سەر و زێڵی خەڵکی ئەپێکا. خۆی خەریکی نەشتەرگەری بوو و نەیئەتوانی خوێن ... خێرا هاوڕێکانی گردەو کردەوە. "کێ ئەتوانێ خوێن بوات بۆ گەڕەک خاوەن‌زەمان؟" شەهین پەیقی. کچێک وتی من ئەڕۆم. نەخۆشوان بوو. پێئەکەنی کە وتی. هەمیشە کەنین و خەنین لە سەر لێو و چاڵی گۆنای بوو. شەهینیش دڵ‌پەشێو و لەرزەلێو. لە ناو چاوی هەموویانا مەرگی ئەدی و ئەیزانی لە داهاتوویەکی نزیکا گشتیان تەسلیمی خاک ئەون. نەیتوانی بێژێت مەچۆ بەڵام خۆی هەڵبیژاردبوو کە بچێت. ئەیزانی. چوو، نەخۆشوانێک تریش لەگەلی سوار ئامبولانس بوو.

"مەکەنە کەنیشکە. سەرت داخە دەی، کەم تواشای دەرەو کە، گوللە ئەتپێکێت."

بە قسەی نەکرد. ئەکەنیا و لە دەرووەچ ئامبولانسەکەوە تواشای دەرەوەی ئەکرد. لە 'قەلای کەسنەزان'ەوە بە قەناسە پێکایان. قەلایەک کە هێمای کەسنەزان بوو و هەموو

شەقام و کۆڵانەکان بە دەورییەوە سازکرابوون. دوایی داگیر کرا و ڕووخا و بوو بە هێلانە مێرووله.

شەهین لە ژووری نەشتەرگەری. کچێک سیانزە ساڵان. هەردوو قاچی بە خومپارە لە بنەوە قەڵەمە بووبوون. ئەنگووسێکی بە فیشەکی سەرگەردان قرتابوو ... چاوی کوێر هەڵگەڕابوو... شەهین هاتە دەرەوە. بیری ئەکردەوە خوایا من چە بکەم، من ناگەیم بەم گشتە مەردمە زەخمار و دەمەومردگا ... دەرچوو بۆ ناو حەوشەی نەخۆشخانە. خێرا شوێنێکی لەوێ تەرخان کرد و سفرەی داخست و لە چێشتخانەوە چێشتی لەوێ دانا. دەستی ڕاستی هەڵکرد و پاش چەن خولەکێک هەنێک ژین‌بەخشی گۆڕنشین هاتن و فراوینیان کرد. برسییان بوو. تینوویان بوو. ڕوانییە درگاکەی نەخۆشخانە. خەڵک بە سەهۆڵەوە ئەهاتن ... بۆ پێشوازییان دیسان چووە ناو حەوش و ... شەهین تەموورە لە دەست. سەرجەم هەستەکانی لە ناو ئەنگووسەکانیا کۆ بووبوونەوە.

شەهین تەموورە لە دەست. جوانترین چوارچێوە و وێنەی دونیا. لە پلەکان داگەڕا. کە نزیکم ئەواوە دڵم گرانتر هەڵئەگەڕا. خەبات وە شوونی هات. خوشک و برا لە حەوشە لە سەر لێواری حەوزە شینەکە دانیشتن و دەستیان کرد بە تەموورەژەنین. نەریتێکی کۆنی بنەماڵەیی. هەینی.

هەینی بوو، قەدەمخەیر هاتە قسە. ئارەزووی گۆشتی ماسی کرد. شابرایم بەڵێنی دا بۆی بێنێت. لە ماڵ چووە دەرەوە. ڕۆژانی هەینی ئیزنی ئەوەی نەئەدراین لە کارگە کار بکەین. "بنیشنە ماڵ وەگەرد یەک تەمۆرە بژەنن." ئەیوت هەینی ڕۆژی ئەوە و ئەبێ لە کارگە تەنیا بێت ... شەو هات و خۆر ڕژایە ناو ماڵەکان. درەنگە درەنگە. شائیبراهیم نەهاتەوە و قەدەمخەیر ئارەزووی گۆشتی ماسی کردبوو.

شائێبرایم ئەیزانی کە پەتایەک خۆی کردۆتە ناو وەڵاتی کەسنەزان و خەڵکیش بە تووشیەوە بووگن. پەتایەک کە ئەبووە مدووی فەرامۆشی. ئەیزانی کە ئەبێ کارێک بکات. خوەرەزا بوو شائبراهیم. شارەزا بوو شابرایم. ئەیزانی کە ئەبێ تەموورە ساز بکات. هەمیشە ئەیوت تەموورە گرێدراوی مێژوو و خاک و شوناس ئێمەس؛ گەر گوێ بۆ دەنگی ڕابگرن ئەتوانن بێننەوە بیریان کە 'کین ئەم'. پەتای فەرامۆشی وای لە خەڵک کردبوو کە کەس نەیئەزانی کێیە چونکوو خاک و زمانیان لە یەک دابڕابوون. ئەیوت ئەو پەتایە زۆر مەترسیدارە. چکەچکە ئەتکوژێت. سەیوەت‌سەیوەت سێوەرێک ئەخاتە سەر مێشکت و ناتوانی ڕابردووت ببینیت، تەنانەت ئەوەش نازانی کە داک و بابت کێن.

بەڵام قەدەمخەیر پێی وابوو کە ماسییەکانی ڕووباری کەسنەزان ئەتوانن ئەم دەرد و پەتایە تیمار بکەن. نەیئەتوانی قسە بکات بەڵام شابرایم ئەیفامی. دایراک شەهین پێی وابوو دەرمانی ئەم دەردە گلارەی هەنارە.

"م چمە شوونی،" خەبات وتی. ئامێرەکەی لە مووفرکی سەوز پێچا. چووە ماڵەوە و تەموورەکەی لە سەر تاقی یەکێک لە دیوەکان دانا. هاتەوە ناو حەوشە و چاوی لەرزۆکی شەهین لە دووی براکەی ئەگەڕا.

"منیش تیەم،" شەهین پەیڤی.

نەمهێشت. وتم ئێوە لە لای یەک بن و ئاگاتان لە قەدەمخەیر بێت، من ئەچم. حەزم ئەکرد لە دڵی شەوا لە کەسنەزانا پیاسە کەم. چووم. هەستم بە قورسایی هەنگاوەکانم ئەکرد. با لە دڵی دوو شاخا ئەیلووراند و هەستم ئەکرد تاریکیی شەو ئەجووڵێتەوە. تەقەی هەنگاوگەلێک لە پشت سەرم ئەهات. دەستێک لە ناخی تاریکییا چڕ بوو و گەرووی گرتم. مردووەکانی ناو کۆشکە سەهۆڵییەکەی شەهین هاتنە پێش چاوم. چەپوڕاست بووبوون و ڕەقهەڵاتبوون. وەکوو شووشە شکان. نەمئەتوانی بگیرم. زمانم شکا. قەت بیرم نەئەکردەو بتوانم بێمەوە سەر حاڵەتی سانای خۆم. لەشی کەوگ و خوێنی سوور و دەماری شین. جوانترین و لە هەمان کاتیشا هەرەتۆقێنەر وێنەیەک بوو لە مێشکما وێنام کردبوو. سترانێکی لاڵ، بێ‌دەنگ، بێ‌زمان، ئەبەبەبە بەبە ئەبە ئەبە. یەکەمین چرکە: ۳۱ی خاکەلێوەی ... شەهین ڕاچڵەکا و ئیتر نەنووست تا گیان لە جەستەی دەرچوو. هێز و چەک و چەکدارەکان، مێهدییەکان، هاتنە ناو شار و خەڵک هێڵانی ئەوەیان نەدا بچنە پێشێ. هەڵگەڕانەوە و دوای چەن کاتژمێر ئاگادار بوونەوە لە پەراوێزی کەسنەزان و لە ڕێگەی دێهاتەکانی کەسنەزان و کەسنەزانەوە ئەتوانن بچن و بگەن بە ئامانجی خۆیان، پادگانی کەسنەزان. هێزێک پڕ لە ...

هورموز بوهار هات
ئەهرەمەن هاتنە ولات

بەهار بوو. باران بوو. ڕێگە تەنگ و تەسک، بەڵام چوون، خەڵکی ئەو ناوچە ئاوی کانی و هەسێڵیان داخست و ڕێگە بوو بە هەڕگ و بەشێک لە هێزەکە چەقییە ناو دڵی خاکا و نەیتوانی بجووڵێتەوە. ئەو سەربازگەلە کە بە زۆرەملی هاتبوون هەڵاتن و بە دۆڵ و کێفەکانا ڕایانکرد. بەشێک بچووک لە هێزەکە ڕایکرد و گەیشت بە پادگانی کەسنەزان. دەسیان کرد بە بۆردومانی کەسنەزان و شەهین لە خەو ڕاچڵەکا. دەرچوو بۆ نەخۆشخانە. ئەیزانی.

نیگەران و چاولەرزۆک چاوەڕوان بریندارەکان بوو.

چرکەی دووەم و ئەرکی گرانی شەهین لە بێمارستان، شەونوخوسی، گەڕەکی 'کەسنەزان' وێران بوو. خومپارە ماڵێک ئەپێکێت. دایک و باوک و سێ منداڵ هەشت و پەنج و سێ ساڵە ئەکوژگێت. تەنیا کوڕپەیەک ناو هەلۆرکا زینگ ئەمێنێت. لە قەڵای کەسنەزان، کە ئێستە بووەتە هێلانە مێروولە و، تەپەی 'شەپۆلە خوێرییەکان'ەوە خومپارە مینس وە باران ئەوارێت و ئەرکی گرانی شەهین ... لاشە و تەرم بێمارستان پڕ ئەکات و شەهین ... دیسان چرکەی دووەم، نەخۆشخانەی 'سێ ئەسکەر' ئامانجی خومپارە و تۆپ و تانگە و خاپوور ئەوێت. نەخۆش و نەخۆشوانەکان مەژبوور ئەون بێن بۆ بێمارستانی کەسنەزان. ژووری نەشتەرگەری جێی خاڵیی لێ نەماوە و شەهین مەژبوور ئەوێت بێمارستانێک ژێرزەوینی ساز بکات.

شار و شەقام و کۆڵان و کەسنەزان. گەیشتمە کارگە. بەڵام دڵەکوتەی مێهدیم هەبوو. ئەمزانی کەفتەسە شوونم. ئەمزانی لێرەشا دەس لە سەرم هەڵناگرێت. لە منداڵییەوە کە هاوسامان بوو. لە لاوییا کە ئەشکەنجەی دام و ئیسەیشە کە سێوەرێکە بە دواما. ئەی مادی؟

گەیشتمە ناو کۆڵانی کارگەکە. خەڵک نووستبوون و کۆڵانەکە تێکڕا تاریک بوو، تەنانەت چرای دارتێلەکەش ... کزە تیشکێک لە شووشەی کارگەکەوە کۆڵان و تاریکیی ڕائەچڵەکاند. سێوەر چەن کەسێک ئەهاتن و ئەچوون. نزیک بوومەوە. دەنگی هەناسەی مێهدی لە ناو کۆڵانەکا پەنگی ئەخواردەوە.

شەهین چە بکەم؟ لۆلۆ؟ ئەقەرە خەو ترسناک دیمە کارەساتەگان ئەڕام ئاساییین.

لە پشتی شووشەکەوە سەیری کاک ئیبراهیمم کرد. چرالەنتەرێکی هەڵکردبوو و جەلای تەموورەکانی ئەکێشا. پێم سەیر بوو چلۆن ئەیتوانی لە بەر ئەو تیشکە کزە کار بکات. مێهدی، وەک سێوەر، لە پشت سەر شائیبراهیمەوە بوو و چاوی لە چاوم بڕی. تیشکەکە پرتەی کرد و کوژایەوە. ترسام. درگاکە داخرابوو. ئەمەویست بڕۆمە ناو و نەمئەتوانی. چەن چرکە ڕاوەستام و تەقەم لە درگاکە دا. هەواڵێک نەو. ڕوانیمە کۆڵانەکە، کەسی لێ نەبوو. سەیری کاتژمێرەکەی مەچەکمم کرد، شەڕی مان و نەمان بوو.

دەستی تاریکی لە ناخما بوو. نەمئەتوانی بگیرم. هێسر لە چاوم وەک هەسارەیەکی یەخی، یەخسیر و بێ‌جووڵە بوو. زمانم شکابوو. لە قووڵایی دڵەوە هاوارم کرد ئەی فریادڕەس. داوام لە سان و سەرخێڵ و پاتشای کەسنەزان و پردیوەر کرد. تکام لە

پیربنیامین کرد و نیازم وەدی هات. نەوایەک دزەی کردە ناو دڵم:

قەویلەن
نازت نە جەم قەویلەن
هەر چی بواچی پەنەم ئەسویلەن
بایۆت یار داوو پەی گرد دەلیلەن
بیاو وە هانای ئیبرایم زەلیلەن
ئیبرایم نە حەفت والای مەندیلەن

تاریکی دەستی لە ناخم هەڵگرت. گەرووم سووک بوو. ئیتر قورسایی مێهدی لە سەر چاوم نەبوو. ئەستێرە لە چاوم بەربژێر بوو. دەستم بۆ درگا برد و کرایەوە. چرا لەنتەرەکەم هەڵکرد.

شەهین؟ ئەڕا نەهاتی؟ یا شای شیرین‌کەلام بۆ کەس تۆفم نابیستێت؟ شەهین تکات لێ ئەکەم شار چۆڵ کە. نە هاوڕێ. من کارێکم نەکرگە، من بەس بێمارم تیمار کرگە. شەهین کەس دەنگت ناژنەفێت. گوێچکەت پێ نادەن. دانیشتوو بیری ئەکردەوە. لە کوێنا خوێن هەس. بە کام دەزگا عەکسبەرداری بکەین. دەوا و بتادین لە کوێنا بێرین؟ بانک خوێن کوێنە؟ کام ئەنبار شار؟ شەهین ئامبوڵانسێک پڕ لە دەوا و داروو گەرەکی بوو بێت بۆ ئەیرە و دایانە بەر گوللە.

لە چرکەیەک ترا، جەلال لە نەخۆشخانەیە ... چاوەڕوانی شەهینە کە بێت و قاچی ... قەوم و کەسی جەلال و منداڵەکانیان هاتبوون و لە ماڵی ئەوان جێگیر بووبوون. گەورەماڵ بوون. ماڵێک کۆن و دڵواز کە بۆنی کەسنەزانی کۆنی لێ ئەهات، بۆنی کاتێ کە هەمووی شار بە دەوری قەڵای کەسنەزانا ساز کرابوون کە ئێستا بووەتە هێلانە مێرووله. منداڵان ئاگایان لە شەڕ و کوشتن نەبوون. ئەوان گەمەی منداڵانەی خۆیان ئەکرد. خومپارەیان هاویشتە ناو حەوش. خوشکەکەی کە یەک ساڵ و نیمیە ئەکوژگێت. چەن مناڵ تریش پریش‌پریش ... تازەوەوی و چەن کەس تریش ئەکوژگن. خوێن و تەنکاری پژیاگ بە ناو حەوش و دیوارەکانا ... زاوا دەیری بوو، ڕووی لە زەوی کرد و دەنگی هەڵبڕی، "سەیاد ئەزەل بنمانۆ هونەر ... پەیدا بوو شەوکەت شای شیرین‌بەشەر." بوو بە کەلام و ژین‌بەخش ... گۆڕنشین. هەموویان چوونە بەر دەستی شەهین و دواتر دیوێک لە کۆشکە سەهۆڵییەکەیان داگیر کرد. شەهین بینایەکی سەهۆڵی ساچنا و بیناکەی بە جەسەی شین و دەماری سوور و چاوی کەوگ ڕاچنا، جوانترین وێنە ... وێنەیەکی ڕەش و شین و ئاڵ

... نیگارێکی ...

چرکه‌یه‌ک تر. کوڕێک قاچی گه‌نیوه و شه‌هین خه‌ریکه ئه‌یبڕێته‌وه چڵک نه‌کات. له دوای نه‌شته‌رگه‌ری و به‌ستنه‌وه‌ی برینه‌که، کوڕه‌که له بێمارستان به‌سه‌رهاتی خۆی بۆ شه‌هین ئه‌گێڕێته‌وه: له ناو تۆیۆتا، له ده‌ره‌وه‌ی که‌سنه‌زان بووین. هه‌شت نۆ که‌س له ناو کابینه‌کا وێسیاوین. فرۆکه لێمان نزیک بووه‌وه و هاته بان سه‌رمان ... گۆچانێکم بوایه ئه‌متوانی دایخه‌م. تیربارانمانیان کرد و گشتیان بێجگه من له‌ت‌له‌ت مردن. ڕانه‌نده و دوو که‌س که له ناو ماشینه‌کا له به‌ره‌و دانیشتوون، داخۆزیان و ده‌رچوون. ئه‌ونگه ترسیاوم هه‌واسم به خوه‌مه‌و نه‌و وه‌لێ قاچێکم سێ چوار فیشه‌کی خواردوو. له هۆش چووم. مینیبووسێک گه‌ی پێما و گه‌یاندمیه لای تۆ داده شه‌هین ...

هه‌ر که‌سێک له‌وێیه و له‌وێ بووه و دواتریش دێته ئه‌وێ به‌سه‌رهاتی خۆی بۆ شه‌هین ئه‌گێڕێته‌وه. شه‌هین ئاگاداری ورده حه‌قێقه‌ته‌کانی پێنج‌هه‌زار و بیست‌وچوار مردووه. هه‌موویان له سه‌ر مێشک و ڕۆحی شه‌هین جێیان خۆش کردبوو. له ڕێگای ئه‌وانه‌وه شه‌هین گه‌یشت به حه‌قێقه‌تی ژیانی خۆی و که‌سنه‌زان. له ڕێگای شه‌هینیشه‌وه من ... که ئه‌بێ له پای بیروبڕواکانیا بوه‌ستێت و شار چۆڵ نه‌کات. که ئه‌بێ پێی له خاک هه‌ڵنه‌بڕێت و بمێنێته‌وه. مێشکی شه‌هین گۆڕستانی مردووه‌کان بوو، به ناشتنی ته‌رمی شه‌هین هه‌موویان له خاکی خۆیانا ئۆقره‌یان گرت.

شه‌ڕ ته‌واو بوو، به‌ڵام شه‌هین شاری چۆڵ نه‌کرد. ژین‌به‌خشه گۆڕنشینه‌کان له 'ڕه‌شه‌به‌رد'ه‌وه شار چۆڵ ئه‌که‌ن. شه‌هین ده‌سبه‌سه‌ر کرا.

شانزه کچ له زیندان بوون. باسی شه‌ڕ و بیره‌وه‌رییان ئه‌کرد. یه‌کێ وتی به شه‌هین: له چرکه‌ی حه‌فتوما براکه‌میان به‌سته‌و به تیربه‌رقێکه‌و تیربارانیان کرد. له به‌رچاو مناڵه‌کان ناو کووجییا. من چوومه سه‌ر ته‌رمه‌که‌ی. نه‌گیریام شه‌هین. تاریکی ده‌سی نیاوه ناقم. نه‌مئه‌توانی بیوه‌م له گۆڕستان 'بیس‌وچوار'ا بینمه خاک (گۆڕستانێ که هێما و شکۆی گه‌وره‌مردگه‌کان بوو. ئیسه له دوای چل ساڵ کردیان به پارک و بوو به شوێن میزکردن و جێژوان مادی و دڵداره ده‌س‌دووه‌کان.) تیر سه‌رگه‌ردان وه‌ک سه‌گ هار ئه‌هات و ئه‌چوو. تیریان ئه‌نیا به هه‌ر که‌سێکه‌و ناو خیاوانا بوایه. براکه‌م کرده کێش و بردمه ناو 'چه‌م که‌سنه‌زان'. له‌ینا ماسه‌م دا به ملیا که دوایی بتوانم بیوه‌م بینێژم. که ته‌رمه‌که‌ی بۆ نه‌گرێت. شه‌هین من دوو ڕا براکه‌مم نیا ناو خاک. دوو ڕا. شه‌هین من وه‌ختێ براکه‌مم دی بێ‌گیان داکه‌فگه زوانم شکیا. وه‌ک نه‌ریته کۆنه‌که‌مان هه‌ڵپه‌ڕیام و به ده‌ور ته‌رمی براکه‌ما سه‌مام

ئەکرد. زوانم نەئەهاتە سەر و جەسەم قسەی ئەکرد. وەک مار خوەمم ئەلوولاندەو شەهین. درگا کرایەوە و هاتن. تێن و شەهین ئەوەن و ئەوە ئەبێتە دواهەمین دیدار و ماڵاوایی شەهین لە هاوڕێکانی. لە شەهین داوا ئەکرێت ناوی کەسانێک بدرکنێت کە ژین‌بەخش بوون بەڵام ناوی کەسی نەدرکاند.

تەرمی شەهینیان هێنایە جەمخانەی کەسنەزان. جەسەی یەکرا شوێنی فیلتر سگار و فیشەک بوو.

شەهین؟ نایت؟ لەتەکمانا نایت؟ شەهین شار چۆڵ کە. نایم هاوڕێ. نایم. چاوەڕێمن. سەدان بریندار لە دەیان ماڵ چاوەڕێی شەهین بوون تیماریان بکات. شەهین نەوایە گشتیان ئەژاکیان. شەهین نەچوو. بیست‌وچوار چرکەی ژیانی تەرخان کرد بۆ ئەوەی کە هاوشارییەکانی نەمرن، بۆ ئەوەی کە بۆنی مەرگ کەسنەزان داگیر نەکات.

چرا لەنتەرەکەم بە دیوارەکا هەڵواسی.

کزە تیشکێک کارگەکەی ڕۆچنی. لە سەر چواردیواری کارگە تەموورە شۆڕ بووبووەوە. تەموورەگەل خۆڵەمێشی و بۆر و ... لە ڕەنگی خاک و لە ڕەنگی خاکی شێدار. دەستەکانی لە توو و کاسەکەی لە چێوی گوێز. نەقش و نیگاری سەر کاسەکە وەکوو دەموچاوی پیرەژنێکی دانای بەساڵاچوو پڕ لە هێڵی سەرگەردان بوو. زایەڵەی تەموورە لە ژوورە چکۆلەکەی پشت کارگەکەوە خۆی گەیاندە گوێم و بە ناو گێژەنی ڕۆحما ئەسووڕایەوە. شائیبراهیم لە ناو ڕۆحما تەموورەی ئەژەند. زایەڵەی تەموورە شەهین مەنمانۆ جە نوو: خۆمم لە ناو کۆشکێکی سەهۆڵیدا دۆزییەوە. دەوروبەرم لیپاولیپ مردگ و مردوو بوو. تەرمی کون‌کون و دەست و پێ لەیەک‌کراو. چاوی هەڵتۆقیو و وەپشتاکەوتوو، پۆسی سارد و سزیاگ، خوێنی شین و دەماری سوور. دیوارە سەهۆڵییەکان نەیانئەهێشت بۆنی مەرگ و مردوو دزە کاتە ناو شارەوە. بێدەنگییەکی تۆخ ... ساردییەک خەست ... ورد چاوم لێ کردن. هەموویان ماسیی سوور بوون. خۆم کردە ناو دیوێکا. دیوی منداڵە کوژراوەکان. شائیبراهیم لەوێ لە تەنیشتیان دانیشتبوو، چاوی ... سەری ... دەستی لە سەر کاسەی تەموورەکەی ... مەقامی 'پاوەمووری' ئەژەند و ئەیخوێند:

جەرگەکەت لەت‌لەت بوو
وەی چەواچەی چەپگەرد
تا کەی بوینم دیدەکەم
دەرد وە بان دەرد

ڕۆحی مردووەکان وەجووڵە و جمشت کەوتبوون. دەنگی زریکە و قیژەیانم فام ئەکرد. دەنگی خومپارە و فیشەک و فڕۆکە بە سەر شاری کەسنەزانا. دەرئەچووان و تەرمی دراوسێکانیان لە ژێر دیوارە ڕماوەکانا دەرئەهاورد. کوڕێک چوو مامۆی دەربێرێت، مردووە. چوو مامۆژنی دەربێرێت. نیوەگیان بوو. کێشایە دەرەوە، ئینجا مرد. چوو باوکی دەربێرێت ... دەست و پای بە دەم سەگێکی هارەوە بوون. موعتادێکی بینی شیر ئەدات بە سەگەکان. پیرەمێردێکی بینی سەگی ئەکوشت بە سەم ... دەرچوو دایکی دەربێرێت، ڕۆئەچووە ناخی زەوی ... خوشک و برا هەموویان لە ژێر سەقف و دیواری ڕماوا خنکان. دەنگی تەموورەکەی شائیبراهیم. دەنگی شەهین ئەهات. نزیکی دیوارە یەخییەکەی کۆشکەکە بوومەوە. چاوم بردە نزیکییەوە و لە ئەو دێو سەهۆڵەکەوە شەهینم لە حەساری بێمارستان ئەبینی. هەموو شتێک وەکوو خەونێکی لێڵ وا بوو. سنووری نێوان بینا و دار و مرۆڤەکان هەڵشێوابوو. دار و دیوار و زیندوو و مردوو و نەخۆش و نەخۆشوان ئامێتە بوون. ئاڵوودە. چاوم لە ئاسمان کرد، نیگام خشا بەرەو چیای 'سپی‌بەرد'. مژێک ڕەش خەریک بوو خۆی ئەخزاندە ناو شار.

شەهین بە چرکەش پشوو نادات. هێزی مردووەکان وایان لێ‌کردبوو بیست‌وچوار چرکە تێبکۆشێت. لە هەموو جێگای نەخۆشخانە کاری ئەکرد.

چەن کەس لە هەندەرانەوە، بەدزیکەوە، بە یارمەتیی چەن ژین‌بەخشی گۆڕنشینەوە هاتنە ناو بێمارستان. گەرەکیان بوو دەربارەی بیست‌وچوار چرکەکەوە بنووسن. شەهین باسی بارودۆخی بێمارستان و خەڵکی بێ‌تاوانی بۆ ئەکردن. "لە سەر قەڵای کەسنەزان گوللە ئەنن بە ئامبوڵانسەو. ئانتی‌بیووتیک و دەوامان گەرەک و لە هیچ شوێنێکەو نایت بۆمان. ئەگەریش بێت ئەیدەنە بەر گوللە و خومپارە و ... بە ناو خوەمەو ئەم ڕاپۆرتە بڵاو کەنەو."

"مەکە شەهین ئەتکوژن، شەهین."

ترسی نەبوو، لە مەرگ ناترسیا. خۆی گۆڕی مردووەکان بوو.

"ئەشێ ناوم ناویا بێت تا ئێعتباری بێت، تا باوەڕ بە قسەکانم بکەن."

شەهین؟ شەهین؟

کەس بڕوا ناکات. شەهین هاوزمانەکان خۆێشت بڕوا ناکەن کە ئەم خاکە داگیر کراوە... خەڵک تووشی پەتای فەرامۆشی بووە. وایان لێ کردووین تەنانەت خەڵکی خۆێشمان وائەزانن ئەفسانەیە و داستان و درۆ. شەهین؟ لۆرۆ؟ لۆلۆ؟ رۆرۆ؟ ئێ زامە چە بۆ؟

شائیبراهیم پاش ساز کردنی دواهەمین ئامێرەکەی، تەموورەی ئەژەند و من سەیری نەقش و نیگاری سەر کاسەی تەموورەکانم ئەکرد. تەموورەکەی لە سەر زەوی دانا و لە کارگە ڕۆیشتە دەرەوە. بە دوایا چووم. بانگم ئەکرد، وڵامی نەئەدامەو. کۆڵانەکان 'کەسنەزان'ی پێ‌خاوس پێوا و ڕۆیشت بەرەو 'کەسنەزان' و مەرقەوی باوایادگار... ڕێگایەکی پڕ لە داری هەنار کە سەرچڵەکانی لە سەر ڕێگاکەوە باوەشیان بە یەکا کردبوو. بە ژێریانا ئەڕوا. سەیری ئاسمانم ئەکرد، پیرەپاییز بوو. ئەستێرەکان لە بۆشایی نێوان لق‌وپۆی دارهەنارەکانەوە دیار بوون. شائیبراهیم چوو بۆ کانیی کەسنەزان و لەوێ دەست‌وچاوی شۆرد و لەو ئاوە پاکەی نۆشی. لە بیری مابوو کە قەدەمخەیر ئارەزووی گۆشتی ماسی کردبوو. پووڵەک لە سەر جەسەی دەرهاتن و سەری شائیبراهیم بوو بە ماسی. زلقی لێ کەوت و خۆی خستە ناو ئاوەکە و لە ناو شەپۆلەکانا نوقم بوو. چوو، بوو بە زێوانی وڵات. بوو بە بەشێک لە ئاو. ڕۆچووە ناو ڕووباری کەسنەزان و لەوێوە چاوەڕوانی ڕاوچییەکی ئەکرد کە بێت بیبات و بیکات بە قوربانی ... بۆ دەرمانی پەتای فەرامۆشی.

ژنی ڕاوچی ئارەزووی گۆشتی ماسی کرد
ڕاوچی هەژار چاری ناچار
هەڵسا پەنای برد بۆ ڕووبار

دڵم تێکڕا داخورپا. دڵم ئاگادارمی کردەوە کە قەدەمخەیر گیانی بەخت کردووە. هەڵگەڕامەوە بۆ کارگە. سێوەرێک بە شۆنمەوە بوو. مێهدی بوو. لە بیری شەهین و خەباتا پێوار بووم ... دڵنیا بووم پاش مەرگی دایکیان هاتبوون باوکیان ببینن و ئاگاداری بکەنەوە. نیگەران بوون. لەوێ بوون، لە کارگە. لاڵ بوون. وەک تەموورە شکاوەکان. بەس وشەیەکیش لە زاریان نەئەترازیا. خوێنی شائیبراهیم هاتبووە ناو کۆڵانەوە و لە سەر پلەکان چۆڕەی ئەکرد. خوڵپاوی خوێن بوو تەرمی ... تەموورەکان داکەوتبوون، شکابوون، دەنگی مەرگیان ئەدا. یارداوو فریادڕەسم بە، ئەم هەموو زمافتە گرانە، قورسە ... ژار و ژەنگی ژیانم زەوەردەیە، زێڵی تۆقاندووم ... فیشەکێک لە سەر دڵی ... تەرمی لە سەر تەموورەکەی ... لاڵ بوون. زمانیان شکابوو وەکوو سترانەکانی ڕەشۆی دەنگبێژ. وشە و ڕستە و پێکهاتەی زمانی، مینا هووشەی مار لە زاریان ئەهاتە دەرەوە.

شائیبراهیم لە گۆمەشینا خنکا. لە ئەڵوەنا. بە شێوەیەک خنکا کەس نکارێ لە قووڵایی سیروان دەری‌بێنێت. من و خەبات و شەهینیشی ناو خۆیا نوقم کرد. چیتر ڕیشی نەتاشی خەبات. شەوانە کە تاریکی بە سەر شاری کەسنەزانا ئەخزا، خەبات ئەچووا سەر گڵکۆی

باڤ و داکێ وی و شینی ئەگێڕا، تەموورەی ئەژەند و کەلامی ئەخوێند.

ناو دۆڵێک زۆر قووڵا لە ژێر دار هەنارێکی کۆنا قەورێکمان بۆ شائیبراهیم و قەدەمخەیر هەڵکەند، بە دەستی خۆمان. تەموورەکەی شائیبراهیمیمان لەگەل خۆی و لە سەر تەرمەکەی ناشت. گۆڕی قەدەمخەیرمان پڕ کرد لە ماسی. شەوگەلا سێ کەسی ئەچووایین لە سەر گۆڕەکەیان دائەنیشتین و چرالەنتەرەکەمان هەڵئەکرد. شەهین لەبەرخۆیەوە کەلامی ئەخوێند و من و خەبات لە ناو خەیاڵات خۆمانا مەلەمان ئەکرد. ترووسکەی ئاگر دەوروبەرمانی پرت‌پرت پڕشنگدار ئەکردەوە.

گلێر ئەبواینەوە لە جەما، جەمێک سێ کەسی کە گڵکۆی شائیبراهیم و قەدەمخەیر جەمخانەکەمان بوو.

یاران نە جەمدا دڵ باران وە هەم
یەکرەنگ بنیشان هیچ نەکەران دەم

لە بیست‌وچوارەمین شەوی سەردانی گڵکۆی شائیبراهیما، خشەی پێی کەسێکم لە پشتی دارەکانەوە ژنەفت. شەهین پێیزانی، هیچی نەوت. چاوی خستە ناو چاوم چۆن ئاشقەمارێک ئەپێچگێتە دەور ماشقەکەیا. خەبات لەبۆ مەرگی باوکی شینی ئەگێڕا.

کەسێک وەک سێوەر لە دوومان کەوتووە. مێهدی. مادییەکانیش. کات‌وساتێ لە ژیانما نەبووە بە سانایی و بەبێ بوونی مێهدی ژیابێتم. مێهدی لە پشت سەرما، پێخاوس، بەدزیکەوە هەمیشە لە شۆنمەوە بووە. گەر واش نەبووبێت، لە دڵما ئازار و ترسی خستۆتە ناو ڕۆحمەوە.

"یە دام و شەستە، هەوەجەس زۆ بچیمن،" بە شەهین و خەباتم وت.

وەی دونیا دڵت خوەش مەکە
زەڕ زیوەڕ فانی وە ڕووکەش مەکە

تەقەیەک هات. فیشەکی سەرگەردان. لێینەداین. بۆ یەکەمجار لە ژیانما دەستی شەهینم گرت و دەرچووین. خەبات لە پێشمانەو بوو. تەقەیەک تر. لێیدام. لاقی گەستم. کەفتم. نەمتوانی بجووڵم. سقانی پام قەڵەمە کرا. ئێش. ژان. زام. دەرد. برین. لەسەرخۆم چووم.

ئەمن کچی شەهینم. بێهەست و بێئەوینم. بەردێکی ساردم لە سەر چیای ڕەشەبەرد. چل ساڵە بەس خەریکم تماشا دەکەم. هەموو شتێک دەزانم.

خەبات ڕەشۆی کۆڵ کرد و مێهدی و مێهدییەکانیش لە دوویان دەگەڕان. چوونە

قووڵایی دۆڵەکەوە. خەبات حەپەسا. پێشتر، لەوێ، داربەڕووگەلێکی بەرز و بەشکۆ ئاسمانیان دەدڕی و کەس نەیدەوێرا لەوێوە تێپەڕێت. قەت کەسیان لەوێ تێنەپەڕیبوو. لە ناو لق‌وپۆی ئەو دارە بەهێزانە سەدان کەس چاودێریی ئەو ناوچەیان دەکرد. بە یارمەتیی نەیاران، مێهدییەکان هاتبوون و داربەڕووەکانیان لە بێخەوە بڕیبوو. ئێستە ئەو دۆڵە چیتر جێگەی مەترسی بۆ دژمن نەبوو و بەسانایی دەهاتن و دەچوون، وەکوو سەگی هار دەهاتن و دەچوون، وەکوو فیشەکی سەرگەردان ... چارەیەکی تریان نەبوو شەهین و خەبات. ئاراستەیان بەرەو لووتکەی چیاکە گۆڕی و لە داوێنی کێوەکەوە هەڵگەڕان. مێهدی ونی کردبوون بەڵام لەخۆڕا تەقەی لە تاریکی دەکرد.

شەهین، دایە گیان، یادێ گیان، لۆلۆ گیان، بە قەت هەمووی ئەو فیشەکانە کە ناوقەدی داربەڕووکانیان پێکاون خۆشم دەوێی. چەندە تامەزرۆتم دایراک.

دایکم دایراک دەگاتە لووتکەی کێوەکە و لە سەر شاخێک دادەنیشێت. چاو لە دەوروبەری دەکات. هەتا کەسنەزان و کەسنەزان و قەڵای گەورەی کەسنەزان و دیواری دەوری کەسنەزان شاخە و شاخ، چیایە و چیا ... هەتا چاو هەتەر دەکات کێوە. دایراک کەوتە بیرەوە. ئەمانە چۆن توانییان دزە بکەنە ناو ئەم میلکانە؟ چلۆن لە ئەم چیا و شاخەدا ...

خەبات گەیشت. مێهدی و مادی زۆرتر بووبوون. ئەوانیش گەیشتن. ڕەشۆ خوێنی لێ دەچۆڕا و لەسەرخۆی نەبوو. چەکیان دەرهێنا. تخوونی خەبات و ڕەشۆ کەوتن. شەهین ناچار بوو، مشتێ خاکی هەڵگرت و فووی لێ کرد. گەردەلوولێک کە چاوی کوێر و ڕێگەی لێ نوقم کردن. باهۆزێک کە تەواوی ناوچەکەی کردە خەونێکی لێڵ. چاو چاوی نەدەدی. شەهین و خەبات هەڵاتن و چوونە ناو دۆڵێکی ترەوە. لەوێ ئەشکەوتێک لە دڵی شاخەکەدا بوو. ئەشکەوتی 'مەڕنۆ'. چوونە ناو. سێ شەو و سێ ڕۆژ لەوێ مانەوە. ئەو فیشەکەیان دەرهێنا کە قاچی ڕەشۆی دڕیبوو. سێ شەو و سێ ڕۆژ بەڕوو و گەڵای داربەڕوویان خوارد. وەکوو دایە گەڵا لە شاری کەسنەزان وتی ئێمە جیرە و جیفەی ئێوەمان ناوێت و ناترسین چێشت و نانمان نەبێت. لە ژێر داربەڕووێکا ڕاوەستابوو و لقێک هاتبووە بەر چاویەوە. گەڵایەکی هەڵکەند و خواردی. وتی تا گەڵای بەڕوومان هەبێت قەت کۆڵ نادەین.

من ئاگاداری هەموو شتێکم. بست بە بستی ئەم خاکە دەناسم. لە حەقیقەتێک تێگەیشتووم. حەقیقەتێک کە لە هەزارویەک دوون و جامەدا، لە هەزارویەک مەرگ و ژیانەوەدا، بە دەستم هێناوە. ڕەشۆ پێی‌وایە سەندرۆم‌داونیم. بەڵام بەردێکی ساردم لە سەر چیایەک، بێ‌هەست و بێ‌ماتەم و بێ‌خەم و خۆشی. بەس دەڕوانم، بۆیە مەودای نێوان دوو چاوم زۆرە ... هەموو شتێک دەبینم.

مارێک هاتە ناو ئەشکەوتەکە. ڕەشەمارێک. شەهین و خەبات ترسان. شەهین پەیڤی، "قەسەمد دەمە لوقمان حەکیم هورد پیمان بوو." مارەکە لە بەر ئەشکەوتەکەدا بە دەور خۆیا پەپکەی بەست و چاودێریی ناوچەکەی دەکرد.

لە دوای سێ ڕۆژ، پیرەژنێک هات و وتی کەس لە ناوچەکا نەماوە. شەهین و خەبات بردمیان بۆ بێمارستان. چەوریی ئێسقانم چووە ناو خوێنم و گلۆڵەیەکی لە ناو سی‌یەکانما ساز کرد. یەک مانگ نووستم. لە کۆما. چاوم کردەو، نەمئەزانی لە کوێم. ئێسکم سووک بووبوو، ڕۆحم لە فڕینا بوو. بۆ چەن کاتژمێر نەمئەزانی چیم لێ قەوماوە. بەس حاڵێکی زۆر فێنکم بوو. هەستم ئەکرد لە دواهەمین هەناری دونیام خواردووە. لەناکاو دەنگی خومپارە و فیشەکم بیست. قیژەقیژ و قیڕەقیڕی زارۆکان گوێیان کەڕ کردبووم. نەمئەتوانی بجووڵێم. نەمئەتوانی قسە بکەم. نەمئەتوانی بیر بکەمەوە. بەس دەنگم ئەبیست. زریکەی هەزاران کەس. هووشەی هەزاران ... پەنجەرەی ژوورەکە کرابووەوە. بایەک هاتە ناو. بایەکی زۆر سارد. شجام و سەرمایەکی تۆخ ... نەخۆشوانێک هاتە سەرم. پێم وت، "ئرا ئیقەرە سەردە؟"

باسی کۆشکە سەهۆڵییەکەی دایراک شەهینی بۆ کردم. ئەشکی نەومێدی ئەڕژاند و هاوکاتیش ئاتەشی عەشق دەروونی تەنیبوو.

چاوم لە نەخۆشەکانی ناو ژوورەکە کرد. هەموویان پێیان لە یەک بووبووەوە. چاوم لە قاچی خۆم کرد. قاچی ڕاستم لە ئەژنۆوەوە قرتابوو. نەمدەزانی بۆ. پرسیم لە نەخۆشوانەکە و وتی لە گەڕەکی کەسنەزانا خومپارە لێی‌داوم. پام گەنیبوو و نەخۆشوانەکە چاوی لە قاچم ئەکرد و نەیئەتوانی نەگیرێت. شەهین بوو. پەیڤی کە ئەبێ لاقم بقرتێنێت تاکوو چڵک و عوفوونەت لە جەسەما بڵاو نەبێتەوە. پەیڤی کە دەوا و هۆشبەرمان نییە. پەیڤی کاکە جەلال گیان بنووڕ، ئەشێ تەحەموڵ بکەیت تا لە زینگی داکێڵ نەویت. جەلال بووم. بێ‌هۆش بووم ...

خەبات هاتە ناو ژوورەکە. ڕاچڵەکام. کە خەباتم بینی، هاتەوە بیرم. مێهدی و سەر گڵکۆی شائیبراهیم هاتەوە هوورم. دڵەڕاوکێی مێهدی دیسان ناخی گرتم. دەسی گرتم و

ماچی کردم خەبات. چوار مانگ لە نەخۆشخانە مامەوە، لاقم ناو گەچا بوو. ئەو فیشەکە ئێسقانی ڕانی قەڵەمە کردبووم. ئامبۆلیم گرتبوو هەر سات بۆی بوو بمکوژێت بۆیە ڕۆژێ هەشت دانە دەرزییان لێ‌ئەدام کە خوێنم ئامبوولییەکە بشۆرێتەوە. نەمئەتوانی زۆرتر لەوە لە نەخۆشخانە ... ئەبوو بچووبایام.

شەوێ خەبات هات بۆ لام. پێی‌گوتم، "توام بچم. ڕەشۆ م بێ باوگم نیەتوەنم لێرە بژیەم. م چم ڕەشۆ. هۆردە شەهینەو بوود."

چوو. خەبات شیا. خواحافزی نەکرد. دڵەڕاوکێ هەموو گیانی داگیر کردبووم و نەمئەزانی چە بکەم. من نکاربوو کارێک بکەم. ڕۆحم ئەیزانی خەبات ئەیەوێ چی بکات. دڵم لەگەڵم درۆی نەئەکرد. مێشکم ئەیدی و جەسەم ئەلەرییەوە. لە دوای نیوسەعات هەستام. گۆچانەکانم هەڵگرت و بەپێخاوس و پێ‌دزکە لە نەخۆشخانە دەرچووم. تکام لە تاکسییێک کرد بمگەیێنێتە بەر ماڵ. تەقەم دا. پێ‌ئەچوو کەس لە ماڵ نەوێت. یان هەس و نابیسێت. یان ئەبیسێت و ... ئەوەندە خانووەکە قەمچ‌وپێچی بوو کە ئەگەری ئەوە بوو دەنگی درگا نەبیسێت دایراک شەهین. بە گۆچانەکە تەقەم دا. ئەمزانی خەبات چی ئەکات. سەرم کوتا بە درگاکەیا. دەمزانی خەبات چی ئەکات. بە مست درگام کوتا. گۆچانەکانم داکەفتن و خۆیشم کەفتم.

لە ناو حەسارەوە دەنگێک ئەهات. "کێ یەن؟" دەنگی شەهین نەبوو. دەنگی خەبات نەبوو. نەمئەزانی دەنگی کێ بوو. لەپڕێکا درگاکە کرایەوە. چوومە ناو حەسار. بێدەنگییەکی پەرتەخ. بە دڵێکی ڕەنج‌بەخەسار، ئەڵێی لە دڵما پشیلەیەک مردبوو. پشیلەیەک کە لە دوونی پێشووما ئەهاتە ناو ژووری سرووشانەکەم و ژیان و ئێلهامی پێ ئەبەخشیم. لە ترسی نەبوونی خەبات، لەرزەلێو و داماگ، شەلەشەل خۆمم لە حەفت پلیکانەوە خستە خوارەوە و چوومە ناو ژێرخان. زریکەی سەدان منداڵی سووتاوم ئەبیست و وەبیر ژێرخانەکەی خۆم لە کاتی منداڵیما کەوتمەوە. پێنج‌هەزار و بیست‌وچوار وشەی سەرگەردان وەکوو مردووەکانی وڵاتم لە ناو ئەو ژێرخانە چاوەڕوانی دەست و قەڵەمی نووسەرێک بوون، یان نەققاشێک. شەهین ئەو نیگارەی کێشا؟ گەورەترین گۆڕستانی دونیا، ماسی یەک‌لەدوای‌یەک و یەک‌لەسەریەک کەڵەکەکراو. یەخسیری کۆشکێکی سەهۆڵی. خەبات لەوێ نەبوو. لە ژێرخان نەبوو.

ژانی لاقم ئارامی لێ بڕیبووم. هاتمەوە ناو حەوشە. چوومە ماڵەوە. نەمئەزانی شەهین لە کام ژوورە. هەزارویەک دیو، مینا گۆڕ. لە ناو یەکیان شەهینم دۆزییەوە. چوومە ناو گۆڕەکە.

درگاکەی نیوەئاوەڵا ... پەنجەرەگە دارەلووس. چراکان کوژابوونەوە و لە ناوەڕاستیا سۆمپا چێوییەک هەڵکرابوو. شەهین بەرانبەر بە سۆمپاکە دانیشتبوو. قرچەی سزیانی چێو و گرمەگرمی ئاگرەکە بریسکەی ئەخستە سەر دەموچاوی شەهین. دەنگی هەناسەکانی تێکەڵی دەنگی ئاگرەکە بوو. بۆن و بەرامەی جەسەی تێکەڵی بۆنی داربەڕووە سووتاوەکان بووبوو. نەمئەزانی ئەبێ چی بکەم. چی بڵێم. ئەمەویست بێژم شەهین ئاگرەکە ... بەڵام لە گۆ چوومەوە... ئەگەر وێرسی لەگەڵی قسە بکەیت ... بیرم ئەکردۆ. خەبات. دڵەکوتەم بوو و مووی سینگم هەڵئەکێشا. بەڵام کاتێ کە شەهینم دی بۆ چەن چرکە گشت خەمەکانی دونیام لە بیر چووەوە. شەهین. شەهین. ئاوڕی لێمدایەوە. شەهین، خەبات ... شەهین ... لۆلۆ زانی خەبات ها کوو؟

تاکسیکم گرت و بە ئاژۆرەکەم وت کە بمبات بۆ سەر گڵکۆی شائیبراهیم و قەدەمخەیر.

گۆلەگۆل، لاقەلاق و شەلەشەل، هێواش‌هێواش خۆم خشاندە سەر گڵکۆی شائیبرایم. سێبەرێکم لە سەر دارهەنارەکەی سەر قەبری دی. خەبات لە سەر قەبری باوکی بە لقێک لە دارهەنارەکەوە خۆی هەڵواسیبوو. یارداوو من ئەو شەوە خەباتم کوشت. نەمئەتوانی یارمەتی بدەم. لە بەر چاوما خۆی کوشت. دوا هەناسەی هەڵکێشا. وە شای کەسنەزان من کوشتم. دواهەناسەکەیم دی و نەمئەتوانی نەهێڵم کە نەمرێت. هەنسکەهەنسک ملی شۆڕەو بوو و من تەنیا سەیرم ئەکرد. قاچم یارمەتی نەئەدام لە مەرگ ڕسگاری کەم. خەبات لەمێژە مردبوو.

پێی لە سەر عەرز مرد خەبات.

برینم مەیشۆ، برینم مەیشۆ

بریندارەنان برینم مەیشۆ

نە ئینا مەیشۆ بێ‌حەد و بێ‌شۆ

شای شای‌بازان وە خەیرەش کیشۆ

دایراک شەهین هات. لە دوورەوە دیم. خوا گیان من ئیسە چۆن بێژم بە شەهین؟ سێوەرێک بوو کە ئەجوولا. بە هەر هەنگاوێک کە نزیک ئەواوە مێشکم قورستر هەڵئەگەڕا. هەر هەنگاوێکی بە عەرزا ئەکوتا مێشکم زۆرتر وشەگەل ژین‌بەخشانەی تیا ئەزا. بە هەر هەنگاوێ چاوی گەورەتر ئەوا و من زۆرتر لە حەقێقەتی مەرگ تێ‌ئەگەیشتم. چاوی گۆڕستانی مردووەکان بوو. باران ئەواریا و هەرچێ نزیکتر ئەوا من زۆرتر بۆنی نمساری خاکم هەڵ‌ئەمژی و زۆرتر تووشی خەون و خولیا ئەبووم. خولیای خاک. خولیای سەندنەوەی

خاکم لە دەستی... هەرچێ نزیکتر ئەواوە زۆرتر عاشقی ئەوام. ئەیخوێند، گۆنای ئەڕووکاندەوە مینس وە کێڵانی خاک لەبۆ وەشانی گەنم، شینی ئەگێڕا، سینگ و بەرۆکی ئەڕووکاند، شەهین بەرۆکی نەبوو و من زۆرتر عاشقی ئەوام. مەرگ و ئەوین ئامێتە. ئەوینێک لە جنسی خاک. هەرچێ زۆرتر دڵۆپی خوێنی جەستەی لە سەر دایکەزەوی ئەتکا من زۆرتر لە ناو خۆما ئەتوامەوە. تواوە. تواوە. تواوەی وشەی قورس و پڕلەتۆڵەکان. هەرچێ نزیکتر ئەواوە جلەکوردییەکانی زۆرتر ئەدڕاند. جلی ڕەش و پڕ لە گوڵی زەرد و بچووک. ئەیەویست هیچ ڕووکەشێک لە نێوان خۆی و خەباتا نەوێت. ڕەنگە خەبات و من. سینگ و بەرۆکی خوێنی لێ ئەتکا. مۆری ئەچڕی و لەبۆ مەرگی خەبات شینی ئەگێڕا. هەرچێ نزیکتر هەنگاوی هەڵدەگرت قژی درێژتر ... تاریکی لە ناو جەستەی زامداریا ئەسووڕایەوە. گەیشت. لە لام بوو و من بەتەواوی عاشق بووم. عاشقی شەهین و مردووەکان و خاک بووم. من هاوکات مەرگی خەباتم بینی و ئەوینی شەهینم بەدەست هێنا. گەورەترین ناتەبایی ژیانم.

شەهین سەیری کردم. باوەشم بە خەباتا کرد. دایراک شەهین باوەشی بە من و تەرمی دارەلووسی خەباتا کرد و بوو بە چوار لەت. چوار لەتی شەهین، چوار شەهین، چوار دایراک هەر کام لە ئاراستەیەکەوە چوون و بزر بوون. شەهینم لێ ون بوو. شەهین ڕۆچووە ناخما ... من مامەوە و تەرمی خەبات و چوار لەتی خۆم و بیست‌وچوار چرکەی ژیانی شەهین و چیرۆکێکی سوورئاڵی دونیای مردووان، جیهانی کوردان، مردگەکان ئەم خاکە، کە قەت وە پەرتخ ناگەیت.

شەهین؟ لۆلۆ؟ م ئایەم غەمگینێگم. دڵخوەشی فرەی نێرم. ت یەکێ لەو دڵخوەشیەیلمیدە.

هە لە لام بۆد گومد کردم ...

"ترس و ئێش و ژانێک لە دەروونتا گرسیاگە. ئەم ترسە لە دڵ مناڵییەکانتەو دەرتێ. چووگە ناو ئازای ئەنامت. تەواو جەسە و گیانت ئەزریکنێت. لە ڕێگەی نووسین مناڵییەکانتەو ئەتوانی بگەیت بە چتگەلێ تریش. چنگ بخە ناوی بەم شێوە ئەتوانی بیتە ... بویتە خوای ترس وەختارێکە درگات بۆ باز ئەوێت. وەختێکە کە پەنجەرەی زینگیت بەرەو دیمەنێک تر ئەکرگێتەو. دیمەنێک کە کەس حەز ناکات بیوینێت. دیمەنێک ڕوو لە شارێک مردگ ..." شەهین پەیڤی. "مناڵییەکان خوەت بە زوان دایکیت بنووسە. زوان فەرمی و پێوەر کووجی و کۆڵانەکان کەسنەزان هەڵناگرێت."

یەکەمین لەتی ژیانم:
چلۆن بووم بە خوای ترس

قسەی نەئەکرد. زوانی پەیف و کەلام ... لە چاوی ئەترازیا نەک لە زاری. درۆی نەئەکرد. باوەفا بوو. ئەیوت من بووگمە گۆڕستان مردگەکان. ڕاسی ئەکرد. شەوێکا زانیم ڕاس ئەکات، وەختێ چوومەو بە مناڵیی خوەما کەفتمە بیر خەوێکم. هەر ئیسەیشە نەمزانی خەو بوو یا ڕاسی. جاچکەی قاچاخم ئەفرۆشت. جاچکەی 'نیم‌سووپێر' کە وێنەی نیمەڕووت مەحسوون و سیبیل‌جان و عایشە و فرەیک ژن تر لە ناویا بوو. ئێوارە بوو و ئاسمان تاریک. هاتمەو بۆ ماڵ. کەس لە ماڵا نەو. قاپلۆخ داچکەکانم لە ناو جێوانەکا شاردەو. چوومە ناو دێوە تەنگ‌وتەسکەکەی پەستوو و پاڵ کەفتم. چاوم بەست. هەواسم لای ژێرخانەو بوو و ئەو چتە کە ئەمی کێشا بەرەو لای خوەی. کەنیشکێکی تیا بوو. دەم‌وچاویم نەئەدی. دوای چەن دێقە داچڵەکیام. هەڵسامەو سەر پا. تواشای خوەمم ئەکرد کە پاڵ‌کەفگم. چووم و لە کوڵەسووچێک ترەو خەفتمەو. دوارە داچڵەکیام. هەڵسیام و تواشای دوو دانە لە خوەمم ئەکرد کە پاڵ کەفتوون. مردوون. یەک لە سەر یەک. یەک لە پاڵ یەک. دوارە خەفتمەو. دوارە هەڵسام ... هەزارویەک مردگ کە هەر خوەم بوون و

کەفتوونە مل یەکا لە ناو دێوێک بە پانتایی کەسنەزان.

گشتمان مردووین، وەک وشەگەل مردگ کە لە ناو کووجی و کۆڵان شارێکا کەفتگنە مل یەکا. هەزار و یەک جەسەی مردگ و ڕۆح سەرگەردان ناو ئەو ماڵا دامرکیاون و ڕۆحیان پڕووکیاو. ئەتاویانەو ناو ژێرزەوی. دڵۆپ‌دڵۆپ لە سەقفەکەو دائەچۆڕیانە ناو ژێرزەوی. وەمئەزانی مەژگەمە خەریکە ئەتاوگیتەو. ئەو کەنیشکە لە سووچێکەو لە ژێرخانا دانیشتوو. ناو ئاینەکا ئەمدی. دڵۆپەکان دائەچۆڕیانە سەر ئاینەکا و وەک مەوجێک ...

لۆچ دەور چاوی ئەجووڵیاوە وەختێ قسەی ئەکرد. وەک ئەوە بێژی بە چاوی قسە ئەکات. دایەم ئێژم. دایک دایراک دایکم. وتی 'کوڕ سەیا' چوو بۆ کێف. سەرد بوو. با لوورەی ئەهات و لە سەر چیا گورگ هار ئەهات و ئەچوو. هەر چێ شوێنە چەرمگ و سنوور بەین ئاسمان و زەوی دیار نەو، گ جێگەیک بەفر بوو. کوڕ سەیا کەورشکی ڕاو کردوو، مانی بوو، برسی بوو، سەرمای بوو. ئای رووله گیان لەم دایەی خوەتە بژنەفە کوڕ سەیا بە بۆنەی سەرماو پاڵی دا بە تاشەبەردێکەو، کێفێک بەرز و بەشکۆ. کوڕ سەیا خەوی پیا کەفت و کێفەکە پشتی گەرمەو ئەکرد. لە وەیشت سەرما تاشەبەردەکە چزیاوە پشت کوڕ سەیاو. لە خەو هەڵسا. سەورێکانێ گەرەکی بوو هەڵسێتە سەر پا و نەیتوانی. کێفەکە بە قەو پشتییەو بوو. زۆر فرەی کرد و هەڵسا سەر پای خوەی. هەر کوێ ئەچووا کێفەکە بە کۆڵیەو بوو تا ڕۆژێ ... دایەم کەفتە قۆزەقۆز. چوو لێوانێک ئاو گەرمی خوارد و هاتەو. بێ‌دەنگ بوو. کەفتە بیر باوام و چوار کوڕەکەی کە کوژیاون و جاران جاروبار بەیەکەو ئەچوان بۆ ... رووله گیان کوڕ سەیا ڕۆژێ بڕیاری دا کێفەکە بوکتێتە زەوییا. وایە کرد. تیکەتیکە بوو. گەرەکی بوو ئەو بارە قورسە لە سەر شانی لاوات و سۆکەو بێتەو. بۆخەیکانێ کێفەکەی کوتا زەوییا و زەوی لەرییەو. بەفرەکان تاویانەوە و بەهار هات ... رووله گیان بەهار هات وەلێکانێ باوات و خاڵۆکانت نەهاتنەو ... نازانم هیچوەخت لە نەورۆز و بەهار خوەشم نەهاتگە. پەنج‌هەزار و بیس‌وچوار کەس تر لەو نەورۆز و لەو بەهارا ... دایەم ماق بووە سەر خاڵێک لە ناو پەنجەرەکا و دەس چەپی نیا ژێر چناکەی. زوانی شکیا و لەم دونیا نەما. وەختێکیش چووینەو هەر هەواسی بە ئێمەو نەو.

باوکم وەیئەزانی دایەم دەس‌ئەنقەست وا ئەکات ... سەری داتەکاند بۆ دایکم. دایکم قاوی کرد لێمان خوەمان گورجەو کەینەوە و بچینەو. شەو دێر بوو. کە لە ماڵ دایەم هاتینەوە و گەیینە بەر ماڵ خوەمان، نیمەشەو بوو. تواشای ئاسمانم ئەکرد. شەڤ دەچوو، ستێر دەچوو، هەیڤ دەچوو ...

کچێک بە جل چەرمگەو، هاوتەمەن خوەم یان شایەت گەورەتر، لە درگای ماڵمان

سەری کێشا دەرەو. تواشایک منی کرد. قژی درێژ هاتووە ناو چاوی. دەموچاویم نەئەدی. زوو چووەو ناو و درگاکەی نەبەست. سەرم سوورِ ماو چلۆن کەنیشکێ هەس لە ماڵ ئێمە. کەس نەیدی. هەر من دیم.

لە ناو حەوشەو دەنگ کەسێ ئەهات کە خەریک بوو گیانی ئەدا. ئەیناڵاند وەک کتکێ زەخمار. ناڵەکەی خاو بوو، فرە خاو، وەک ئەوە بێژی هەر ئایسەسە کە گیان بەخت کات. دە پانزە نەفەرێک لە هاوساوبراساکان لەبەر ماڵمان گردەو بوونەوە و گشتیان ئەیانپچاندە ناو گوێچکەی یەکا. پیاگێ وتی، "ئیمشەو دوارە دەنگ تەقە ئەهات. دانەیک لە کورەکان زەخمار بووگە و خوەی خسگە ماڵ ئێوە". دانەی تر وتی، "سەور قسە کەن و زوو درگاکە بکەنەو با ئەو کاورا نەزانێ، کار ئەداتە دەستانەو". مەبەستی باوک مێهدی بوو. نزامی بوو و لەتەک ژنەکەیا لە دوای بیس‌وچوار چرکەی زینگی شەهین هاتبوونە ناو کەسنەزان. سەدان بنەماڵەی تریش لە سەدان شاری ترەو ... باوکم فرە ترسیا و کلێڵەکەی دا بە من درگاکە بکەمەو.

"درگاکە بازە بۆچە ناچنە ناو؟" بە سەرسوورِمانێکەو وتم.

"کامە؟ درگا خۆ بەسیاگە،" دایکم وتی.

"ئایسە ئەو کەنیشکە کردییەو، قژدرێژەکە."

گشتی ماق تواشای منی ئەکرد.

وتی لە بان درگاکەو بچمە ناو حەوش. باوکم وتی. لە زاری نەترازیا، ترس ناو چاوی وتی. جۆرێ بچم دەنگ درگاکە نەیت. ناکریا، درگای قەیمی هەمیشە جیڕە و تەقەی ئەهات. وەک مارمزووک چوومە بان. لە چرکەیکا چوومە ئەودێو. حەوش ناڕوون بوو و جگە لە شەپۆل تاریکی هیچێ دیار نەو. تەنیا چتێ کە دیم و ترسیام، قومقومەیک بوو لە بان لێوار درگاکەو. وەختێ گەرەکم بوو بچمە خوارەو، دەسم گیر دا بە لێوار درگاکە و دیم مارمزووکەکە ڕێک چوار سانت لە چاومەو دوورە. ئەونگە نزیک بوو وەمزانی مارێ خۆڵەمێشی گەورەس. مناڵ بووم هەرچێ چتمە چەن بەرابەر گەورەتر لەوەی کە بوو ئەدی. ئەمقێڕان و ئەوانیش لە ناو کووجی ئەیانقێڕان. "ڕۆڵەکەمیان مناڵەمەرگ کرد". ڕێک لەو عانە ئەو وشەیە درووس کردوو. دایکم کردی بە کلێڵەکەی باوکما و درگاکەی کردەو. دەرچوو چراکەی هەڵکرد. کەسێ بێجگە من ناو حەوشا نەو.

تەنیا چتێ کە من بە گشت خانۆکەکان گیانمەو هەستم پێ ئەکرد و ئەوان نەیانئەکرد بۆیک بوو. بۆی چایگ و نمسار مەردگێک لە ناو قەورێ نسرما. زێڵم تۆقیاو. لەو ژێرخانە، بۆ ئەوەڵین ڕا لە زینگیما وامئەزانی چتێ ئەمکێشێ بۆ لای خوەی. لەو تاریکیا چتێ شەپۆلی

ئەوەشاند و ئەمدی کە تاریکی دەسمی زنجیر کرگە و ئەمکێشێتە ناو ژێرخان. دوو چاو ئەمیچاوی و من نەمئەدی و کەسیش نەیئەدی. دوو چاو کە هێز ڕاکێشانیان وەک نیگای مارێک بوو کە خوەی پێچاگە دەور دڵدارەکەیا. چتێکی ئەوت پێم. لێڵ ئەمژنەفت. پیتگەلێکم ئەژنەفت ئەبوون بە کەلیمەگەلێک نائاشنا. فرە هەوڵم دا فامی بکەم. نەمتوانی.

باوکم و هاوساکان وەک هەرەس ڕژیانە ناو حەوش. ڕووناک و دایکی نەهاتبوون. ڕووناک هاوتەمەن من بوو. تەنیا تەک دایکیا زینگی ئەکرد. باوکی لە زیندان بوو. چاوێکم خشاند بە ناو کووجییا. دوانەکەیان خەریک بوون لە ماڵ پیرەژنێک ئەهاتنە دەرەو. ناو پیرەژنەکە هاجەر بوو. پەنجا ساڵ تەنیا خوەی لەو ماڵا زینگی ئەکرد. دۆعانووس بوو. دەم کتێوی ئەکردەوە و بەخت کەنیشکی باز ئەکرد. کوڕیش. نەخوەشینی خاسەو ئەکرد و هەر کەس هەر گرفتێک، گرێ‌کۆرەیکی بوایە ئەو ئەیکردەو بۆی.

حەزم ئەکرد ڕووناکیش ئەو شەوە بوایە و بیدیایە چۆن تەنیا خوەم چوومە ماڵەو. هاوساکان هیچیان نەدی بێجگە ناڵە و شیوەنەکە کە هەر بەردەوام بوو. ناو مەستەراو، حەمام، باڵەخانە و کۆماج گەڕیان. کەس زاتی نەو بچێتە ژێرخان، تەنیا کەسێ ئەچووا خوارەو دایکم بوو. چوو، گەڕیا و کەسی تیا نەو. من هەروا بە دەور خوەما خولەم ئەهات و کەس هەواسی پێمەو نەو. شێر حەوش ماڵەکەمان چکێ هەڵکریاو و نۆگەی ئەکرد؛ لە بیرمان چووبوو پێش چوون بۆ ماڵ دایەم دایخەین. جۆرە دەنگێکی ئەهات ئەیژیتە کەسێ خەریکە ئەناڵێت. لەو شێرە قەیمیگەلە بوو کە جار و بار ئەکەنی، وەخت بوو ئەگیریا، وەخت بوو وەک ئەو شەوە ئەیناڵاند.

خەوم پیا نەئەکەفت ئەو شەوە و بیر ئەو کەنیشکە لە ناو مڵاژگما پەنگی ئەخواردەو. قژ ڕەشی کە هاتووە ناو چاوی. جل‌وبەرگەکەی چەرمگ وەک پەرەستار. وەک بێ‌مارێ ڕەنگ‌پەڕیاگ. چووم بۆ لای دایکم بخەفم. باوکم گژی کردووە ملیا. هەڵگەڕیاوە و چاوییە ناو چاوم. دوو چاو زل و ڕەش لە پشت پەنجەرەیکەو کە باران تەڕی ئەکات. ترسی چووە ناو گیانم. خوەم خستە حەوش. ئاو دارهەنارەکەمم ئەدا. دوای لەدایک‌بوونم، دایکم ئەو داریە نیاوە خاک. وەختێ گوڵی ئەکردەو وەمئەزانی ترسەکانمە مێوەیان داگە.

کەسێ دای لە درگا. نیمەڕۆ بوو. یا نیمەشەو. نەمئەزانی. تەنیا ئەمزانی باوکم خەفگە. وەمئەزانی باوکم هەمیشە یا هەس لە باخا یا لە ماڵا خەفگە. دڵەکوتەم بوو. نەمئەزانی خوەر هێشتا هەس لە ئاسمانا. ڕووناک بوو، کەنیشکێ کە ئەونگە بەیەکەو کایەمان کردوو گشتی وایئەزانی ڕۆژێک تێت بۆ ماڵمان و ئیتر ناچێتەو. ڕووناک. ئەو کەنیشکە کە جل‌وبەرگ و کیف و کەوشەکانی هەمیشە پەڵە ڕەنگێکی پێیەو بوو. لاپەڕەی کتێوەکان

مەدرەسەی بە میدادڕەنگی ڕەنگ کردوو. هەروەخت ناو کووجییا ئەمدی دەس و ئەنگووسگەلی ڕەنگاژۆ بوو.

"ڕەشۆ، دوێشەو منیش ئەو دەنگمە ئەژنەفت. وەختێ ئەچواین بۆ ماڵ هاجەر خانم ژنەفتم. دۆعایکی نووسی بۆم و وتی مەترسە وەلێ ئەترسم بێتە خەوم. تی باوەش کەین بە یەکا؟" ڕووناک وتی. چاوی چمانێ چاو بایەقوش ئەدرەوشیاوە. کەفتمە بیر باوکم کە وەک کەڵەشێر گژی کردوو ... ترس هاتەو بە گیانما و ئەیجاوی. دەرچوومە ماڵەو. لە ناو ئەو کۆڵان ئێمە کەنیشک فرە بوو وەلێ ڕووناک جیاوازیکی لەتەک گشتیانا بوو. پێش ئەوە لە دایک بێت، باوکی کەفتووە زیندان و هیچ وەخت باوکی نەدیبوو. تاوان باوکی قورس، وادیار بوو چەن ساڵ تریش ڕزگار ناوێت. ڕووناک هەر لە مناڵییەو بە شۆن کوڕێکەو بوو کە بتوانێ جێگار باوکی بێت. وا تواشای منیژی ئەکرد. لە من دڵسەرد بوایە ئەچووا بۆ لای کەسێک تر، لەویچ هەروا بەم شێوە بەردەوام بوو ... منیشی ناو ئەوانا ئەدی. من گەرەکم بوو ڕووناک هەڵگرم بۆ خوەم و هەمیشە لە لای بم. ئەترسیام کەفێتە دەس یەکێ تر. دوایی کە گەورە بووین، لەو کۆڵانە کۆچیان کرد و چوون بۆ گەڕەکێک تر بەڵام توانیم بیدۆزمەوە و ...

یەکڕا باوکم درگای کردەوە و هاتە ناو حەوش.

وەختێ نیمەڕۆگەلا ئەهاتەو، کەس کاسەوکەوچکی ناشۆرد، کەس هەناسەی بەرزی هەڵناکێشا، کەس مەستەراو ناچووا، کەس ئاوی نادا بە گوڵەکان و کەس ڕادوێنی ڕۆشن ناکرد. سەیر و هەڵبەت تۆقێنەر بوو بۆم گەلۆ باوکم وەختێ بۆ چەن سەعات ئەمرێ چۆن هەناسە هەڵئەکێشێ یا پرخە ئەکات. باوکم کە لە ماڵا بوو هیچ ناونیشانێ لە زینگی نەو.

چوار خاڵۆکەم تەک باواما گشتیان کوژیابوون. مەرج باوام بۆ ئەوەی کە کەنیشک باتە شوو ئەوە بوو کە "هەر خۆفرۆش نەوێ کەنیشکی پێ ئام". دوای ئەوە باوام و خاڵۆکانم کوژیان، باوکم زاڵ بوو بە سەر دایکما. وەک ئەوە بێژێ کەسێ بێجگە منی بۆ نەماگەسەو. دایکم گەرەکی بوو بە هەر جۆرێ بووگە باوکم بپارێزێت. کەسێکی نەماو بێجگە دایکێ پیر و برایک بووچکتر لە خوەی کە تەنیا خوەیان لە گەڕەک 'سان‌یار'ا زینگیان ئەکرد؛ کۆڵانە تەنگ و پێچاوپێچەکان کە جاروبار، وەک کانیی بەهار، خوێنیان لێ هەڵئەقوڵیا.

پیاگێ کز لە بەر ماڵمان پیاسەی ئەکرد و فرە ناو بیرا بوو.

"ئەوە کییە دایکە؟"

نەیوت کییە. دوایی زانیم شاعرەکەی 'دارەپیرە'س.

جۆرێ بەفر ئەواریا وەمئەزانی ئیتر بەهار نایتەو. خزخزەکانێ ناو کووجی دەسی‌پێ‌کرد.

کووجییەکەمان چکێ فرە سەرەولێژایی بوو و شوێن خوەشێک بۆ قنگەخیسکێ. ڕووناک هاتە بەر ماڵ. تەقەی دا. درگام کردەو. ڕیتم تەقەکانیم ئەناسی، دیم دیم دام. ڕەمزێک بەین خوەمان بوو. درگام کردەو. وتی بچین خزخزەکانێ کەین. تواشای ناو چاویم نەکرد. دەسی ... ئەنگووسەکانی سێ چوار ڕەنگی پێیەو بوو. بەفر و ڕووناک و کایە چتێ بوو کە چکێ ئەیتوانی زاڵ بێت بە سەر چاوە ڕەش و زل و تۆقێنەرەکان باوکما. ناو کۆڵانەکەمان دیوارێک نریاو کە پشتی کەلاوەیک بوو. جێژوان من و ڕووناک. ئاجۆر دیوارەکە بڕکەبڕکە ڕۆخیاو، کەچەڵ بوو. پشت ئەو دیوارە حەوشێ گەورە و لێژ بوو کە چۆڵ و بێکەس ئەیخواردە ناو ماڵە کەلاوەکە. چل‌ودوو سانت بەفر بارياو و ڕێگەکەمان خز کرد و وەک یەخی پێ هات. دانیشتین لە پشت سەر یەکەو. دەور ئەوەڵ خزخزەکانێ من دانیشتم و ئەو لە پشتەو باوەشی کردوو پێما، تازە مەمکەی کردوو. چەسپیاون بە پشتما. ڕێک هەستم ئەکرد چتێ لە ناخمەو هەڵئەقوڵێت و خەریکم ئەوم بە پیاگ. دەور دووم من لە پشتیەو دانیشتم و سفت گرتم، گشت گیانی لە باوەشما بوو. بۆی جەسەی ڕووناک هاتە لووتما. بۆیک کە منی گرێ‌دا بە ڕووناکەو. بۆیک کە هەست و نەستمی پڕ کرد لە ڕووناک.

بۆ ئەوەڵ ڕا گەرمیی جەسەی ژنم چێژا.

پامان هەڵکەفت و کەفتینە ناو بەفر. ڕووناک هات لە بان سکمەو دانیشت. چاوی بەستوو، بەفرێک نیشتە بان برژانی. خوەر لە پشت هەورەکانەو سەری هەڵدا. سێوەرێک ترسناک لە بەر دیوارەکەو خوەی کێشابووە ناو حەوشەکە. ڕووناک سەری هەڵگەڕاندەو تواشای کرد. چاوی ئەدرۆشیاوە. بزەیکی کرد. بزەیک کە وەک چەقۆ ئەچەقیا ناو چاوما. مێهدی بوو. تواشایک منی کرد و چوو. پڕ لە ترس و پڕ لە قین. قین پیاگێ پەنجا ساڵە لە ناو چاویا بوو. وەک باوکی. ئەو ڕۆژە زانیم دڵی هەس لە لای ڕووناکەو. نەیئەتوانی هەستی بدرکێنێت. گشت هەستەکانی بە قین و کینە ترینجاندووە ناو خوەی. ئەویش ئەترسیا. تەنیا نەکورد ناو کۆڵان بوو. تەنیا نەکورد ناو ئەو گەڕەکە بوو. نە کەسنەزانی بوو، نە کەلهوڕ، نە جاف، نە کرمانج، نە سۆران، نە زازا، نە گەڕووس، نە گیلەک، نە مازەن، نە بەلووچ، نە تاڵش، نە زەنگەنە، نە لەک، نە لوڕ، نە ... فرە سەیر بوو. ئەو کوڕە و بنەماڵەکەی هیچ نەبوون. لە بۆش هاتبوونە دەرەو. باوای باوای سەد ساڵی بوو. سەدان باوای تریش پشت ئەو هەر بازەم لە سنوور سەد ساڵ تێناپەڕیا. چەن هەزار ساڵ مێژووی ئەو بنەماڵە و ئەوان تریش کە هاتبوون هەر سەد ساڵ بوو. لە سەد ساڵا هەزاران ساڵ مێژوویان درووس کردوو. ئەو وەختە هێشتا خەڵک شار کەسنەزان ئەوانی نەپەژراندوو.

من و ڕووناک خوەمان ناو بەفرەکا ئەخلۆپاندەو بەڵام ترس و دڵەڕاوکێ دڵمی

دائەخرۆپاند. بۆی جەسەی، بۆی دەمی، بۆی لاملی وەک منالێ شەش مانگە بوو. گش هەستەکانمی تێکەڵ یەک کردوو. ئەمدی، ئەمژنەفت، بۆم ئەکرد، هەستم ئەکرد، ئەمچێژا. بە درێژی ئەو دە دێقە وامئەزانی چل ساڵ گەورە بووگم. قژی درێژ بووەو مل دەموچاوما و خاس نەمئەدی. قژیم دا لاوە. چلۆن دەنگ ماشینەکەی باوکم نەژنەفتوو؟ سەرم سوورِ ما. لە ناو قژیا کە بڕگەبڕگە تەڕ بوون و چەسپیاون بە یەکا باوکم لە سەر کووجییەو دی. زێلم تۆقی.

زەمان لەتلەت ئەگوزەریا بۆم. هەر چێ چتمە لەتلەت ئەدی و هەر چێ چتە لەتلەت و پارچەپارچە ئەجووڵیاوە. هەر زانیم هات. فرە تون ئەهات. خێرا هات. هەنگاو ئەوەڵ. زارم کوێر بوو. دووم. دەسی ئەجووڵیا. هەوا ترنجیاوە یەکا. هات. نزیکتر. چاوی ترووکان. ڕۆژ بووە شەو. چاوی ترووکان. منال بووم هەر چێ چتمە فرە گەورە و ترسناک ئەدی. سکی شەپۆلی ئەوەشاند. بەفرەکان تاویانەو. تاریکی دەسی نیاوە ناقم. نەمئەتوانی بگیرم. فرمیسکم وشک بوو. لە دڵەو وتم مەی. هات. زەوی. خاک. نەهاتە یارمەتیم. کەنیشکەکەی ناو ژێرزەوی لە دوورەو چاوی پێمەو بوو.

تاڵێ قژ ڕووناک چەقییە ناو چاوما و کزاندییەو. کتوپڕ بڕیارم دا کە ئەشێ بە جۆریک ماڵ چۆڵ کەم و بچم. دووچەرخە. مەشیایە بمسەندایە. لەو چرکەساتە وتم بە خوەم ئەشێ پووڵ گردەو کەمەو. کەفتمە بیر داچکەفرۆشی. منالەکان ناو مەدرەسە ئەیانفرۆشت. تەنیا لە قەڵای کەسنەزانا دەس ئەکەفت. قەڵای کە نماد کەسنەزان بوو و ئیسە بووگە بە هێلانە مرۆچە. خوەم زاتم نەو بچم بسێنم. ئەیانوت خەلاف و خۆفناکترین شوێن کەسنەزانە. براکەم ئەیسەند بۆم و من لە دەور ماڵ خوەمانا ئەمفرۆشت. بووم بە خوێڕی کۆڵانە قەیمییەکان کەسنەزان.

ئەمزانی کەسنەزان ئەونگە کووجی و کونا و کوڵەسووچی هەس کە ئەتوانم ناویانا بە داچکەفرۆشی، دوور لە چاو باوکم، بەدزییەو، بەدڵەڕاوکێ و پڕلەترس، سەقام بگرم هەتا دووچەرخەکەم ئەسێنم. دوای ڕووناک، فرۆشتن جاچکە بوو بە هۆی ئەوە مێهدی بێت بە گەورەترین دوژمن ژیانم. نەیارێ کە بوو بە بەشێ لە زینگیم. سێوەرێک کە هەمیشە بە شۆنمەو بوو.

ناو کۆڵان خوەمان. کۆڵان خوارەو. کۆڵان ژوورەو. مەحەلەی 'کەسنەزان'. بەرەو چوارڕای 'کەسنەزان'. نیمەڕۆ. تا نزیک ساعەت ١١. خەریک بووم داچکەم ئەفرۆشت. باوکم ئاژۆر تاکسی بوو. لە سەر شەقام کەسنەزان دیمی. تا بەر لەوە، بیری ناکرد من لە کووجییەکەی خوەمان بچمە ئەولاتر. ئەنگووسە گەورەکان پام مووچاندەوە و فشاریانم

ئەدا. دوگمەی کراسەکەم کردەو. جاچکەکان بە دەسمەو داکەفتن. وەمئەزانی دووچەرخەکەم خەریکە لەت‌لەت لە یەک ئەوێتەو. گەرەکم بوو باقیەکەیانیش داخەم، دڵم ناهات.

باوکم منی دی وەلێ جاچکەکانمی نەدی. دەرچووم و بە تاکسییەکەی نیایە شۆنمەو تا گەیمە ناو کووجیی خوەمان. کووجییەکان ناو گەڕەک کەسنەزان فرە تەنگ و تەسکن و ماشین ناتوانێ ئەوجۆرە کە شەوفێرەکەی گەرەکیە بجووڵێتەو. زووتر لە باوکم گەیمە بەرەوە و بە ڕێکەفت مێهدیم دی. قنجوقیت لە سەر کووجییەو وێساو و چاوی بڕیوە بەر درگای ماڵ ڕووناک کە هاوسای ماڵ بە ماڵ ئێمە بوون و دایکی تەک دایکما لە بەر درگا قسەیان ئەکرد. بەسەی جاچکەکەم دا دەسیەو وتم، "مێهدی ئەمە لاتەو بێ ئێوارە ئەیسێنمەو لێت". کوردی حاڵی ئەوا وەلێ نەیئەتانی قسە کات. چۆقم نیا پێیەو زوو بەسەکە خاتە ماڵەو. دەنگ ماشینەکەی باوکمم ژنەفت، وشک لە سەر کۆڵانەکەمان وێسیام و زاتم نەو جووڵە کەم. لە دووسەد میترییەو دەنگ ماشینەکەیم ئەشناسی، لە ناو سەد ماشینا دەنگ ئەو تاکسیمە ڕێک وەک ئەوە لە پاڵ دەسمەو بێ ئەژنەفت. ئەمزانی ئەموینێ وەلێ جووڵەم لێ بڕیاو. دڵەکوتەم بوو وەک مشکێ کە مارێ زل و درێژ نزیکی بووگەسەو.

قاوی کرد لێم. هەڵگەڕیامەو. سێوەرەکەیشم تەکما ئەسووڕیاوە. مێهدی بوو؟ ئەنگووس دەسم ئەگووشا و بە هەنگاوگەلێک بیس‌وچوار سانتی ئەچوام بەرەو لای ماشینەکەی. سەری لە درگای شاگردەو هاوردووە دەرەو. سمێڵی تاشیو. هەر وەخت سمێڵی ئەتاشی وەک بکوژی لێ ئەهات. دەم باریک و لووت قنج. دەم‌وچاوی فرە تووڕە ئەکردەو. سوار ماشینەکەی بووم، لە پاڵدەس مەرگەو دانیشتووم، مەرگێ ڕەش، چایگ، چاوزیت و چاخ.

ماشینەکەی پارک کرد و گوێچکەمی گرت و ناو حەوشا دامی‌خست. ڕووناک چاوی پێمەو بوو. چاوی چەرخان بەرەو سەر کووجی و تواشای مێهدی کرد. باوکم چووە ماڵەو چتێ بخوات و دوارە بچێتە دەرەو. دەنگ هیچێ ناهات بێجگە تەقەی کەوچک و دەوری و لێوان. بۆی هیچێ ناهات بێجگە بۆی سەوزی‌خوەرشت. برسیم بوو گرم گرتوو بۆ کەوچکێ فراوین. زاتم نەو بچمە ماڵەو. دوای فراوین چکێ خەفت. دەنگ مێهدی ئەهات ناو کووجیا، بە سای بەرز قاوی ئەکرد و داچکەی ئەفرۆشت. هەر ناو کووجییا دوانی فرۆشت. لە ناو مەحەلەی خوەمانا کەسێ لە خوەم چتێکی ناسەند. پەنج دانەی فرۆشت، خەریک بوو دووچەرخەکەمی ئەفرۆشت و من زاتم نەو هیچێ بێژم. ڕووناک داچکەیکی سەند. ئەونگە دیانم خایاندوو بە یەکا فرەی نەماو دانەیکیان لەق بێت.

باوکم هەڵسا و سەری داتەکاند بۆ دایکم.

"بۆ کوێنە ئەچین؟" دایکم وتی. زاتی نەو بیژێ منیش ئەوەن یان نا.

باوکم هاتە ناو حەوش. دایکم تەنافێکی هاورد بۆی و دەسمی بەستەو بە هەنارەکەی ناو حەوشەو.

"باوکت ئەیژێ نەجوولێت تا تینەو. دایکت بمرێ. قەیناکە دانیشە لەیرا. تەنافەکەیش ئەگەیتەو تا مەستەراو،" وتی و دەرچوو بەرەو ماشینەکەی باوکم.

باوکم کانیاو ترس بوو و دایکم هاندەری ...

دانیشتم و بیرم لە سوحا ئەکردەو کە ئیتر کارم بە کار مێهدییەو نەوێت ناو مەدرەسە. بە من چە چەی پێ ئەکەن. من بۆچە خوەم پلکنم بە کەسێکەو کە ئاوا داچکەکانم ئەفرۆشێت و داخم پێ ئات؟

دوای دوو سەعات هاتنەو.

"ئابا، دەسم ئەکەیتەو بچمە دەرەو تەک مێهدییا کایە کەم؟" لە تووڕەیی و ترسا ئەلەریامەو.

دایکم وتی، "ڕووڵە، باوکت حەز ناکات تەک ئەو کوڕە کایە کەیت."

ئێوارە لە دوای خوەراوا، باوکم چوو بۆ باخ، وەلێ دایکم زاتی نەو دەسم کاتەو. تەنافەکە قەپی کردووە مەچەکما. منیش زاتم نەو بێژم داچکەکانم داگە دەس مێهدییەو، نەکا لە ترس خوەیا بێژێتەو بە باوکم. مێهدیش بۆ خوەی داچکەی ئەفرۆشت. هەر وەخت بیرم لە مێهدی ئەکردەو گەنەمووی سمێڵی ئەهاتەو بیرم. ئەو هەتیمە تا ئەو وەختیشە کە شکەنجەمی ئەدا هەر ئەو گەنەموویە بوو. وەک شێتم پێ هات. سەرم کوتا بە دیوار حەوشا. تلْپەکەی، دایکمی داچڵەکاند. گشتیان ئەترسیان لەو کارمە. هەر وەخت حاڵم فرە خراو بوایە وامە ئەکرد. وەختێ ئەترسیان من هێزم ئەگرت. سەری شکیا، سەری قوپیا، سەری هەڵتۆقی، سەری ماسی، سەری نرکەی هات، سەری تلْپەی هات، سەری کڵپەی کرد... چتگەلێ بوون کە ئەیانوت پێم و من بەو قسەگەلە ورەم ئەگرت.

دایکم دی سەرم کوتاگە بە دیوارەکا، هات بۆ لام و دەسی ئەهاورد بە سەرما. هێشتا هەر زاتی نەو دەسم کاتەو. بازیچی کردایە خوەم زوو ئەمبەستەو. باوکم جاروبار ئەیوت ئەچم بۆ باخ و شەو نایمەو وەلێ دوای چەن ساعەت ئەهاتەو بزانێ قسەکەی ئەشکنین یا نا، یا کارێ داگیە پێمانا بردگمانە بەرەو یا نا. دایکم فرە مانگ و بێهێز بوو و وتم پێ بچێ بخەفێ.

چوومە بان درگای ماڵ، تەنافەکە تا ئەینە ئەگەیاوە. سەرم کێشا دەرەو. تواشای لای ڕاس کووجیم کرد. دایک ڕووناکم دی تەقەی درگای هاجەر خانمی ئەدا. هاجەر خانم

درگای کردەوە و دوای سڵاوکردن سەری هەڵگەڕاندەو تواشایک ناو چاومی کرد. چاوم دزییەوە و تواشای ئەم لای کووجیم کرد. مێهدی دانیشتوو لە سەر کووچەو. قاوم کرد لێ و هاتە نزیکمەو.

"دەست خوەش بێ داچکەکانت فرۆشت بۆم. داینە بەر درگا و پووڵەکە بنە بانیەو. تێم ئەیوەم."

جواوی نەداوە و من هەر تواشای گەنەمووەکەیم ئەکرد. یەکڕا دەرچوو. چاخ بوو و پاگەلی شەکەی ئەهات. مناڵەکان مەدرەسە ئەیانوت ئەونگە شەرواڵەکەی تەنگە بە ساوەن ئەیکاتە پای. لەو چەن ساڵا کە مێهدی هاوکلاسیم بوو، ڕۆژگەلێ کە ناچوامەو بۆ مەدرەسە پەنیان ئەدا پێ. ڕۆژگەلێ کە خوەم لە مەدرەسا بووم نەمئەهێشت. ئەموت پێیان هاوسامانە و ...

سبحایا زوو دایکم هات، تەنافەکەی کردەوە و هەناردمی بۆ مەدرەسە. گشت مناڵەکان دەسیان ڕەش بوو و سەریان کەچەڵ. ڕەش و ڕووت‌وقووت و هەڵقرچیاگ ناو حەوش مەدرەسە دەرئەچوان و ئەهاتن و ئەچوون. گشتی کەوش پلاستیکی لە پایانا بوو و شەپەی دەمەوقۆپان ناو حەوش مەدرەسە شەپۆلی ئەداوە. مێهدی ناو گشتمانا دیار بوو. شەرواڵ لی تەنگی کردووە پای و قژی ئاڵمانی کۆتا کردووەو. باوکی دەوڵەمەن بوو و ناو گەڕەک و کووجیبیا خوەی ئەنواند، وەلێ لە مەدرەسە کزووڵەی ئەکرد لە کوڵەسووچێکەو. جاروباریش دڵم ئەسووتیاوە بۆی کە خوەی تەنیا ... لە گۆشەیک تر حەوشەو کوڕێک ئەینەکیم دی تاق‌وتەرا لە سەر کورسیک دانیشتوو و قاقۆڵەیک بە دەسیەو بوو. سەری داخستوو خەریک بوو ئەیخوارد.

زەنگ ئەوەڵ ڕیازیمان بوو. لەو ئاخرەو دانیشتووم و تواشای مێهدیم ئەکرد لە ڕەدیف ئەوەڵەو دانیشتوو. قنج، ڕێک، وەلێ لە پشتەو ئەو گەنەمووی سمێڵیمە ئەدی قینمی فرەتر ئەکردەو. دەرسی لە گشتمان خاستر بوو بەو بۆنەو کە گشت کتێوەکان فارسی بوون.

زەنگیان لێدا و مناڵەکان بە هوجمەو چوونە دەرەو. زوو دەرچووم و نەمهێشت مێهدی بچێتە دەرەو. وەک پەسپەسەکۆڵە پەڕیمە کۆڵی. دوو زیلەم لێدا و وتم، "ئیمڕۆ داچکەکان تێریتەو تەک ئەو پووڵە یا خوەت ئەمێنیت و پشت مەدرەسە." تواشای ناو چاویم ئەکرد، ئاگری لێ هەڵئەسا. لە چاوی ئەترسیام. ناو چاویا ترس و باوکمم ئەدی. چاوی گۆم بوو، گۆمێک لە ترس و قین. دوای ئەو ڕووداوە من ئیتر تەک مێهدییا ڕووەڕوو نەومەو. ئەترسیام لێ، فرە لە من زلتر بوو، تواو ڕەشایی باوکی ناو چاو ئەما جێگەی خوەش کردوو.

نەیئەزانی چە هەڵەیکی کردگە داچکەکانمی فرۆشتگە بۆ خوەی. من ئیتر پشتیم ناگرت.

من تەنیا پاڵپشتی بووم، ئەویش بەو بۆنەو هاوسا بووین. لەو سەردەما، کەسێ نەکورد ناو مەدرەسە بوایە مەردم وایئەزانی غەریبەیک هاتگە ناو ماڵیان. قەبووڵیان ناکرد. دە دوانزە ساڵ لە بیس‌وچوارکەی ژیانی شەهین تێپەڕیاو و ئاسەواری هێشتا لە سەر مێشک منداڵانێک وەک ئێمە مابووەو. هێشتا مووزیک و دەنگ و زایەڵەی کوردەواری ناو مێشکمانا دەنگی ئەداوە. ڕێک نەمانئەزانی چەیان هاورگە بە سەرمانا و دایک و باوک‌گەلیشمان لە ترسا قسەیان ناکرد، وەلێ هەستمان ئەکرد پێ. چەقیاوە ناو نەستمانا.

لە دوای ئەو بیس‌وچوار چرکە مێهدییەکان هاتنە ناو شار. چکەچکە هێلانەیان بۆ خوەیان کردەو. لە باشترین گەڕەکەکان شارا نیشتەجێ بوون. وەک هێلانە کاکڵەمووشان تەواو کەسنەزانیان تەنی. باشترین پیشەکانیان هەڵگرت بۆ خوەیان، لە هەر گەڕەکێکا بنکەیان درووس کرد و ئیسە چەقیاگنە ناو نەست و ناخوداگای گشتیا.

وەختێ مێهدی هاتە دونیا قەپی کردووە مەمکەی دایکیا.

ڕۆژێک تر. زەنگ ئەوەڵەکەی جوغرافیامان بوو. زەنگ دووم مێژوو. زەنگ ئاخر وەرزش. ڕژیاینە ناو حەوش و گشتمان بە کەوش پلاستیکی ماتڵ بووین تۆپەکە بێرن و کایە کەین. مێهدی دێرتر هاتە ناو حەوش. ناو کلاسا لیباسەکانی گۆڕی و هاتە دەرەوە و لە بان پلیکانەکانەو دانیشت. کەوشەکانی دەرهاورد و جفتێ کەوش ئێسپۆرت فووتباڵی کردە پای. پاوپل چەرمگی ناو لیباسە وەرزشییە ئاوییەکانیا دیار بوو. وەختێ سەری داخستوو کەوش کاتە پای گشت منالەکان تواشایان ئەکرد کە چۆن کەوشەکانی ئەوەسێ. کەوش بان چەمەن بوو. ژێری ناڵچەی بوو. منالەکان نەیانەهێشت کایە کات. ئەیانخستە ناو دەروازە بێتە دەروازەبان. دەسەنقەز نیایانە ژێر تۆپەکە و کەفتە پشت مەدرەسە و وتیان بە مێهدی بچێت بیتێرێتەو ... کایە تەواو بوو. چاوم کەفت بە مێهدی گۆلەگۆل خەریکە تێتەو بۆ ناو حەوش. لە گۆشەی چاویەو تواشامی ئەکرد. زوو کتێوەکانم هەڵگرت و لە مەدرەسە دەرچوومە دەرەو.

مەدرەسەکەمان لە بێخ شەقام 'تاقەدار'ەو بوو. باریکە ڕێگەیک لە لای ڕاس مەدرەسەکە. خاکی. وەک دۆڵ. کە مەدرەسەکەی ئەلکاند بە مەحەلەی بان مەدرەسەکەو. لە ڕێگەکەو چوومە بان و ماڵێکم دی. جاران ئەونگە سەرنجم نەداو. دار هەنارێ گەورە لێوار دیوارەکەی گرتوو و لە سەر دیوارەکەو پەنج شەش دانە کتک لە ژێر سێوەرەکەیا خەفتوون. پیرەژنێک لە پەنجەرەی ماڵەکەو تواشامی ئەکرد. هەزارویەک لۆچ ناو دەم‌وچاویا بوون. چەن چرکەیک تواشای یەکمان کرد. درگای ماڵەکە کریاوە و پیاگێک هاتە دەرەو. پیر بوو. پشتی چەمیاوەو. ئەمزانی کییە. هەر ئەو پیاگە بوو ناو کووجییەکەی

خوەمانا. دوایی زانیم شاعرەکەی 'دارەپیرە'س. تەنیا شاعرێک کە لە دایکی پیرتر بوو.

بۆ ماوەیک بە یارمەتیی براکەم کە لە قەڵای کەسنەزانا داچکەی ئەسەند بۆم توانیم دوارە بیر بە سەندن دووچەرخەکەم بکەمەو. شەو و ڕۆژی حەرام کردوو لێم. شەوگەلا وەک شامار بە دەور خوەما ئەسووڕیامەو. کۆلان بە کۆلان ناو گەڕەک خوەمانا ئەهاتم و ئەچووم و داچکەم ئەفرۆشت. خەڵک حەزی ئەکرد بە جاچکەجاوین و داچکەکان منیش تامێک وەک مەلیسیان بوو و فرەیان ئەسەند لێم. وەهامە کردوو بەو گەڕەک و کۆلانگەلە کە گشتی خەریک بوو داچکەی ئەجاوی و مڵچەی دەمی ئەهات. پیرەژنیش کە تا ئەو وەختە جاروبار بنێشت سروشتی ئەجاوی، ئەویش داچکەکان منی ئەسەند. کەنیشک لە مەدرەسە ئەهاتە دەرەوە و هەر کامیان منی بدیایە دانەیکی ئەسەند لێم. ژنەکان سەر کووجی دائەنیشتن و قاویان ئەکرد لێم و داوای داچکەیان ئەکرد. هەم تامەکەی هەم بۆکەی خوەش بوو. دوایی زانیم بە بۆنەی داچکەکان منەو فرەتر ماچ یەکترین ئەکەنەو. ڕۆژێ دوو پاکەتم ئەفرۆشت. لە بیر خوەما حەساوم کردوو کە دووچەرخەیک بیس قوڕازە ئەتوانم بسێنم.

ژیان من ئەوێتە دوو بەش. بەر لە دووچەرخە و دوای دووچەرخە.

ڕۆژێ دە ڕا ئەمشۆرد.

ناوم نیاوە ڕەشینال. ڕەش و شین و ئاڵ بوو.

ئەمشۆرد ئەمبردە ماڵەو لای خوەم ئەمخەفاند و پەتووم ئەدا ملیا.

دووچەرخە کەسنەزانی دا نیشانم، بە تواو خوەشی و ناخوەشییەکانیەو.

هەروا کە دونیام بە بۆنەی دووچەرخەکەو گەورەتر بووەو، ترسەکانیشم قووڵتر چنگیان ئەخستە ناو ڕۆحم.

لە گەڕەک ئێمە لەو سەردەمە کەس دووچەرخەی نەو تەنانەت مێهدیش کە دەوڵەمەن بوو. بووگمە پیاگ کە توانیگمە دووچەرخە بسێنم. ڕەفێقەکانم ئیتر وەک مناڵ ئەهاتنە بەر چاوم. بەجۆرێکیش ئەو دووچەرخە منی لە دونیا و ڕەفێقەکانم دوورەو خستەو. ئەوان هەمیشە بەیەکەو بوون و کایەیان ئەکرد. فرەیش خەم ئەوەمە ئەخوارد کە من خاکم هەست ناکرد و ئەوان گشتیان تێکەڵ تۆز و خوڵوخاک بوون. وەختێ هەڵووکانیان ئەکرد و کۆڵیـیان ئەدا بە یەک، وەختێ شایانیان ئەکرد لە ئاخرەو بە شانازییەو پووڵەوردەیان ئەخستە ناو گیفانیان و تەقەی هەڵمات و پووڵە وردە لە گیفانیانا مەسیانی ئەکرد، وەختێ گوێزان و قەمچان و پێشان و بوکتان و ... وەختێ پووڵیان جەم ئەکردەوە و تۆپ پلاستیکییان ئەسەند و بە فووتباڵ شەو و ڕۆژیان ئەدووران بەیەکەو، وەختێ ئەوان

بەیەکەو بوون من تەنیا خوەم ناو کووچی و کۆڵان و شەقامەکان کەسنەزانا دووچەرخەسواریم ئەکرد و لە مانای کەسنەزان و کۆڵانە قەیمیەکانی فرەتر تیٚ‌ئەگەیشتم.

دووچەرخە بە جۆری منی لە دونیا دوور خستەوە و بە خوەمی نزیک کردەو، جۆرێکیچ تا توانی ترساندمی. ترس لەوەی کە نەیدزن لیٚم، ترس لەوەی کە نەیشکنن بۆم. ترس لەوەی کە باوکم ناو شارا نەموینیٚت. فرەیک کەس چاویان زیتەو کردوو بۆ دووچەرخەکەم. ڕووناک بە بۆنەی دووچەرخەکەو فرەتر نزیکم کەفتەو. جاروبار ئەهات بۆ لام و سوارم ئەکرد و ئەمنیا تەرک یا ئەمدا دەسیەو دەورێکی پیٚ باتەو. مێهدیش قین فرەتری هەڵگرت لیٚم وەختیٚ من و ڕووناک و دووچەرخەکە ...

لەم سەر کووجییەکەمانەو باخیٚ بوو. کەلاوەیک ناویا بوو کە موعتادەکان جێگەیان خوەش کردوو لەینا. هەمیشەی خوا بۆی خوەشێکی ئەهات، نەمئەزانی چەس، وامئەزانی بۆی گوڵ و گیاس. دوایی زانیم بۆی تریاکە. هەمیشە حەزم ئەکرد ئەو بۆیە تێکەڵم بێت و بگەڕێت بە ناو تواو دەمارەکەنما. چوومە ناو باخەکە. دەسم لە مل دووچەرخەکەما بوو. خوەر خەریک بوو ئاوا ئەوا و تیشکیٚ سوور، سپی‌بەرد و کێفەکان دەوری لە ڕۆشنایی ناو شار جیا ئەکردەو. چوومە ناو باخ و دارەکان ئەیانلووراند، وەک ئەوە بێژی سەد دانە کتک خەریکن ئەلوورنن.

وشک بووم و بەحاڵەی ئەمتوانی بجووڵمەو. وەختیٚ خوەرەتاو ئەچوا پشت سپی‌بەرد، هەمیشە هەستم ئەکرد لە پشت دارەکانەو چتیٚ خوەی شارگەسەو. دەنگێک نامۆ ئەهات، شوێنیم ئەگرت و نەمئەدۆزیەو. چتێک ماتڵم بوو و نەمئەزانی چەس. چتێک ئەجووڵیاوەو و نەمئەزانی چەس. خوەمم گوم ئەکرد لەو وەختگەلا. گووگێجەم ئەگرت. چاوچنۆکەم ئەگرت بۆ دارەکان. دەنگێک ئەهات. موعتادێک خەراباتی حاڵی خاس نەو، خومار بوو و ئەیخوێند. *هەر وەکوو پووش و پەڵاش کەوتووم لە کووچەی یارەکەم، گێژەڵووکەش نامفرێنیٚ*. دەنگێک بوو کە لە زاری ناترازیا، لە ناخ دڵییەو هەڵئەقوڵیا. زەریفیی خەم دەنگە دووڕەگەکەی دڵەکوتەکەمی فرەترەو کرد. لەتەک دووچەرخەکەما هەنگاوم ئەنیا. سەورە سەور. بۆکە تونتر بووەوە و من ئەچوامە نزیکیەو. لە بێخ هەر دارێکا مێهدیکم ئەدی و دانەیک کە دەسی خسگە ناو کراسەکەی. تواشامیان ئەکرد و قورسایی نیگایان پامیان لە جووڵە خستوو. چاوم بەست و بۆکە تونتر و دەنگەکە نزیکتر. *خەڵک ئەڵێن ئەی دەی داد ئەی دەی داد، خەڵک ئەڵێن کفرە مەکە بەم چەشنە مەدحی یاری خۆت*. دەنگ ئەو کابرا دەنگ شەیتان بوو ئەگیریا. هەناسەم ناهاتە بان. چاوم کردەوە و تەنیا ڕەشایی بوو. چاوم داخست. جیڕەی چاوم ئەهات. نەمئەتانی هەڵگەڕمەو. هەناسەم تون بووەو. چاوم کردەو.

فرەتر لە بیس‌وچوار ڕۆحم دی بە دەور ئاگرێکا پەپکەیان بەستوو و چێوێک چەقیاوە ناو دەمیانا. منیان دی. گشتیان لای کردەو لای منا. چتە چێوییەکەی ناودەمیان داکەفت و گشتیان بەیەکەو شکیان. خوەمم ئەدی. من بووم ئەمخوێند. لە کوڵەسووچێکەو دانیشتووم و ئەمخوێند. لای ئاگرەکەو. دەنگم وەک هاوار و قیژەی هەزاران مردگ بوو. تیشک ئاگرەکە دەم‌وچاومی ئەسووتاند. تاریکی بوو. جگە لە تاریکی چتێ نەو. تەنیا کەسگەلێ بوون هەر لە جنس شەو. من داچڵەکیام و ئەوان داناچڵەکیان. هاتن بەرەولای من. سەد دانە مێهدی ئەکەنیا پێم. لە پشت سەرم بوون. نەمئەتانی بجووڵم. نەمئەتانی هەڵگەڕمەو. نەمئەتانی بچمە بەرەو. بایک تون هات و تواو دارەکان ئەیانلووراند. لوورە و قاقای پێکەنین و دەنگ گڕ و خەمۆک مەقام هومایۆن ... گشت گەڵاکانیان داڕزیا. من وام ئەدی. وا نەو. ئیسە ئەزانم وا نەو. بۆ چەن چرکە تواو باخ خۆڵەمێشی بوو. باکە ئاگرەکەیانی کوژاندەوە و تواو باخ ڕەش داگەڕیا. خوەر بەتەواوی ئاوا بوو، سپی‌بەرد دیار نەو. ئیتر خوەیژمم نادی. ئەو با ئەونگە تون بوو وەمئەزانی خوەرەتاویشی کوژانگەسەو. تاریکییەکە سەنگین بوو. گیانی گرتوو، دووگیان بوو. دەس و پای ئەوەشاند، ئەجووڵیاوە، شەپۆلەکانیم ئەدی. ڕۆحم خەریک بوو جەستەمی ئەنیا ژێر خاک.

دەنگێکم لە دوورەو ژنەفت. دەنگێک ئاشنا وەلێ ترسناک.

باوکم نەو.

مێهدی نەو.

پیرەمەردێک بە چاویلکەگەلێک فرە گەورە و گۆچانێک بە دەسیەو. جل کوردی و فەرەنجی لەبەر. سەروێن لە سەر. تەسبێحێک سوور بە دەسەو. پشت چەمیاگ.

"کێ هاتگە ناو ئەم باخ و کەلاوە؟ بچنە دەرەو ئەیرە ساحێوی هەس. ئەیرە ساحێواری هەس." بۆ ئەوەڵین ڕا ئەو دەنگ و جوێنگەلە پێ خۆش بوو. خشەخش گەڵاکان بەو مانا بوو ڕۆحە تێک‌شکیاگ و لەرزەلێوەکان خەریکن دەرئەچن. چرایکی هەڵکردوو، زانیم پیرەمەرد ساحێو باخەکەس. وەختێ چاوم کردەو، چەسپیاو بە چاومەو.

گوێچکەمی گرت و شەقەزیلەیکی دا لیم. پێم خوەش بوو. جوێنی دا پێم. پێم خوەش بوو. ئەو پیرەمەردە بوو بە هانام. دووچەرخەکەم لە ئەمانا بوو. ترسەکەم شکیا و دەرچوومەو بۆ ماڵ.

پووڵ‌دەرهاوردن بەترس و بەدزی و بەدڵەڕاوکێ وەک شەڕ بوو بۆم. شەڕم ئەکرد بۆ ئەو چتە کە گەرەکمە. شەڕ لەتەک ترسا. شەڕکردن لە ناو دڵ ترسا منی کرد بە پیاگێ کە تەمەنی فرە کەمە. وەختێ توانیبووم لەو تەمەنە کەما دووچەرخە بسێنم، بیرم ئەکردەو

کارگەل گەورەتریش ئەتوانم بکەم. ناو مەدرەسە دیم بازێ لە منالەکان عەکس گەلێکیان هەس و ئەیدەنە نیشان یەک. نیمەی مەدرەسە دەمی ئەجوولیاوە. نیمەی مەدرەسە داچکەی ئەجاوی. نیمەی مەدرەسە ملچەی دەمی ئەهات. شەقەی زیلەی مامۆستاکان لە سەر کلاسەو ڕیتمێک تونی خستووە ناو مەدرەسە. مامۆستاکان خوەشیان لە داچکەجاوین منالەکان ناهات. داچکەی نیم‌سووپێر و تواو سووپێر گشت کەسنەزانی داگیر کردوو. وێنەی فرەیک لە ژنە دەنگبێژە خارجییەکان بوون. فرەیان خەڵک تورکیە بوون. دوایی زانیم سریکیان کوردن و بە تورکی ئەخوێنن و بازاڕ مووزیک تورکییەیان پڕ کرگە لە مێلۆدیگەل کوردی. هیچ‌کاممان تا ئەو وەختە قاچ‌وقول ڕووت ژنمان نەدیبوو. ئەو وێنەگەلە. سیبل جان و عایشە و برایم تاتلیس و مەحسوون و فرەیک تریان کە نایتە بیرم. سەرچاوکەی ئەم داچکەگەلە قەڵای کەسنەزان بوو، قەڵای هێلانە مرۆچەکان.

قەڵای کەسنەزان زاڵ بوو بە مل گش شارا. وەختێ چوومە ئەینە و لەو بانەو تواشای ناو شارم ئەکرد وەمئەزانی هەنگاوێ بووچکەلە بنم ئەتوانم بچمە ناو ماڵەکان. لەو وەختا و ئیسەیشە جێگەی خەلافە. یانێ بە ڕواڵەت شوێن فرۆشتن لیباس نزامییە وەلێ لە ژێرەو فرووشگای داچکە، پاسوور، قورسگەل هۆشبەر و مەشرووب و ئەسڵەحەس. شوێنێ فرە مەترسیدار کە ژن و مناڵ هیچکات زاتیان نەوگە بچن.

باوکم تاکسییەکەی فرۆشت و خاوەری سەند. ئەچووا بەم شارەوشارا ئیتر من ئەمتوانی بە دووچەرخەکەمەو بگەڕم. باوکم بارێ کوچکی برد بۆ کەسنەزان و ئەمزانی ڕۆژێکی پێ‌ئەچێ تا بێتەو. پرساوپرس چووم بۆ چوارڕای کەسنەزان. لەینەو چووم بۆ گەڕەک کەسنەزان. دونیام خەریک بوو گەورە ئەواوە و منیش تونتر ئەچوام و تونتر پام لێ‌ئەدا. چتێک ئەمیکێشا بەرەو شەقام و کۆڵانەکان 'ڕەزازی' کە ئەم‌لای شەقام 'پردیوەر' بوو و ئەولای 'چەم کەسنەزان'. فەزای خیاوان ڕەزازی فرە قورس بوو. وەک کەنیشکێ فرە زەریف کە کوڕێ عاشق ئەترسێ نزیکی بێتەو. شەقام سپیدارە بەرز و بەشکۆکان. لەو ڕۆژەو من کەم‌کەم مێشکم قورس ئەوا. شەقام ڕەزازی پڕ بوو لە سپیدارگەلێ کە سەرپۆپە و لقەکانی چووبوونە ناو یەکا و ژێرەکەی سێوەر و نسار بوو، وەک کێفێک کە هەمیشە سێوەر بێت، چایگ، سارد، بەڵام پڕ لە ورە و ڕۆح. سپیدارگەلێک کە ناوقەویان دەم‌وچاو پیرەژن مناڵ و مناڵەزاگ کوژیاگە، هەزاران لۆچی تیا بوو. هەر لۆچێکی داستانێکی پێ بوو. هەر داستانێکی ئەتوانێت کەسنەزان زینگ کاتەوە و ... کەسنەزانێک تا بینەقاقە چەقیاگ لە ناو گۆمێک چڵکاوا ... لە ناو فەرامۆشییا ... ئەو وەختە زانیم وەختێ ئێژن شار بە دارەو مانای هەس یانێ چە. دووچەرخەکەم وێساند و پاڵم دا بە دارێکەو. دەسم ئەهاورد بە

سپیداریکا. ناوقەوەکەی، لۆچەکانی ئەجوولیانەو، قسەی فرەی پێ بوو. وەک دایراک دایکم کە قسەی فرەی پێ بوو. وەک دایراک دایەم وەختێ قسەی ئەکرد لۆچەکان دەور چاوی ئەجوولیانەو. دواتریش وە دایراک شەهین ... دوایی زانیم ئەو دارگەلە خوێن فرەیان خوارگە بۆیە ئەونگە بەرز و بەشکۆن. دوایی زانیم ڕەزازی یەکێک لە خوێناویترین شەقامەکان کەسنەزان لە بیس‌وچوار چرکەی زینگی شەهینا بووگە.

درێژەو بوومەو ناو شەقام 'گۆران' کە پڕ بوو لە دووکان زەڕگەڕی. ئەو شەقامە ئەدرەوشیاوە. چەنێ کەنیشک ئاوات‌بەدڵ لەینا خەریک بوون بۆ زەماوەنیان تواشای تەلایان ئەکرد. لە گۆرانەو چووم بەرەو خوار و گەیمە مەیدان 'ماسی'. ژنێکم دی بە جل چەرمگ نەخوەشوانییەو دەرئەچێت بۆ ناو شەقام 'دزودەس‌دوو' و لەینەو خوەی کردە ناو کۆلانە تەسکەکانا و نوقم بوو. دەنگیم ئەژنەفت. داوای یەخی ئەکرد لە مەردم. هوراسان بوو هوراسان و وەک تیر سەرگەردان ئەهات و ئەچوو.

پرسیم و وتیان قەلای کەسنەزان هەس لە شەقام 'شاکری'یا. چووم. زنجیرێکم سەند بۆ دووچەرخەکەم و بەستمەو بە دارێکەو.

"ئەو پلیکانگەلە ئەوینی، لەینەو بچۆ بان،" پیرەمەردێک پوختە و دانا و چاوبەچالاچوو وتی. زەفتێ بە دەسیەو بوو. ناوی نەبی بوو ... مەکروونی ... *من زایەلەی تەموورەم خولقێنەری مەرگم* ... لە ناو کۆلانەکان کەسنەزانا پەنگی ئەخواردەو... *شەپۆلێکی شێت و یاخیم خەوی بەندەر ئەشێوێنم* ... شەقامەکانی شەق ئەکرد و لە ناو کۆلانەکانا دەنگی ئەداوە. ئەو پیرە گەرەکی بوو خەلک بڕنەولەدەس هێز و وزەیان لێ نوقم نەوێت و بەردەوام بن. چوو تا مەیان 'باوەفا'. ئەمدی خەریکە لە ئاقار چاوما چکەچکە نوقم ئەوێ. سێوەرەکەیم ئەدی، بەستیانەو لە مەیان باوەفا. جووخە ... ئامادێ ... هەدەف ... شێللیک. پیرەکە نەما وەلێ دەنگ حماسە و زایەلەی تەمووره و دیوان لە زەفتە زلەکەیەو هەر دەنگی ئەداوە.

بۆچە شار واسە؟ گەلۆ هەمیشە واسە؟ لە ناو گێژاو زەمانا تێم و ئەچم وەک ئەو جۆرە کە ئیسە لە ناو گێژەن هەستەکانما نوقمم.

چووم. چوومە بان. قەلای کەسنەزان. تا چوومە بان بیس نەفەرێکم دی دانیشتوون و لە دەور ئاگرێکا پەپکەیان بەستوو. دوایی زانیم ئەیرە ناوەند ئەم شارە بووگە و گشت گەڕەکەکان بە دەور ئەم قەلا درووس کریاگن. قەلایک فرە گەورە و قەیمی کە شکۆی شارێک بوو. ئیسە بووگە بە هێلانە مرۆچە ... خوەتان بچن بیوینن، وەسفی ناکەم ... ئەتوانن کەسنەزان بدۆزنەو؟ ئەزانن چەی بە سەرا هاتگە؟

ئەترسم ڕۆژێ مرۆچەکان بڕژنە ناو شار و زینگ‌زینگ جەسەی خەڵک بجاون.

پاگەلم قورس بوو. بەزۆر ئەچووانە ڕێگا. بێ ئەوەی کە تواشای ئەم‌لاوئەولا کەم چووم تا بان. مەیانێ گەورە و ساف لەینا بوو. چوومە لچ مەیانەکە و دیم ... سەرم سوورِ ما. لە گشت زینگیما کەسنەزانم وا نەدیبوو، نزیک، ناو چاوما بوو. گش کەسنەزانم ئەدی، گشت کەسنەزان لە ژێر پام ... کەسنەزانێک کە من تا ئیسە تەنیا هەر لە گەڕەکێکیا بووم. کەسنەزانێک کە ترس لە باوکم نەیئەهێشت بەتەواوی بیوینم. خۆ خوەیژی نەمی‌ئەهاورد. زەریف بوو. تواو گەڕەک خاوەن‌زەمان و کەسنەزان و 'نەهایی' لە نزیکەو دیار بوو. کۆڵان بە کۆڵانم ئەدی. بەفر ناو کووجییەکانی گرتوو و خەڵک خەریک بوون بەفریان ئەدا لاوە تا بتوانن سەنگەر درووس کەن. خوشحاڵ بوون بەرەوپیری مەرگەو ئەچووان. هەست‌بەرز بوون لەوەی کە چۆنییەتیی مەرگ خوەیان هەڵئەبژارد ... فرەیک گەڕەک کە هەر ناویانم نەئەزانی. هەنگاوێکم بنیایە لە بان سپی‌بەردەو بووم. دوایی زانیم فرەیک گیان دریاگە کە ئەم قەڵا بگرنەو دەس و نەیڵن ئەوان داگیری بکەن. لەم بانەو تواو شار کەفتە دەسیان. هەر بوونەوەرێک ئەجووڵیاوە ئەیانپێکا. پیاگێکم دی، لە ناو شەقام 'شاکری'یا، جەسەی هەڵماسییوو، کەس زاتی نەو تەرمەکەی بوات و بینێژێت. قەناسەو و تەک‌تیر. بۆمباران. خومپارە. چاوم کەفت بە بیمارستانێک. کەنیشکەکەی ژێرخان ماڵەکەمان لەینا بوو. خەریک بوو پای کوڕێکی ئەبڕییەو. ئەگیریا و ئەیبڕییەو.

"شەهین. شەهین کەلەڕەق مەوە ئەشێ لەتەک ئێمە شار چۆڵ کەیت. ناوت هەس لە ناو لیستا ئەتکوژن. شەهین مەوێسە لەیرا تکایە."

شەهین جواوی ناداوە و خەریک بوو پای کوڕێکی ئەبڕییەو تا عوفوونەت نەکات.

هەزاران کەس ناو مەژگەما زریکەیان ئەهات. گوێچکەم گرمەی ئەهات، تەنانەت گوێچکە کەڕەکەیشم. وەک ئاسن‌بڕێک ناو سیلۆیک چۆڵ ئاسن بوڕێتەو.

هەڵگەڕیامەو. چووم بەرەو ئەو جێگە کە داچکەیان ئەفرۆشت. پشت مەیانەکە بازاڕێک گەورە و تەنگ و تاریک بوو. دیوار و سەقف و هەرچێ چتیە پووت و دەڵق و دووکەڵ بوو. درگایک بووچکەلە. دوو دانە ڕاڕۆی فرە درێژ و تەسک پڕ لە دووکانگەل فرە بووچکەلە. هەزاران چرا ڕۆشنی ناکردەو. مەشیایە لە ناو دووکەڵێ فرە تۆخ و چڕوپڕا بچووایتە بەرەو. لەبەر هەر دووکانێکا دانەی وێسیاو و هەر کەس لەو بەینا ڕەد بوایە ئەیاندا بەر قەتارێک لە خەلاف: "پاسوور، قورس، فیلم سووپێر، ئارەق، تەک ئەسپ، ویسکی ..." کەس خوەیژی بوایە کوڵتیشیان ئەوت. ئەونگە تون ئەیانوت لە چرکەیکا فرەیک جنس ئەهاتە بەر چاوت. دانەیکیان وتی داچکەی نیم‌سووپێر. وێسیام و چوومە ناو دووکانەکەی. لە ڕواڵەتا

سەرتاشخانە بوو.

" ناترسی هاتگی بۆ ئەیرە؟ پێشەی کرگە؟" وەک کەسێ گەرەکی بێت بمپارێزێت. بە لەرزەلێویکەو وتم، "وەڵا تا هاتمە ئەیرە زێڵم تۆقی. داچکەی نیم‌سووپێر چەنێکە؟ تواوسووپێریش هەس؟"

"تەنیا مەی بۆ ئەیرە. پاکەتێ جاچکەی نیم‌سووپێر چل دانەی ها تیا. پاکەتێ ۲۰۰ تمەن ئەیفرۆشم پێت و تۆ دانەیکی بە بیست تمەن"، سگار بە دەمیەو بوو بە دەسێکی سکی ئەخوراند کە هاتووە بان هۆجەنەکەی.

پاکەتێکم سەند و زوو دانەیکم کردەوە و جاویم. تورش و شیرین بوو وەک مەلیساو. وێنەکەی ناویم دەرهاورد و برسییانە تواشام کرد. بۆ ئەوەڵین ڕا لە زینگیما دای لە کەلەم ژن بخوازم. قژ کاڵ، چاو شین، دەس‌وپل ناسک‌ونۆڵ و قاچ‌وقول ڕێک‌وپێک. دوایی زانیم ئەوە عایشەس. دەرچوومەو بۆ لای دووچەرخەکەم کە لە سەر خیاوان شاکرییا بەستوومەو. عەکسەکەم چەسپاندە قەو فەرمان دووچەرخەکەما کە هەمیشە لە بەر چاومەو بێت.

زنجیر دووچەرخەکەم کردەوە و دەرچووم. ناو شارا ئەگەڕیام و داچکەم ئەفرۆشت. لە شەقام ڕەزازییەو دەسم پێ کرد و ئەگەیام بە هەرکەس ئەچوام ئەموت داچکەی نیم‌سووپێر ئەخوەی؟ ژنگەلێک لە ناو کووجییا دائەنیشتن فرەتریان ئەسەند. ئەموت عەکس گۆرانی‌بێژە تورکەکانە. فرەتریان ئەسەند.

ناو کووجیک تەنگ‌وتەسکا کە ماڵەکانی گشتی قەیمی و خشتی بوون دوو سێ کوڕ نیایانە شۆنمەو و دەرچووم بە دووچەرخەکەمەو وەلێ لە بێخ کووجییەکەو خواردم بە دیوارێک سارد و سڕ. یەکڕا سیمان بوو و دانەیکیش ئاجۆری بەدەرەو نەو. لە دووچەرخەکەم داخۆزیام و دوو دانە جاچکەم دەرهاورد. فڕەم دا بۆیان. ترسیاوم نەمئەزانی چە بکەم. وەک کەسێ تیری نەماوێت و لە کووجیک بونبەستا گەرمارۆ دریاوێت ترسیاوم. بەستمیانەو بە تیربەرق ناو کۆڵانەکە و چەن هەنگاو چوونە دواوە. چەکیان دەرهاورد و نیشانەیان گرت، ڕێک بان دڵم. سیبلەکەم ئەدی. نیایان پێمەو. لەشم گەرەکی بوو داکەفێت وەلێ تەنافەکە نەیهێشت. ژنێ خشەخش کێشامی و بردمی بۆ لچ ڕۆخانەکەی ناو چەم کەسنەزان و لە ژێر ماسە نێژامی کە جەسەم نەگەنێت. ئاو سەرد ئەچووا ناو گوێچکەم. چاوم قوژیاو، خاک ناو چاوم جیرەی ئەهات. وەک ئەوە زینگ بم هەستم ئەکرد. چاوم کردەو. ئاوێک پاک و خاوێن. یەکڕا ئاوی بوو. ئاوی دێز. پڕی بوو لە ماسیی سوور. ماسییەکان ناجووڵیان، تەنانەت شەپۆلەکان نەیانی‌ئەجووڵاندەو. گشتیان سەورێکانێ بەرەوپیریم ئەهاتن. پیاگێکم دی. تاپڕێک لە شانییەو، جل‌وبەرگ و دەم‌وچاوی لە ڕاوچیک پیر ئەچووا.

دەسماڵێکی دەرهاورد. زەرد. ماسییەکانی ئەگرت و ئەیخستە ناوی. چاوی کەفت پێم. چاوی خستە ناو چاوم. نیگای لە سەر نیگام مانی گرت.

جاچکەکان داکەفت بە دەسمەو.

هەڵمگرت و خوەم بە دەس کوڕەکانەو ڕزگار کرد. چنگیان خستووە ناو پاکەتەکە و حەفت هەشت دانەیکیان دزی لێم. هەڵگەڕیامەو، بەرەوخوار چووم بەرەو مەیان ماسی، مەیانێ کە شاری ئەکردە چوار لەت. زرەی زیڕ و زایەڵەی دەنگ مێوەفرۆشەکان و هەرای خەڵک، مەیانێ کە هەمیشە بۆی خورما و ماسیی تێت ... لەینەو هاتم بۆ مەیان باوەفا و جاچکەیکم فرۆشت بە کوڕێک. دانەیک ترم فرۆشت بە کەنیشکێ. هەر وەک عایشەی ناو عەکسەکان زەریف بوو. جاچکەیکم دا دەسیەوە و نیگام گیری کردە سەر دەم سووری ... لەچکەکەی ئاوی بوو و تاکولۆ کەفتوو و ... مەعموور دیمی. نیشتمە زریکە. پووڵم نەسەند لێ و دەرچووم. فرە تون پام لێ ئەدا. چەن چرکە مەغزم فەرمانی نادا پێم. دەمەوقۆپانەکەم شەپەشەپی ئەهات و وەک بارۆشە ئەهات و ئەچوو. دەرچووم بەرەو ناو خیاوان تاقەدار و خوەم خستە ناو کووجیک تەنگ. درگای ماڵێک واز بوو. سەرنجم دا دیم گشت درگای گشت ماڵەکان بازن. چرای گشت ماڵەکان خامۆش بوو و ئەو ماڵە ... چاوێکم خشاندە ناو حەوشەکەی و دیم فرەیک پیرەژن بە دەور تەنوورێکا دانیشگن. هاتم بچمە ماڵەو زاتم نەو. ترس دامیگرت. دەرچوومە ناو کووجیک تر. دیوارێک ڕەش و سیمان. هاتمەو ناو شەقام تاقەدار. فیقەی ماشین مەعموور ئەهات و خوەیان دیار نەون. چووم خوەمم لە پشت ماشینێکەو شاردەو. دڵم ئەیوت دانیشە مەجووڵە. هاتم بچمەو بۆ ماڵ. ترس باوکم. هاتم بگەڕمەو بۆ مەیان باوەفا. ترس مەعموور. هاتم هەر لەینا چەن سەعاتێ دانیشم. ترس کوڕ خوێڕی مەردم کە بەنلێم و داچکەکانم بدزن. ترس دووچەرخەکەم. کوای دووچەرخەکەم؟ لە کوێ جێم هێشگە؟ دڵم پەیوەندی لەتەک مەژگەما نەما. لە ناو ترسەکەما هەڵسام و چاوم بەست. داچکەکانم فرۆشتوو تەنیا سێ چواردانەی ماو. قاپڵۆخەکەیم فڕە دا و باقییەکەم خوارد. ئەوەڵین ڕا بوو جاچکەی خوەمم ئەخوارد. تورش و شیرین، چکێ کە ترسەکانمی دامرکاند. دڵم نەهات عەکسەکانی فڕە بەم و خستمە ناو گیفانم شەو تواشای قاچوقول ڕووت کەم.

هەواسم لە زەمان بڕیاو. هەستم ئەکرد لەشم چووگە ناو شوێنێک تر لە زەمانێک ترا. وەمئەزانی وەمە فیشەکێک لە ناو بۆشاییا ئەچێت و ئەسووڕێت و ناوێسێت. بوو بە شەو. باوکم. چاوی. ئەهاتە بەر چاوم. بوو بە نیمەشەو و من هەر نەچوومەو. دووچەرخەکەم نوقم بوو نەماو. شنەی بای شەو کەسنەزانی ئەلاواندەوە و دڵم ناهات بەجێی بێڵم. کەفتمە بیر

پیرەژنەکان ناو حەوشەکە. لە دەور تەنوورا دانیشتوون و نانیان ئەکرد. دڵەڕاوکێیان بوو. نانیان ئەبرد بۆ خەڵکێ کە کەسنەزانیان ئەپاراست ... کوڕ و کەنیشکەکانیان کە تا سەڵای سۆح ناخەفتن و ئاگادار و زێدەوان کەسنەزان بوون. سێوەر بوون ناو شەوا، کەس نەیانی‌ئەدی. شار شەوگەلا بە دەسیانەو بوو و ناو ڕۆژا لە دەسیان دەرئەچووەو ...

تواشای مانگم کرد. سەعات یەک شەو بوو و من چوومەو بۆ ماڵ. چتێ بوو مەغزمی کونا کردوو و تا ئەو دێروەختە ناو شارا سووڕمی‌ئەدا. هاوارم ئەژنەفت. لە ژێر خاکەو. لە ناو کۆڵانەکانا. زریکەی مناڵ ناو بێشکە. لە ناو باخچەکانا. لە ناو حەوشەکانا. وەمئەزانی کەسنەزان لە سەر گۆڕستانێ کریاگەسەو. وەمئەزانی کەسنەزان هەس لە ناو گیان و ڕۆح منا. فرەیک مردگ لە ژێر خاکا ئۆقرەیان لێ بڕیاو. ئەچوامەو بەرەو ماڵ و دوارە ئەهاتمەو ناو شار.

ماشینەکەی باوکم لە بەر ماڵا بوو، براکەم و دایکیشم ناو کۆڵانا هەر ئەهاتن و ئەچوون. خراوم لێیان قەوماندوو و نەمئەزانی چلۆن ئەشێ قەرەویی بکەمەو.

لقێ لە دارە هەنارەکەی حەوش لە سەر درگاکەو هاتووە ناو کۆڵان. دڵخوەشیکم ئەوە بوو کە تووڵ مێوەکان ناو حەوش نەماگە ئەگینە دانەیک دوانیان ئەشکاندەو پێما. بەڵام چاو باوکم چە پێ کردایە؟ چاو زل و ڕەش مینا مردگێک بێ‌هەست.

براکەم گرتمی شەقەزیلەیکی دا لێم. هەر ئەیانپرسی لە کوێنا بووگی و من نەمئەتوانی جواو بەمەو. گیفانم پڕ بوو لە پووڵ، گشت داچکەکانم فرۆشتوو. ترس ئەوەمە بوو بێژن ئەو پووڵمە لە کوێ هاورگە. ترس عەکس ژنە نیمەڕووتەکانم بوو. دەسمیان گرت بموەنە ماڵەو، گەرەکم نەو بچم. بەزۆر کێشامیان. تا بەر درگای حەوش کێشامیان، تا ناو حەوش، ڕێک هەتا ناوڕاس. باوکم. کتک کەفتووە شواڵم. چۆکم ئەلەرییەو، وەک چەن ساڵ دواتری کە تیربارانمیان کرد بە فیشەک تەقەلوبی. سەرم بەرزەو کرد و چتێکم دی کە جاروبار ئیسەیشە تێتە خەوم. بیرەکەیشی ئەمترسنێ، وەلێ ئیسە کە بیری لێ ئەکەمەو ئەزانم ئەو ترسە تواو دونیای دا بە من، تواو مردگەکانی دا پێم، تواو ڕۆح مەرگی خستە ناو جەسەم، ناو مەژگەم. ئەم وەرزمە ناو نیاگە خوای ترس. بەو مانا نییە کە ئەم وەرزە ئەتانترسنێت یا ژیانی من پڕ بووگە لە ترس. نا. بەو بۆنەو کەسێ کە تەک مردگەکانا ئەژیت ئەوێت بە خوای ترس.

دەروونم گۆمێ بوو، ئەمیسووڕاند و ئەمیشێواند و ئەمیقرچاند. لەو شەوەو بەدوا من گوێچکەم، چاوم، زەینم و هەستم گران و سەنگین بوو. لەو شەوەو بەدوا، هانای فەریادڕەسم بوو بە تێگەیشتن لە بیس‌وچوار چرکەی ژیانی شەهین. نەمتوانی کامڵ فامی

بکەم. گەر بمکردایە بەتەواوی باس ئەو بیس‌وچوار چرکە و ئەو گێژەنمە ئەکرد. گێژەنێک لە دەیان هێزی دژ بە یەک. گێژەنێک، ئامێتەیک لە زینگی و مەرگ و تراژدی و حماسە. هەر وشەیکم ئەنووسی هەستم ئەکرد ڕۆحم خەریکە سۆک‌تر ئەوێتەوە و چرکەچرکە لە مەرگ جەسەیی نزیک‌تر.

دایکم و براکەم، لە ترس باوکما، دووقۆڵی بردمیانە ناو حەوش. باران ئەواریا. بارانێ تون. لق ناسک هەنارەکەی ئەشکاندەو. هەنارە بووچکەلەکان بە هەر دڵۆپێ باران دائەکەفتن. دیم درگای ژێرخان وازە. چتێ ناو ئەو تاریکیبا قاوی ئەکرد لێم وەلێ بێجگە من کەس نەیئەژنەفت. تواشای دایک و براکەمم کرد. نەیانئەژنەفت. ماق بوومە ناو ڕەشایی ژێرخان ... کەنیشکەکەم دی. قژی نەهاتووە ناو چاوی. دەم‌وچاویم ئەدی. هاوتەمەن خوەم بوو، وەلێ گەورەتری ئەنواند. دەم‌وچاوی ئوستخانی و سەوزە بوو. جل‌وبەرگ پەرستاری کردووە بەری. چەرمگ. سەرم بەرزەو کرد. تواشای پەنجەرە گەورەکەی ماڵم کرد کە لە بان درگای ژێرزەوییەو بوو. ئەو ترسمە دی. ترسێک کە ئیسەیشە تێتە خەوم. پەنجەرە. چرای ماڵ کوژیاگ، ڕۆحێ ڕەش و چاوزیت لە پشت پەنجەرە. دەس ڕۆحێ ڕەش لە بان پەنجەرە. نیگای چاوێ زیت و زل و زاڵ بە سەر زامەکانما ئەڕژیا. زامێک ناسۆر کە ڕۆژ بە ڕۆژ زریکەی فرەتری ئەخستە گیانم. زینگیم ئەزریا و زوانم ئەڕزیا. باران ئەیدا مل شیشەی پەنجەرەکە و باوکم ... دەم‌وچاوی وەک دەعبایک، وەک داوڵێک لە ناو خەوێ ڕەشا ئەشێویا. هەر وا وێسیاو. نیگای چاوی ترسێکی خستە دەروونم کە گرێ دریا بە نیگای مێهدییەو. نیگایک کە ساڵیانێک دواتر لە زیندانا لە ناو چاو قۆلانچەیکا دیمەو. هیچی نەوت باوکم و سپاسی ئەکەم کە هیچی نەوت. باوکم بۆ ئەوەڵین ڕا نەیدا لێم. گەورە بووم؟ خوەم وام نەئەزانی. هیچێکی نەوت و من بووم بە چوار لەت. بە خوای ترس، بە نووسەر، بە ژین‌بەخشێک گۆڕنشین، بە موعتاد. هیچی نەوت و نەیدا لێم و من چوومە ژێرزەوی و بووم بە گۆڕستان. هیچی نەوت و سپاسی ئەکەم کە هیچێکی نەوت و من بووم بە تەنیاترین کەس کە تا ئیسە تەک خوەیا، تەک بگردگ و گشت ئەوانەی وا تا ئیسە لەم خاکا مردگن قسە ئەکات. چتێ لە ژێرخانا قاوی ئەکرد لێم. زریکە و دەنگ بوون. ئەو شەوە بوو بە ئیلهامات گشت نووسینەکانم. ئەو شەوە کەنیشکێ سەندرۆم‌داونی جیا لە کەنیشکە نەخوەشوانەکە ئەهاتە بەر چاوم. دیار بوو مناڵە، وەلێ چل‌ساڵی بوو. ئەو شەوە مردگەکان، کوژیاگەکان، دەس‌وپا قرتییاگەکان وەک کەلیمە چوونە ناو ڕۆحم. ناو سەرما جێی خۆیان کردەوە و مێشکمیان کرد بە ...

بۆ یەکەم‌جار لە ژیانما لە ترس باوکما، ئەو شەوە من چوومە ژێرخانەی ماڵەکەمان، کە

بوو بە ناوەندی هەستی بۆ من، کە بوو بە ئەشکەفت و مەتەرێزم. پێش ئەوە، کەس جگە لە دایکم زاتی نەو بچێتە ناو ئەو ژێرزەوییە. ئەیانوت ڕۆح و جنی هەس. چوومە ژێرزەوی و ئەوەڵین چتێ کە داگیرمی کرد بۆی نم ئاجۆر بوو و تاریکی و وشەگەلێ کە لە ناو تاریکییا ئەیانمدی. لەینە ژیانم ژووژیاوە و گەشەیک گڕی خستە ناو خەیاڵاتم. لەو شەوەو بەم‌لا خەیاڵێ سێحراوی، خەوێ ژەحراوی هاتە ناو ژیانم و جاروبار تێکەڵ ڕۆژ و شەوم ئەوا. خەیاڵ و ڕاستیم یەکێ بوون. زوانمی شێواند و بووم بە زوانپەرۆش و ڕەوان و ئەروام پریش بوو.

هەوەڵ ڕام بوو ئەچوامە ژێرخان. حەفت پلیکان ئەچووا ناو دڵ زەوییا. تاریک. بەرقی بوو چرای نەو. درگاکەیان بەستە سەرمەو. لە ناو کووجییا، چرای دارتێلەکە ڕۆشن بوو و تیشکێ کز و باریک لە ژێر درگاکە ئەهاتە ناو و گاوناگا ڕەشیی ژێرخانەکەی دائەچڵەکان. تیشکێ زەرد. تیربەرقەکە خراو بوو و تیشکە زەردەکە وەک هەستم بۆ باوکم ئەهات و ئەچوو. بۆ ڕووناک. وەک فیشەک بۆ ناو کەسنەزان ئەهات و ئەچوو. پرتەپرتی ئەکرد. تا چاوم خوەی تەک تاریکییا کردە یەکێ هیچێکم نەئەدی. دیوارەکان سیمانی بوون وەلێ بەشێک فرەی ژێرخانەکە سیمانی نەو.

ئاجۆرەکان دیار بوون. نیمەی ژێرزەوی بۆی خاک دوای باران ... ئەو بۆیە نزیکم ئەکاتەو لە خوەم. لەتەک خوەما ڕووتم وەختێ ئەو بۆنە ئەچێتە لووتما. بۆی ژێرخان ناخمی گرتوو و ترس باوکمم لە بیر چووەو. دوای ئەوەی کە ئەو ئەشکەفتمە دۆزییەو ئیتر لە باوکم ناترسیام، هەر گەرەکی بوایە بیدایە لێم خوەم ئەخستە خوارەوە و ئەویش زاتی نەو بێت بە شۆنما. لە عومرییا نەهاتە خوارەو، دایکم بەکەنینەو ئەیوت باوکت ئەیژێت جنێک هەس لە ئەینا.

لە ئەوەڵەو چوومە ناو ژێرخان ئەونگە ترسم بوو کە دڵم لە بان کراسەکەمەو ئەدی و وامئەزانی باوکم ئیسە ناو تاریکییەکا دەس‌وپا دەرتێرێت و تێتە دەرەو. لە ناو نما پاڵ کەفتم. ژێرم چایگ بوو، نووک پام ڕچیاو. چاوم بەست. کردمەو. چاوم بەستەو. کردمەو. هەر کام بە ماوەی بیس‌وچوار چرکە. تیشکە زەردەکە ئەیدا ناو ئەو شوێنە کە نمی گرتووە خوەی. وەمئەزانی خەو ئەوینم. فرەیک پیت ناو تیشکەکا دەرکەفتن. پیت کەلیمەگەلێک کۆنینە لە دڵی بگردگا. تێناگەیام، وەلێ ئەمزانی پڕن لە هەست و ترس و تامەزرۆیی. بۆ چرکەساتێک کە وەک سەدان ساڵ تێپەڕی، تێگەیشتنێک، پەیڤێک، بینینێک، مێشک و ڕۆح و جەسە و ڕەوانمی ئاوێتە و ئالوودەی دەردێک کرد؛ چوارپارچەمی داگیر کرد. زوانم شکیا. بێقەراری بوو -ترس بوو - ئاینەیک بوو- ناو ئاینەکا مێزێ بوو- سەنەڵیک بوو- قەڵەم

و دەفتەرێک- مردگەکان کەسنەزان- تۆ ئەشێ بترسی و گەورە بی- شەهینم دی ناو ئاینەکا لە کوڵەسووچێکەو دانیشتوو دەسی بەسیاوەو بە چتێکەو نەمئەزانی چەس. وەک گوڵ بوو. دار هەنارێ وشک بوو ...

داهاتگ خوەمم ناو ئاینەیکا ئەدی.

سەرم داخستووە مل دەفتەرێکا.

ناو نووسینەکانا شارێکم ئەدی.

پڕ لە مردگ.

لە ناو کووچی و کوڵان.

جەسەیان سوور، دەماریان ئاوی، چاویان کەوگ.

پیت‌گەلێک تر. کەلیمەگەلێک تر. لاپەڕەیک تر. چرکەیک لە زینگی شەهینم ناو ئاینەکا دی: پیرەژنێک پوختە و بیدار هاتە ناو ماڵێک و گشتی لە بەر دەمی هەڵسا و فرەیک کوڕ و کەنیشک ڕێگەیان بۆ کردەو کە بچێ لە ژوور دێوەکا دانیشێت. لە ناوڕاس ماڵەکا تەرم بێ‌گیان سێ کوڕ و کەنیشکێ دانریاو. گشتیان مناڵ پیرەژنەکە بوون، پیرەژنێک کە دیدەی پڕ بوو لە ئەشک شەوق و هەر خامێکی پوختە ئەکرد. دەسی کرد بە خوێندن. فەردای ئەدی دیدەی پڕ لە ئقرار و ئاگاهی ژنەکە. بەرتەونانەی ئەخوێند. فرە خەمۆک وەلێ هەستێک حماسیی لە ناو دڵ گشتیانا هەڵئەخڕاند. لەبارەی خوەیەو بوو. بە شێعر، زینگی خوەی ئەکۆراندەو. بکۆر گەورەیک بوو. ئەیوت مەگیرن. شین مەگێڕن بۆ مناڵەکان من. پرسە مەگرن. شەقام بە شەقام بگەڕن و خوێن مناڵەکان من و مناڵەکان خەڵک کۆ کەنەو ... ژنەکە لە سەر خوەی چوو. چەن شەو و ڕۆژ نەخەفتوو. شایەدیش چەن ساڵ. بردیان بۆ بیمارستان و شەهین نەیتوانی کارێک بکات. پیرەژنەکە گیانی بەخت کردبوو. تەنیا کارێ لە توانای شەهینا ئەوە بوو کە بردی و لە ناو کاخە یەخییەکەیا لە ناو دێوێکا پاڵی خست. دێوێ کە دیوارەکانی ئاجۆر یەخی بوون. ئەو دێوە تەنیا بۆ ئەو پیرەژنە درووس کریاو. ڕێک بە ئەنازەی جەسەی بێ‌گیان خوەی.

لە ناو نما خەوم پیا کەفت.

سوح هەڵسام سەرئێشەیک خراوم گرت. خەوێک فرە سەیرم دیبوو. کەنیشکێ سەندرۆم‌داونی، نزیکەو چل‌ساڵە، ناو ژوورێکا لە سەر کورسیک دانیشتوو و لە پەنجەرەو تواشای دەرەوەی ئەکرد. پەنجەرەکە ڕەش بوو و حیچێکم نادی. سەری تاشیاو و لۆچ کەفتووە ناو سەری. چوومە بەرەو. بەلەرزەلێوییەو. زاتم نەو تواشای دەموچاوی کەم. تماشای ناو پەنجەرەکەم کرد. شەقام و چەن کووجیک تەنگ و تەسک دیار بوون. نوور

کز و زرد تیربه‌رقێک پرته‌ی ئه‌هات. خیاوان و کووجی و کۆڵان پڕ بوو له لاشه‌ی مردگ و گشتیان که‌فتوونه مل یه‌کا. دیمه‌ن ده‌روه‌چه‌که وه‌ک نه‌قاشی بوو. زاتم نه‌و تواشای مناڵه سه‌ندرۆم‌داونییه‌که بکه‌م. وتم تۆ کیت؟ جواوی نه‌داوه و تواشام کرد. به‌ین دوو چاوی فره بوو. په‌نجه‌ره‌که‌ی کرده‌وه و چۆقی نیا پێمه‌وه و که‌فتمه خواره‌و. مردووم. مردگێک بووم ناو نه‌قاشییکا.

ئه‌وه‌ڵ ڕام بوو دیم ژێرزه‌وی چۆنه. سه‌قفه‌که‌ی نزم بوو. میترێک و نه‌وه‌د و یه‌ک سانت. دیواره‌کانی سیمان زه‌رد بوون و ئاجۆره‌کان سوور، دانه‌دانه‌یکیشی بۆر و زه‌رد. پڕ بوو له شیشه شه‌ربه‌ت و مه‌ره‌بای تووفه‌ره‌نگی و بڵاڵووک. دایکم درووسی ئه‌کرد و ئه‌ینیا خواره‌و که که‌س نه‌چێ بیخوات. به‌ر له من له‌و ماڵا ته‌نیا دایکم بوو زاتی بوو بچێته خواره‌و، شایه‌ت به‌و بۆنه‌و که چوار برا کوژیاگه‌که‌ی له‌ینا ... دایکم ئه‌یزانی؟ نه‌ک ئه‌ویش بزانێ؟ ئه‌ی بۆچه باسی ناکات؟

ئه‌و به‌شه له دیواره‌که خووسیاو ڕه‌نگێ دێز و جیاوازی بوو. ناو ڕۆژا ئه‌و بۆی نمه فره خوه‌ش نه‌و.

هاتمه حه‌وش. دووچه‌رخه‌که‌م له‌ینا بوو. سه‌رم سووڕ ماو. به‌سیاوه‌و به داره‌که‌و.

داچکه‌ی‌نیم‌سووپێرفرۆشتنم هه‌ر به‌رده‌وام بوو و ته‌ق‌وتووقیش مه‌دره‌سه ئه‌چوام. ژێرزه‌وی و داهاتگ خوه‌م و شه‌هین بوون به هاوڕێگه‌ل هه‌تاییم. ئیتر ته‌رک دونیام کرد.

خه‌و له‌و ژێرخانه فره قورس بوو، دوو ساعه‌ت ئه‌خه‌فتی ئێژیته شه‌وێ کامڵ چاوت نیاگه یه‌ک. هه‌ڵسام چووم بۆ مه‌دره‌سه. له سه‌ر سه‌ف مه‌دره‌سه‌و مودیره‌که پفی کرده میکرۆفۆنا و قاوی کرد لێم. کوڕێ تریشی هاورده بان سێنه‌که. دواتر زانیم ناوی مادییه. مه‌دره‌سه‌یان چراخانی کردوو. له‌م سه‌ر حه‌وش تا ئه‌و سه‌ر یه‌کڕا ئاڵایان شۆڕه‌و کردووه‌و و نه‌مئه‌زانی دواره کێ مردگه. چووینه بان سێن و وتیان سروود بخوێنین. مناڵ بووین و فره نه‌مانئه‌زانی جه‌ره‌یان چه‌س. وه‌لێ وه‌ک ئه‌وه بێژی ناو خوێنمانا ئه‌هات و ئه‌چوو ... تا چوومه بان سێنه‌که خوه‌م ئه‌خوارده‌و. ئیسه‌یشه ئه‌که‌فمه بیری وا ئه‌زانم خه‌یانه‌تم کرگه. مودیر مه‌دره‌سه‌که‌مان ئه‌یزانی چوار خاڵۆم ...

ئه‌ی شه‌هیدان ئه‌ی شه‌هیدان نامرێت ناو و نیشانتان ... خوێندم. وتیان سروود و منیچ سروودم خوێند. هاتن زوو میکرۆفۆنیان سه‌ند له ده‌سم. مادی ماق من بوو و نه‌یئه‌زانی ئه‌شێ چه بکات. مێهدی چووه بان و سروودێکی خوێند.

دوای مه‌راسم سه‌ر سه‌ف نه‌یانهێشت بچمه کلاس و قاویان کرد لێم بچم بۆ ده‌فته‌ر. مودیره‌که، بێ ئه‌وه‌ی که چتێ بێژێ به هوجمێکه‌و هات و خودکارێکی ده‌رهاورد و خستیه

بەین ئەنگووس سێ و چوار دەس ڕاسم و گووشای. ئاو زایە ناو چاوم. لە زووەو نەگیریاوم و فرەیک خەم و ترس و فشار گردەو بوونەو بان یەک. ئەوەمە کردە بەهانەو دەسم کردە گیریان. وەک ورچ ئەمبۆڕان و فرەیک لەو فرمیسک گەلە بە بۆنەی باوام و چوار خاڵۆکەمەو بوون. بە بۆنەی ئەو کەسگەلەو وا هەر لەبەر ئەو سروودەو تیرباران کریان ... تا توانیم گیریام.

"چەوگە؟" دوای ئەوەی کە ژیرەو بووم وتم.

شەقەزیلەیکیشی دا لێم. فرمیسکەکانم دی پژیانە بەر پاما.

لە باوکم خراوتر بوو، جواو قسەی ناداوە. کیفەکەمی لە ژێر باڵم کێشا و کردیەو. تواشایکمی کرد وەک ئەوە دڵنیا بێت و خۆشحاڵ لەوە کە چتێکی دیگە پێمەو. ناو پاکەتەکا داچکەیکی هاورد و کردییەوە و عەکسێ نیمسووپێری دەرهاورد. سیبل‌جان بوو لای دەریا دانیشتوو، پاوپل ڕووتی خستووە مل یەکا و چاوی زیت و ئاوی خستووە ناو دووربینەکە.

"ئەو پەروەندەکەی ترۆ لە بیرەو چووگە؟ سروودیچ ئەخوێنی. ئەمەیشە بنمە بانیەو باوکت دەربێرم؟ ناو مەدرەسە داچکە و عەکس ڕووت ئەفرۆشی؟"

"کام پەروەندەی تر ئاغە؟ چەم کرگە؟" نەمئەزانی مەبەستی چەو.

"ئەوە دواتر ئەیخەمەو بیرت. ئیسە قسەی داچکەکان بکە."

"ناو مەدرەسە نایانفرۆشم، لە دەرەو ئەیانفرۆشم،" هەنسکەهەنسک قسەم ئەکرد.

تواشایک نازمەکەی کرد و وتی، "بنێرنە شۆن باوکی". دەروونم پڕ بوو لە قین. وەمئەزانی لە چاو و لووت و گوێچکەم قین ئەڕژێ. لە مێهدی، لە مودیر و لە نازم لەو کەسە کە سروودی ... ناو دڵ خوەما قەسەمم خوارد لەیرا بچمە دەرەو ئیتر نایمەو بۆ ئەم کاولەوبووگە و ئەچمە ناو ئەشکەفتەکەم و نایمە دەرەو.

لە دڵ خوەما ئەکەنیام و ئەموت تا سبحا بنێرنە شۆن باوکما. ئەو نای بە شۆن کوڕەکەیا. ئەوەیە خاس بوو باوکم. فرەیک لە مناڵەکان تر باوکیان هەمیشە بە شۆن قنگیانەو بوون، لە ژێر چاودێرییا بوون. باوکم پەکی ناکەفت چە بە سەرما تێ. یانێ لە دڵەو دڵنیا بوو هیچ نایت بە سەرما. جۆرێ گەورەمی کردوو هیچێ کارم لێ نەکا. ئەیزانی وەمە کتک حەفت گیانم هەس.

ئەوڕایش هەر باوکم نەهات و من شەو لای ئاغەی بەهرامییا خەفتم، فەڕاش مەدرەسەکە. بنیامێ بوو هەمیشە بۆی سەنگەکی ئەهات. ئاغەی بەهرامی، ئەو پیاگە کە سەری سوور بوو. ئاغەی بەهرامی ئەو پیاگە کە کوڕی کوژیاو. فکر ناکەم بنەماڵەیک لە کەسنەزانا بێت کە کەس‌وکارێکی نەکوژیاوێت. ئاغەی بەهرامی، ئەو پیاگە کە ناکەنێ

وەلێ یەکرا هێز و ورە و ژووژان زینگی بوو.

گشتیان چوونەوە و مەدرەسە چۆڵ بوو. وتوویان بە ئاغەی بەهرامی نەیڵێت بچمەو. فەزای مەدرەسە لە وەخت چۆڵییا فرە سەیر بوو، بێ‌دەنگی و بۆی دارەکان ناو حەوش مەدرەسە ... چووم بۆ لای ئاغەی بەهرامی، گیزەی سەماوەر تا ناو حەوش ئەهات. دیار بوو دایمەی خوا چای ئامادەس. ئەوەڵ ڕام بوو ئەچوام بۆ دێوەکەی. لە پەنجەرەکەو تواشای حەوشم کرد، چۆڵ بوو، گشتی چووەو بۆ ماڵ. نزیک ساعەت پەنج ئێوارە، ترسێ وەک ئەوەی کە ناو قەورسانا بم و دوو برا بە دەنگێ سێحراوی و ترسناک بخوێنن داگیرمی کرد. دوو برا کە چەسپیاون بە یەکا و ئەخوێنن، مۆرخوانی ئەکەن. وامئەزانی تواو مردگەکان ناو قەورسان هەن بە شۆنمەو. وامئەزانی لەشکەرێ لە ڕەشیی هەس بە شۆنمەو. دەرچووم بەرەو حەوش مەدرەسە، بەرەو درگا، بەسیاو. چنگم ئەخست لە درگا ئاهەنییەکە بچمە بان و نەمئەتوانی. بەرم کردە ئەولاو، شەو بوو.

دەنگ دەس و پایکم ژنەفت لەودێو درگاکەو خەریکە تێتە بان. هاتە بان و دیم، کەنیشکێ بە لیباس کوردی و خۆڵەمێشییەو ئاڵایک هەس بە دەسییەو و گەرەکیە ... تیرێ تەقیا و کەنیشکەکە داکەفتە ناو مەدرەسە. کەفتە بەر پام. خوێنی لێ ئەتکیا و وەک مار لە ناو حەوشا خوەی ئەخلۆپاندەو. لیباسەکەی دڕیاو و سینەی چەرمگی ناو ڕەشیی شەوا سوورخوێن بوو. ڕۆخانەیک لە خوێن ئەچووا. وەک منالێ بێزگم کردوو بۆ شیر دایکم. ئاغەی بەهرامی هات. کەنیشکەکەم دی گیانی دا. چاویم پۆشاند. دەمی تاک بوو. بەستم و شاڵەکەی دەور ملیم لە ژێر چناکەیەو هاوردەوەو و لە بان سەریەو گرێم دا. ئاغەی بەهرامی بەپەلە هات. درگای مەدرەسەی کردەوە و تواشای ناو خیاوانی کرد. دەنگ و هەرا و خەڵک نەما. تەقەی تفەنگیش نەو. تەرم کەنیشکەکەی هەڵگرت و لە مەدرەسە چووە دەرەو. گەرەکی بوو بیوات بۆ گۆڕستان 'بیس‌وچوار.' منیچی تەک خوەیا برد. ئەو ڕۆژە هات. ئەو ڕۆژە تۆقێنەرە. ئەو ڕۆژە کە دایکم، خوەیشکم، براکەم، خاڵۆم ... ئەو ڕۆژە کە بووم بە تەنیاترین کەس ...

باوکم لە ماڵا نەو، تەنیا چووبوو بۆ باخ. پێشتر وردەوردە هێلانەیکی درووس کردوو بۆ خوەی و جاروبار شەوگەلا ئەچووا لەینا ئەخەفت. ئێوارە بوو، من بووم، دایکم بوو، دووگیان بوو. براکەم خەریک کار بوو پووڵ دەربێرێ و کاست و نەوار ناسر و ڕەشۆ و جوان حاجۆ و شوان پەروەر و یەدێ شاکری و ... پینک فلۆید بسێنێت. هەرای هەلووکان و بۆڕەبۆڕ منال ئەهات لە دەرەو.

حاجووووز.

هەرا بوو، قیژە بوو، تەنیا جێگەیک کە سەروسای مەرگ بوو، ماڵ ئێمە بوو. مێهدی هێشتا داچکەی ئەفرۆشت. لە ژێرخانا بووم، ئەمژنەفت. دەنگ شەهین.

"هەر وشەیک بنووسی چرکەیک لە ژیانت کەم ئەوێتەو،" شەهین ئەیوت، "هۆشت بێ چە ئەنووسی."

ئەیوت، "ئەم ئەشکەفتە هین منە، هین توە، هین مردگەکانە، کەس ناوێ بێری بۆ ئەیرە، ئەوانتر نازانن ئەیرە چەس،" شەهین بێوچان قسەی ئەکرد و گوێچکەی بۆ من شل ناکرد.

"نووسین بۆ ئێمە ڕێگەیکە بۆ ئەوە لە بیر نەچین."

قسەکانی ئەهاتن و ئەچوون ناو مەغزما، شەو و ڕۆژ دەنگم ئەژنەفت و ڕۆژ بە ڕۆژ زەینم گرانتر ئەوا.

کیفەکەم کردەو. داچکەکان هێشتا ناویا بوون.

دەنگێکم ئەژنەفت، "گەلاوێژ بێ بۆ ئەیرە، دەست بنە ناو دەس ئەو کەنیشکە کاڵە تا گیان ئات." شەهین پەیقی. کچەکە گیانی دا. دووگیان بوو. گیانێکی ژاکیا و گیانێکی ژووژیاوە.

ئاغەی بەهرامی بەرچاومی گرت کە خوێن و بەرۆک بریندار کەنیشکەکە نەوینم. ئێوارە بوو کاتژمێر پەنج. کەنیشکەکەی کێشا بان زەوی و بردییە ناو پەناگاکەی مەدرەسە. منی گەیاندەو ماڵ. ناو ڕێگا لاشەی سێ مردگم دی. سێی ڕەشەمە بوو. ئەو ڕۆژە ڕەشە کە سەدان کەس لە کەسنەزانا ... گیان فرە دریا بەڵام لەو ڕۆژا کەسنەزان دوارە ژووژیاوە. خەلک بە گەل، دەموچاو داشاریاگ، چێو و چەقۆ و کوچک و تێڵا لە دەس. ئەهاتن و ئەیانقێڕان. مناڵ بووم ... وەلێ مردگەکان و هەسارە و شەو ...

باوکم لە باخ بوو. دایکم نەخۆش کەفت باوکم لە باخ بوو. خوەیشکم هاتە دونیا باوکم لە باخ بوو. براکەم کاستەکانی نەما، چوو هەر نەهاتەو، باوکم لە باخ بوو. باوکم نەو، ترسەکانی بوو، ئێوارە بوو، باوکم نەو. خوەر ئاوا بوو باوکم لە باخ بوو. فیشەک تەقیا، مەردم هاتنە ناو شار و شەقام بوو بە تەقە و شیشە و دیوار سازمانەکان هاتنە خوارەو، باوکم هەر لە باخ بوو. دانەیک هاتە ناو کووچەو قێڕانی، "ئەی مەردم بێنە دەرەو مامۆیان گرت."

ـ مامۆ؟ مامۆ کیە؟

ـ ئاپۆ

ـ ئاپۆ کیە؟

ـ ئوجالان

ـ ئوجالان کیە؟
ـ نازانم ئێژن ئاپۆ یانێ ئۆجالان ...
ـ ئۆجالان چەوگە ئیسە؟
ـ گیریاگە
ـ بۆچە؟
ـ کورە نازانم ئێژن شەڕە و مەردم بێتە دەرەو.

دەرچووینە سەر کووچی. کۆڵان کەسنەزان. دایکم خوەیشکمی گرتووە باوەشیەو. کۆرپە. تیرێ تەقیا، دەنگی، نرکەی فرە نزیک بوو، وەمزانی دریاگە لە من. تواشای خوەمم کرد. من نەوم. دیار نەو دریاگە لە کێ.

مەردم لە مەیان باوەفاو بەرەو خیاوان تاقەدار ئەهاتن و گەینە سەر کووجیی ئێمە. گشت مەحەلە هاتووە دەرەو. هەر مێهدی نەو، باوکی نەو، دایکیشی نەو. لە ترس خەڵکا گشتیان دەرچوون. چوومە ناو مەردم و تەکیانا چووم تا ناو شەقام کەسنەزان ... نەمئەزانی بۆچە ئەچم. تەنیا ئەمزانی ڕۆحێک ناخوداگا لە دەروونما زینگ بووگەسەو. نەمئەزانی بۆچە خەریکم ئەقیڕنم، بەڵام ڕۆح گشتی خەڵک بوو لە دەروونما. خاکم هانمی‌ئەدا بچم و ... نەمئەزانی بۆچە ئەچم، بەڵام ئەمزانی مێهدی ... گشت نەوارەکان ناسر و شوان و ڕەشۆ هانمیان‌ئەدا کە بچم. لە چوارڕای کەسنەزانا تیریان خستە ناو مەردم و فرەیک داکەفتنە بان زەوی. تەقە نەما. گشت مردگەکانمان لە مەیان کەسنەزانا نیا بان یەکەوە و گشت مەردم پووڵی ئەکردە سەریانا. گشتی بە ڕیتمێ دەسی ئەکردە گیفانیا و پووڵە وردەی دەرئەهاورد و ئەیانخستە مل مردگەکانا. مووسیقیی مەرگ بوو، بە ڕیتم پووڵ.

دەرچوومەو بەرەو ماڵ. ڕووبارێ خوێن لە سەر کووجییەو تا بەر ماڵمان خوەی کێشابوو. لقێ هەنار لە بان درگاکەو هاتووە ناو کووجی. درگا نیمە باز، هەنار پژیاو، دووچەرخە شکیاو، درگا تاک، باوکم لە باخا بوو ... خەفتوو. چەن ساڵە باوکم لە باخا خەفتگە ... خوەیشکم. تازەلەدایک‌بووگ. ناو حەوشا تەڕ. خوێن بوو. دار هەنارەکە. وشک. وشک بوو. هەنارەکان. شەقیان بردوو. خوێنیان لێ ئەتکیا. دایکم. خۆی بەستووەو. بە هەنارەکەو. هەناسەی ئاخری هەڵکێشا. باوکم نەو. باوەشم کرد پێیا. باوکم نەو. لە باخ بوو. خەفتوو. بۆ ئەوەڵین ڕا. بۆ ئەوەڵین ڕا. نەترسیام. دایکم ناو باوەشما گووشا.

دایکم لە باوەشما بووچک ئەواوە و من گەورەتر ئەوام. دایکم خەریک بوو لە باوەشما لە ناو منا ئەتاویاوە. لە باوەشما بوو. تا حەفت ساڵ تریش هەر لە باوەشما بوو. کە ئەمنووسی لە باوەشما بوو ... بیس‌وچوار چرکە لە باوەشما بوو. دایکم ڕۆحی سۆک ئەواوە و من گرانتر

گیان و ڕۆحم. لە باوەشما بوو، ئیسەیشە ئەنووسم هەر هەس لە باوەشما. براکەم، خاڵۆوە ئاخر چۆڕەکەم نوقم بوون و هەر دایکم هەس لە باوەشما.

باوەشم کردوو بە دایکما ... باران دایکرد پرشەی سوور خوێن لە بەین مووزایکەکان حەوشا دائەچۆڕیا ناو خاک.

چوومە ناو ئەشکەفتەکەم و نەهاتمە دەرەو. تا ئەو ڕۆژە ڕەشە کە خەباتم دا بە کوشتا و دەسبەسەر بووم ... بەڵام ...

قاڵۆنچەیەک لە دەربەندیخانە دەربازی کردم ...

"بەڕوو شێعرە و ... هەنار، چیرۆکی سوور.ئاڵی کوردان،"
شەهین پەیڤی.
واتم، "ئەم چیرۆک ئاینەیکە ڕوو لە کەسنەزان؟"
واتۆ، "ئەرێ وەلێ ئاینەکە مەوجی هەس، شکیاگە و لەتلەتە."

یەکەمین هاتنەوەی شەهین

باس ڕۆژێک و دوو ڕۆژ نییە، من هەر لە سک دایکما عاشق و دڵدۆزی شەهین بووم. لە سکی دایکما شەهین لە ئامێزی گرتبووم. ڕۆح و گیانی شەهین لە دەورما ئاخڵەی دابوو ... تامەزرۆ بووم و دەس‌وپام ئەوەشاند لە دایک بم و بتوانم شەهین ببینم. وەر ژ لەدایکبوونم، دایراک شەهین ڕۆحی داگیر کردبووم. ئەوینی دایراک جەستەی هەموو کچەکانی دونیای لێ داکێڵ کردم. تەنانەت ئەو کاتەش کە جەستەی ڕووناکم ئەچێژا، دایراکم لە ناخیا وێنا ئەکرد. وشەکانی ئەم چیرۆکە هەموویان لە دەوری تەوەری شەهینا ئەسووڕێنەوە و شەهینیان بۆ هەتایە لە ئامێزما پاراستووە. جوور داڵگم کە هێشتا نەمردووە و لە باوەشمایە.

کە لە دایک بووم و ناوکیان بڕیم، لە دایراک جیا کرامەوە، ئمجا هەمووی دونیا گەڕام و نەمدۆزییەوە. بڕوام پێ ناکەن؟ تەواو دونیا گەڕام. دونیای من خاکی کەسنەزانە. گردین گەڕام و نەمدۆزییەوە. لە ئەم گشتە گەشتە ئەز ڕاستییێک فام کردم. ڕاستییێک کە لە دڵی تەریکی و تاریکییا نوقمی کردم ... نەبوونی شەهین بوو بە مدووی ئەوەی کە تخوونی خۆم کەوم و بفامم کە کەسنەزان داگیر کراوە ... بزانم کە فارس نیم، عەرەب نیم، تورکیش نیم. بەڵام نا؛ باشترە بێژم: من کوردم، فارسم؛ عەرەب نیم، تورکیش نیم. نا، ئاوەها نابێ، ڕەنگە ئاوەها باشتر بێ: من کوردم و ئەبێ هاوکات هاملفی ئەوانیش بم. گەر وا نەبێ ڕەنگدانەوە و دەنگدانەوەی کوردبوونم زۆر نایەتە بەر چاو. نا، نا، چی ئێژم؟ من شەهینم کوردانە خۆش ئەوێت. لە ناو خاکی خۆما، نەک تەنیا بە زمانی خۆم، بە کۆ-زمانی گۆران،

گۆرانیێ کە زمان گرێ ئەداتە خاکەو، میناکی مندالێ لە باوەشی دایکیا. هەر چی ئەبینم گیانەکەم، تۆی تیا ئەنوێنم. خەریکم باسی چی ئەکەم؟ سوێند بە باوایادگار خۆیشم نمەز چی ئەلێم، قەیرانی شوناس ڕۆحمی شەت‌وپەت ... ئەروامی شڕوشیتاڵ کردووە.

ژینی ئێرە وەکوو ئەوەی ئەوێ نییە. ئەم کەسنەزانە ڕەنگینە کە بەهەشتی سەرزەوینە وشەکانی ئەم چیرۆکە و نۆتەکانی تەموورەکەی پەروردە کردووم و تەنانەت ڕەنگ و بوومەکەی شەهینیش: نەققاشییەک لە کۆشکێکی لەسەهۆڵ‌تەنراو و سارێژ لە مردووەکان، هەموو کوژراو و مردووەکانی کەسنەزان لە خۆ ئەگرێت.

من وەگەرد دەنگی مەرگاژۆ و سێحراوی تەموورە و دەنگی شۆرشگێڕانەی دیوان و چریکەی حەیران و لاوک و هۆرە و لۆرە و مۆرە و چەمەری گەورە بووم؛ بە هۆی ئەوەتە دەستم لە تێنووس و پێنووس هەڵناگرم و تەموورە لە باوەشم جودا نابێتەوە. کێو و شاخ و کۆ-چیاکانی کەسنەزان و کەسنەزان و کەسنەزان و کەسنەزان و کەسنەزان و کەسنەزان و کەسنەزان و کەسنەزان هەوراز و نشێوی ڕیتمی ئامێرەکەمە. حماسە و مووسیقا و تەموورە و 'شای شیرین‌کەلام' و بەیت و کەلامی کوردان و جەمخانە، مەسلەکی منن.

هەنار و بەڕووچاندن و پیاسەکردن لە ناو ئاواییەکان کەسنەزان، ڕۆیشتن بۆ لووتکەی کوچکەڕەشی کەسنەزان و سەردانی باوایار و کەسنەزان و تەموورەژەنین لەگەل یارەکان و چاولێ‌کردنی کەسنەزان کاتێ کە خۆر ئاوا ئەبێ سەفەرەکانی دەوری دنیای منن. 'کەسنەزان' و کەسنەزان و 'کەسنەزان' و کەسنەزان و کەسنەزان و کەسنەزان هەمیشە جێژوانی من و شەهین بووگن. شەهین؟ شەهین؟ لۆلۆ؟ یە چە بۆ هاتە سەرمان؟

بەڵام ئەی ئەمە چییە؟ نەزان چووزانۆ جە بیروونەوە، من چێشم مێشۆ جە دەروونەوە. چلۆن زمان و خاک لە یەک دابڕان و داگیرکەری دەسی پێ‌کرد؟ دیسان دێمەوە سەر ئەم باسە:

من کوردم، فارس نیم، عەرەب نیم، تورکیش نیم. دەی ئەی ئەمە چییە؟ بۆ مێهدییەکان هاتوونەتە ناو شارەکەم و لە باشترین شوێنی شارا نیشتەجێ بوون؟ لە سەر چی ئەشکەنجە دراوم؟ بۆ لە شار و خاکی خۆما هەست بە بوونی خۆم ناکەم؟ نەریت و ڕابردووم لە ناو کام گلکۆ نێژراوە؟ ئەی بۆ فێرگەیەک نییە مندالەکان بە چۆن‌بژیی کوردانە بچاشنێت؟ سەربازی‌چوونم بۆ کێیە؟ کێ کەسنەزان و میلکانی زاروزیچی داگیر کردووم؟ کەواتە فارسم، نا کوردم؛ ئەی بۆ لە مەکتەب ئەبێ لە زمانی دایکم مالاوایی کەم و بە

فارسی/عەرەبی بخوێنم و بنووسم. کەواتە فارسم. نا، کوردم. نا، فارسم. نا، کوردم. سنوورەکانم لێ شێواوە. ئێ فارسە لە کوورەوە داکەفت؟ ئەی بۆ هەموو شتێکی بە ناوی خۆیەوە تاڵان کردووە؟ مێژوو و زمان و هەموو فەرهەنگی ئەوان لە سەر کۆڵەکەی ئەم کۆـزمانە بینا کراوە. بۆ ناوەکان گۆڕاون؟ ئەی بۆ گۆران ڕووخیا و ... ئەی ڕێگە و چۆنبژیی کۆـزمانی گۆران چی لێ هات؟ بۆ لە دوای کۆـزمانی گۆران ئیتر بیر و ئەندیشەیەکی قووڵ نەخوڵقیا ... بۆ ئەم پەنجەرە داخریا؟ چی لە پشتی ئەم کۆـزمانە بوو کە کوێریان کردەوە؟ تاووس، خودای زمانەکان، هانای فەریادڕەسم بە، خەریکم شێت ئەوم. ئەی نەوگم؟ ئەی چما زوانپەرۆشم؟ لە ناو تۆژگەکان مێژووا شاریاگمەو. من نازانم کێم. من کێم؟ ئەز کیمە؟ من کێنە؟ م کیم؟ مە کییٚم؟... شەهین؟ شەهین؟ یە چە بۆ هاتە سەرمان؟ لۆڕۆ؟

چە ئێوارەیەکی خەمۆک و تەمومژ و چە ڕێگەیەکی تەمتوومانە. ئێوارەکانی کەسنەزان چەندە دڵگیرن. ئێوارانی هەینی کەس جگە لە ژەنیار و لێوە و دەیری و دێوانە ناو شەقام و کۆڵانەکانا نییە. کەس جگە لە خوای ترس و گۆڕنشین و نووسەر و موعتادا لەم جەردەیا نادۆزرێتەوە. پیاگێ بەساڵاچوو لە سەر شەقامی کەسنەزان، لە بەر دەرگای عەمارەتی کەسنەزان، دانیشتووە و تەمموورە ئەژەنێت. جلی کوردیی خاکی و سەروێن لە سەر، فەرەنجی لەبەر، تەسبێحێکی سوور لە دەور مەچەکی. دوو ماری فەرەنجییەکەی گڕ ئەگرێت. دەست ئەکات بە چرین. باران ئەبارێت و ئەو پیاگە لە ژێر باڵکونێک... هەورەکان... گرمە و ... شەقامەکان تەژی و جەوری لە ڕۆحگەل سەرگەردان... 'سارۆخانی' ئەژەنێت و ئەخوێنێت و زایەڵەی تەنبوورەکە نێڤەردانۆ کەس بجووڵێت، ناهێڵێت کەس هەناسە هەڵکێشێت ... حەقێقەتێک ئەبارێنێتە سەر خەڵکا ... بێقەرارترین هۆنراوەی دنیا ئەهۆنێتەوە ...

دڵە دامەنی دڵە دامەنی
هەی دڵ گیروەردەی حەڵقەی دامەنی
هەر کام مەوینی، هەر ناکامەنی
هەر کار مەکەری، هەر بەدنامەنی
من هەر دەوا کەم، تۆ هەر زامەنی
تو تا کەی نە فکر سەودای خامەنی؟

دەنگی تەموورەکە دایراک شەهین مەنمانۆ.

لە ژێر لقوپۆی دارێکا ڕاوەستابوو، ئەویش گوێی بۆ تەموورە و مەقامی سارۆخانی

ڕاگرتبوو. قەت بیرم نەئەکردەوە دیسان بتوانم دایراک شەهین ببینمەوە. قژی دووپەلکە لە سەر هەر دوو شانییەوە شۆڕ بووبوونەوە سەر بەرۆکی. دایراک شەهین بەرۆکی نەبوو. چاگا شەهینم بینییەوە، پاش چەند ساڵ، چاوی تەنیا نیگارێک ڕەنگاوڕەنگ نەبوو، زایەڵەی زریکەی سەدان منداڵی بەناحەق کوژراو لە گێژەنی نیگایا مان شامار پەنگی ئەخواردەوە.

لە شەقامی کەسنەزانەوە بەرەو ژوور ڕۆیشت. لە عەمارەتی کەسنەزان تێپەڕی و هەنگاوی ئاراستەی شاکۆڵانێک کرد کە دەروازەی گەڕەکی کەسنەزان بوو. بە دوویا چووم. سێبەرەکەی لە پێچاوپێچ کووجی و کۆڵانەکانا ئەخزا. نەمئەتوانی چاو لەو ماڵ و بینا قەیمییانە نەکەم. بۆنی خاکی پاش بارانیان لێوە ئەهات. ئەو کۆڵانە تەنگ و کۆنگەلە وەک شێرپەنجە لق‌وپۆیان بە ناو کەسنەزانا تەنیوە. لە ناو یەکێکیان، بە تیشکی زەردی دارتێلەوە ڕوچن، شەهین خۆی کردە ماڵەوە. ماڵێک دوو نهۆمی. پڕ لە پەنجەرەگەل بچووک. گڵۆپی سووری هەڵکراو و تیشکێک کە بڕگەبڕگە ئەو گەڕەکیە ئاڵ کردبوو. جیڕەی درگاکە خۆی بە ناو کۆڵانەکا درێژەو کردەوە.

جیڕەی درگاکەیم بیست. خانووەکەیم دۆزییەوە. پێڵاوەکانم دەرهاورد و بەپێ‌خاوس لە دیواری ماڵەکەوە وەک هەلەکەسەما هێندە خێرا و توند هەڵگەڕام کە کەس بە چاوی ڕووت نەیئەدیم. پەنجەرەی ئەوبەری ماڵەکەی شەهین ڕووی لە حەوشەیەک بوو کە ژوورگەلێکی چکۆلە گەمارۆیان دابوو. وێدەچوو کەسگەلێ تریش لەو ماڵە مەستەر و کۆنا ئەژیان. فرە لەگەل خۆم ململانێم کرد کە نەچم و نەیبینم. چەن کاتژمێر تێپەڕیبوو ... نیوەشەو، مانگەشەو ... لە دیوارەکەی ناو حەوشەوە داگەڕام. دەنگم لێ نەهات. دەس‌نووسەکەم (چوار لەتی ژیانی خۆم) لە بەر درگای ژوورەکەی دانا کە ڕووی لە حەوشە بوو و بەردێکم لە سەری دانا کە با وەل خۆیا نەیبات. هاتمەوە سەر دیوارەکە و لەمبەرەو لە دیوارەکەی ناو کۆڵان داگەڕام و چووم و لە سەر کۆڵانەکە خۆم شاردەوە. سوورسوور ئەمزانی شەهین خەوی لێ کەوتووە. لە ئەو بێ‌دەنگی نیمەشەوا هیچ دەنگێ لە ماڵی نەئەهات. بەڵام، هەناسەکانیم ئەبیست.

ئەمویست خەونە ژەحراوییەکانم لە سووچ و قوژبنی ئەو کۆڵانە تەنگەبەرانە زیندوو بکەمەوە. لەبە خەونی دڵهەژێنم بینیبوو، هێندە خەونی دڵتەزێنم دیبوو کە ئیتر ڕووداوە سەیرەکان سەرنجڕاکێش نەبوون. ڕێ کەوتم. دەنگی کز و کپی تەمموورە لە ماڵێکەوە ئەهات. لیسکی زەردی دارتێلەکان تۆزێک کۆڵانەکانیان لێم ڕۆژن کردبووەوە. کۆڵان‌گەلێک کە خوێنی خەڵکیان نۆشیبوو. ئاسمان دەنگی هەڵبڕی و هەورەترێشقەیەک

بۆ یەک سات ئەو ناوچەیە لێم ڕوون کردەوە. تیشکێکی ئاسایی نەبوو. شەهین بێت، هیچ چتێک سانا نییە. دیوارەکان تەڕ بوون. مژ وەها گەڕەکی کەسنەزانی لە ئامێز گرتبوو، مینا خەونێک ... چەن کەس، باریک مینس وە هێڵی نەققاشی، لە ناو مژەکا دەرکەوتن. هەموو شوێنێک هێڵ و ڕەنگی نەققاشی بوو. هەنێک سەگ هاتنە دەرەوە، دەست و پێی دابڕاو و دادڕاویان بەدەمەوە بوو. سەر و مل و گوێ و ئەنگووست و مەچەکی تلیشاو و قەڵشاویان لە پۆزەی یەک ئەگرتەوە. بە سەر عەرزا ئەکەوتن، گازیان لێ ئەگرتن ... سەگوەڕی سەگی هوونوار ... خوێن لە دەمیان ئەچۆڕا. زلق و جووڵەم لێ بڕابوو. دەنگی خومپارە و قیژەی خەڵکی کەسنەزان. نرکەی نارنجۆک و تەقەی فیشەک و خوێنی پرژاو بە دیوارەکانا. ماڵێک کە تەنیا زیندووی بەجێماوی، مناڵێک بوو لە ناو بێشکەیەکا ... پیرەمێردێک لاشەی بێ گیانی کوڕەکەی بە سەر عەرزا ئەکێشا کە بیبا و لە ناو حەساری ماڵەکەیا بینێژێ. خومپارە لێی دابوو. سەری هەڵگەڕاندەوە و چاوی لە چاوم، نیگای لە نیگام هەڵەنگووت ... دەستێکی قرتاو لە دووی جەستەکەیا ئەگەڕا ... قاچی لە سووچێکی دیکە ... سەری لە سەر ماڵێکەوە ... ئەژنۆی بەری دارێک بوو ... قەت یەکیان نەگرتەوە ... وەک خاکێک لەتلەت کراو، وەک دابڕانی خاک و زمان ... وەک دابڕانی دوو ڕەشەماری ئەوینار ...

هەڵگەڕامەوە بۆ لای شەهین.

دایراک شەهین لە خەو ڕاچڵەکا و هاتە نێو حەوشە. دەست و دەموچاوی لە ناو حەوزەکە شۆرد و مستێ ئاوی نۆشی. پێش ئەوەی کە بڕواتە ماڵەوە دەستنووسەکەی لە تەنیشتیدا بینی، بەبێ ناو و نیشان و بەس وێنەیەک لە سەر لاپەڕەی یەکەمیەوە: ئاجۆرگەلێک شێدار کە لە ناو دڵی دیوارێکی سیمانیدا زیندانین. لە ناو ئاجۆرەکاندا، یازدە کەس شانبەشان لە لای یەک ڕاوەستاون. چاویان بە پەڕۆیەکی ڕەش بەستراوەتەوە و چەند کەس ڕووی تفەنگەکانیان لێ کردوون. تەقەیەک و دوو تەقە و تیرباران. خەریکن دەکەون. یەکیان دەستی لە سەر سینگیدایە.

دەسنووسەکەی هەڵگرت و چووە ماڵەوە.

من چل ساڵە ... خەریکم سەیری کەسنەزان ئەکەم و ئاگاداری هەموو شتێکم. دایراک دایکمە. من ئیمشەو هەمدیسان لە دایک دەبمەوە. لە دوونێکی تردا. لە دواهەمین دوونمدا. بەڵام هەمیسان لە پشت ئەم پەنجەرە دادەنیشمەوە و سەیری شار دەکەم. هەزار جار لە دڵی مەرگەوە لە دایک بوومە و ئیمشەو دواهەمین جامەم لەبەر دەکەم. شەهین

هەمیشە دایکم بووە و دایراک هەمیشە دایکم دەمێنێتەوە. خەریکە نووسینەکانی ڕەشۆ دەخوێنێتەوە. سوور دەزانم یەکەمین جارە لە ژیانیدا لەگەڵ کەسێک لە جنسی ترس و وشەی مەرگاژۆ دەس لە ملان دەکا. لە مێشکیدا وشەکانی لە ئامێز دەگرت و یەکەمین وەرزی ئەو نووسراوە توانیبووی هەستەکانی بجووڵێنێ. هەستی دەکرد نووسەرەکە خۆیەتی کە لە دڵی وشەکاندا شاردراوەتەوە. ڕەشۆ شتانێکی نووسیبوو کە ساڵەهای ساڵ شەهین بیری لێ دەکردنەوە، مردووەکانی ناو شەقام و کۆڵان و حەسارەکانی کەسنەزان. خۆی دەبینێتەوە ڕێک لە ناوەڕاستی بەسەرهاتی ژیانی ڕەشۆدا.

لە کەسنەزان بوو، بەڵام هاتبووەوە بۆ کەسنەزان ئەرکێکی گەورە بگەیێنێتە ئاکام. دوای خوێندنەوەی، بڕیاری دا هەمووی وشەکان وەربگێڕێتە سەر زمانێکی دیکە، زمانی ڕەنگ و نەققاشی. خێرا هەموو کەرستەی نەققاشییەکەی کۆ کردەوە، دەستنووسەکەی خستە ناو جانتاکەی و ڕێگای گرتە بەر. ڕەشۆ لە سەر کۆڵانەکە ڕاوەستاوە و بەدزییەوە لە تەنیشت دارتێلە چێوییەکە کە چراکەی دارەلووسە سەیری دایکم دەکات. دایراک لە کۆڵانە تەنگەبەرەکانەوە دەڕوات و لەوێوە دەگاتە باکووری کەسنەزان. شەهین کە هاوکات شەقام و کۆڵانەکان دەپێوێ، لە مێشکیدا لە باوەشی نووسەرەکەدا نووستبوو. دایک و باوکی کوژرابوون؛ براکەی، خەبات، خۆی هەڵواسیبوو؛ تەنیا کەسێ کە لە ژیانیدا بۆی گرینگ بوو و بە دوایدا دەگەڕا ڕەشۆ بوو؛ ئەرکێک کە دەبوو بە ڕەنگ بخەملێنێت، لە سەر تابلۆیەکی کۆتەکی و چکۆلە بەڵام بە پانتایی کۆ-چیاکان.

ڕەشۆ نەیدەزانی کە قەت ناتوانێ ...

چوو بەرەو گەڕەکی 'نەهایی'. دڵی قورس و گران، بەڵام هەنگاوەکانی سووک بوون. ئەیزانی کە جیا لە نەققاشییەکە شتێکی تر ڕوو دەدات. من هەر لەو کاتەوە کە وەرزی یەکەمی نووسراوەکەی خوێندبووەوە خەریک بووم لە ناو سکیدا گیانم تیا دەهات و گەورە دەبووم. باوکی من هەنارێک بوو. هەنارێک تەژی لە ماسی چکۆلە. وشەیەک لە ناخی ڕابردوودا کە کەس نەیدەوێرا بینووسێتەوە. وشەیەکی خوێناوی کە لە ناو کتێبێکدا دیل کراوە. دایراک شەهین لە باریکەڕێگەکەی کانیی کەسنەزان تێپەڕی و چوو بەرەو لووتکەی سپیبەرد. ڕەشۆویش بە دوایدا دەگەڕا. سەیری شاری کرد، شارێ کە شەڕێکی گرانی ئەزمووبوو. لە بیست‌وچوار چرکەدا پێنج‌هەزار و بیست‌وچوار کەس

کوژرابوون، زمافتەیەک کە سەد ساڵە بەردەوامە. تەنیا بیستوچوار چرکە و ئێستە دوای چل ساڵ کەس لە بیری نەماوە چی بە سەر ئەم شارە کۆنەدا هاتووە و چی لێ قەوماوە. لە سپی‌بەردەوە چوو بەرەو 'کوێرەکانی' و لەوێوە، دۆڵا ودۆڵ، شاخ بە شاخ خۆی گەیاندە مەتەرێزەکەی خۆی لە پشتی قەڵای 'خانی کەسنەزان'دا. شوێنێک بوو کەسی لێوە دیار نەبوو. دوور لە ژیار و لە داوێنی چیای کەسنەزان. لە داوێنی چیا و شاخێک کە هەر کات لەوانەبوو تاشە بەردێکی لێ بترازێت. شەهین لێی نەدەترسا، دڵنیا بوو هەزاران ساڵە هەروا لە سەر کۆڵ و شانی کوڕی سەیادا ڕاوەستاوە. دایراک لەوێ مەتەرێزێکی بۆ خۆی ڕازاندبووەوە، وەک ئەشکەوتێک کە دەیتوانی لە ناویدا خۆی لە باران و بەفر و تیشکی خۆرەتاو بپارێزێت.

چەند ساڵ پێش، ژینگەیەکی بۆ خۆی لەبۆ ژیانی ئارۆی ساز کردبوو. ڕۆیشتبوو و لە پشت قەڵای خانی کەسنەزانەوە دارستانێکی چکۆلەی بۆ خۆی ڕازاندبووەوە، دار هەنار. بیستوسێ دار هەناری بەخێو کردبوو. ڕەنگ و بووم و قەڵەمووەکانی دەرهێنا و لە تەنیشت تاقەدارەکەیدا داینا. تاقەدارێک لە دەرەوەی دارستانی هەنار؛ داربەڕوویەک کە بەری هەنار بوو. دەستنووسەکەی هێنا و دەستی کرد بە خوێندنەوەی.

ژێر پێم بلۆقە. شەهینم لێ ون بوو. دەمم نەبێ ها کەم، قولم نەبێ ڕا کەم، ئیتر من لێرە چاکەم؟ سەد جار بە خۆمم وتووە تا شارەزای ڕێگایەک نەبووی پێیدا مەچۆ. گەلۆ شەهینم چی لێ کردایە؟ چیتر تاقەت و تاوشتی ئەوەم نەبوو هەمدیسان ونی بکەمەوە. مینس وە هەلەکەسەما هاتم بەڵام ئەو لەگەل بایا ئەڕوات. مانگەشەوە. ئەتوانم یارمەتی لە مانگ بسێنم کە هەموو جارێک فریادڕەسی کوردان بووە. ئاشما ڕێگای لێم ڕوون کردەوە. شوێن‌پێیەکان دایراکم دۆزییەوە. هەنگاوم لە سەر شوێن‌پێکانی ئەنا. هەستم بە یەکییەتی ئەکرد.

یاوام. دۆزیمەوە.

ئەبێ لەو دارستانە چەلەنگە بێت. دڵنیام. وریام. ئەیبینم. لە تەنیشت تاقەدارە بەڕووەکەیا دانیشتووە و خەریکە دەفتەرەکە ئەخوێنێتەوە. دار بەڕوویەک کە هەمیشە بەری هەنار بوو. گشت هەنارستانەکە لە داوێنی چیا و لە ژێر پێی شەهین، لێڵ، دیارە. شوێنێکی دەژ و خاوێن کە هیچ ئاوەیشتە و بوونەوەرێک جگە لە شەهین و هەنارەکانی تیا نییە. دەنگی شنەی با مان دەنگی قیژەی هەزاران ژن کە مێردەکانیان لە پێش چاوی خۆیان،

تیرباران ئەکرێن، وەکوو مۆری سەدان ژن، لە ناو چیا و دارستانا دەنگ ئەداتەوە. جوان و ڕوون هەست ئەکەم خەریکە بیر لە وشەکانی من ئەکاتەوە. بڵێی مردووەکانیشی لە ئامێز گرتبێت؟ بێزوو ئەکات. ئارەزووی گۆشتی ماسی ... ڕێ ئەکەوم و نزیکی ئەبمەوە. چاوم لە شەهینە، زۆر بەوردی ئەتوانم ... شەهین ئەمبینێت و چاوی ئەبڕێتە ناو چاوم. نیگای مارێکی دڵدۆز کە جەسەی ئەیەوێت شتێکی دیکەم پیشان بدات. کات و شوێن ئەگۆڕێت. لەوێ لە ناو ئاپۆرەیەکدایە شەهین. سەدان ژن بەرانبەر بە زیندانێک ڕاوەستاون. مێردەکانیان، کوڕەکانیان، ئەم دەمبەیانە لە سێدارە ئەدرێن. ژنەکان پێکەوە ئەخوێنن ... *ئەم ڕۆژیساڵی تازەیە نەورۆزە هاتەوە* ... ئەیانەوێ درگای زیندان بشکێنن. وەرجە سەرهەڵدان، دانیشتن و قژ یەکترینیان دووپەلکە کرد. ڕۆیشتن. ڕوون ئەوینم. درگاکان ئەشکنن و ئەچنە ژوورەوە. ژنەکان، کچەکان، دایکەکان، تیرباران ئەکرێن بەڵام دەس لە خوێندن هەڵناگرن. دایراک نەچووە ناو زیندان. هاتەوە و لە تەنیشت دارهەنارەکەی دانیشت.

هەنارێکی سوور، چەشنی خوێنی خۆی پاش تیرباران، لە تاقەدارەکەی ئەکەنێتەوە و بە پێستەوە ئەیخوات و هاوکات دەستی بە جەستەیا، بە سینگ و بەرۆکی سارێژ لە خەم و خەیاڵیا ئەخشێنێت. هێشتا پاش چل ساڵ لە بیری نەخۆشەکانیدایە، ئەوانەی کە بەبێ تاوان کوژران. ئەوانەی کێلی قەبرەکەیان گوڵی ناو باخچەی ماڵەکان کەسنەزانە.

هەنارێک گەورە

پڕ لە ماسی سوور

ماچێکی دەفتەرەکە ئەکات و بەڕێزەوە لە تەنیشتی دارهەنارەکەیا دایئەنێت. بیرۆکەیەک جوور برووسکە لە مێشکیا ئەگرسێت. خێرا ڕەنگەکان لە سەر پالێتەکەی تێکەڵ ئەکات و بەدرێژایی چەن کاتژمێر وێنەیەک سووریاڵ ئەکێشێت. ئەمبینی. کاتی نەققاشی‌کێشان. ئەمبینی. دوو دیەگەی گۆڕستان بوون. جەستەی گۆڕ بوو. دەستی گۆڕ بوو. قەڵەمووەکەی گۆڕ بوو. مێشکی، گۆڕستانی هەزاران کوژراو. چاوگەلی گەورەتر ئەوانەوە؛ قووڵ بوون وەکوو چاوی سەگێک کە بیر ئەکاتەوە و ماقی خاڵێک بووە. نیگاری ئەخوڵقاند و نەیئەزانی خۆی جوانترین وێنەیە لە بنی ئەو دار هەنارەیا؛ جوانترین نەققاش. جوانترین کچێ کە بەرۆکی ژنانەی نییە بەڵام جوانترین نەققاشی ... تا ئەو کاتەی وێنەکەی کێشا ئاوڕی لە هیچ شتێک نەدایەوە و منیش بێ‌وچان ئەمچاوی.

نەمئەتوانی وێنەکەی ببینم و نەمئەوێرا نزیکیشی ببمەوە. دوو دیەگەم بێزوویان بۆ بینینی

ئەکرد. نەمئەزانی چە شاکارێکی کێشاوە و ئەمە بوو بە یەکێک لە حەسرەتە هەرەگەورەکانی ژیانم. هەستم ئەکرد لەش و تەنکارم لە بۆشاییا ئەفڕێت، ئێسکسووک بووم و ڕۆحم لە دەربەندیخانەی جەستەما دیل نەبوو. ئایا خۆم پەڵە ڕەنگێک ناو ئەو نەققاشییا بووم؟ گەلۆ هەمووی ئەم چیرۆکە نەققاشییەکەی شەهینە؟

هەتا کازیوە چاوی لە نەققاشییەکەی هەڵنەگرت و کاتێ کە ڕۆژ بەتەواوی هەڵات و تاوەکەی لە سەر شاخ و دارستان و ژیارەکەی شەهین تاواندەوە، دایراک چووە ناو مەتەرێزەکەی و نووست. دەموچاوی ڕەنگی نەققاشییەکەی گرتبووە خۆیەوە، مەدرەوشا ... ڕەش و شین و ئاڵ. کەس دایراکی نەئەچاوی. تەنیا من ئەمبینی. کەس بۆی نەبوو ببینێت. شەهین لە دەربەندیخانەی چیرۆکی منا نووستبوو.

چاوم لە شەهین ئەکرد، سکی لە حاڵی گەورەبوونا بوو. خەریک بوو دووگیان ئەوا و ئەو شتە ... سکی خەریک بوو ئەماسیا و من زیڵم خەریک بوو ئەتۆقا. کاتێ لە خەو ڕاچڵەکا، بینی کە دووگیان بووگە. وێدەچوو خۆی بۆ ئەو ساتوکاتە تەیار کردبێت. ئەیزانی چی ڕوو ئەدات. ئاگاداری بانان و پاشەڕۆژی خۆی بوو.

گەلۆ شەهین لە هەنارەکە دووگیان بوو؟

بوو بە شەو و شەودیدەی بێخەو بوو دایراک. منداڵەکەشی لە ڕەشیی شەوا هاوردە دونیا. بەحاستەم و تینوو و تامەزرۆ چووە ناو دارستان. چاوێک لە ئەو ناوچەیا بوو؛ ئاوێک، کانیاوێک. کانی سپییەک. ڕووت بووەوە دایراک شەهین. لە ناو کانییەکا تەنکار و جەسەی خۆی شۆرد، ئینجا هاتە سەر زەوی و ڕاکشا. جەسەی تەڕی خاکەکەی ژێری شێدار کرد. چەوی کۆرپەکەی لەوێ وە ئی دونیا ڕووشنەو بوو. چێژی لە ژانی دایکبوون ئەبرد شەهین. مناڵەکەی وەک لێنجاو، چەرموور و بێلێڵ، دڵۆپدڵۆپ لە لووتیەوە ئەهاتە دەرەوە و ئەڕژیا سەر زەوی. ڕۆئەچووە ناو زەوی و لە ناخی خاکا گرسیا. گیانی گرت، چرۆی دا و لە ناو خاکەوە سەریهەڵدا. هەر لە سەرەتاوە لە ناو دارستانی هەنار، دایراک توانی هەست و کۆزمانی خوەی وە مناڵەکەی بچاشنێت. کۆزمانێک کە ئاڵوودەی ڕابردووە و خاک و سروشتیش لە خۆ ئەگرێت. لە چرکەساتێکا کە دەستی وە سەری کۆرپەکەیا هاورد ... مێشک و ئاوەزی کۆرپەکەی وە حەقێقەتی هەنار چەشت دا.

گلارەی هەنار یەک لە لای یەک. یەک لە پشت یەک. لە ناو دونیایەکی سوور و ئاڵ. مینس وە یار و دڵدار و هاوڕێ و هاوسەنگەر دونیایەکیان بینا کردووە. تۆژێک لە دەوریان کە پارێزەریانە. نایانەوێ لە یەک جیا بن. یار. وەکوو خواژنی کوردان کە فێری کردووین

پەیمان نەشکێنین. یارگەلێک کە پاڵپشتی یەکن و پێکەوە زێدەوانی وەڵاتن ... وەک یارگەل یارسان. وەک یارگەل کورسان. لە واری کوردان.

کۆرپەکە ئەیزریکاند و شەهین پەرۆش و ڕەنگ‌زەرد هەڵگەڕا. هیچ وشەیەک لە زاری نەترازیا. تەنیا وردی بووبووەوە. زاتم نەو بڕۆم و یارمەتی بدەم. لە ناو کانیاوەکا شوستی و بە لەچکەکەی داپۆشا. بابۆڵەپێچی کرد. ڕۆیشت بەرەو نساری چیا بەرانبەرەکەی و لەو ڕەشاییا نەمئەبینی. دایراک پای شەمی تاریک بوو، چوار دەوری ڕۆژن ئەکرد و خۆی نادیار ... قەت نەمتوانی شەهین بەباشی بناسم. خشەی هەنگاوەکان و زایەڵەی زریکەی منداڵەکە لە هەر کوڵەسووچێکەوە دەنگی ئەدایەوە.

نەمزانی چی ڕووی‌دا. نەمزانی کاتێ کە چووە ناو ئەو نسارە چی قەوما. بە دوایا ڕۆیشتم. پێوار بوو. هەمدیسان شەهینم لێ ون بوو ...

شەهین مەوینی حەسرەت‌باریتەن
تەڵخی مەوینی شین و زاریتەن
لە زشت و زیبا بێ‌قەراریتەن
پەس تو چە دەرمان دەرد کاریتەن؟

تەموورەژەنەکە، شاخوەشین بوو، هێشتا خەریک بوو ئەیژەند و ئەیخوێند و تاڵ ئامێرەکەی، تاڵ طەموورەکەی ئەلەریانەوە و دڵیان لەت‌لەت ئەکردم. تامەزرۆ بووم شەهین ببینم. تامەزرۆ بووم دایراک دیسان هەنگاو بنێتەوە ناو ژیانم ... گەر ببینم ئەتوانم ڕەساڵەتەکەم بگەیەنمە ئاکام ... گەر نەیبینم ڕێگایەکی تەمتوومان و دژوارە ... شەهین؟ شەهین؟ لۆڕۆ؟ بێ‌قەراردم ... هایدە کوو شەهین؟ بەو شەهین بەو بسزنەم ...

"هەر وشەیک ئەم کتێوە مردگێکە لە ژێر کۆڵان و حەوش ماڵەکان کەسنەزان، ئەشێ گشتیان بنیتە پاڵدەس یەکەو تا لە بیرماگ مەردما بمێنن، منیش دانەیکم لەو وشەگەلە، خوەیشت هەروا،" شەهین پەیڤی. "کۆ-زمان گۆران چتێکە کە ئەتوانێ خەڵک لە دەردی فەرامۆشی ڕزگار کات. کۆ-زمانێ کە نوێنەر ئوستوورە و ئەندێشە و فۆلکلۆر و بیر و بگردگ و خاکە. کۆ-زمانێ کە بتوانێ پانتایی کوردەواری هەڵگرێت. وەختێ لەم چتە تێئەگەیت کە بزانی خاک چەنێ گرنگە. ئیسە کارێکیان کرگە کە زوان و خاک لە یەک جیا بووگنەسەوە و گشتی خەریکە بەشۆن زوانا دەرئەچێت. تا ئەم دوو دیاردە یەک نەگرنەو مانای ڕێکوڕاس کۆ-زوان ناگرسێت." قسەی ناکرد. ئەم وشەگەلە کەلامێک بوو لە ناو چاویەو هەڵئەقوڵیا. دواتر کە لە ئەم چتە تێگەیم هیچکەسێک بە دەورما نەما، زانیم کە مێهدی و مادی چەنێ فرەتر بووگنەو، تاق و تەنیا داکاسیام و دونیام گەورەتر و ترسناکتر بووەو.

دووەمین لەتی ژیانم:
چلۆن بووم بە نووسەر

دایەم داستانێکی بە دەنگە دووڕەگە و ژنانەکەی چەقاندە ناو گیانما. دایەم دایراک. خاڵۆم -تەنیا خاڵۆی من نەو، خاڵۆی کەسنەزان بوو- هاوکات لە کوڵەسووچێکەو دانیشتوو و دیوانی ئەژەند. هەواسی بە ئێمەو نەو و ناو دونیای خوەیا و لە ناو گێژەن نۆتەکانا نوقم بوو. دایەم داستان ڕاوچیکی ئەکۆراندەو کە ژن و مناڵ و شارەکەی تووش پەتایک بووگن. پەتای فەرامۆشی. ڕۆژێکا ژن ڕاوچییەکە نەخوەشە و ئارەزووی گۆشت ماسی ئەکات. ڕاوچییەکە بۆ ئەوەی ئاوات ژنەکەی براوە بکا ئەچێت بۆ ڕۆخانە و ئیتر ... وەختێ داستانی ئەوت بۆم، تواو گیانی ئەوا بە وشە و لە زاری ئەترازیا. چاویشی ئەهاتە یارمەتی و لۆچەکان

دەور چاوی مانایان ئەدا بە داستانەکە. لۆچەکان دەور چاوی کووجی و کۆڵانە کۆنەکان کەسنەزان بوون.

دوای چیرۆکەکە، دایەم کاستێکی دا پێم. نەیوت چەس، تەنیا وتی بچۆ خوەت گوێچکەی بە. هەڵسام زوو خوەم گەیاندەو ماڵ. لە ناو ڕێگا بیرم لە لۆچەکان دەور چاو دایەم ئەکردەو، وەمئەزانی نەقشەی کەسنەزانە. وەختێ ناو کووجی و کۆڵانەکانا قامم لێ ئەدا بیرم ئەکردەو هەم لە ناو دەموچاو دایەما. نزیک چاوی بوومەو ... دایکم لە حەوشا دانیشتوو سەوزیی سوورەو ئەکرد. خوەشی کەفتە دڵم، عاشق ئەو بۆوە بووم. دایکم سەری بەرزەو کرد و تواشامی کرد و باوکم کەفتەو بیرم ...

وێسام تا شەو هات، خوەر پژیابوو بە ناو ماڵەکانا ... شەڤ دەکەنی ... ئاشما ولاتێ من شەوێ ...

گشتیان خەفتوون. درگای ژێرخانم بەست و پارچەیک ڕەشم خستە ژێری کە هیچ نوورێک نەیەتە خوارەو. تەنانەت کزە تیشکێکیش. شەمێکم داگرساند و ... شەهین لە کولەسووچێکەو دانیشتوو، لە پاڵ دارهەنارەکەیەو. ناو ئاینەکا. دەسی خستووە دەور چۆکی. کاستەکەم خستە سەر و دەنگ بڵەنگۆکەم کەم کرد جۆرێکانێ دەنگی نەچێتە بان. دانیشتمە سەر چۆکم و گوێچکەی چەپم نیا قەویەو. نەمئەزانی کێ هەس لە ناو ئەو کاستە و دایە بۆچە داگیە پێم. هەر یەک گۆرانی بوو و لە دوای یەک پەخش ئەواوە. بیس‌وچوار ڕا گوێچکەم دا. ناسر بوو. ڕەزازی:

هەبوو نەبوو، سەردەمی زوو
لە وڵاتێ، لە جێگایێ
لە شار و کاروانسەرایێ
خەڵکێکی زۆر بەبێ پەروا
لە سەر ئەم زەوینە دەژیا
کەچی ڕۆژێ، لە ناکاوا
پەتایەکی زۆر ترسناک
پەیدا بوو خۆی کرد بە ناوا
پەتایەکی بێ‌ئامان بوو
پەتا بێ‌سەروسامان بوو

بۆ هەموو کەس مایەی شەڕ بوو
ئەهریمەن عەرشی لەگەڕ بوو
منالینە، هەڤالینە، ئا لەم شارە دەردەدارە
مرۆڤێکی ناسراو هەبوو
پیشەی ڕاو بوو، لێی قەومابوو
دوو مندالی هەبوو: دایراک، خەبات
خەبات، دایراک
دایراک گەورەتر لە خەبات
ئەم ڕاوچییە
خێزانەکەی وەک خەلکی شار
بە دەستی ئەم پەتایەوە گیرۆدە بوو
بوو گرفتار
هەموو کەسێ خەفەتبار بوو
هەموو کەسێ دەردەدار بوو
منالینە، هەڤالینە، شەوێکی تار
بەختی لە بەر،
ژنی ڕاوچی ئارەزووی گۆشتی ماسی کرد
ڕاوچیی هەژار، چاری ناچار
هەلسا، پەنای برد بۆ ڕووبار

وەختێ تواو بوو، خالۆم دیوانەکەی شۆڕ کردەو بە لقێک لە دارهەنارەکەی حەوشەکەیانا. هات بۆ لامان و پەخشەکەی کوژاندەو. دایەم هەلسا چوو چای بێرێت. خرمەی چۆکی ئەهات. گوێچکەشل‌کردن بە مووزیک لەو مالە کۆنا چێژێک ئاسایی نەبوو. زەمانی تێک‌ئەشکاند. شوێنیش. زوانی لەت ئەکرد. دایەم عاشق ڕەزازی بوو، هەمیشە ئەیوت دەنگ ناسر، خالۆکانتی عاشق ئەم خاکە کرد. دوایی کە گەورەتر بووم وتی لەو بیس‌وچوار چرکا کە سەد سالە بەردەوامە دەنگ ناسری لە گەڕەک کەسنەزانا ژنەفتگە. وتی لە ناخ دلیەو دۆعای کرگە بۆی لەو شەڕا ئەو دەنگە سێحراوییە نەکوژگێتەو. بە دەم خوێندنەو هاتەوە و چوار دانە چای هاورد. چوار دانە؟ خوەی هەمیشە دووانی پشت سەر یەک ئەخوارد.

چەنێ عاشق ئەو زەفتە کۆنیانە بووم. دوو دانە سپیکێر گەورەی بوو. یەکرا چێوی و خۆڵەمێشی ... ئارەزووم بوو منیش دانەیک ئاوامە بێت. کتکەکان ناو حەوش، کە چەنەها ساڵە، هەر زاوزێ ئەکەن و لەو ماڵا ماگنەو، جێگەی باوام و خاڵۆ کوژیاگەکانمیان گرتووەو بۆ دایەم، هاتن و بە دەور دایەما ئەیانلووراند.

"رووڵەگەم، بێژە بزانم چە بە سەر ڕاوچییەکا تێ؟"

لۆچەکان دوەر چاوی ئەجووڵیان و من نەمئەتوانی چاویان لێ هەڵگرم، چاوی بریقەی ئەداوە من نەمزانی چەی وت. گوێچکەیکم کەڕ بوو. هێشتا ناو سۆز دەنگ ناسر و چیرۆکەکا بووم.

"چە دایە گیان، چەت وت؟"

"چە بە سەر ڕاوچییەکا تێ رووڵە شیرینەگەم؟" دەسێکی خشاند بە سەرما.

"بینووسە، داستان ئەم شێعرە بە زوان خوەمان بنووسە. ئەتوانی؟" خاڵۆم وتی.

جواو ئەو پرسیارە چەنێ گران بوو. من؟ نووسین؟ نووسین بە کوردی؟

"نازانم خاڵۆ، کوردی ناتوانم بنووسم." سەرم داخست وتم.

ڕێنووس کوردیی فێرم کرد. لە نیم سەعاتا. وتی ئەم ڕێنووسە جەدیدە و ڕێنووس ئەسڵی و کتابەت لە قەیما بەم شێوە نەوگە، وەلێ هەر بە ئەمە بنووسە، گشتی وا ئەکات. کێشەی فرەی هەس وەلێ هیوادارم لە داهاتگا خاس بێت. کێشە گەورەکەی ئەوەسە فرەیک دەنگ و پیت فرەیک لە زوان و زاراوەکان تری تیا نیە و بەم بۆنەوە فرەیک کورد ناتوانێ خوەی ناویا بوینێتەو. با چکێ تر گەورەتر بیت جا ئێژم بۆت جەرەیان چەس. وتی بینووسە بە کوردی خوەمان. وتی هەر ئەو جۆرە کە بیر ئەکەیتەو بینووسە. هەر بە ئەو زوانە کە خەوی پێ ئەوینی.

گەشە گەڕیا بە گیانما و وتم، "ئەی فارسی تیا نیە ئەم قسەکردن خوەمانە؟"

برۆی دا یەک و بە شێوەیک جدی وتی، "ئەشێ ڕوانگەت لە بنەڕەتەو بگۆڕیت. گەر کوردی بیر کەیتەو ئیتر خەم فارسیت نیە چونکە ئەو وشەگەلە کە وائەزانی فارسیە لەبنەچەکا هەر کوردیە، گۆرانە. هەر ئەو فارسیشە کە ئێژن، لە گۆران گیریاگە. هەر ئەم کوردی خوەیشمانە لە گۆران گیریاگە. ئەوانەیشە کە کوردی نین عەرەبین. تەواو.

ئەو قسە زینگیی منی هەڵگەڕاندەو. ترسمی لە کوردی‌نووسین شکاند. ئەمدی ناسر برێک لە مووزیکەکانی بە زوان پێوەر ئەخوێنێ. وەمئەزانی منیش ئەشێ هەر لە سەرەتاوە بەوە بنووسم. خاڵۆیشم فرەتر شێعرگەلێ کە تەک دیوانەکەیا ئەیخوێند هەر وا بوون. دوایی

زانیم فرەیان شێعر شاعرەکەی دارەپیرەس. بە دەنگ و مووسیقییەکەی خوەی ڕەنگێ تری بەخشی بە ئەو شێعرگەلە.

ئەو سەردەمە کە مناڵ بووم هەر نەمئەزانی کەسنەزان کوێنەس، هەر وەمئەزانی تواو کەسنەزان گەڕەکەکەی خوەمانە هەتا شەقام 'کەسنەزان'. خاڵۆم نەخشەیکی هاورد. بە خودکارێ کەسنەزانی لە چنگ ئەوان دەرهاورد. وڵاتگەلێ کە سەد ساڵە درووس کریاگن و هەزاران ساڵ لە ڕابردووی کەسنەزانیان بردگە بۆ مێژووی خوەیان. دواییش چتێ تری وت کە ئەو وەختە حاڵی ناوام. ئیسە تێئەگەم مەبەستی چەو. وتی لە بورج کەسنەزانەو بگرە بە چوار دەورا لە هەر کوێنا گەیتە ئاو، ئەوە خاک کەسنەزانە. مێژگم گەورەتر بوو.

هەناردمیەو بۆ ماڵ. بە ناو کووجییەکان کەسنەزانا ئەهاتم و دەسم ئەخشان بە دارەکانا، بە دیوارەکانا. ناو بیر ڕاوچی و ژنەکەیا بووم. ئەو کووجیگەل شەقام 'سێ یاقوو'ە بەرەو 'بانان' و ناو کەسنەزان هەمیشە ڕەنگ و دەنگ و بۆی زینگی لێ ئەهات. دووکانگەل جۆراوجۆر، لە نانواخانەو بیگرە تا سەرتاشخانە و سەوزی و تورشی و مێوەفرۆشی.

وتم بە خوەم، "ڕاوچی چەی بەسەرا تێ؟"

وتم، "بە ڕای من ناو ئاوەکا خوەی ئەدۆزێتەو." دەنگێ تر بوو ناو مێشکما. کەنیشکەکەی ناو ژێرخان بوو، تەنیا لە زار من ترازیا.

نازانم وەلێ ئەو وەختە من وا بیرم ناکردەو.

بوو بە شەو. دایکم شامی دا پێم و باوکم هاتەو. سڵامم کرد، جواوی نەداوە. چوومە حەوش چراکەم هەڵکرد. هەنارەکە تازە مێوەی گرتوو. تیشک زەرد چراکە ئەیدا لە گەڵا سەوزەکان و هەنارە سوورەکان. ناو زەریفیی ئەو وێنە خنکیاوم کە دەنگ تەقەی درگام ناو کووجییا ژنەفت. وەمزانی ماڵ ڕووناکە. درگای حەوشم سەورێکانێ کردەوە و تواشای ناو کووجیم کرد. ڕووناک و دایکی لەبەر ماڵ هاجەر خانما ماتڵ بوون درگایان بۆ کاتەو. درگاکەم سەورێ بەست و هاتمەو ناو هەوش. هاجەر خانم بۆ هەرچێ چتە دۆعای ئەنووسی و هەرچێکی ئەنووسی خوەی ئەنواند. نەخۆشی خاس ئەکردەو، چەقۆی تێژ ئەکردەو، قۆڕی شکیاگی ئەلکاندەو بەیەکەو، سێتەڵاقەی ئەگرساندەو، زیندانی ڕسگار ئەکرد، کەنیشکی ئەدا شوو، ژنی ئەخواست بۆ کوڕ، هەرچێکی ئەنووسی درووس دەرئەهات و تەنیا نەیئەتوانی مردگ زینگ بکاتەو. وەمئەزانی ڕووناک ئەچێ بۆ باوکی دۆعا بنووسێ لە زیندان ئازاد بێت. منیش گەرەکم بوو بچم دۆعایک بۆ ئەم داستانمە بنووسێ کە بزانم ئاخرەکەی چۆن تواو ئەوێت.

قوت بووم و نەچووم. وتم خوەم ئەشێ بتوانم تواوی کەم.

بیرم لە داستانەکە ئەکردەو. پەتا شارێک ئالوودەی دەرد ئەکات و گشت مەردم تووشی ئەون. ڕاوچیک دوو منالّی هەس و ژنەکەی نەخۆشە. بێزگ ئەکات. ڕەنگە دووگیان بێت. داوای ماسی ئەکات. لەو شاریشا کە هەناسەی دوایی ئەکێشێ خۆ ماسی گیر نایت. ڕاوچی ئەشێ بچێ بۆ ڕۆخانە. دوای ئەوە چە ڕوو ئات؟ چە بە سەر دایراک و خەباتا تێت؟

چیرۆکەکەم نووسی. لە زار خوەمەو. سبحا چووم بۆ مەدرەسە ... گشتی سەر تاشیاگ و دەس ڕەش. شەپەی شوالّ کوردی و یەک نەفەر ... بەس یەک نەفەر قژی بوو، مێهدی بوو، ئالّمانی کۆتای کردووەو، دەسی ڕەش نەو، گەنەموو، شەروالّ لی ئاوی تەنگ... کلاس ئەدەبیات.

"ماموستا ئەیلّی لە کلاسا بیخوێنمەو بۆ منالّەکان؟" بە شەرمەو وتم. تواشایک مێهدیم کرد کە بەقینەو چاوی خستووە ناو چاوم.

چوومە بان سێن و خوێندمەو. ماموستا سەیری هات. وەیزانی فارسی نووسیگمە. بۆ ئەوەلّ ڕا لە بەر چاو فرەیکەو چتێکم ئەخوێندەوە و هەناسەم هەلّناهات. بۆ من لەو تەمەنا فرە دژوار بوو. بەگشتی ئەو مەدرەسە و بەتایبەت ئەو کلاس ئێمە فرە هاروهاج و شڕوشێت بووین. گشتمان منالّ کەسنەزان. تواو منالّ ڕەش‌وڕووت و هاروهاج گەڕەک کەسنەزان و کەسنەزان و کەسنەزان گردەو بوونەو ناو ئەو مەدرەسە. فرەدانیشتن لە بان سەنەلّییەو قنگمانی ئەتەزاند.

چیرۆکەکەم خوێندەو، گشت کلاس بۆ ئەوەلّین‌ڕا لە مێژووی ئەو مەدرەسە جمکوت، بێ‌قسە، دەس‌لەسەرسینە دانیشتوو. گشتیان گوێچکە بوون. بۆ ئەوەلّین‌ڕا لە ژیانما هەستم کرد ئەرزشم هەس و کەسێ ڕێزم لێ ئەگرێ. وەختێ ئەمخوێندەو بۆ چرکەیک سەرم بەرزەو کرد. چتێک سەیرم دی. مێهدی دەسی کردە ناو کیف پالّدەسەکەی. دیم پەنجا تمەنی لە ناو کیفەکەی ئاکۆوا هەلّگرت. هیچم نەوت و چیرۆکەکەم تواو کرد.

تواشای ماموستام کرد کە دەسی نیاوە ژێر چناکەی و لە پەنجەرەکەو تواشای دەرەوی ئەکرد. چناکەی چکێ درێژ بوو وەلێ بە دەم‌وچاوی ئەهات. چەن دێقە هەر وا ماق بوو. بەری کردە ئەم‌لا و وتی ڕۆلّە ئەمە خوەت نووسیگتە؟ نەموت شێعر ڕەزازی‌یە و من لە زوانی خوەمەو نووسیگمە. درۆم دا تەکیا و بە ناو خوەمەو تواوم کرد. ئەو ڕۆژە وەمئەزانی نووسەرێک فرە گەورەم. وەلێ نەمئەزانی چۆن ئەشێ ئەو داستانە تواو کەم. داهاتگ من گرێ‌دریاو بە سەرەنجام ئەو داستانەو.

"ڕەشۆ، دوای کلاس مەچۆ دەرەو بێسە کارم هەس پێت،" مامۆستاکەمان وتی.
وەمئەزانی کارێ خراوم کرگە. هاتمە خوارەو لە سێنەکە. دوارە چوومەو بان.
"بانچاو ... قەیناکە چتێ پرسم لە منالەکان؟"
هێشتی.

ڕاوچی چەی بە سەرا تێ؟ ژنەکەی چە؟ دایراک و خەبات؟ ماسی ئەگرێت یا نا؟ گەرەکم بوو دانەیکیان چتێ بێژێ شایەد چکێ دڵم ئارام بگرێ. تواو گیانم بوو بە ئەو چیرۆکە و نەیئەهێشت دیقەی ئارام بگرم. شەوگەلا ئەهاتە خەوم. لە خەو دامیئەچڵەکاند. دار و دیوار و ژن و منال و پیر و جوانم بە بنەماڵەی ڕاوچییەکە ئەدی. وەختێ منالەکان جواویان ئەداوە من خەریک بووم بیرم لەوە ئەکردەو کە خوەم چۆن ئەو داستانە تواو کەم. هەمیشە وەمئەزانی ناسر ئەو شێعریە ناتەواو نووسیگە و ئەو مەقامە کە ئەیخوێنێت ئەشێ درێژەی بێت.

"ڕۆخانە وشک بووگە و هیچ ماسیک لەینا نییە و ڕاوچییەکە دەس‌خالی تێتەو،" هەورام وتی. کەسنەزانی بوو. ئەیانوت پێ هەورامە بۆر.

"ڕۆخانەیان پڕ کرگە لە سەم، گشت ماسییەکان مردارەو بووگن و ڕاوچی چتێ دەسی ناگرێ،" شۆڕش وتی. خەڵک ئاوایی کەسنەزان بوو. باوکی شەو و ڕۆژ کەلام و دەفتەرەکانی ئەخوێندەو. ئەمیش کەفتووە بەر پرشەکەی. قسەی زل‌زلی ئەکرد و بە قەوارەی نەیئەخوارد. ئەیوت بەم مەتنگەلە ئەتوانین مێژووی خوەمان درووس کەینەو. ئەیانوت پێ شۆڕشە مێژووساز.

حەمە فرە بووچکەلە بوو و منالەکان ئەیانوت پێ حەمە بچکۆلی بۆیاخچی. خەڵک ئاوایی کەسنەزان بوو، براکانی گشتیان کاژ ماریان ئەفرۆشت، بڕوایان وا بوو گرێ‌کۆرەی بەخت ئەکاتەو. حەمە بچکۆلی بۆیاخچی وتی، "ڕاوچی خوەیژی تووش پەتاکە بووگە و ئەشێ کاژ مار بوەسێت بە قژیەو تا خاسەو بێت. ماسییەکە ئەگرێ وەلێ لە ڕێگەی ماڵا تیا ئەچێ. ژن و منالەکانیژی ئەمرن."

حەمە بووچکەل سەرنجڕاکێشترین جواوی داوە. چیرۆکەکەی فرە تراژیکتر کردەو.

مامۆساکەمان پرسی لە شوان. دەنگی خوەش بوو و ئەیانوت پێ شوان پەروەر. جواوی نەداوە. پرسی لە فەراد. فەیلی بوو. خەڵک کەسنەزان ئەیانوت پێ فەرادە هیلکە. هەمیشە قاقۆڵەیک هیلکە ناو کیفەکەیا بوو. جواوی نەداوە. پرسی لە دیاکۆ. خەڵک ئاوایی کەسنەزان بوو. هاوەڵایەتی شاعرەکەی دارەپیرە. ئەیانوت پێ دیاکۆ سەرلار. ناو بێشکە

گەورەیان نەکردوو. "ئەمرێت،" هەر ئەوەی وت. کاوە قەڵماسک. هەمیشە سەر بڕیاگ مەلیچکێک ناو گیفانیا بوو، "ماسی ئەگرێت و خوەی ئەیخوات." ئاکۆ دەسبڕ. هەمیشە پووڵی قەرز ئەگرت و نەیئەداوە. قاڵتاخێ بوو خەڵک کەسنەزان. سێ‌هەزار تمەنی لە سێسەد نەفەر سەندوو. "نازانم،".

"ئەی هەی برا ئەمە دوارە دەمی کردەو." مێهدی هات قسە کات گشت کلاس بەیەکەو وتیان. دڵم بە حاڵی ئەسووزیاوە. کورد نەو و فرە ئەزیەتیان ئەکرد. ئەیانوت پێ مێهدییە بێ‌تووک، خەڵک کەسنەزان نەو. فرە ئەولاتر ... شوێنێ کە کەس نازانێ ئەینەیشە بەشێک بووگە لە کەسنەزان. ڕۆخانەیک شارەکەیانی کردووە دوو لەت. مێهدی خەڵک ژوور ڕۆخانەکە بوو. مێهدی ئەسیمیلە کریاو. خوەی و باوکی فارسی قسەیان ئەکرد. وەلێ باوای فارسی نازانی.

دەمی ئەجووڵیاوە و گەنەمووەکەی ... دوای ئەوە کە داچکەکانمی فرۆشت بۆ خوەی، ئیتر تەکیا قسەم ناکرد وەلێ حەزم ئەکرد بزانم چۆن بۆ چیرۆکەکە ئەڕوانێ.

"بێژە مێهدی،" مامۆسایش ئەیزانی کە مێهدی کوردی حاڵی ئەوێت.

"ئاقا ڕاوچی و پەتا یەعنی چی؟"

وەختێ مامۆستا جواوی داوە مێهدی وتی:

"ئاقا ئەز مەقامات خەبەر دادەن کێ ئین بیماری قەرارێ ئەز ئوون شەهر بێ جاهایێ دیگێ سێرایەت پەیدا کۆنێ. شێکارچی هەم ئین بیماری رۆ گیریفتێ و یێکی پۆشتێ دێرەخت با تیر میزەنەدێش ڤەلی شێکارچی نێمیمیرێ. ماهی رۆ میگیرێ و خۆدێشۆ بێ خوونێ میرێسوونێ. یێهۆ جەنگەندێها میان و تەمامێ شەهر رۆ بۆمباران و قەتل عام میکۆنەن تا بیماری ئەز بەین بێرێ." دەسی لە گیفانیا بوو و پەنجاتمەنەکەی گرمۆڵە ئەکرد. "دایراک و خەبات هەم بێ دەستێ خۆدێ ڕەشۆ کۆشتێ میشەن. خۆدێش میدوونێ مەنزوورەم چیێ،" دەسی دەرهاورد و ناوچاومی چاوی وەک ئەوە بێژی گشت داهاتگم ئەزانێ. ترسیام. جووڵەم لێ بڕیا. تەزێک هات بە گیانما و وەمئەزانێ سێوەرێک ڕەش خەریکە ئەچێتە ناو ڕۆحما.

باوک و دایکی دوای مەرگ شەهین هاتوون بۆ کەسنەزان. مێهدیش لە کەسنەزانا هاتووە دونیا. قسەکەی مێهدی فرە بردمیە ناو فکر. بیرم ئەکردەو لە ڕۆژێ کە ئەم شارە بۆمباران بێت. ئەو وەختە نەمئەزانی کە بیس‌وچوار چرکە ... دوایی زانیم کەسنەزان کەسنەزانی کەسنەزانە. کەس هیچی لێ نازانێ. سەرم سووڕ مابوو چلۆن مەردم ئەونگە ترسیاگن کە

ناتوانن تواشای دیوارگەلێ بکەن کە بە تیر کوناکونا بووگن چە بگەی بەوە باسی بکەن ... تیر سەرگەردان وەک با و بۆران ...

من چۆن خەبات و دایراک ئەکوژم؟ مەگەر ئەمە تەنیا داستانێک نیە؟

زەنگیان لێدا، وێسام بزانم مامۆستا چەم پێ ئەیژێ. هەر سینەم ئەخوراند. هەرگا دڵەڕاوکێم بوایە ناوڕاس سینەم ئەخوریا ... پیاگێ باڵابووچک بوو و خۆش‌تیپ. هەمیشە بۆی عەتروعەبیری ئەهات و فرە خوەش قسەی ئەکرد. دەنگی، بنیامی داگیر ئەکرد. دوایی زانیم دەنگی وەسە حەمە کەماڵ کەسنەزانی وەختێ دیکلەمەی ئەکرد.

دەسێکی کردە گیفانیا و بەو دەسەکەی چاویلکە زلەکەی جووڵاندەوە و چکێ دەسی خستە ناو قژی و وتی:

"دیوانژەنەکە خاڵۆی توە؟"

"بەڵێ ئاغە."

نرکەیک هات. سەرم هەڵگەڕاندەو دیم مێهدی لە دیوارەکەی ناو حەوشەو هاتگە بان و لە پەنجەرەکەو خەریکە تواشای من و مامۆستا ئەکات. سەری داوی لە لێوارەکە وەلێ ئەکەنیا.

مامۆستا دەسی کردە ناو کیفەکەیا و کتێوێکی دەرهاورد. "ئەمە خوەم نووسیگمە. قەوڵم داو بە خاڵۆت تواو بوو بیەم پێ. بیخوێنەرەو جا بیە بە خاڵۆت."

تواشام کرد ناو چاپەمەنی لە سەر کتێوەکە نەو. پرسیم بۆچە؟ وتی مجەوزی پێ نادەن چاپ بکرگێت. خوەی چاپی کردوو و لە ناو مەردما دەس بە دەس ئەگەڕیا. ناو کتێوەکە *بیست‌وچوار چرکەی ژیانی شەهین* بوو.

"بانچاو مامۆستا."

"سڵامی گەینە. هێشتا هەر دیوان ئەژەنێت؟"

ئاکۆ پووڵەکەی نەماو. فرە ڕکی ئەکرد و کەلەڕەق بوو. ئەیزانی مێهدی دزیگیە. هەر ئەو لە کلاسا لە پاڵ دەسییەو بوو. مێهدیی لە دیوارەکە کێشا خوارەوە و بردیە ناو مەستەراو و منیش چووم بە شۆنیانا نەکا ... دوارە بیر داچکەکان هاتەو بۆم و کارم نەو بە سەریەو. داچکەگەلێ کە تەنیا هومێد من بوون بۆ سەندن دووچەرخە و مێهدی دزی لێم و بۆ خوەی ئەیفرۆشت. لە دوورەو تواشام ئەکرد.

دەنگیان پەنگی ئەخواردەو ناو مەستەراوەکا. کەسی تیا نەو. گەڕیا پێیا. هیچێکی نەدۆزییەو. ئەو وەختە پەنجا تمەن فرە بوو و ئاکۆ بەم ڕاحەتیە وازی لێ ناهاورد. دڵنیا بوو

کە ئەو دزیگیە. ناو کیف و ناو گیرفان شواڵ و ناو کەوش و هەر چێ جێگەیە گەڕیا. نەیدۆزییەو. ڕووتی کردەو. شواڵی لە پای دەرهاورد. خوەی چەسپان پێیەو. مێهدی بەری کردە ئەملا و چاوی خستە ناو چاوم. نیگای قورس و گران. هیچ کارێکم پێ ناکریا. منیش هەر تواشام ئەکرد و بیرم لە قسەکەی ئەکردەو.

پەنجا تمەن ئەیتوانی کەسێ وەک ئێمە لە ئەو تەمەنا بۆ مانگێ بژینێ.

نەیدۆزییەو. فرە سەیر بوو. من خوەم بە چاو خوەم دیم پووڵەکەی دزی. وەختێ هاتینەو -بەیەکەو ئەهاتینەو وەلێ قسەمان ناکرد- مێهدی هیچی نەوت. بە لاچاویەو تواشامی کرد. بزەیکی کرد و دوارە گەنەمووەکانی جووڵیانەو. بە زۆر دەسی خستە ناو شەرواڵە لیبە ئاوییەکەی. پووڵەکەی دەرهاورد و نیایەو گیفانی.

هاتمەو بۆ ماڵ. باوکم دانیشتوو نەهاری ئەخوارد. سڵامم کرد. جواوی نەداوە. جلەکانم دەرهاورد و کیف و چتەکەم دانیا لە کوڵەسووچێکەو. چوومە سەر سفرە. باوکم خەریک بوو نانەکەی تواو ئەکرد. سرنگاکەی هاورد. نیایە ژێر سەری و پاڵ کەفت.

چوومە حەوش و شڵنەکەم بۆ چەن دێقەیک خستە پای دارهەنارەکە و بیرم ئەکردەو لە ڕاوچی و کوڕ و کەنیشکەکەی و ژنە نەخوەشەکەی. هەمیشە هەنارم وەک ماسی ئەدی و وامئەزانی فرەیک ماسی بووچکەلەی سوور هەن لە ناو هەنارا. چوومە ناو بیر ئەوە کە ڕووبارەکە پڕیە لە هەنار گەورە و هەر هەنارێک پڕیە لە ماسیگەل بووچکەلە. حەزم ناکرد بیر لە دایراک و خەبات بکەمەو. ئەترسیام. ناو داستانەکا حەزفیانم کرد.

کتوپڕ کەفتمە بیر قسەکەی دایەم دایراک. مناڵتر بووم. پرسیبووم دایە گیان کەسنەزان کوێنەس؟

وتبووی بڵاو بووگەسەو بە سەر گۆی زەوینا.

پرسیبووم زەوی ها لە کوێنا؟

وتبووی لە سەر شاخ مانگایکەو.

پرسیبووم مانگاکە هەس لە کوێنا؟

وتبووی لە بان پشت ماسی، ماسییەکەیش ناو دەریا هەس لە بان کوچکێکەو.

برووسکەیک هاتە مێژگما.

ڕاوچی ئەچێت ماسی بگرێت و لە ناکاو پای ئەخزێت و ئەکەفێتە ناو ئاو. چاوی ئەکاتەو فرەیک هەنار ئەوینێت. سەوەتەکەی پڕ ئەکات لە هەنارگەلێک کە لە ناویانا ماسیگەل بووچک چنیاگن. لە بێخ ڕۆخانەکا ڕەشاییک ئەوینێت. وەسە گۆمێک. مەلە ئەکات و

ئەچێتە ناو گۆمەکە. ئاوی تیا نییە. وەسە ئەشکەفتێک لە ناو دڵ زەوییا. دائەکەفێتە ناوی، زەخمار و برینار ئەوێت. هەڵئەسێت و تونێلێک بەرانبەر بە خوەی ئەوینێت. ئەچێتە ناو و فرەیک لەقەلەق پیاسە ئەکات. مانییە و برسی و خەوی پیا ئەکەفێت. هەڵەسێت لە خەو و بەرانبەر بە خوەی مارێک گەورە ئەوینێت. ئەم سەری سەر ژنێکە و ئەو سەری سەر مارە. ناترسێت. چتێکی بۆ تێرێ کە بیخوات. ماوەیک لەینا ئەمێنێتەو. ئەو ژنە مەلەکەی مارەکانە. ناوی شایمارانە. گشت نهێنییەکان ئەزانێت. لەبارەی ئەو پەتا و نەخۆشینە ئەیژێت پێ. ئەیژێ بە ڕاوچییەکە کە ئەو نەخۆشینە بە بۆنەی نەزانین خەڵکە. ئەیژێت ئەگەر بزانن و ئاگادار بنەو ئەو پەتا لە ناو ئەچێت.

"خەڵک چە نازانن؟" ڕاوچییەکە پرسی.

"نهێنییەکان خاک نازانن. نازانن چە هەس لە ناو ئەو خاکە کە گشتمانی گەورە کرگە. پڕە لە ڕەمز و ڕاز. سنوورەکانی شێویاگە و توورەس. خەڵک نازانن چە هاتگە بە سەریانا. وازانن هەرچێ چتە هەمیشە وا بووگە. خاک خەریکە تۆڵە ئەسێنێت،" شایماران وتی.

"چارەمان چەس؟"

"هەنار بنن. تەمووره بژەنن. تەمووره و هەنار گرێ دریاگن بە خاکەو، بە نهێنییەکانەو."

گشتی وازانێ ڕاوچییەکە مردگە. دوای ماوەیکەو تێتەو بۆ ناو شار. سەوەتەکەی پڕیە لە هەنار و نەمام هەنار. بە هەر ماڵێک هەنارێک و نەمامێک پێشکەش ئەکات. هەنارگەلێک کە پڕیە لە گلارەی ماسی. دانەی هەناری ماگە و ئەیدا بە ژنەکەی. دوای ماوەیک ماسییەکان ئەون بە دەرمان پەتاکە و خەڵک ئەو شارە بێمارە تیمار ئەون. دوای ئەوە، هەر ماڵێ لە حەوشەکەیانا یا لە بەر درگا هەنار ئەننە خاک. ناو دەرئەکات. ئەو شارە ئەوێت بە 'شار هەنارەکان.'

وەختێ چیرۆکەکەم بەو شێوە تواو کرد، دەرچووم بەرەو ماڵ دایەم. لە سەر کووچەو هەڵگەڕیامەو. پاکەت جاچکە نیمسووپێرەکەم لە ناو جێوانەکا دەرهاورد. دووچەرخەکەم هەڵگرت و هەتا ئەینە پام دا لێ. لە ناو ڕێگە ژنگەلێکم ئەدی لە سەر کووجییەکان دانیشگن. نزیکیان ئەوامەو و داچکەم ئەفرۆشت پێیان. دانەیکیان ئەسەند و زوو ئەیانکردەو تواشای عەکسەکەی بکەن. خوەشیان نەهاتایە لە عەکسەکە دانەیک تریان ئەسەند. تا گەیمە بەر ماڵ دایەم گشتیانم فرۆشت و قاپلۆخەکەیم فڕە دا.

جەرەیان مەدرەسە و ڕاوچیم وت بۆی. جەرەیان کۆتایی داستانەکەم وت بۆی.

"منیش خاس ئەزانم چیرۆک بۆ کێ ئەکۆرنمەو."

دایەم گەورەترین بکۆر زینگیم بوو.

ئەو قسەیە ئەونگە خوەش بوو بۆم، ئەونگە هەست بە گەورەبوونی دا پێم کە تا ئاخر شەو نەچوومەو بۆ ماڵ و ناو کووجی و کۆڵانە تەنگ و تەسکەکان کەسنەزان خەریک بووم ئەگەڕیام بە دووچەرخەکەمەو. ئەو شەوە باران ماڵە خشتیە قەیمییەکان کەسنەزانی تەڕ ئەکرد. سپیدارە بەرز و قەڵەو و کۆنەکان شەقام ڕەزازیش ... هەر کۆڵانێکم ئەدی پڕی بوو لە دار هەنار. دار هەنارەکان وشک بوون و بەڵام مێوەیان بوو. دووچەرخەکەم دانیا و چوومە ناو کۆڵانێک لە شەقام کەسنەزانا. دانەیک هەنارم هەڵگرت و کوتم کرد. قاشم کرد وەلێ وەک قائزێک دڕیا. ماسییەکان ناوی وشکهەڵگەڕیاون. دەرچووم و سوار دووچەرخەکەم بووم. چووم بۆ گەڕەک شەکرۆ. ژنێکم دی هوراسان دەرئەچووا. بەرۆکی نەو. لیباس چەرمگ نەخوەشوانی لە بەریا بوو. تەقەی درگای ماڵەکانی ئەدا و تکای لە خەڵک ئەکرد. سەهۆڵی گەڕەک بوو. گەرەکی بوو کاخێ درووس کات لە سەهۆڵ و مردگەکان بخاتە ناوی. ئەترسیا. لەوەی کە بۆی مەرگ شار داگیر کات. کەس درگای ناکردەو. کەس زاتی نەو درگا بکاتەو. ئەترسیان تیر سەرگەردان وەک سەگ هار بێت و بیانگەزێت. ئەو ژنە چوو لە سەر کووجیکەو لای دار هەنارێکەو وێسیا. دەسی دیل کرد بە لقێ وشکەو.

هاتمەو بۆ مەیان ماسی و چووم بەرەو شەقام گۆران، گشت پیرەژنەکان هاتوونە ناو خیاوان و لە ژێر دارێکا وێسیاون. لیباس ڕەش. سەروێن لە سەر. هەنار ڕژیاوە ناو شەقام. خرمە خرمەی هەنارە وشکەکان لە ژێر دووچەرخەکەما کڵپەی خستووە دڵم. دڵمی داکڵەپاندوو. هەبوو نەبوو سەردەمی زوو، لە وڵاتێ، لە شارێ ... ڕاوچییەکە وێڵمی ناکرد. هاتمەو بەرەو شەقام کەسنەزان. خەڵک نەخوەش بوون. گشتی تووش پەتا بوو، گشتی بێمار. قۆزەیان ئەگەیا بە گوێچکەم.

هەواسم بە سەعاتەو نەو. زەمان لە دەسم دەرچوو. کە چوومەو بۆ ماڵ، بەر ماڵ، دایکم و براکەم لەبەر درگا ماتڵم بوون. تواشای سەر کۆڵانم کرد. مێهدی هات دەڵقێ ڕەش ئەشغاڵی نیا لای تیربەرقەکەو. تواشامی کرد و دەسی کردە کەنین. سەرم هەڵگەڕاندەوە و چوومە ناوڕاس کووجی. پەنجەرەی ماڵ ڕووناک باز نەو وەلێ ناو ماڵیانم ئەدی. پەردەی نەو پەنجەرەکە. یا بووی و داویانە لاوە. سەعات قەو دیوار ماڵەکەیانم دی، دێروەخت بوو. نەققاشیک ڕووناک لە لای سەعاتەکەو بوو. دەموچاو مێهدی کێشاو. نەیتوانیبوو چاوی خاس نەققاشی کات. ڕووناک هیچوەخت نەیتوانی چاو بنیامەکان خاس بکێشێت. تەنیا دەموچاوێ قوپیاگ و هێڵ‌گەلێک سەرگەردان و بێمانا...

کەنینەکەی مێهدی تەنیا لەبەر نەققاشییەکەی ڕووناک نەو.

شەو گرانێ بوو، لۆچەکان تاریکی لە بان سەرم و لەبەر دەمما ئەجوولیانەو. هەر چێ چتمە بە داستان ئەدی. دایکم ژنە نەخۆشەکەی ڕاوچی بوو کە تەک کوڕەکەیا ماتڵ ماسین. دایکم ئەیزانی براکانی بووگن بە ماسی؟ دایەم ئەیزانی. هەمیشە ئەیوت بە دایکم مەگیرە بۆیان. گوناحە. ناوێ بگیرین. ئەشێ بگەڕین بە دوای خوێنیانا. ئەشێ بگەڕین و لە ژێر خاکا بیانتێرینە دەرەو.

ڕووناک نەخەفتوو. لە پەنجەرەی ناو دیوارەکەی ماڵیان تواشامی ئەکرد. گوپی ڕەنگیی بوو. نووک لووتیشی ... براکەم شەقەزیلەیکی دا لێم و دایکم سفت بان دەممی گرت، لە بان دووچەرخەکەمەو کێشامیانە خوارەو. وەمئەزانی ئەشێ خوەش‌هاتنم بکەن!!! هەنارم هاوردوو بۆیان!!! کێشامیانە ماڵەوە و بردمیانە ناو حەوش. ڕۆحێ ڕەش، لە چاوگەلی، لە گوێچکەی، لە دەسی کە نیاویە سەر پەنجەرەکەو، لە گشت ئەنامیا ترس ئەواریا. باران ئەواریا. لە ناو چاویا چیرۆکی ترس ئەڕژیا. دەنگێ لە ژێرخان ئەهات. کەس جگە لە دایکم نەچووبووە ژێرخان. کەس زاتی نەو بچێ. بۆ ئەوەڵین‌ڕا لە زنگیما پەنام بردە باوەش شەهین و چووم بۆ ژێرزەوی و بووم بە نووسەر. گشت چیرۆکەکانم لە بەرۆک شەهین هەڵئەقوڵن بەڵام یەکجاریش نەمتوانی جەسەی بگرمە باوەش. ئای دایکە گیان چەنێ تاسەتم کرگە. ئەو شەوە دایکم هەناردمیە ژێرزەوی. وەک بێژی ئەویش حەز بکات بچم و ژێرزەوی بوینم.

درگای ژێرخانیان کردەو، ڕەشیک تۆخ چۆکمی داگرت. گران. گران. دەنگێ ئەهات و ئەیوت بگیرە دەی بزانم ئەتوانی بگیری. فرمیسک لە چاوم ناهات. کەنیشکێک سەندرۆم‌داونی، پشت سەری لۆچ بوو، چل ساڵی بوو. بگیرە ڕۆڵە بگیرە. تاریکی دەسی نیاوە ناخم و تا بینەقاقەم داستان مەرگ و مردگی ئەچاند. بۆ یەک چرکەسات گشتم دی. گشت مردگەکان کەسنەزانم دی. دەی بگیرە بزانم ئەتوانی بگیری. تۆ کیت؟ بۆچە تواشام ناکەیت؟ ماق چە بووگی؟ چل ساڵ ڕەشە تواشای چە ئەکەیت؟

"چل ساڵ نییە، فرەتر لە سەد ساڵە هەروا ماق ماگم."

"ئیمشەو گرانە،" بە خوەمم ئەوت. بە خوەمم ئەوت ئیمشەو گەر تێپەڕێ من نووسەرێکم تیا دەرئەچێ. بە خوەمم ئەوت ئەشێ ئیمشەو بکەم بە چیرۆکێ. چەن پلەی ئەخوارد تا ئەچووا خوارەو ناو ئەشکەفتەکە. هیچێک دیار نەو. باران ئەواریا و ئەمژنەفت لە خوارەو ... چوومە خوارەوە و درگام بەست. چاوم بەست. کردمەو. تیشک باریک و زەرد دارتێلەکەی ناو کووچی لە ژێر درگای ژێرخان ئەهاتە ناو. چرای دارتێلەکە خراو بوو و زووزوو

ڕۆشن ئەوا و ئەکوژیاوە. تیشکە زەردەکە ئەیدا ناو ئاینەیکا و من خۆمم ئەدی ...

دار هەناریک ناو ئاینەکا ... بەنێک سوور و درێژ بەسیاوەو بە لقێک لە دارەکەو. کەنیشکەکەی ناو ژێرخان خوەی بەستوو پێیەو. گشت مردگەکان بەو پەتەو بەسیاونەو. شەهین نوێنەر گشتیان بوو. نەیوت ناوی چەس. خوەی هاتە ناو مێشکم. "هەر وشەیک ئەم ڕۆمانە مردگێکە لە ژێر کۆڵان و حەوشەکان شار کەسنەزان، ئەشێ گشتیان بنیتە پاڵ‌دەس یەکەو تا لە بیرماگ مەردما بمێنن، منیش دانەیکم لەو وشەگەلە، تویش..." شەهین پەیڤی. قسەی ناکرد. ئەم وشەگەلە. لە ناو چاویەو هەڵئەقوڵیا.

لە ناو تاریکی و نمسارا خەفتم. خوەر هەڵات و ڕووناکی، دیوارەکان ژێرخانی داچڵەکاند.

ئاجۆر ناو دیوارەکان بەدەرەو بوون. تەڕ و سوور و نمسار بوون. ژێرزەوی پڕ بوو لە شیشە مەرەبا و شەربەت. دایکم نیاویە ئەینە کەس نەچێ بیخوات. بێجگە دایکم کەس ناچوا ژێرخان. باوکم ئەیوت جنی هەس. دەرچوومە دەرەو ناو حەوش. لق‌وپۆ و تووڵ دارمێوەکە تەرزیان کوتاو و سەقف حەوشەکە بوون. باوکم چەن ساڵ پێش شەش حەفت ڕم و ڕاژەی نیاوە سەر لێوار دیوارەکان، کردوویانی بە کوڵەکەی ژێر لق‌وپۆکان. بە تاوسانا هەنگوور و تووڵ شۆڕ ئەواوە ناو حەوش و بە زمسانا ئەوا بە سەقفێک بەفری. بەفر بان لق‌وپۆکانی گرتبوو و لە ناو حەوشەو ئاسمان دیار نەو. خوەشی کەفتە دڵم کە بەفر وارياگە. دەرچوومە دەرەو ناو کووجی.

چل‌ودوو سانت بەفر زەوی داپۆشاو. دڵم کوڵەی ئەهات بۆ خزخزەکانێ. باوکم لە ماڵا نەو. ئیتر کەمتر لە باوکم ئەترسیام. چوومە دەرەو دیم ڕووناک ها لە بەرماڵمانا. وتی ڕەشۆ بچین بۆ ناو کەلاوەکە خزخزەکانێ کەین. دیوار کەلاوەکە ناو کووجییەکەمانا بوو. نزم بوو. خوەمان کردە ئەودێوا. سەرەولێژایی. ئەوبەری، ماڵە کۆنە کەلاوەکە بوو کە هیچ وەخت زاتم نەو بچمە ناوی. چرای نەو، هەمیشە گرمەیکی ئەهات، لوورەیکی ئەهات، وەک ئەوە سەدان کتک ناویا زاوزێ کەن. زەوییە بەفرینەکەمان خز کرد. ڕووناک لە پشتمەو دانیشت. تازە مەمکەی کردوو. دەسی خستووە دەور ملم. دەس و ئەنگووسە ڕەنگییەکانی. ملم سەوز و زەرد و ئاوی ... ئەم دەحە من لە پشتی دانیشتم. گەرم بوو. باوەش. جەسەی ژن، بۆنی ژن، بۆم سەیر بوو. وەمئەزانی بنیامگەل ترێکن. کەفتین. ڕووناک کەفتە ملما. قژی هاتە ناو چاوم. دەسی کردە ناو قژی و تاڵێکی هەڵکێشا. چاوی بەست و دیم لچی ئەجووڵێتەو. دیار نەو چە ئێژێ. دەنگ س و ت و ش و د و خ فرەتر ئەهاتە گوێچکەما. دەسی برد تاڵە قژەکەی خستە ژێر ملم و هاوردییەوە و لە بەر قوڕگما گرێی دا. قژی فرە

درێژ بوو ڕووناک. سێ دەور بە دەور ملما گرێی دا. شەهین لە دوورەو چاوی پێمەو بوو. وەک ئەوە بێژی گەرەکیە لە چتێک مەترسیدار بمپارێزێ. پێش ئەوەی کە مێهدی و باوکم بێن، دەرچووم. ترس گیانمی گرتوو و هەر لە بیر تاڵ قژەکەی ڕووناکا نەبووم. دەرچوومە ناو ماڵە کۆنە کەلاوەکە. دوو نهۆم بوو. پلیکانگەل بازنەیی ... یەکڕا چێو بوو. سارد و سڕ. سەقفەکەی نزم، دیوارەکانی خشت دارِزیاگ. کۆتە دار داکەفتوو. چووم بۆ تەبەقەی دووم. چتێ ئەمی کێشا بۆ ئەینە. چتێ لە جنس شەهین. دڵەڕاوکێم بوو و بەحاڵەیک تەقەمدا. وڵامێک نەو. درگام کردەو. مەژبوور بووم. مەژبوور نەوم. دەس خوەم نەو. دەسم خوەی چوو. نا. کێشای. شەهین کێشای. دەسی نا. هێز و گەرمای دەسی بوو. هەر ئەو دەسگەلە کە سەدان کەسی لە مەرگەو هاوردووەو بۆ ژیان. لە بێمارستانا. هەر ئەو دەسگەلە کە هەتا کۆتایی تەمەنم تامەزرۆم یەکڕا بیانگرمە ناو دەسم. درگام کردەو. دێوێک بوو چێوی. یەکڕا چێو. مێزێک و چەن دانە کورسی دانریاو. نیمەی دیوارە چێوییەکە ئاوی بوو نیمەیکی سوور و ئاڵ. لە سەر مێزەکە شیشە شەراوێک نیمەپڕ دانریاو. لێوانێک شەراو سوور ڕژیاگ. لە سەر کورسیک، شەهین دانیشتوو. دەسی نیاوە ژێر چناکەی و تواشای شوێنێکی ئەکرد. دەسی هەڵناگرت و چاوی ناترووکاند و سەری نالەقاند. قژی درێژ بوو. تا ژێر پای. لیباسێک وەوی لە پشت سەریەو بوو. نیمەی دێوەکە دیار نەو. پەردەیک داپۆشاو. دامە لاوە. دیوارێ گەچی کە چەن ئاجۆرێکی بە دەرەو بوون. هەستم ئەکرد مەژگەم خەریکە قورس ئەوێت ... کەسێک هاتووە ناوی و دانیشتوو. یەک کەس نەو هەزاران کەس بوون. زینگ نەون. مردوون. گشتیان ڕۆح سەرگەردان ... بۆ چەن چرکە وەمزانی پیاگێکم کە خەریکە ئەو ئاجۆرگەلە تەڕ ئەکات تا بۆی بە ناو دێوەکا بڵاو بێتەو. دانیشتمە لای دیوارەکا و دەسم ئەخشاند بە خشتەکانا. هێشتا هەر تەڕ بوون. من ئەو بووم. پیاگێ کە لە ڕێگەی ئەرکێکا دەیری و دێوانە بوو و لە ئاخریشا لە ژێر تاقەدارەکەیا گیانی بەخت کرد. خوەمم ناو ڕیشەی دارەکا دۆزییەو. ئەو من بوو. باوەشیان کردوو پێما. ئەو ڕۆژە زانیم، هەستێک وتی پێم، شەهین وتی پێم، لە دوون و جامەیک ترا ئەو چیرۆکمە نووسیگە. دوونادوون. هەزارویەک دوون و جامە. کوڕ یا کەنیشکێ بیست ساڵە ئەوینی وائەزانی سەد ساڵیە. وەسە پیرێک زانا و پوختە. پیرەمەردێکیش ئەوینی هیچی لەم دونیا فام نەکرگە. خام و نەپوختە. شایەد ئەو کوڕ و کەنیشکە دوون فرەیان تێپەڕانگە و لە ناو ڕەنجا فرە مردگن و زینگەو بووگنەو وەلێ ئەو پیرەمەردە هێشتا هەس لە دوونە ئەوەڵەکانیا. من وائەزانم، ڕێک ئەزانم کە خوەم هام لە ئاخرین دوونەکانا بۆیە فەردا ئەوینم. ئەو کچە سەندرۆمداونیە ...

دەرچوومەو بۆ ماڵ. کەفتمەو بیر تاڵ قژەکەی ڕووناک. دەسم برد بۆ ملم گرێەکە بکەمەو. نەماو. لە هیچ کوێ نەمدۆزییەو. کراسەکەم، گیفان، شواڵ، نەو، ئەو تاڵە قژە وەمئەزانی نوقم بووگە ناو جەسەم. چووم دەفتەرەکەم هاورد. گەرەکم بوو بزانم دوێشەو لە ژێرخانا چەم نووسیگە. دوێشەو هەر ئەمنووسی، ئاگادار هەڵڕژاندن وشەکان نەبووم. وشە بەرەڵاکان خوەیان خستووە ناو دەفتەرەکەم. داستان 'مێمۆ' بوو. کوڕێ بە ناو 'مێمۆ' و کچێ بە ناو 'وارین'.

مێمۆ چەنی خێزانەکەی لە وڵات کەسنەزانا زینگی ئەکەن. کتوپڕ شەڕێک قورس دەس‌پێ ئەکات و تواو پیاگ و کوڕ و ژنەکان ئەچن بۆ ئەو شەڕە. بیس‌وچوار چرکە درێژەی هەس. بەڵام بۆ ئەو خەڵکە سەد ساڵە شەڕ بەردەوامە. کەس نەهاتگەسەو لەو شەڕا و کەسیش نایتەو. گشتیان کوژیاگن بەڵام خەڵک شارەکە هیوایان نەبڕیاگە. ئەزانن کە ڕۆژێ نیشتمان داگیرکراویان ئەگرنەو دەس خوەیان. وارین و خەسووی بەیەکەو ئەژین. دوای حەفت چرکە، شەوێ مێمۆ تێتەو. درگا ئەکاتەوە و ئەوینێ دایکی و ژنەکەی خەفتگن. خەوەریان ناکاتەو. چەکەکەی دائەنێت، پووتینەکانی ئەکەنێت و ئەچێت لە پاڵ‌دەس ژنەکەیەو ئەخەفێ. نزیکەو سبح دایکی هەڵئەسێت و ئەوینێ سەروازێ لای وەوییەکەیەو درێژی کێشاگە. ڕیش‌وسمێڵێک درێژی هەس و نایشناسێت. وائەزانێ سەرواز دوژمنە. چەکەکەی هەڵ‌ئەگرێت و تەقە ئەکات لە کوڕەکەی خوەی. وەختێ ئەزانێ کوڕەکەی خوەی کوشتگە کوێر ئەوێت و بەرۆکی شۆڕ ئەوێتەو. دووگیان ئەوێت. کوڕێک تری تێتە دونیا. ژنەکەی لە خەو دائەچڵەکێت و شووەکەی ئەوینێت کە مردگە. لە حەقێقەتیک تێ‌ئەگەیت، ئەو شتە کە شووەکەی ئەزانێت و ئەمان نازانن. چە داستان هاتگە بە سەر شووەکەیا لە چرکەیکا پێیان‌ئەزانێت. لە چرکەیکا پیر ئەوێت. دەور چاوی یەکرا ئەوێت بە لۆچ و چرووک تواو جەسەی ئەگرێتەو. گشت ژنە بێ‌پیاگەکان کەسنەزان ئەو شەوە دووگیان ئەون ...

جیا لەو داستانە چتگەلێ تریش بوون. داستان نەو، برێک ڕستە و دێڕ ناڕوون و لێڵ بوون. بیچمەکەی چمانێ بەیت بوو. شەهین. ژنێک فرە باسەفا. ژنێک لە ناو بیس‌وچوار چرکە، پەرەستار بووگە و گیان خەڵکی نەجات داگە. ژنێک کە دەس و پای قرتیاگ مەردم ئەلکنێتەو بە یەکا و بە ناو شارا سەرگەردانە، بە شۆن سەهۆڵا ئەگەڕێت کە مردگەکان بخاتە ناوی. سەردخانەی نەخۆشخانە جێگەی نەماگە ئیتر. شەهین ئەشێ کاخێک درووس کات کە دیوارەکانی ئاجۆرگەل یەخین. ئەشێ هەزارویەک دێوی بێت کە بتوانێ جێگەی

مردگەکان بکاتەو. ژنێ کە بیس‌وچوار چرکەس نەخەفگە و شەوگەلا، بەدزیکەو، چاودێریی فرەتر لە سەد کەس بریندار و بێ‌مار ئەکات کە لە چەن ماڵ شاردگیانیەسەو تیماریان بکات. بێ‌مارن. نووسیاو کە شەهین منالێک سەندرۆم‌داونی ناو ماڵێکا ئەوینێت کە تواشای ناو پەنجەرەیک ئەکات کە ڕووی لە شەقام و شار کەسنەزانە. شەهین ئەچێتە بەرەو تواشای ناو شار بکات ئەوینێت گشت کۆڵان و شەقامەکان پڕن لە مردگ. مردگەکان ماسی و پەڵەڕەنگن. وشەی مردگن. هەنار وشکن. درگاکە ئەکاتەو و خوەی ئەخاتە خوارەوە و خوەیژی ئەوێت بە وشەیک مردگ.

بەرچایکم خوارد و دەرچووم بۆ مەدرەسە بە هیوای ئەوەی کە ماملۆستاکەم بوینم و داستانەکە بێژم بۆی. گەیمە ناو مەدرەسە. سەر سەف وێساون و سروديان ئەخوێند. مودیرەکە دیمی و قاوی کرد لێم. بردمیە سەر سێن و وتی ئەشێ سرووود بخوێنم. مێهدیم دی ئەکەنیا پێم.

نەمخوێند. بەجێگەی ئەوە چتێک ترم خوێند. هەمیشە وەمئەزانی سرووود هەر ئەوەسە کە ئێژێ:

وڕ و کاس و سەرگەردان نیم ... دەستەمۆی ئەشکی گریان نیم

هەرچەن بە ئازار تەزیوم ... سەربزێو بووم نەبەزیوم

وتی مەچۆ سەر کلاس و بێ بۆ دەفتەر. مودیرەکە بوو. هەر گەیمە ناو دەفتەر شەقەزیلەیکی دا لێم. وتی کیفەکەت باز کە. خوەی کردییەو. وتم چەوگە، جواوی نەداوە. دەفتەرەکەمی دەرهاورد و داستانەکەی شەهینی خوێندەو.

دوای سەعاتێکەو دەفتەرەکەمی داوە و وتی بچمە سەر کلاس. دوایی تواشام کرد و لاپەڕەکان چیرۆک شەهینی دڕاندوو. شیفت سوح بووین، زەنگ ئاخر ماملۆستا نەهاتووەو، زوو چووینەو. مێهدی وەک سێوەرێک هەمیشە تەکما بوو. وەمئەزانی ها لە ناو مێشکما، ڕۆحما، زینگیما. لە درگای مەدرەسە چوومە دەرەوە و سەرێ ناو کۆڵانەکان خیاوان تاقەدارم دا. کۆڵانێ تەسکی تیا بوو کە دووچەرخەیش نەیئەتوانی ناویا بچێت. شاعرەکەی دارەپیرەم دی ئەهات بەرەو لام. پشتی چەمیاگ. تواشامی کرد. هیچی نەوت. تەنیا بە چاوی نیایە ناو دڵم کە نەچمە سەر شەقام. ڕوو. چوو. ڕۆچووە ناو زەوی. بە قسەیم نەکرد. لاسار و ناحاڵی بووم. لەینەو هاتمە سەر شەقامە سەرەکییەکە، گەرەکم بوو پیادە بچمەو تا ماڵ. ماشینێک چوارگۆش چەرمگ هاتە لامەو وێسیا. چوار نەفەر ناویا بوون. ڕوومەتیان وەک مێهدی بوو جا گەورەتر. گشتیان گەنەمووی ... دانەیکیان وتی، "کوڕەکە لە کوێنەو بچین

بۆ سپی‌بەرد"، فارسی وتی. قیافەی جۆرێ بۆم ترسناک بوو. ڕیشێ فرەی بوو، وەلێ هەر گەنەموو بوو کە درێژ بووەو.

"هەر ئاوا بەم خیاوانا بچۆ بەرەو بان ئەگەیتە مەیان کەسنەزان، بەرەو بان بچۆ ئەگەیتە شەقام کەسنەزان، لەینەو بەرەو مەحەلەی کەسنەزان و لەینەو سپی‌بەرد ئەوینی،" بە فارسیک سەقەت وتم، بڕکەبڕکە وەک کەسێ هەناسەی بڕیاوێت. نەیئەزانی چە ئێژم. نەیئەزانی کەسنەزان کوێنەس.

"فکر کەم هاومەسیر بین. بێ سوار بە توویش ئەگەینین."

چتێ چۆقی نیا پێمەو کە سوار بم. وەمئەزانی مێهدییە. سوار بووم. کەمێ چووین و ئەو دوو نەفەرە کە لە دواوە دانیشتوون پارچەیکیان دا مل سەرما و چتێکیان نیا بەر لووتمەو. بێهۆش کەفتم. چاوم کردەو دیم هامە ناو ژێرزەویک تاریکا.

چوار نەفەر هاتنە ناو و بەزۆر هەڵمیانساند. دەس‌وپام ئەدا لێ وەک قۆلانچەیک بە پشتەو کەفتوێ. چواری ئەیاندا لیم و فڕەمیان ئەدا بۆ لای یەک ... و دواتر ...

خوێندمەو بۆ خاڵۆم و دایەم. لۆچ چاو دایەم فرمیسکێکی داخست. "شەهین لە بیس‌وچوار چرکەکا باواتی دەرمان کرد،" دایەم وتی. دەنگی جۆرێ بوو ئێژیتە سەد ساڵە شەهین ئەشناسێت. هاتمەو بۆ ماڵ خوەمان.

باوکم لە ماڵ چووە دەرەو و دایکم قاوی کرد لیم بچم بەرچایی بخوەم. "رووڵە دێرە هەڵسە بچۆ بۆ مەدرەسە." نەچووم. ئیتر نەچووم بۆ مەدرەسە. باوکیشم حەزی ئەکرد. خەرجێ کەمتر. حەزی ئەکرد بنیامێک کردەخواز بم. گەرەکم بوو دووچەرخەکەم بێرم و بچمەو بۆ لای دایە. یا بچم بۆ قەڵای کەسنەزان و بەسەیک تر داچکەی نیم‌سووپێر بسێنم. باوکم لایبردوو، قوفڵ و زنجیری کردوو. لە ماڵ چوومە دەرەو.

پیاسەم ئەکرد و بیر. ژێرخان. تیشک. مردگ. شەهید. شەهین. بۆی نمسار. خاک. دایەم دایراک. ڕاوچی. ئەمانە گشتیان بۆ من یەکێک بوون. بیرم ئەکردەوە و باوەڕم ناکرد. ئەونگە سینەم خوراندوو، بوو بە زام. ڕەنگە زامێکی ناسۆر. مووی سینەم نەبوو ئەو وەختە. تووکم دەرنەداو. وەمئەزانی هەرچێ چتە خەریکە زوو ڕوو ئەدات. وەمئەزانی هەر بەم زوویشە تواو ئەوێ یا وەک خەوێک ئەتاوێتەو.

خوەم گەیاندەو لای دایە. ئەو ڕۆژگەلە دایەم مانایک تری بوو بۆم. کەسێک بوو پڕ لە داستان. هەر وەخت ئەچوام بۆ لای ڕۆحم گەورەتر ئەواوە. تەقەی درگاکەم دا. چێوی و قورس و قەیمی. دیم درگاکە بازە و چوومە ناو. گۆشتی ئەکردە بەر کتکەکان. دایکەکەیان

گۆشتەکەی لە دەس دایەم ئەسەند و ئەیدا بە پشیلەکانی. ماڵ دایەم فرە سەیر بوو. ماڵێ گەورە کە دوو نهۆمی بوو. حەوشێک گەورە و حەوزێک. چەن پلەی ئەخوارده ناو نهۆمی یەکەم. بیس‌وچوار پلە تا نهۆمی دووەم. هەزارویەک دیو ناو ئەو ماڵا پێچاوپێچ ئەچووانە ناو یەکا.

جەرەیان ژێرخانم نەوت پێ وەلێ وتم گەرەکمە بزانم شەهین کێیە و لەو بیس‌وچوار چرکە چەی کردگە. وتم گەرەکمە بزانم چە بە سەر ئەم شارا هاتگە. ئەوەڵ تا ئاخری گوێچکەی دا پێم و چتێکی ناوت. ئەیزانی. فرە چتی ئەزانی بێژێت پێم وەلێ نەیئەوت. ترسێ ناو چاویا بوو. ترس لەوەی کە منیش وەک خاڵۆکانم ... ناو چاویا هەستێکم جگە لە ترس نەئەدی وەلێ گشت لۆچەکان دەور چاوی ئەجووڵیانەو. سفت باوەشم کرد پیا. وەمئەزانی خەریکم گەورە ئەوم و دایەم خەریکە بووچک ئەوێتەو.

"رووله گیانەگەم چتێ خوەشت هەس لای منەو. ئیسە چکێ دڵم گیریاگە وەلێ حەتم ئەم حەفتەو ئەیژم بۆت. چیرۆکێ دڵتەزێن،" لەچکەکەی تاک‌ولۆ کەفتوو.

"ناوی چەس دایە گیان؟"

"بیست‌وچوار چرکەی ژیانی شەهین."

زوانم بڕیا. وەک لاڵ. یەک وشەیش لە زارم نەترازیا. دامە تەوق سەر خوەما. کتێو ماموستای ئەدەبیاتەکەم نیاگە کوێنە؟ لەبیرم چوو بیدەم بە خاڵۆم. گشت ژێرخان گەڕیام و نەمدۆزییەو. لە دایکم پرسی نەیزانی. لە براکەم پرسی. نەمەتوانی ئیتر بچمەو بۆ مەدرەسە. سپاردم بە هەورامەبۆر بگەڕێت بۆی. نەیدۆزییەو. لە ڕووناک پرسیم. وتی کتێوێک کوردی بە دەس مێهدییەو دیگە. وتی هاوردگیە بۆم لە ناویا نەققاشی بۆ کێشم. نەققاشی کوڕێک کە لە سەر قەورێکا لە دارێکەو خوەی بە تەنافێک هەڵواسیگە و کوڕ و کەنیشکێکیش باوەشیان کردگە بە مردگەکا. وتم خوێندتەو؟ وتی نا نەمەتوانی. مێهدیم دی وتم پێ کتێوەکەم کوای. وتی مودیر مەدرەسە دۆزیگیەسەو. ئیتر قسەم بۆ نەهات. تەنیا دڵخوەشیم چیرۆکەکەی دایە بوو و دڵنیا بووم پەیوەندیک هەس لە بەین ئەو کتێوە و قسەکان دایەم. گەرەکم بوو لە ڕووی قسەکان دایەم ئەو داستانە بنووسمەو. وەلێ ...

چەن ساڵ تێپەڕی و ئەو حەفتە هەر نەهات. من گەورە بووم و ئەو حەفتە نەهات. دایە نەکوژیا وەلێ بوو بە وشەیک ناو چیرۆکەکەم و ئەو حەفتە نەهات. ماوەیک درێژخایەن بە شۆن داستان شەهینەو بووم. ئەو حەفتە هەر نەهات. فرە چتم لەبارەی شەهینەو نازانی. ئاخ گەر بە دەنگ دایەمەو بمژنەفتایە وەختێ دەسی ئەجووڵاندەوە و وشە لە دەمی

دائەکەفت و تواشای لۆچەکان دەور چاویم ئەکرد، دڵم دائەخرۆپیا و گرمەی لێدان دڵم درگای زیندانی ئەهەژاندەو. زیندانێ کە دوایی مێهدی درووسی کرد بۆم. وەلێ ئەو حەفتە هەر نەهات و من ... حەسرەت ئەو کتێوە و قسەکان دایەم بۆ هەمیشە لە سەر دڵم ماوە.

باوکم هەر لە باخا بوو. خەفتوو.

"ئیمرۆ چکێ دڵم گیریاگە رووله، حەز ئەکەم بخوێنم،" دایەم وتی. خوێندی. دەنگێک دوورەگەی ژنانە:

ئارۆ ڕام کەفتەن هەوارە کۆنەو
باڵای تۆم نەدی وەشیم نەیۆنەو،
ئارۆ ڕام کەفتەن کۆنە هەواران
لە دوای باڵاکەت وەشیم نەو یاران،
تۆخوا بێ برۆین بەو کەش و کۆوە
پا بنین وە بان چنوور و لۆوە،
ئەو سا کە تۆ بووی ڕووم ئەکرد لە تۆ
ئیسە خۆ تۆ نیت ڕوو بکەم لە کۆ؟
ئەونگە ڕوانیم بە حۆکمی دووربین
نە تۆ دیار بووی، نە شێوەی شەهین،
قەزات لە گیانم شەهین خاسەکەم
پا بنێ وە بان دییە ڕاسەکەم،
هەڵسە بێ بۆ لام وەک جاری جاران
من تێت وە چاوما ڕەهێڵەی باران،
ئەوسا کە تۆ بووی ڕووم ئەکرد لە تۆ
ئیسە خۆ تۆ نیت ڕوو بکەم لە کۆ؟
بێنۆ با بچین یاران بلاڵینەوە
شەهین تووریاگە با بێرینییەوە.

هەر وەختێ لایەو بووم سەدان وشەی گۆران و کەسنەزانی ئەچووا ناو مەغزما. وشەگەلێ کە هەرکامیان داستانێکی ناو خەیاڵما ئەکێڵا. دایەم بێ ئەوەی کە خوەی بزانێت فێرمی کرد کە کەسنەزانی و گۆران لە یەک ڕیشەن. کە تەواو وڵات کەسنەزان گۆرانە. دوایی گەورەتر بووم زانیم گۆران فەرهەنگێ گەورەس، ڕێگەیکە پڕ لە یەکیەتی کە گشتی ئەتوانێ

خوەی ناویا بوینێتەو، ڕیگەیک کە بچیتە ناوی ئەتوانی بزانی کە کیت و چە گەوهەرێکمان بووگە و ئیسە دوور کەفگینەو لێ و وەک منالێک بێدایکمان پێ هاتگە. کۆـزمانێ کە بەشێ فرە گەورە لە بگردگ و فۆلک و ئوستوورە و ئایین و زوان کۆـچیاکان ئەگرێتەو.

دایەم سەرچاوکەی داستان دەمەکی بوو. دایەم و داستانەکانی منیان لە فرەیک چت داکێڵ کرد وەلێ هەر ئەو چیرۆکگەلە، ئەو بەند و بەیتگەلە بوون بە تواو ژین و چێژ من.

"من ئیمشەو ئەمرم. بموەنە ژێرخان. نەموەن بۆ نەخوەشخانە. بموەن ناتانوەخشم. حەز ئەکەم لە ماڵ خوەما بمرم. ئەم ماڵە باوکت و براکانت کردیانەو. لەبیرتە کەنیشکەکەم؟ ئەم ماڵە ئەشێ بێتە گۆڕ من." وەختێ دوای حەفتەیک دایەم هات بۆ ماڵمان ئەوەیە وت. گشت ناوشانی زریکەی ژان گرتووی. باوکم لە ماڵا نەو. دایکم تاقەتی نەگرت. چوو بۆ ماڵ هاوساکەمان و وتووی پێیان زەنگ بەن بۆ ئامبوڵانس. خوەمان تێلێفۆنمان نەو. ئەو وەختە هەر کۆڵانێک یا هەر گەڕەکێک یەک ماڵ تێلێفۆنی بوو. هاتن. نەوین لە دایەم. برانکاردیان هاوردووە ماڵەو. ڕەنگ دایەم وەک گەچ چەرمگ بوو. بردیان و نەیانهێشت لە ئەشکەفتەکەم گیان بەخت کات. نەمئەتانی کارێ کەم. هیچم نەوت. دەسەڵاتم نەو. هەر تواشام ئەکرد. لەشم ناجووڵیاوە. ڕوومەت دایەم قوپیاو. وەک بووکەڵە بەرزیان کردەو، وەک تیکەی پلاستیک، وەک گۆنیک پڕ لە کا، بردیانە ناو ئامبوڵانس. دڵنیا بووم دایەم خەریکە ئەمرێت. هێز کەفتە گیانم. چووم و نەمهێشت بیوەن. تکام کرد لێیان بیوەنە ژێرخان. ئەیانزانی دایەم نامێنێت. بە قسەمیان کرد. چووینە خوارەو. پاڵیانخست. دایکم سەر دایەمی نیا بان پای. گیانیدا. ئەمدی دەس و پای ئەجووڵاندەو وەختێ گیانی خەریک بوو لە جەسەی ئەچوا دەرەوە و مەرگ خەریک بوو ئەهاتە ناوی. دەم و چاوی تاک بوو. دایکم لەچکێکی بەست بە دەور سەر دایەما کە دەمی بوەسگێت. چاویشی بەست. دایەم لە لای شەهین گیانیدا.

چل ڕۆژ بە پرسە و مێمان و سەر خاک تێپەڕی و هەر شەو شەهین دەسی لە دەور چۆکیا لە ژێرخانا لەو تاریکییا، لە دڵ ئەو کزە نوورە، ناو ئاینەکا دائەنیشت و قسەی ناکرد. خەم دایەمی ئەخوارد. هەمیشە ئەیوت فرەتر لە دایەت نزیک بەرەو، فرەتر گوێچکە بە قسەکانی و ... من نەچوومە سەر خاک دایەم. پرسەی نەچووم. خەم مەرگیم نەئەخوارد. ناو دڵما هەمیشە زینگ بوو. ئەموت، "شەهین، دایەم گەرەکی بوو قسەی تۆ کات. مدەی هات و نەیتوانی. خوەت بێژە پێم ..." جاروبار سەری بەرزەو ئەکردەوە و تواشایکمی ئەکرد و دوارە سەری ئەخستەو بان چۆکی. قسەی ناکرد وەلێ دڵنیا بووم چکەچکە دائیەچۆڕنێتە ناو چاوم

کە بتوانم زینگیی بوینم و ...

دایکم هەناری خوارد و دووگیان بوو.

خەڵک ڕژیانە ناو شار و شەقامیان شەق کرد. ئەیانوت مامۆیان خسگەسە زیندان. خەڵک نەیئەزانی ئاپۆ کێیە. باوکم لە باخا بوو. خەفتوو. یەکرا دڵەڕاوکێی خاڵۆم هاتە دڵما و دڵم داکەفت. تا توانیم دەرچووم و لەو کووچی و کۆڵانە باریک و تەنگ‌وتەسکگەلا کە گشت ئاجۆرەکانیان خشتی بوون خوەم گەیاندە بەر ماڵ دایەم. درگاکە تاک ... هیچ دەنگێ لە زینگی لە ناو ئەو ماڵا لە دوای مەرگ دایەم نەبوو. پشیلەکانیش نەماون. دەنگیان نەو. چوومە ناو ژێرخان. فرەیک پلە ئەچوا دڵ زەوییەو. چراکەم هەڵکرد. خوێنێک تازە ڕژیاو. کەم بوو. دیار بوو خوێن بنیام نیە. لە بێخ ژێرخانەکا دیوێک فرە بووچکەلە بوو کە دایەم برنج و ڕۆن و شتەی ئەنیا ئەینە. بە ترسێکەو هەنگاوم ئەنیا و سەورێکانێ نزیکی بوومەو. سەرم بردە ناو. چاوم چەرخان. دوو دانە لە پشیلەکان مردگ داکەفتوون. سەریان ... دیار بوو کەسێک پای نیاگە بە سەریانا. دەسم برد و هەڵیانم‌گەڕاندەو. ژێر سکیان دڕیاو. پۆس و کولک ژێر سکیان دادڕیاو و سووریی گۆشتیان دیار بوو. خوێن لە حەوشەو شۆڕ بووەو تا ئەو دێوە بووچکەلە لە ژێرخانا. بە شۆن خوێنەکا دەرچوومە ناو حەوش. کەس نەو. خاڵۆم نەو. دەرچوومە ماڵەو. دێواندێو گەڕیام و خاڵۆم نەو. گشت ئەو دێوە پێچاوپێچگەلە کە گشتی ئەیخواردە ناو یەک، نە دەنگ دیوانەکەی خاڵۆمی تیا بوو نە دەنگە ژنانەکەی دایەم و نە لوورەی کتکەکان. بێدەنگیک فرە قورس ... خاڵۆم دێوێک تایبەتی بوو بۆ خوەی کە سازەکانی لەینا دائەنیا. چەن دانەیک دیوان و تەنبوور و ... چووم. نزیکی بوومەو دڵەکوتەم فرەتر بووەو. درگاکەم کردەو. تواو گیانم سیەن و ترس بوو. سازەکانی، گشتیان شکیاون. کوتە چێوەکانی لە سەر زەوییا لە ژێر پاما خرمەیان ئەهات. کاسەی شکیاگ و دەسەی لەت کریاگ و سیم قرتیاگ وەک مار زەخمار داکەفتوون ... جەسەی لەت‌وپەت سازەکان ... هاتمەو ناو حەوش بێ ئەوەی کە لە دەس خوەما بێت فرمیسک بەچاوما دائەڕژیا ... ئەو ڕۆژە من بووم بە تەنیاترین کەس لە سەر گۆی زەوییا ...

هەرچێکم ئەنووسی مێهدی ئەیزانی پێ. مێهدی ناو ڕۆح ڕەشما هێلانەی کردوو. لە ژێرخان بووم. لە دوای دەسبەسەربوون و نوقم‌بوون خاڵۆم ... لە دوای چەن ساڵ ... ئەو ڕۆژە کە خەباتم کوشت ... هاتن و بردمیان بۆ زیندان وەلێ ...

قالۆنچەیەک لە زیندان ڕسگاری کردم.

"بگەڕە بە گشت کەسنەزانا. بزانە چە گەوهەرێک کانگای کۆ-زوان و بیر و ئەندێشە بووگە و توانیگیە جەهانێک کوردی بخولقێنێت. کە ئیسە نەماگە و لە ناویان بردگە. ئەو وەختە ئەزانیت ئەوەڵین هەنگاو داگیرکەری لە کەسنەزانا ڕۆخاندن گۆران بوو. گەرەکتە خەڵک ئاگادار کەیتەو؟ کۆ-زوان گۆران بێرا بەر چاویان،" شەهین وارما. "هەر کوردێک دوو زوان دایکیی هەس. زوان ئەوەڵی زوان دایک خوەیە و ئەو شوێنەسە کە لە دایک بووگە. زوان دووەمی گشت زوانە کوردییەکان ترە. تۆ بە هەردووکیان بنووسە. ئامێتەیان کە ... ئەمە هەنگاوێکە بووچکەلە بۆ یەکگرتن."

دووەمین هاتنەوەی شەهین

لە کەسنەزانم. شاری سێف و ساز. لە کەسنەزانم بەڵام بوونم بە گشت وەڵاتی کەسنەزانا بڵاو بۆتەوە ... خەڵک هاتوونەتە ناو شەقامە ئەستوورەکان کە لە هەر دوو لاوە ئەگاتە مەیدانگەلێک گەورە. کۆڵانە تەنگەکانیش جەوری لە خەڵکی تەموورەلەشان و تەموورەوەدەستە. لە کەڵکەپاسار و گوێسپانەکان زایەڵەی کۆک کردنی تەموورە بە چیاکانا دەنگ ئەداتەوە. هەموویان، بێ‌وەند، پیر و لاو، ژن و پیاگ، کچ و کوڕ، جەستەیان خاوێنە و بۆن‌وبەرامەی خۆشیان بە هەوایا پژاوە. هەموویان لە سەر عەرز دائەنیشن. پیرێک دانا دێتە ناورۆی بازنەکەوە. پیرەمێردێک پایەوەر، خاوەن هوور و ئەندیشە وەل تەموورەیەکی دووسەدساڵە، شەلەشەل، مینس وە کەسێک فیشەک لێی درابێت و هەڵپەڕێت، هەنگاو هەڵدێنێت. قورس و قایم. ڕێگای بۆ چۆڵ ئەکەن.

"خەوێگ دیمە،" پیرەکە پەیڤی، "سوو شەوەکی خەوەگەم تیەیدە دی. شای بەرزەمل، شای شیرین‌بەشەر، تیەیدە ناومان و پەیام یەکگرتن ئڕامان تیەرێ."

ژن و پیاو و پیر و جەوان تەموورە ئەژەنن و چیاکان کەسنەزان، شاخەکان کەسنەزان،

کێفەکان کەسنەزان پڕ بە خۆیان لەرز ئەیانگرێت. مەقامی 'جلّەو شاهی'. مەقامێک لەبۆ هاتنەوەی شاسوڵتان. خەریکە دێتەوە. کاتی هاتنەوەیە. کاتی ژیانەوەیە. دنیا بەگشتی بووەتە تەموورە. گەردوون هەمووی لە کاسەلّەی تەموورەکەیانا ئەلەرێتەوە و لەگەل لەرەی سیمەکانی تەموورەیا سەما ئەکات.

ژن و پیاو و پیر و جەوان قژە درێژەکانیان ئەسپێرنە دەست با و زکر ئەکەن. لە سەر خاکێک وێستاون کە گۆڕستانی ئوستوورەکانیانە، جێیەک لە ناو دڵی ئەرزا کە دایمە بە هەزاران ڕە شمار ئەپارێزرێت. ئێستاکە بە بەرزبوونەوەی دەنگی مۆسیقا و کۆڕی زکر و سەما، لە قووڵاییەوە، نەوتی ڕەش هەڵئەقوڵێ و فوارە ئەکات و بارانەکەی بە سەر خەڵکا دائەبارێ.

چەند کەسێک کە لە ناو کۆڕی سەمایا دانیشتوون و لە دەوری دارهەنارێکی بەرز و بە شکۆیا تەنبوور ئەژەنن، هێندە توند و خێرا بە میزرابی 'گوڵڕیزی بەردەوام' و 'ڕێزی دووئەنگوستی' ئەژەنن کە تەموورەکانیان بە هۆی بڵێسەی سیمەکانەوە گڕ ئەگرێ. تەمبوورژەنەکان ئەسووتێن، جەزمەگرتووەکان ئەسووتێن. هەموویان لە حاڵی سووتانا سەما ئەکەن. هەموویان لە حاڵی سەماکردنا ئەسووتێن. وەل هەر سوورێک و جووڵەیەک بڵێسەی وردی ئاگر لە ئاسمانی شارەوە بە سەر بان و هەیوان و حەو شا ئەپرژێ. ئاگر ئەبارێ و خەڵک ئەسووتێن و ئەسووڕێنەوە و لە ناو دڵی مەرگا ئەژووژنەوە و دوڕی دەروونیان ئەتەقێتەوە و ئەگەن بە لووتکەی ئاگاهی ...

لێزمەبارانێک وارا. مەلکۆسانە. خۆڵەمێشەکانیان ڕۆچووە ناخی خاکەوە. هێمانە هەموو شار تاریک داهاتووە، وەک خولیایەکی لێڵ.

چاگا دەنگی بۆمبهاوێژەکانم بیست کە خەریکبوون لە کەسنەزان نزیک ئەبوونەوە. ئاسمانیان هەڵئەدڕی. تەواوی ئاسمانی شار ڕەش هەڵگەڕا، ئەتوت پۆلێک قشقەڕە تێئەپەڕن تا کۆچ بکەن بەرەو شوێنێکی تر.

دەنگی بۆمباران مەسخەرەیە. پێش ئەوەی بۆمبەکان بگەنە سەر ماڵ و کۆڵانەکانی کەسنەزان، هەموو خەڵکی شار لە ئاگری نۆتەکانی تەموورەیا سووتاون. کەسی لێ نەماوە، گەڕاونەتەوە بۆ سپیبەرد و ڕەشەبەرد و قەلای خانی کەسنەزان و کۆچیاکان و دایکەزەوی ... لە کەسنەزانم. شاری سێف و ساز. گۆهداری دەنگی تەموورەم و خەریکم ئەنووسم. ئەم چیرۆکە هەرگیز وە پەرتەخ نەڕەسیای. لە ناو کۆڵانێکا دانیشتووم، لە ژێر سەیوانی دار هەنارێک کە بەرزە و بە سەر شارا زاڵم. هەست بە سەربەستی ئەکەم. خەریکم لە شەهین نزیک ئەبمەوە.

ژنێک دووگیان لە سەر کووچی وێسیاگە
چاوی ئەسووتێ.

بیست‌وچوار چرکەی تر لە وڵاتی کەسنەزان، لە شاری کەسنەزان، لە کووچی و کۆڵانە تەنگ و تەسکەکانی کەسنەزانەوە دێت. شەهین نزیکە. کەنیلەکەی وەگەردیەتی. کچە سەندرۆم‌داونییەکەی. تەنیا خۆم لە سەر ئەم کورسییە سوورە دانیشتووم و ئەو کورسییە ئاڵەم بۆ ئەو داناوە. ئەمەوێ ببمە مێزپانی. بڕیارم داوە تا بگاتە ئێرا خەریکی نووسین بم. وشەکان زاوزێ ئەکەن و مەودای نێوانمان پڕ ئەکەنەو.

نمەز چی پێ بێژم و حەز ئەکەم سەیری ڕوومەتی کەم و گوێگری دەنگ و زایەڵەی تەموورەکەی بم کە بەبێ ئاخافتن هەمووی بیست‌وچوار چرکەی ژیانی شەهین مەنمانۆ. تەنانەت گەر وشەیەکیش لە زاری نەترازێت. خۆزگا لاڵ بم و ئەویش وەگەردم قسە نەکات.

شەهین دایراک بە پرچی ڕەش و درێژەوە، لە ناو کۆڵانەکا ڕاوەستاوە. نزیک ئەبێتەوە و لە ژێر سەیوانی هەیوانێکەوە دائەنیشێت. هەر لەو شوونە کە ترنج داوود تماشام ئەکات. کۆڵانێک لە سەر شەقامی شوان پەروەر. سپی‌بەرد لە پشتمە. پاڵپشتمە. ڕەشەبەرد بەرانبەرمە. دڵخۆشیمە. دەستی لە ناو دەستی کچەکەیا ... کچێک سەندرۆم‌داونی کە لە ناو دارستانی هەنار و لە نساری چیا لە دایک بووە.

ڕەشۆ ڕاستی دەڵێت. من منداڵی شاخ و چیام. منداڵی دارستانی هەنارم. دایکم دایراک شەهینە و باوکم هەنار. دایکم تخوونی ڕەشۆ دەکەوێت. سەیروسەمەرە دەیچاوێت. پاش ماوەیەک ڕەشۆ سەری دادەخات و دیسان سەری بەرز دەکاتەوە. شەهین بزر دەبێت و ڕەشۆ دەگەڕێت بە شوێنیدا. ئاسمان ڕەش هەڵدەگەڕێ و ڕۆژ ئاوا دەبێ. خۆر پژاوەتە ناو خانووەکانەوە. هەورەتریشقەیەک دەخرۆشێتە سەر کەسنەزان و چراکان هەڵدەبن و دەکوژێنەوە.

ژنێ دووگیان لە سەر کووچی وێسیاگە
چاوی ئەسووتێ.
ژنێ دوو مناڵ لە باوەشیەو،
دانەیکیان وشک بووگە و ئەودانەکەیان ئەگیرێ.

ڕەشۆ سەیری بنی کۆڵان دەکات و دایراک شەهین دەبینێ کە خەریکە لە ناو شەودا نوقم دەبێت. لە ناخ و دڵی تاریکیدا دەست و پێ دەردەهێنێ و دەکەوێتە جووڵە. بە

دوایدا ڕادەکات و شەهین ئەڕواتە ناو کۆڵانێکی دیکەوە.

دیسان ونی دەکاتەوە.

پشیلە ڕەشەکان لە سەر دیوار وەک مێردەزمە، درێژدرێژ خۆیان ڕاکێشاوە و چاوانی زیتیان بڕیوەتە ناو چاوی ڕەشۆوە. خێرا ڕادەکات و دەچێتە ناو کۆڵانێکی ترەوە. سەیری دارێک دەکا و دەبینێ شەهین لە تەنیشتیدا دانیشتووە. باران دادەبارێ و شینایی دڵۆپەکان ئالوودەی ڕەشایی شەو دەبن. بە ترسەوە لێی نزیک دەکەوێتەوە و هاوکات دڵۆپەکانی باران شەهین دەتوێننەوە بە سەر عەرزدا و ڕۆدەچێتە ناو خاک. ڕەشۆ سەری هەڵدەبڕێ و دەبینێ دایراک لە ناو زەویدا دێتە دەرەوە و دیسان لە ناو تاریکیدا ون دەبێ. لە بن کۆڵانەکەدا سێبەرێک دەچێتە ناو کۆڵانیکی دیکە و دیسانەوە ڕەشۆ بە دوایدا دەڕوا. سێبەری دایکیەتی دەبێتە دار ... سێبەری دایەیە دەبێتە پەرتووکێکی ڕەش و لاپەڕەکانی دەوەرن. سێبەری خۆیەتی دەبێتە مەرگ ... لێی نزیک دەکەوێتەوە و هاکا لە باوەشی بگرێت، دایراک و دایک و دایە دەبنە دارەکانی سەر شەقامی ڕەزازی. سپیدارگەلێکی گەورە کە ئەوەندە خوێنیان نۆشیوە لقوپۆیان ئاسمانی تەنیوە و بوونەتە کۆڵەکەی شاری کەسنەزان.

منیش دەبیستم، دەنگ و زایەڵەی تەمووره. شەهین لە لای پیرەمێردێک تەموورەژەن دانیشتووە، مەقامی سەرتەرز دەژەنێت. پیرە پوختەکە موور دەچرێت. شاخوەشینە. دەنگێک کە لە ناخی مێژووەوە هەڵدەقوڵێت:

هەبوو نەبوو هیچێ نەبوو
نە ژن نە کوڕ کچێ نەبوو
نە زەوی نە ئاسمان نەبوو
نە پیر و خان و مان نەبوو
یار لە دوڕ بوو دوڕ لە دەریا
لە دوڕ دەرهات وەک خوەر گڕیا
چوار فریشتەی وەدی هێنا
خوەر و مانگی وە سەرمان نا
زەوی و ئاسمانی سرشت کرد
چتی کۆتەکی درشت کرد

ئەوسا مەشیەی لە خاک خوڵقان
داروبەریشی بۆ لەقان
ماشیۆی داهێنا لە دەنی
مەشیە لە خوەشیا پێکەنی
...
هەوەڵ یارە، ئاخر یارە
وە گشت چتێ ئاگادارە

چیرۆکی وەدیهاتنی دونیای بە مەقامی سەرتەرزەوە دەگێڕایەوە پیرەکە. دایەی ڕەشۆ گشت جارێک ئەو شێعرەی بۆ دەخوێند. ڕیتم و مەقام دەگۆڕێ و جڵەوشاهی دەژەنێ، چاوەڕێی پاتشای کەسنەزان و کەسنەزانە کە بگەڕێتەوە.

شەهین دەڕواتە ناو کۆڵانێکی دیکەوە و نووسەریش دیسانەوە بە دوای پشیلەی ناو پەنجەرەکەیدا دەگەڕێت ... شەهین کانیسپیی سرووشانە ...

ژنێک دووگیان لە سەر کووچی وێسیاگە
چاوی ئەسووتێ.
ژنێک دوو مناڵ لە باوەشیەو،
دانەیکیان وشک بووگە و ئەو دانەکەیان ئەگیرێ.
ژنێک لە سەر کووچی وێسیاگە و
خەریکن ئەسووتن
خۆی و مناڵەکانی.

هەورەتریشقەیەک دیسان کەسنەزان ڕادەچڵەکێنێت. مەلکۆسان و لێزمەبارانێک گشت شار دەکاتە خەون و خولیایەکی لێڵ. شەهین جلی سپیی نەخۆشوانی لەبەر کردووە. لە ناو نەخۆشخانەیە ... بیستوسێیەمین چرکەی ژیانی شەهین: نەخۆشخانە لە ژێر تەوژمی بۆردومان و فیشەکدایە. هیچ دەوا و دەرمانێک و کەرەسەی نەشتەرگەرییەک لەوێ نەماوە. بێمارستان لیپاولیپی مردوو و بریندار و نەخۆشە. شەهین خەریکە مناڵێ کە فیشەکی بەرکەوتووە دەرمان دەکات. فیشەکەکە دەردەهێنێت بەڵام لەوە زیاتر ناتوانێت کارێک بکات. لە حاڵی گیاندانایە. شەهین لە دیوی دەرمان دێتە دەرەوە. بە هاوکارەکەی دەڵێت، "بچۆ دەست بنە ناو دەس ئەو کوڕە تا گیان بەخت ئەکات. حەز ناکەم لە تەنیاییا

..."

دێتەوە ناو حەوش. کۆشکە سەهۆڵییەکەی بینا کردووە. هەزارویەک دیوی هەیە و پێنج‌هەزار و بیست‌وچوار مردوو میوانی ئەوێن. ژوورەکان پڕن لە لاشەی خەڵکی کوژراو. چاو لە کۆشکەکەی دەکات و هەناسەیەک هەڵدەکێشێت. بۆنی مەرگ چێتر دزەی نەکردە ناو کەسنەزان. مەرگ و بۆنی مەرگی ماسناش. دەیەوێت بۆ دواهەمین جار سەردانی کۆشکەکەی و مردووەکان بکات. دەیەوێ ئاکامی ئەرکەکەی ببینێت. خۆی بە ژوورا دەکات. هۆڵگەلێکی باریک و پێچاوپێچ. هەموو شتێ لە سەهۆڵ بینا کراوە. ئەوبەری دیوارەکان وەکوو ئەوەی لە ناو ئاودا تماشای شتێک بکەیت دیارە. مردووە خوێناڵییەکان میناکی ماسی دیارن، وەکوو گلارەی هەنار وەریون. هەموو مردووەکان لە ناو سەهۆڵەکاندا لە یەک ئاڵاون و کەس ناتوانێ لە یەکیان بکاتەوە. هەموویان یەک جەستەی مردوون. هەموویان لاشەی ژێر سەهۆڵن؛ ڕەشن. شینن. ئاڵن.

هاوڕێیەکی دێتە ناو نەخۆشخانە. هوراسانە. بانگی شەهین دەکات، "شەهین، خەریکین شار چۆڵ ئەکەین. چارەیک ترمان نییە. خەریکن خەڵک ئەکوژن. خۆت گورجەو کە، ئەشێ بچین."

"من ناتانم بێم، ئەزانی چەنێ نەخوەش و زەخمار ماگن و ئەشێ تیماریان کەم؟"

"شەهین ناوت هەس ... تیربارانت ئەکەن. تا نەیت ناچم، هاوڕێکان ماتڵن، زوو کە."

شەهین چووە ناو نەخۆشخانە. هاوڕێکەی ڕۆییشت. هەموو ژین‌بەخشە گۆڕنشینەکان لە ڕەشەبەردەوە دەچنە سەر و فیشەک لەدوویان دەڕوات. هێڵێکی ڕەش وەک مێرووولە ... لە ئاقاری چاو بزر دەبن. ڕەشەبەرد بۆردومان دەکەن. سەر شاخەکە تەژییە لە لاشەی مردوو. کون‌کون. تەرمی کێن؟ کێ کوشتوونی؟ لە سەر شاخ تیرباران کراون. ناتوانن تەرمەکان بنێژن.

دەڕۆن. شاریان بەجێ هێشت. دەنگی خومپارە و فیشەک نامێنێت. گەرمە. کۆشکەکە خەریکە دەتوێتەوە. بەڵام مردووەکان بۆنی مەرگیان لێوە نایە. بنەماڵەی مێهدی و سەدان بنەماڵەی دیکە دێنە ناو شار. دێن و ڕۆحی یاخیی کەسنەزان دەخەسێنن ... مێهدی لە دایک دەبێت. ئێستەش لە دوای چل ساڵ مێهدییەکان هەر خەریکن لە دایک دەبن و هەر خەریکن زۆرتر ... کەس ناتوانێت لەیەکیان کاتەوە. هەموویان ئێستە کوردی

دەدوێن. ئێستە مادین. هەموویان ئیسە تەنیا داڵغەیان زمانی کوردییە و کەچی بۆ چرکەساتێکیش بیر لە خاک و کۆ ـ چیاکان ناکەنەوە. بست بە بستی میلکانیان تاڵان کرد و ئەوان هەر خەریکن بیر لە زمانی کوردی دەکەنەوە. قەت نەیانتوانی وەک کۆـزمان چاو لە زمان بکەن. بەس ...

چاوی ڕەشۆ فرمێسکاوییە. لە نەخۆشخانە دێتە دەرەوە. بە دوایدا دەڕوات. هەر کۆڵانێ کە پیایدا دەڕوات چەند ساڵ پیرتر دەبێ و خۆیشی پێ نازانێ. پرچی خەریکە خۆڵەمێشی و سپی دەبێ و خۆیشی پێ نازانێ. دەوراندەوری چاوانی لۆچ دەبێ. بیر دەکاتەوە:

ئەم کەنیشکە، ئەم ژنە، ئەگەر بتوانم بیدۆزمەو تەواو داستانەکانم دووگیان ئەون. لە ژێر زەویش بێ ئەیدۆزمەوە و ئەلالمەو لێ کە بێت بە کانی و بڕژێتە ناو گیانم. یەکڕایش بیوینم بەسمە و دڵنیام تا بمرم بەشم ئەکات. ڕایک لە نزیکەو تواشای ناوچاوم کا گشت دونیا تێتە بەرچاوم. تەواو مردگەکان کەسنەزان تێنە بەر چاوم، تێنە ناو چاوم. ئەم کەنیشکە خوەیە. شەهینە. بە گشت گیانم، ڕێک ئەزانم ئەم کەنیشکە ڕۆح کەسنەزانە. ئەو چاوگەلە بە قووڵایی ڕابردوو داستان لە ناویان هەڵئەقوڵێت. دڵم خراو جۆرێ داخرۆپیاگە، با هەر بمکێشنێتە شۆن خوەیا. ئەچم. بۆ هەر کوێ بموات ئەچمە شۆنیا.

ژنێک دووگیان لە سەر کووچی وێسیاگە
چاوی ئەسووتێ.
ژنێک دوو مناڵ لە باوەشیەو:
دانەیکیان وشک بووگە و ئەو دانەکەیان ئەگیرێ.
ژنێک لە سەر کووچی وێسیاگە و خەریکن ئەسووتن،
خۆی و مناڵەکانی.
فرەیک ژن و مناڵ وێسیاگن،
لە ناو کۆڵانێکا
دایک شینگێڕی ئەکات بۆ مناڵەکەی.

شەهین دەیەوێت شتانێک پیشانی ڕەشۆ بدات. شتانێک کە ڕەشۆ ئاگای لێیان نییە. دایراک خۆی دەکات بە بینایەکی تەنگ و تاریکدا. چەند داڵانێکی تەنگەبەر تێدەپەڕێنێت. لە بنی ڕاڕەوێکدا ئاراستەی خۆی بەرەو لای ڕاست دەگۆڕێت. دەچێتە

ژوورەوە. دیوێک دەبینێت ڕەشۆ. منیش دەیبینم. بەندێکی تاکەکەسی، یەکێک لەوێیە. نووسەرێک دووساڵە لەوێ لە ناو ژوورێکی ساردوسڕ و چۆڵوهۆڵدا دەسبەسەر کراوە. من دەزانم کێیە. لەمێژە دەیناسم. ئەویش وەکوو ڕەشۆ... ڕستەیەک لە ناو مێشکی ڕەشۆدا دەنگ دەداتەوە، "بریا زۆری وامان هەبا." ڕەشۆ دەخزێتە ناو خۆیەوە. چاوی دەخورێنێت. سەرنجی بەندەکە دەدات. هیچ قالۆنچەیەکی لێ نییە. بەس ساردە. نووسەرەکە برسییە و تینوو. نەخۆشە. بێمارە. کەس لەوێ نییە دەرمانی کات و کەسیش بۆ دەرمانی نانێرن. خەریکە گیان بەخت دەکات. دواهەمین هەناسەکانی هەڵدەکێشێت. خرەخرِ و گرمەی هەناسەکانی وەکوو تەنووری ئاگری ... ژوورەکە ڕەنگ دەگۆڕێ. تێکڕا شین. ماسیی سوور لە میچ و دیوار و تەرکی دیوەکەدا لە ناو شینایی کەشەکەدا خۆی دەردەخات. لە هەموو شوێنێک ماسی هەڵواسراوە و شۆڕ بۆتەوە. ماسیی سوور و مردوو. نووسەرەکە سەری داخستووە. دەزانێ خەریکە دەمرێت. دەزانێ ڕەشۆ لە دەرەوە خەریکە سەیری دەکات. سەری بەرز دەکاتەوە. چاوی دەبڕێتە ناو چاوی ڕەشۆوەوە. "دوو ساڵە لە زیندانم و دوور لە قەڵەم و تێنووس. من چیرۆکێکی پڕ لە مردووم لە ناو مێشکی خۆمدا ناشت." دواهەمین وشەکانی و مەرگ ... مەرگێک کە نووسەرەکەی خستە ناو هەرمانی وشەکانەوە.

شەهین دێتە دەرەوە. ڕەشۆیش. پەشۆکاوە و جەستەی قورس هەڵدەگەڕێ. هەنگاوەکانی گرانن وەکوو پێکەنینی گەدا. کۆڵان بە کۆڵانی کەسنەزان دەپێوێت دایراک. ڕەشۆیش. شەهین هەنگاو دەنێتە ناو ماڵێکەوە. هەموو ماڵەکانی ناو ئەو کۆڵانە چراکانی کوژابوونەوە. دەرگاکە نیوەی داخرابوو و تیشکێکی کز کۆڵانەکەی تۆزێک ڕووناک کردبووەوە. هەمووجارێ بە شەم ماڵەکەی ڕووناک دەکاتەوە. ڕەشۆ بەتەواوی دڵنیا نییە بڕواتە ناو حەوشی ماڵەکەوە. چەن خولەکێک ڕادەوەستێ و پشیلەیەکی ڕەش و سپی لە نێوان دەرگاکەوە هەڵدێت. مەلازی گرتبوو و دەیویست هەڵمەت بەرێ بۆ ڕەشۆ. دەترسێت و خێرا دەچێتە ناو حەوشەکەوە. شەمەکان کوژابوونەوە و هیچ ڕووناکییەک لەو ماڵەدا نەبوو.

چەند هەنگاو هەڵدێنێ و سەدان جووت چاو دەبینێ. پیاوان و ژنانێک لە جنسی تاریکی. حەوزێکی کۆن لە ناو حەوشەکەدا. حەوشەیەک پڕ لە دارهەناری وشکهەڵگەڕاو. حەوزێک پڕ لە ماسیی مردوو. هەندێ پلە دەبینێ کە دەڕۆنە ناو

ماڵەکەوە. تاریکی وەکوو شەپۆلی زەریا دەجووڵێتەوە. دەڵێی ڕەشایی دەست و پێی دەرهێنابێ و گۆڕدرابێ بە گۆشت و ئێسقان. ڕەشۆ قسەیان لەگەل دەکات و وڵامی نادەنەوە. دەیەوێ بە قامکی هەستیان بکات کە ترسی نەمێنێت، بەڵام وەکوو ئەوەی کە دەست بخاتە ناو ئاوەوە، دەستی لەوبەری لەشیانەوە دێتە دەرەوە. قامکەکانی دەگووشێت.

تەنانەت لە خۆیشی بەگومان دەبێ. بەپەلە دەچێتە ناو ماڵەکەوە و پیاوان و ژنانێکی تر دەبینێ کە لە ژوورەکانی ماڵەکەدا دێنە دەرەوە. چاویان وەک چاوی مردوو بەستراوە. هەزارویەک ژووری پێچاوپێچ. هەموویان ڕووتن و جەستەیان سوور و ڕەش، دەماریان شین بووەتەوە. ساردی دەخزێتە ناو جەستەی ڕەشۆوە. هەمووی ئەو خانووە لە سەهۆل بینا کراوە.

دەچێتە دواهەمین نهۆم کە تەنیا یەک داڵانی تێدایە. ڕادەوەستێ. دەنگی مێژوویی و سێحراوی مووزیکێک ئەبیستێ. سۆزێکی تێدایە کە لە قووڵایی کەڤنارەوە دێتە دەرەوە و دەگەڕێ بە شوێنیدا و نایدۆزێتەوە. کە نایدۆزێتەوە دەسووتێ و کە زۆرتر دەگەڕێ بە شوێنیدا زۆرتر تووشی ئاگری ناخی دەبێت. تووشی 'سرێمەگوو' دەبێت و قامکەکانی دەکاتەوە. بە هێمنییەوە سەیری دەوروبەری دەکات بەڵام کەس لەوێ نییە.

تیشکێکی ڕەنگامە بەڵام کز، لە ژوورێکەوە دەخزێتە ناو تاریکیی داڵانەکە. لێی نزیک دەکەوێتەوە و بە گۆشە چاوێک سەیری دیوەکە دەکات. دیواری دیوەکەی بە سەوز و سوور و شین و زەرد ڕەنگاڕۆ کردووە و سێ تەموورەی خۆڵەمێشی بە دیوارەکانا هەڵواسراون. وێنەی سەر دیوارەکان وەکوو ئافرەتێکی ڕووتن کە تێکەڵی هەنار و ماسین. پەنجەرەیەکی زۆر بچووک لە سووچی دیوەکەیدا. لێوارەکەی شوێنی هەندێک شەمن کە بەهەرمانی دەسووتێن بەڵام سەهۆڵەکان ناتوێنەوە. فیگۆری نەققاشییەکان بە هۆی جووڵەی تیشکی شەمەکان دەسووڕێن و سەما دەکەن.

درگاکە دەکاتەوە، جیرەجیرەکەی بە ناو داڵانەکەدا وەک ڕەشەمار دەخوشێ.

سەیری ناو دیوەکە دەکات.

چەند پێنووس و لاپەڕەی سپی بە سەر عەرزدا کەوتوون. لە سووچێکی دیوەکەدا تەختێکی سپی لێیە کە بە چەند گوڵباخیی ڕەش داپۆشراوە. شەهین، پرچی درێژ، ڕەشتر لە شەو، لە سەر تەختەکە ڕاکشاوە و پرچی، نیوەی لەشی داپۆشیوە. جووڵەی لەشی،

مەلافە سپییەکەی لۆچ کردووە. بەهێمنی لێی نزیک دەکەوێتەوە و پرچی لا دەدا و نیگای دەڕژێنێتە سەر ڕوومەتی. دەستێکی دەخاتە ناو پرچی و بە دەستەکەی تری بەرۆکی دەگرێت. دایراک بەرۆکی نییە. لە دەلاقەی چاویەوە خۆی دەبینێ. خۆی دەخاتە باوەشی و ... ڕەشۆ لە ناو جەستەی شەهیندا نوقم دەبێت و دەبێت بە ڕەشین.

چاوم لە بێ‌لێڵیی ئاسۆیە. وڵەکەت و شەکەتم. کورسییە سوورەکە ئێستاش خاڵییە. خۆزگا بێت و بێدەنگ بێ. خوزگا بێت و من لاڵ بم. وەک سترانێکی لاڵ و بێ‌دەنگ و بێ‌زمان. خۆزگە بێت و دانیشێت و من هەر بۆ چاوانی ئەو بنووسم و بۆ بەژن‌وبالای ئەو تەمووره بژەنم. خۆزگا بێت و لە ناوچاوانی شەهینا گشتیان ببینم. گشت سەهۆڵەکان و مردووەکان. گشت ڕەنگەکان. ئەو نەققاشییە بۆ نووسینی ئەم پەرتووکە پێویستە. ڕۆحم بۆ نووسینی بەڕاوهاتی خۆم و شەهین ئارەخا ناوێت. ئیقەرە ئەنووسم و هەر کات لاپەڕەکانم بەتەواوی ڕەش بوون ئەوسا دایراک تێت و ئەبین بە ڕەشین. بەرجد تیەی، دڵنیام کە تیەی ...

لۆلۆ، چما توو نابینی ژیانا بێ تە؟

ڕەشۆ ماوەیەک ویەرد.

ژنێک دووگیان لە سەر کووجی وێسیاگە
چاوی ئەسووتێ.
ژنێک دوو مناڵ لە باوەشیەو:
دانەیکیان وشک بووگە و ئەو دانەکەیان ئەگیرێ.
ژنێک لە سەر کووجی وێسیاگە و خەریکن ئەسووتن،
خۆی و مناڵەکانی.
فرەیک ژن و مناڵ وێسیاگن،
لە ناو کۆڵانێکا
دایکەکان شینگێڕی ئەکەن بۆ مناڵەکانیان.
گشت دایکەکان مردگن
لە ناو کۆڵانێ ترا و مناڵەکان ئەزریکنن.
پۆزەی سەگ لە ناو لاشەی دایک و مناڵ
لە کۆڵانێ ترا
موعتادێک خەریکە شیر ئات بە سەگەکان،
پیرەمەردێک سەم.
شەهین بە جلی سپی

باوەفا بە هەستەکان خوەی
لە بێمارستان کەسنەزان
چاوەڕوانیانە
چاوەڕوان ژنە دووگیانە مناڵمردگەکان
چاوەڕوان پەنجهەزار و بیستوچوار ماسی ...

"وشە و شار و شەقام؛ کوچی و کۆڵان و کەلام. شاخیچ ئیتر دۆس ئێمە نییە. ئیسە گەورەترین حماسە ئاگادارکردن خەڵکە. وەختاریێ خەڵک بێنەو بە خوەیانا ئیتر ئەوان جێگەیکیان بۆ مانەوە نییە. خوەیان دووچکەیان ئانە کۆڵیانا و ئەم میلکانە چۆڵ ئەکەن. ئیتر بە سەر کیا ئەتوانن زاڵ بن؟ بنووسە تا ئەتوانی بنووسە، ئەرک تۆ وشە و کەلامە،" شەهین پەیڤی. لە ژێرخانا بووم. تاریک. من تەنیا قژیم ئەدی، درێژدرێژ هاتووە ناو چاوی. دیل کریاو بە دار هەنارە وشکەکەو.

وتم، "دەی ئەوانە کوژیاگن چە، لانیکەم خەویش ناوینن؟ یانێ هەروا کوژیان و تواو؟ هەروا ژاکیان؟ بێ هیچ داهاتێ؟ دەی کێ جواو ئەمە ئاتەو؟ گەلۆ ئەتوانن خەونی سەربەستی بوینن؟"

شەهین پەیڤی، "ئەمە خەو و خەیاڵ ئەوانە کە تۆ خەریکی ... تۆ خەریکی خەونی ئەوان جێبەجێ ئەکەیت."

سێیەمین لەتی ژیانم:
چلۆن بووم بە ژینبەخشێک گۆڕنشین

لە ژێرخانا بووم و درگاکەیم بەست. کپ. دەنگ هیچ هەناسەیک لە سینەی ئەو نیمەڕۆوا ناهات. باوکم خەفتوو. بەحاڵەیک جیڕەی درگاکەی بانەو هات و سەورێکانێ بەسیا. تەقەی هەنگاونیان کەسێکم ژنەفت کە خەریک بوو لە ماڵەو بە پلەکانا ئەهاتە ناو حەوش. دوانزە پلەی ئاهەنی. لەرەی پلە ئاهەنییەکانم لە ژێرخانا حس ئەکرد. بە پای پەتی چەن هەنگاوی لە ناو حەوشا نیا و هات تەقەی درگای ژێرخانی دا. ئەمزانی براکەمە و نەیگەرەکە باوکم خەوەرەو کاتەو. درگام کردەو بۆی و هاتە خوارەو. حەفت پلیکان لە حەوشەو هاتەو ناو ژێرخان. لە کوڵەسووچێکەو دانیشت و بە دەنگ کزێکەو وتی، "سویچ تاکسییەکەی ئابام لە گیرفانی دەرهاورد. گەرەکمە پەخش ماشینەکەی دەربێرم و بیتێرم بۆ ئێرە."

فکر خاسێک بوو. تەنیا شتێکی کەم بوو ژێرخانەکەم: دەنگ و زایەڵەی کوردەواری. لە

کار فەنییا شارەزا بوو و ئەیزانی چلۆن پەخشەکە دەربێرێت. بەدزیک و بێ‌دەنگ چوو درگای حەوشی سەورێ کردەو. درگای تاکسییەکەی باوکیشمی کردەوە و زەفت پەخشەکەی دەرهاورد و هاتە خوارەو. پەخشەکەی دانیا و سویچەکەی باوکمی بردەو نیایەو گیرفانی.

ئەو ڕۆژە باوکم هەواسی نەو پەخشەکەی نەماگە و دواتریش زانی و چتێکی نەوت. باوکم هەر هیچێکی ناوت بۆ هیچ پەنێک کە ئەماندا. بەجێگەی ئەوە قینی ئەخستە ناو چاوی و مۆڕی ئەبردەو لێمان یا لە سەر حەق و ناحەق مانی ئەکرد. وەختێ لە چتێک نارەحەت بوایە ئاگری لێ هەڵئەسا و ئەونگە چاوگەلی پڕ ئەوا لە غەزەب هیچ‌کاممان زاتمان نەو تواشای کەین. تواشایچیمان نەکردایە چاو و نیگای ئەونگە قورس بوو کە دڵمانی دائەتەپاند. وەلێ ئەمڕا ئەرزشی بوو. ئەو زەفتە زینگیی منی هەڵگەڕاندەو. ئەو مووزیکگەلە کە ناو ڕۆژا لەتەک براکەما گوێچکەمان ئەدا ئەو ژێرخانەیە کردە ناوەند دونیا بۆ من و شەوگەلا تەنیاییمی پڕ ئەکردەو. براکەم مووزیک‌باز بوو و هەرچێ پووڵی دەرئەهاورد ئەیدا بە کاست و لە دوای چەن مانگ لایک لە ژێرخان بوو بە کاست. نەوار و کاست بە ناو ژێرخانا هەرکامیان لە کوڵەسووچێکەو داکەفتوون.

وەختێ باوکم چووە دەرەو براکەم هاتەوە و دووشاخێکی بەستەو بە سیم پەخشەکە و سپیکێرە چێوییەکەی خاڵۆمی هاورد. تەنیا یادگار خاڵۆم کە بۆ من بەجێ ما ئەوە بوو. گشتیانی وەسڵ کرد بەیەکەو. ئۆسای ئەو کارگەلە بوو.

لە دووکانێکا کاری ئەکرد و هەرچێ پووڵی دەرئەهاورد ئەیدا بە کاست و نەوار ناسر و شوان و جوان حاجۆ و ڕەشۆ و یەدێ شاکری و ... پینک فلۆید و ... دوای ئەوە ئەویشم ڕێگە دا ناو ئەشکەفتەکەم فرەیک گۆرانی و مێلۆدیمان حفز کردوو. شەو و ڕۆژ ئەمانخوێند و دونیام گەورەتر ئەواوە. لە ڕێگەی شێعر مووزیکەکانەو توانیم لە فرەیک زامەکان کەسنەزان تێبگەم ... ***هەی لێ لێ وەی لێ لێ فەرمانە هاوار هاوار دیسا ل مە فەرمانە*** ... لە شیمیایی کەسنەزانەو بگرە تا قەتڵ‌وعام کەسنەزان و کەسنەزان و کەسنەزان و ... شەکرۆ شەیدامی کرد ***میرۆ میرۆ میرۆ وەی دل هەی دل وەی دل*** ... و خلە دەرزی حەیرانمی کرد ***ئەمن سەدایەکم دەگەیشتێ لە من وابوو گەلێک گەلێک سەدایەکی گەورە و گرانە*** و لەوە بەدوا دەنگ و زریکەی مردگەکان کەسنەزان دزەیان کردە ناو مەژگەم و ناو گیانم و ناو زینگیم ... وەختێ ڕەشۆی دەنگبێژ داستان کوڕێک کەڕولاڵی ئەکۆراندەو کە گەرەکیە خەڵک شارەکەی لە پەتایک مەترسیدار ئاگادار بکاتەو و دەنگی بەرز ئەکردەوە و زوان لە زاری نەئەترازیا ***دە ئە ئە ئە دە ئۆ ئۆ*** و نەیەتوانی قسە بکات و کەلیمە لە دەمیا

وشک ئەوا و گۆرانیک لاڵی ئەخوێند: ***ئەبەبەبەبە ئەبە ئەبە بەبە***. لە ڕێگەی ئەو سترانەو کە هیچ وشەیکی نەبوو من بووم بە ژینبەخشیک گۆڕنشین و توانیم زام یەک بە یەک ئەوانەی کە بێ هیچ گوناحێک کوژیاگن حس بکەم.

تەقە و خشەی درگای ماڵ ئەهات. براکەم لە بان درگاکەو هاتە ماڵەو. کلیڵی نەوایە تەقەی نادا و هەمیشە لە بان درگاو ... لە ترس باوکم. ئەموت پێ کتک. پەنج ساڵ لە من گەورەتر بوو. چاوی گەڕاندە ناو حەوش و من ئەنگووسەکانیم ئەدی کە چنگیان کردوو بە لێوار درگاکا. چاوی بریقەی ئەداوە. دیار بوو دواره چتێ ژێرخاکیی دۆزیگەسەو. کاستێکی هاورد. بەیەکەو گوێچکەمان دا. ئالبۆمێک جوان حاجۆ ... هەر وەخت 'دەستانا عەگیدەکی'م گوێچکە ئەدا ئەوام بە بنیامێک تر. هەر ڕایک کە گوێچکەم ئەدا هێزێک لە ناخما ئەژووژیاوە و دوارە ئەوام بە بنیامێک تر. چتێک کە ئەو ئالبۆمە دایپێم ... هەر ڕا گوێچکەم ئەدا چەن ساڵ پیر ئەوام. مووزیک کوردی ژێرخانەکەمی کرد بە گۆڕستان مردگەکان.

شەوگەلا نەمئەهێشت براکەم بێتە خوارەو. تەنیا من خاوەن ئەینە بووم. خوەم و شەهین. زینگیی شەوانەی من لەو ئەشکەفتا مەشیایە ئالوودەی تەنیایی بوایە.

شەو درگای ژێرزەویم بەست و دوارە خستمەو سەر و ئەو ئالبۆممە گوێچکە داوە. کەمم کرد و شەمێکم داگرساند. پرتەپرت ئاگرەکە ئەیدا ناو ئاینەکا و شەهینم ئەدی ناویا لەتەک مووزیکەکا نەققاشی ئەکێشا. نەققاشیی سپیبەرد کە یەکڕا قەورسان بوو لە سەر هەر گۆڕێک دارهەنارێک وشک ... مردگێک دیل کریاو بە دارەکەو. من تواشایم ئەکرد ناو ئاینەکا و ئەو هەواسی بە منەو نەو.

دوای ئەوەی کە من دووچەرخەکەم سەند و کاروبار فرۆشتن داچکەی نیمسووپێرم فرە بووەو، منیش هەرچێ پووڵم دەرئەهاورد ئەمدا بە براکەم و ئەویش ئەیدا بە کاست. هەر نەیوت پێم لە کوێنا ئەیانسێنێت. ئەمزانی لە شوێنێکەو ئەیتێرێت فرە خەتەرە و پڕیە لە دڵەڕاوکێ بۆیە بە منی ناوت.

ڕۆژێ داچکەی نیمسووپێر فرەم فرۆشت و براکەم وتی بچۆ لە قەڵای کەسنەزان، ئەو شوێنە کە ئیسە بووگە بە هێلانە مرۆچە، کاست سروودەکان ڕەزازی بسێنە. تەنیا ئەو کاستمانە نەو. تازە بەشێوەیک ژێروەینی هاتووە ناو بازاڕ. ئەو چوو بۆ سەر کار و من دووچەرخەکەم هەڵگرت و چووم بۆ قەڵا. شوێنێک کە دوو هاڵ گەورە و هەزارویەک دانە دووکانی بوو. کەس بێجگە پیاگ ژوور سی ساڵ زاتی نەو بچێتە ئەینە.

سەدان کەس ڕۆح‌ئاسا، سەدان دەم‌وچاو بێ‌جەسە ناو دووکەڵا، ناو دووکانا، ناو هێلانەگەل تەنگ و تاریکا، وەک عەجنەی ملباریک، قاویان ئەکرد:

"حەشیش مەواد ترياک قورس پاسوور مەشرووب ... کاست."

دانەیکیانم کێشا ئەولاو وتم، "سروودەکانم گەرەک."

دەسی کردە گیرفان دەمەوقۆپانەکەیا و کاستێکی دەرهاورد و دای‌پێم.

" هۆشت بێ ئەمە خەتەرە، گەر بتگرن ..." چاوێکیشی قرتان لێم.

خستمە گیرفانم و تا گەیمەو ماڵ دە ڕەنگم گۆڕی. لە شەقامەکانەو نەچوومەو. وەک ژین‌بەخشێک گۆڕنشین بووم بە خوێڕیێ کووجی و کۆڵانە تەنگ و تەسک و تاریکەکان کە هێشتا بۆی خوێن لێیان ئەچۆڕیا. مەعموور فرە زاتی نەو بێتە ناو کووجی و کۆڵانەکان. تەنگ بوون ماشین بەزۆر ئەیتوانی جێگەی خوەی بکاتەو.

نازانم کێ بە یەکڕا فرەیک کاستی هاوردووە ناو شار و بڵاوی ئەکردەو وەلێ بەرلەوە فرەیک کەس گوێچکەیانی نەداو. دوای دوو سێ ڕۆژ لە کووجی و کۆڵان کەسنەزان **ژانی ناسۆری جیاییم چێشتووەت** ئەژنەفت. ***تا بمێنێ نووری چاو و هێزی پێم*** ... منال لەبەری بوو ناو کووجی ئەیخوێند؛ ناو تاکسی خەڵک گوێچکەی ئەدا، ناو ژێرزەوی ماڵگەل و کەسنەزان بە یەکڕا زایەڵەی حماسە بوو.

زاتم نەو تا باوکم هەس لە ماڵا گوێچکەی بەم، لە ماڵ چووە دەرەوە و وێسام تا براکەم هاتەو.

کاستەکەم خستە سەر.

بەرنادم ئەز بەرنادم ئەڤ ولات ولاتێ منە. لە زەفتە گەورەکەی پیرەمەردە دانا و چاوبەچاڵاچووەکەو ئەمژنەفت. ناوی نەبی ... نەبی مەکروونی بوو. بەڵام دەنگەکەی ناو ژێرخانەکەی منا پەنگی ئەخواردەو. لە گەڕەک سان‌یارا، ناو کۆڵانەکان. بۆ خەڵک ئەیخستە سەر کە هێز و وەرەی خوەیان نوقم نەکەن. ***هەڤاڵێ بارگرانم، هەڤاڵێ شۆڕشوانم*** ... لە ناو کۆڵانە تەسکەکان کە خەڵک ناویانا سەنگەریان بەستوو. پیرەکە چوو بەرەو کەسنەزان. ناو شەپۆل نۆتەکانا ئەمدی کە بەرەو گەڕەک شەکرۆ ئەچێت و ***ئەم ڕۆژی ساڵی تازەیە نەورۆزە هاتەوە*** کۆڵانەکان کەسنەزانی ئەپێوا.

ناکەوێ نانەوێ ڕاوەستاوە ئاڵای ڕزگاری. سترانەکەی گۆڕی. ***کین ئەم؟*** خەڵکی کەسنەزان هێرشی کردە سەر گشت پاسگاکان و مێهدییەکانیان ڕاو نیا بەرەو ... پیرەمەردە دانا و پوختەکە هەر ناو شارا ئەگەڕیا و ستران حماسی ئەخستە سەر بۆ خەڵک. چوو بەرەو

بێمارستان. شەهینیش دەنگ سترانەکانی ئەژنەفت. لای منەو بوو. دیل کریاو بە دارهەنارەکەو. ناو ئاینەکا دانیشتوو.

ئێوە بوونە ڕەهبەری ئێمە، بوونە پشت و سەنگەری ئێمە، وشە بە وشەی ئەم مووزیکە پەنگی ئەخواردەو ناو گوێچکەما. ناو کووچی تەنگ و تاریکەکان گەڕەک کەسنەزان. جەلال قاچیان بە زینگی بڕییەو. **وڕ و کاس و سەرگەردان نیم، دەستەمۆی ئەشکی گریان نیم**، بیس سانت تر لە پایان بڕی و هەر زینگ بوو. **زۆر نەنگە تەنیا ڕۆڵەت بمێنێ**، پەنج سانت تریش، هەر زینگ بوو. وتبوویان پێ کە مامۆ و مامۆژنت هانە ژێر لەتوکوت و ورکەوپرکەی کوچک و ئاجۆر و دارماڵەکەیانا و گیریان کرگە و تواو جەسەی ماموت هاڕیاگە. دەرچوو یارمەتییان بات. خومپارە داویە بان پایا و جفتەکەی قرتاندوو. **یان سەر ئەکەوم یان ئەمرم**، تواو ڕووده و ناوسکی دەرهاتوو، ئەو کوڕە جوانە ناو کۆڵانێکا لە نزیک بێمارستان تیر سەرگەردان پێکاوی. خوەی خستە ناو حەوشێک کە درگای باز بوو. لە کنارەو تیری خواردوو و ناوسکی تا ئەم بەرەو یەکجار دڕیاو. کەس زاتی نەو بیوات بۆ بێمارستان. فرە خەتەر بوو چەن نەفەر بەیەکەو ناو ئەو کۆڵان و شەقامگەلا بێن و بچن. ساحێو ئەو ماڵە تەنیا خوەی لە کنار دیوارەکانەو، لە ترس تیر سەرگەردانا، خوەی خستە ناو بێمارستان. لەتەک خوەیا شەهینی هاورد. پێش ئەوەی کە ساحێوماڵەکە بگەیتە بێمارستان شەهین سەرقاڵ تیمارکردن زەخمارێک بوو. شەهین بێ هۆشبەر و هۆشسڕکەر سک دڕیاگ کوڕەکەی دووراندەو. بتادینیشی نەو. نەماو. نەیانئەهێشت دەوا و دەرمان بێتە ناو نەخوەشخانە. کوڕەکە هەر وا دانیشت و کەسنەزانی ئەپاراست و وردەوردە وشک بوو و مرد. **دێم و دێم و دێم و دێم و دێم و دێم**، خەڵک ناو دیوار حەوشەکەیان کونا ئەکرد و پەیوەندییان لەتەک ماڵەکان ترا درووس ئەکرد و مردگەکانیان جێبەجێ ئەکرد. تەواو کەسنەزان گۆڕستان بوو. لە ژێر هەر ماڵێکا مردگێ خەفت. لە حەوش سریک لە ماڵەکانا بیسووردەی دانە مردگیان ئەنیا ناو گۆڕ.

"چۆن بوویت بە ژینبەخشێک گۆڕنشین؟" ڕووناک پرسی.

وتم، "گشت کەسنەزان ناو مەرگا زینگی ئەکرد، یەکدەس. گشتی مانای زینگیی خوەی لەتەک ڕووبەڕوو بوونەوە لەتەک مەرگا ئەدۆزییەو. ڕۆحێک ئەمیکێشا." چکێ وێسام. ڕووناک سەری داخست و بیری ئەکردەو. نوقم بوو.

وتم، "وەلێ ئیسە لە دوای چل ساڵ گشتی مردگە. ڕۆحیان نریاگە ژێر خاک ... تەنیا هەناسە هەڵئەکێشن." ڕووناک تەزێک هات بە جەسەیا. ئیتر چتێکی بۆ وتن نەو.

کەرەستەی نەققاشی‌کێشانەکەی هەڵگرت و خستییە ناو کیفەکەی. چەن نیگارێکی لە سەر دیوار ژێرخانەکەم بوو.

ڕووناک وتی، "قەیناکە ئەوانە لەینا بن؟ ئەگەر ئازارت ئەدەن، ئەیانوەمەو."

ئازارمیان ئەدا وەلێ حەزم ئەکرد لامەو بن. ئەو نەققاشیگەلە بەهێز نەبوون، نەمئەتوانی وەک هونەر تماشایان بکەم. تەنیا چەن دانە خەت سەرگەردان و بێ مانا بوون. وەلێ خوەشیانم گەرەک بوو. حەزم ئەکرد لامەو بن. بەشێک گەورە لە منالێم ناویانا بوو.

"چتێ پرسم ڕاسی ئێژیت؟"

سەری داخستوو و چاوی لەرەی ئەهات.

"بۆچە واتە کرد؟"

جواوی نەدا و لە ماڵ چووە دەرەو. ڕووناک منی بە کەس نەفرۆشت. بۆی گرنگ نەبوو کە من خەریک چەم. بە چە بیر ئەکەمەو. دەغدەغەم چەس. بۆی گرنگ نەو دژمنم کییە. ئەو تەنیا بە یەک کەس ڕازی نەئەوا. تەنیا کارێ کە نەمەشیایە بیکردایە چوون بۆ لای مادی بوو. مادیشی بۆ گرنگ نەبوو. دوای مادی چوو بۆ لای مادیک تر. دوای ئەویش مێهدی. ئەو تەنیا گەرەکی بوو لە ماڵ هەرکەسێکا نەققاشیک کێشێت ... هەڵبەت بەڕووتی ... لە هەر کافەیکیش ...

"من جەسەی خوەمە و بە هەر کەس حەز کەم ئەیدەم."

لە ئەوەڵەو ئەمەیە نەئەوت. دواتر وتی. وەختێ جێگەی خوەی ناو زینگیی منا کردەو وتی.

"منیش نایژم جەسەی خوەت نیە. وەلێ بیروبڕوات واسە هەر لە ئەوەڵەو بتوتایە."

وەختێ ژین‌بەخشە گۆڕنشینەکان لە دوای بیس‌وچوار چرکە، بەو بۆنەو کە مەردم فرەتر لەناو نەچن (دەی خۆ لە ئەوە فرەتر نەیانەتوانی خەڵک بوکژن ... دەی خۆ دوای ئەوە رۆژ بە رۆژ ڕۆح مەردمیان ژاکاند ... دەی خۆ مەرگ خوەشتر بوو ...)، شار چۆڵ ئەکەن، من لە ٢٣ی خاکەلێوەی هەر ئەو ساڵا لە شاخێک دەوروبەر کەسنەزانا لە دایک بووم؛ چوار خاڵۆم لەو بیس‌وچوار چرکا ئەکوژگن و باوام تیرباران ... دایکم بڕیار ئەدات بۆ ماوەیک شار چۆڵ کات و پەنا بوات بە چیاکان، نەک ئەویش لە ناو بوەن. باوکم خەفتوو. دایکم دووگیان ئەوێت و جیا لە ترسەکەی، گەرەکی ئەوێت من لە کێفا بێرێتە دونیا ...

دایکم لە شاخا ... من گوشاری بۆ تێرم لە دایک بم ... دەمەو ئێوارە ئەوێت و ڕۆژ هێشتا لە گۆشەیک لە ئاسمانا ... پشت ئەکات لە خوەر و من بە دونیا تێرێ. ئەو جێگە لە ئەینا

لە دایک بووم گۆڕستان خەڵک ژین‌بەخش بووگە. لە دایکم جیا بوومەو فرمیسکم نەڕژاندوو. دوایی دایکم کۆراندییەو بۆم وەختێ ناو سکیا بووگم فرە دەس‌وپام وەشانگە ...

من لە گۆڕستان هاتمە ناو ژیان

دایکم بەڕوو بوو،

باوکم کوچکی سارد

دایکم لەچکەکەی ئەکاتەوە و بابۆڵەپێچم ئەکات و تێتەو ناو شار و دەس ئەکاتەو بە زینگیی ئاسایی خوەی. دوای ئەو بیس‌وچوار چرکە مێهدییەکان ماڵ بە ماڵ ئەگەڕن بزانن ژین‌بەخش ماگە ناو شارا یا نا. هەرچێ پیاگ و کوڕ جوان ئەوینن ناو ژین‌بەخش ئەننە قەویانەوە و ئەیانخەنە زیندان و جا تیرباران ... دوایی دایکم کۆراندییەو بۆم. فرە ئەکەنیا وەختێ ئەیگەڕاندەو. سێ مەعموور ڕۆژیکا لە ناکاو تێنە بەر ماڵمان و بەزۆر خوەیان ئەکەنە ماڵەو.

دایکم ئەیوت ئەو ڕۆژگەلە تواو شار هەورێ ڕەش، مژێک ڕەش دایپۆشیگە ...

وەختێ مەعموورەکان تێنە ماڵەو، کوڕ جوان و پیاگ لە ماڵا نەوگە و وایانزانیگە خوەیان شاردگەسەو. دایکم ئەیوت دانەیک لە مەعموورەکان وتگیە بە براکەم، ئەو وەختە پەنجساڵی بووگە، کە ئایا برایک تری هەس لە ماڵا یا نا. ئەو وەختە منیش ناو بێشکە بووگم. جواوی داگەسەو، "ئەرێ هەس لەودێو خەفتگە". مەعموورەکە سەرخوەش ئەوێت و ... ئەچنە ناو دێوەکەی تر و ئەوینن مناڵێ بووچکەلە (یانێ من) ناو بێشکە ئەوێت. لەقەیک ئات لە بێشکەکە و لەقەی لێ ئەکەفێ و ناکەفێ. وەک پیاگەکە کە تیری پێوە ئەنن و دەس لە سەر سینەی ناکەفێت و چۆک نادات ... تێنە ئەمدێو و شەقەزیلەیک ئەدەن لە براکەم. دایکم هەمیشە ئەمەیە ئەوت و ئەکەنیا وەلێ لە ئاخرەو هەمیشە ئەکەفتە بیر براکانی و باوکی و ... پرچ خوەی ئەکردە پەلکە. ئەیوت ئەم پەلکە ڕۆژێک ئەوێتە تەناف ... هیچ‌وەخت فرمیسکەکانی پاکەو ناکردەو، ئەوێسا تا وشک ئەوانەو. دوای ئەوەی کە مەعموورەکان لە ماڵ ئەچنە دەرەو- هەر بە پووتین هاتوونە ناو- گیر ئەدەن بە کوڕێ هاومەحەلەییمان کە لە سەر کووجییەو وێسیاو. ئەو کوڕە هەمیشە مناڵەکان ناو کۆڵانی گرد ئەکردەو دەور خوەی و تەکیانا کایەی ئەکرد. فرەیکی بە خوەیەو سەرگەرم ئەکرد. فرە شۆخ ئەوێت و هریکەی کەنینی هەمیشە مناڵەکانی ئەکردە کەنینەو. ئەیانوت جۆرێ ئەکەنیا دەنگی ناو گشت ماڵەکانا ئەپێچیا. مەعموورەکان گەرەکیانە بیوەن. چەن نەفەری ئەیگرن و دەرەقەتی ناین، ناتوانن دەسبەسەری کەن. تیرێک ئەنن بە ناوسکیەوە و

دانەیکیش بان دڵی. ئەچن. ئەچن و تەرمەکەی هەروا دائەخەنە ناو کووجی. دوایی کە مناڵاکان تێنە دەرەو (دانەیکی براکەم) وائەزانن خەریکە تەکیانا کایە ئەکات و خوەی داگە لە مردگی. هەڵئەخەنەو بە دەوریا و دەس ئەکەن بە هەڵپەڕکێ. هریکە و چریکەی پێکەنینیان تواو کووجی ئەگرێتەو. لەو وەختا کە تیریان نیاو پێیەو مەردم زاتیان ناوێ لە ماڵ بێنە دەرەوە و دوایی دەنگ مناڵەکان ئەیانتێرێت ...

تێگەیشتنم لە کەسنەزان و لە خوەم بە دووچەرخەیکەو دەسی پێ کرد. باوکم نەیئەسەند بۆم و خوەم بە فرۆشتن داچکە ... ئەمە ئەوەڵین هەنگاو من بوو بۆ ... بە فرۆشتن داچکەی نیم‌سووپێر توانیم دووچەرخەیک بسێنم. دوای ئەوەی کە دووچەرخەکەم سەند گز گرتمی و فرەتر کارم ئەکرد و فرەترم ئەفرۆشت. ئەم ڕا ئیتر داچکەی تواوسووپێر.

ڕۆژێکیان لە مەیان کەسنەزانا دەورم ئەداوە. باوکم نەیئەزانی. لەپڕا، نازانم مەعموور چۆن زانیوی کە جاچکەم هەس، نیایە شۆنمەو. دەور مەیان باوەفام داوە و چوومە ناو شەقام تاقەدار. مەعمووریش فیقەفیق بە دواما. ئەهاتم بەرەوژوور لە سەر خیاوانا بیرم کردەو کە وا ناتوانم دەرچم ئەشێ بچمەو ناو کووجییە تەسکەکان. لە دەس چەپمەو خستمە ناو ئەو کووجییە کە ئەچووا بەرەو شەقام کەسنەزان. لەینا کۆڵانێک بوو کە دووچەرخەیش بە زۆر ئەچووا ناوی. درگای ماڵێ باز بوو. خوەم خستە ناو ماڵەکە.

بیس‌وچوار ژن دانیشتوون. پیرەژن. لۆچ دەور چاویان هەرکامی گۆڕ پاتشایک بوو. بە دەور یەکا دانیشتوون. لیباس ڕەش، سەروێن ڕەش، مۆریان ئەچڕی، مۆرخوانیک کە کەس فامی نەئەکرد. کەلیمەکانی بۆ هیچ‌کەس ئاشنا نەبوون. زوان مردگەکان بوو. دانەیکیان چوو بیس‌وچوار چەقۆی هاورد و دایە دەس گشتیانەو. تەنوورێ لە بەردەمیانەو، ئاگری نەو. سەریان پۆشاو. پیرترینەکەیان سەر تەنوورەکەی لابرد و هاوکات نەوایکی لە بەر خوەیەو ئەوتەو. وەک بێژی لەتەک خوەیا قسە ئەکات. خوێن مناڵەکانی ناو ئەو تەنوورا بوو. تەنوورێک فرە قووڵ. پڕی بوو لە کەڵەشێر. کەڵەشێرگەلێ کە نەیان‌ئەقوولاند. هەرکامێکیان دانەیکیان هاوردە دەرەوەو بەیەکەو هاوکات سەریان بڕی. خوێنەکەیان کردە ناو تەنوورەکە. بوو بە شەو. خوەر نەما. خوەر ڕژیا ناو ماڵەکان. مردگەکان، هەسارە و شەو ... بەشێ لە حەوش کز ڕۆشن بوو. فرەیک دارهەنار گەورە لە حەوشا بوون. بەیەکەو هەڵسان و چوون هەناریان داگرت. بە پۆسەو ئەیانخوارد. وەک سێف قەپیان ئەکرد پێیا. هەروا کە خەریک بوون هەناریان ئەخوارد سکیان گەورە ئەواوە. خەریک بوون دووگیان ئەوان.

لەو ماڵە هاتمە دەرەو. ئیتر لە مەعموور ناترسیام، یانێ هەر لە بیر مەعموورا نەوم. چوومەو بۆ ماڵ، لە سووچ و لای دیوار و ناو کووجی و کۆڵانە قەیمی و تەنگ و تاریک و تەسکەکان. کەس لە ماڵا نەو. چوومە ژێرخان. براکەم کاستێکی دانیاو بۆم. خستمە سەر. ***کوڕەکانی هۆلاکۆخان کاتێ بە سەر شێعرەکانما نەوتیان پژان بوو بە جەژنی وشەکوژان*** دەنگ یەدێ بوو. یەدێ شاکری. داگیرمی کرد.

چووم بۆ مەدرەسە و فرەیک لە مناڵەکان نەهاتوونەو. تەنیا چەن کەس وەک مێهدی لە مەدرەسا بوون. گەنەموو. دڵم داخرۆپیا. ئەو قسەیە کرد زوو دەرچووم. کام قسە؟ ئیسە تەمەنم چووگە بان و بیرماگم لێڵە و هەرچێ چتە لە مناڵیم نایتەو بیرم. هەر ئەوە لەبیرمە هاتم لە مەدرەسە بچمە دەرەو دیم بەسیاو. لە بان درگاو چووم. وامئەزانی خەیانەتم کردگە و وامئەزانی مەردمم تەنیا بەجێ هێشگە. نەمئەزانی چەوگە وەلێ ئەمزانی چتێ ڕووی‌داگە. مووزیکەکە هەر ناو ڕۆحما دەنگی ئەداوە ***هاوارم کرد من شاعیری چەوساوانم هەزار کوانووی پڕ لە ئاگر شێعرەکانم ناسووتێنێ.*** چوومە ماڵەو دووچەرخەکەم هەڵگرت و دام لە دەرەو. بێ‌دەنگی، بێ‌ڕەنگی، ڕۆح و سێوەر مەرگ، خۆی وەک پەردەیک نادیار کێشاوە بان شارا. تواو دووکانەکان بەسیاون. با. تۆز. سنوور چتەکان دیار نەو. تاقانە کەسێکیش ناو شارا نەو. ئەو ڕۆژە بە دووچەرخە برسیانە کەسنەزان گەڕیام. هەر لە سپی‌بەردەو تا ڕەشەبەرد چە شەقام و کۆڵان بوو گەڕیام. فرە سەیر بوو بۆم هیچ دووکانێ باز نەو، هیچ نان‌خانەیک، هیچ قەساویک، هیچ مکانیکیک، هیچ. تەنانەت مێهدییەکانیش دووکانیان بەستوو. درگاکان مەژگەم داخریاون. بێ‌دەنگیک سەیر کووچە و کۆڵان و شەقام کەسنەزانی گرتوو. تەنیا دەنگ با ئەهات. با، هەناسەی شار بوو ئەو ڕۆژە. ***دەستی مێشکم***

لە ناو هێلی تووڕەی دڵما

وشەی شێعری تازەی ئەچان.

چووم بەرەو شەقام ڕەزازی. شەهین وتووی پێم شەقام ڕەزازی بە بۆنەی نزیک‌بوونی لە پادگان چەنێ لە ژێر تۆپ و خومپارا بووگە و چەنێ خوێنی هەڵمژیگە. لە بێ‌دەنگیی ڕۆژێک وەک ئەو ڕۆژە ئەمتوانی هەست بە ئەو مەرگە بکەم.

چوومە ناو کۆڵانێک تەنگ و تاریک. ماشین نەیئەتوانی بچێتە ناو. ئەو سەر کۆڵانەکە ئەچوا ناو 'چەم کەسنەزان.' دارستانێ ناو کووجییەکا. لە بەر هەر ماڵێکا دانەیک دوان دار. گشت دارەکان هەنار. گشتیان مێوەیان بوو. سریکیان وشک بوون و شەقیان بردوو. کەس ناو کووجییا نەو، بێدەنگی و بێ‌بوونەوەری تواو ئەینەیە گرتووە باوەش خوەیەو. درگای ماڵێ

چێوی بوو و سەرنجمی ڕاکێشا. وەختێ چوومە بەرترەو دیم دوو دانە دەسگیرەی ئاسنی هەس. دانەیکیان گەورە بوو و وەختێ تەقەت ئەدا دەنگی بەم بوو. ئەودانەکەیان ناسک بوو و دەنگەکەی تیژ. کونایک بووچکەلە لە ناو درگاکا ... تواشام کرد و حەوشێ گەورە و پڕ لە دار. باران دەسی کرد بە وارین. ژنێک منالێ مردگ لە باوەشییەو بوو. داینیا. تەرمێک تر لە پاڵیەو خەفتوو و ژنەکە باوەشی کرد پیا و دەسی کردە کەنین. کەنین و گیریانی لە یەک ناواوە. **ستراناێکی لاڵ، بێ‌دەنگ، بێ‌زمان، ئەبەبەبە ئەبە ئەبە.** لە کوڵەسووچ حەوشەکەو، باخچەیک گەورە، دانەی دار هەناری پەروەردە کردوو. ژنەکە چوو بەرەو باخچەکە و خاکەکەی هەڵئەکەند، بە دەسگەلی. ڕوومەتیم لە نیمەو ئەدی. قژی کردووە دوو کوتەو و پەلکەی کردووە ناو سینگ و بەرۆکی.

پیاگێ لە بەرانبەر ژنەکەو لە پای دیوارێکا دانیشتوو و خەریک بوو دیوارەکەی بە قوڵنە کونا ئەکرد. گەرەکیان بوو دیوارەکان ناو کووچە وەک کاناڵێ بکەنە یەکێ کە ڕاحەت بێن و بچن و خۆیان بۆ وەختێ ئامادە بکەن هێز نەیاران تێتە ناو شار. هەر نەهاتن. هیچ‌وەخت نەهاتن. قەت نەیانتوانیگە لە بان خاکەو شەڕ کەن. هەمیشە بە فڕۆکە ... ژنەکە منالە مردگەکەی هەڵگرت و نیایەو باوەشی. نیگای هەڵگەڕانەو بۆ درگاکە. دیمی. زانی هام لە پشت درگاکەو. هات بەرەو لام و منیش وەک ئەوە شەوک گرتوێتمی نەمئەتوانی بجووڵمەو. هات و لە کوناکەو هاتە ئەمدیو و چووە ناو جەسەم. شەهین بوو؟ داگیرمی کرد. بوو بە ساحێوارم. دونیام وەک ئەو دی. بووین بە یەکێ. دوو کەس ناو جەسەیکا. کەس نەیئەتوانی جیامان کاتەو. هاتمە ناو کووجی. هاتمە سەر خیاوان ڕەزازی و پیادە چووم بەرەو چوارڕای کەسنەزان.

لە بەر بێمارستانەو چوومەو بۆ ماڵ و دەنگ قیژە ئەهات. وێسام بزانم چە قەوماگە. سەرم دانەواندەو ... لەپەسا تیر سەرگەردان وەک با و بۆران ئەهات و ئەچوو ... لەپەسا جەسەدیان ئەهاورد. چوومە ناو بە شۆن لاشەکانا. جێگە نەو دایانبنن. سەردخانە پڕ بوو. چەن دێویکیان خاڵی کرد و پڕیان کرد لە سەهۆڵ و ئەیانیانخستە ناوی. لە ژێر و بان سەهۆڵەو لاشەی مردگ بوو. دانەی سەری لە بان یەخەکەو بوو و لەشی لە ژێریەو. دەس و پای گەورەتر دیار بوو وەک کەسێ لە ژێر ئاوا. سەهۆڵەکان لە ناوەو سوور بوون، خوێنیان خواردوو. ئێژیتە ناو هەر سەهۆڵێکا دانەیک هەنار هەس. دێوەکان پڕ بوون و ئیتر جێگەی مردگ و یەخ نەو. شەهین بیری ئەکردەو و برووسکەیک دای لە مێشکی. بڕیاری دا کاخێک یەخی درووس کات بۆ مردگەکان.

مێشکم سارد هەڵگەڕا.

هاتمەو ناو حەوش بێمارستان و لەپەسا بریندار و دەس‌وپاقرتیاگیان ئەهاورد. خومپارە پەسای‌پەس ئەیدا ناو حەوشا. خومپارەیک، دوو خومپارە، سێ خومپارە دایە ناوەڕاس ساختمان بێمارستانا و لایکی هاوردە خوارەو. هەروا کە ئەیرماند لاشەی مردگ و بریندار تەک ئاجور و سیمان و ئاسنا ئەکەفتە خوارەو.

"شەهین مەیلا بمرێ، ژنەکەی دووگیانە،" پیاگێ قیڕاندی.

"شەهین کەمێ بخەفە سێ چرکەس چاوت نەنیاگە یەک،" پیاگێ تر قیڕاندی.

"جووخێ ئامادێ هەدەف شێللیک،" فەرماندەیک قیڕاندی.

"شەهینیان کوشت،" ژنێ قیڕاندی و ڕوومەتی ئەڕووکاندەو. خەڵک ناو شارا نەماو، ژینکوژەکان شاریان داگیر کردوو. دەرچوومەو بەرەو ڕەزازی. کەس نەماگە ناو شارا و مەشیایە خۆمم بکوشتایە یان بێسایەتم و بمیانکوشتایە. نا، نا. نایلّم دیلم بکەن. گەر باس مردن بێت، خوەم خوەم ئەکوژم، خوەم مردن خوەم هەڵئەبژێرم.

شەوە، تاریک و بێ‌نوورە،
شەوە زاڵە،
ژیان تاڵە،
هومێدم کۆشکی خاپوورە،

نە هاژەی ئاوی ئاوهەڵدێر،
نە خوڕڕەی چەم،
نە سرتەی کانیاوی ڕوون،
دەڵێی گشتی لە سامی شەو قەتیس ماون

گشت هاوڕێکانم کوژیاون، شەهینیش ... لە شەقام ڕەزازی بووم و لافاو خوێن ئەهات و بیرم ئەکردەو چلۆن ئەتوانم درێژە بەم بە زینگیم وەختێ کەس ناو شارا نەماگە و گشتی لە ناو چووگە. مژێک ڕەش تواو شاری گرتوو. تواو شار ... مرۆچەکان سەر قەڵای کەسنەزان لە هێلانە هاتنە دەرەوە و بڵاو بوونەو بە ناو شارا. دار و دیوار و سەر شەقام و ناو کووجی مرۆچە بوو. هەر مردگێک داکەفتوو ناو شارا ئەیانخوارد. ئەیانجاوی. لە چاو و لووت و دەمیانەو ئەچوانە ناو جەسەیشیان و هیچیان ناهێشت. تەواو شار ڕەش بوو. خەریک بوون نزیک من ئەوانەو ...

تەنیا دڵخۆشیم ئەوە بوو خۆم بوکژم لە بیر کەسا نەمێنم. بیرم ئەکردەو ڕەنگە بە خۆکوژی تەک شەهینا بم بە یەکێ. تەک مردگەکانا بم بە یەکێ. ئەشێ بچم لە کوڵەسووچێکەو لە ژێر دارێکا خۆم تێکەڵ ڕیشەکەی کەم. هەستێک ئێژێت پێم، لە خوەم ئەدۆزمەو. لە ناو خاکا. لە ناو ڕیشەی دار بەڕووێکا.

مژ تواو شاری گرتبوو، باران ئەواریا، دڵۆپەکان بارانیش وەک فیشەک ئەیاندا تەوق سەرما. باران ئەواریا و ماڵەکان ئەتەقیانەو. هەر ماڵێ کونایکی تیا بوو کە خۆمپارە داوی لێ. دوایی وتیان حەڤە هەزار خومپارەیان داگە ناو شارا، لە سێ پایگاو، قەڵای کەسنەزان و پادگان کەسنەزان و تەپەی کەسنەزان.

زریکە، زریکەی مناڵ تەنیای بێباوک و بێدایک. زریکەی مناڵ دایک‌وباوک‌کوژیاگ گوێچکەمی کەڕ کردوو. سەگ ئەوەڕیا، کتک ئەیلووراند، مناڵ ئەیزریکاند. باران ئەواریا و مناڵ ئەیزریکاند. فەرقانم کردوو و لارەلار وەک لاژگ ئەچوامە ڕێگا و باران ئەواریا و مناڵ ئەیزریکاند. خشە و هووشەی مار، دەنگ داکەفتن هەنارەکان، هەنارە وشکە بێئاوەکان کە شەقیان بردوو، لوورەی کتک. تەقەتەق باران و بۆڕەی سەگ و لارەلار کەلەلا لەترم لێ‌ئەدا. باران ئەواریا و مناڵ ئەیزریکاند و هەنار دائەکەفت و مار هووشەی ئەکرد و مرۆچە جەسەی ئەجاوی و ... دەنگ یەدێ شاکری هێشتا لە ژێرخانەکەما، لە ناو مەژگەما، دەنگی ئەداوە: ***ئەگەر ژین وایە، لەعنەت بێ لە هەرچی پێی دەڵێن ژینە.***

بێمار بووم، نەمئەزانی بۆ کوێ ئەچم، تەنیا ئەمزانی مژ بوو، خوێن بوو، باران بوو، فیشەک بوو، خومپارە بوو. تواشای ناو کۆڵانێکم کرد، ئەو سەرەکەی ئەچووە چەم کەسنەزان. زانیم هام لە شەقام ڕەزازییا و خەریک بووم ئەچوام بەرەو پادگان. بەو جۆرە گەرەکم بوو خوەم بوکژم. هەرچێ فرەتر نزیک ئەینە ئەوامەو خوێن و لاشە فرەتر ئەوا. مرۆچەکان نزیک ئەینە ئەوانەو. باران ئەیدا قەو زەوییا و پرشەکەی ئەوا بە یەخ لاشەی مردگەکانی ئەپۆشاند.

دەسم ئەدا لە نەبز خوەم و هەستم ئەکرد ماسیک خەریکە گیان ئەدات.

لە ڕەزازییەو بەرەو پادگان، فرەیک کووچەی تەنگ. لە دەس ڕاسەو کووچەکان ئەخوەنە ناو پردیوەر و ... ئەچوام بەرەو ژوور، بەرەو ... سەرەولێژاییک کەمی هەس و بۆ من کە هەناسەم تەنگە فرە دوژوار نەو. هەر وا کە ئەچوام چاوم لە کووجییەکان ئەکرد.

چاوم کەفت بە یەکەمین کووجی. کەنیشکێک بە لیباس کوردی سوور، باران سوورایییەکەی ئەتاواندەو، بەرانبەر ژین‌بەخشێک کە پاڵی داوەو بە دیوار، وێسیاو. کەمێ

سەرنجم دا دیم ژین‌بەخشەکە بە فیشەک مێخ کریاگە بە دیوارەکە و سووریی خوێنی ئەچکیا بە ناو کووجییەکا. لە بێخ کووجییەکەو قاڵاو دەنووکی ئەکوتا ناو خوێنا.

چەن هەنگاو چوومە ژوورتر و تواشای کووجیی بەرانبەرم کرد کە ئەیخواردە شەقام پردیوەر. سەگ خەریک بوو تەرمی ئەخوارد. پیرەمەردێکم دی خەریک بوو سەمی ئەدا بە سەگەکان، دوای پیرەمەردەکە موعتادێ کوێرم دی بە قازانێ زل لە باوەشیا کە شیر ناویا بوو لە کۆڵانەکە ئەهات بەرەو خوار و ئەیرژاند. سەگەکان لە دەور شیرەکا جەم ئەوانەوە و ... هەڵیانئەقۆڕاند.

لە کووچەی ترا لە دەس چەپ لە پاڵ دیوارێکا ژین‌بەخشێک گۆڕنشین بە لیباس شین خەریک بوو پادیواری ئەخوێند بۆ دڵدارێ کە لە ماڵا نەو، کوژیاو. مرۆچەکان پایان پۆشاندوو ...

چەن کۆڵان ترم دی. چتێ دیار نەو یەکسەرە ڕەش بوو. بایک تون و تیژ ئەهات و ڕەشاییەکەی ئەجووڵاندەو.

چەن هەنگاو ژوورتر. کۆڵانێ تر. چەن جەسەی مردگ. چاویان هێشتا باز بوو. چەن دانە ژن دەمیان نیاوە ناو دەم مردگەکان. چەسپیاون بە یەکا و مرۆچە خەریک بوو وەک مەلافەیک ڕەش ئەیانیپۆشاند.

چووم بەرەو ژوور و چاوم لە کۆڵانێ تر کرد و پیاگێکم دی. ڕووت. چەکێ بە دەسیەو بوو. ژنێ قژی پەلکە کردووە دەور پیاگەکە نەکەفێ. لە قەڵای کەسنەزانەو گوللەیەکیان نیا بە ژنەکە و لە پشت پیاگەکەو دەرهات. کەفتن. چەن مناڵ بە گاوڵکێ لە چەن ماڵ هاتنە دەرەوە و ناو خوێنا خلۆپییانەوە و ئەیانزریکاند.

کۆڵانێ تر یەکسەر دار هەنار بوو. کوجیک تر یەکڕا مناڵ بوو ... ئەیانزریکاند. کۆڵانێ تر چەن ژین‌بەخشێک گۆڕنشین خوەیان بەستووەو بە دارەکانەو. نەمئەزانی ئاو هەنارە یا خوێنە کە ڕژیاگە بە دەوریانا. خوەیانیان بەو شێوە کوشتوو نەکەفنە دەس نەیار.

کووجیک تر. لاشە لە بان لاشە. کووجیک تر. خوێن. باران. ئەوین. ئەوین وشک. بێدەنگ. بێدەنگی. زریکە. کۆڵانێ تر. هەنارێ تر وشک و شکیاگ. باران و سەهۆڵ و خوێن و لاشە و ژن ژن ژنێ کوێر. مناڵێ بێ‌دایک‌وباوک ئەکەنی. بە من ئەکەنی. بە خۆی ئەکەنی. بە کەسنەزان ئەکەنی. کووجیک تر. کووجیک تر. تەواو کووجییەکان یەک لە دوای یەک مەرگ بوو وەک بیس‌وچوار چرکەی زینگیی شەهین کە چرکە لە دوای چرکە مەرگ و مردگ و دەمەومەرگ بوو. چووم. خۆکوژی. ئاسمان ڕەش. شار مژ و مرۆچە و تەم

و تەماوی و تەمتوومان. گەیمە پادگان. هەنار نەما. کەس نەما. شار نەما. لە ناو هەر کووجی و کۆلانێک جەسەی مردگ یەک لە یەک داکەفتوون...

گەیم. پادگان کەسنەزان. کەس لەو مەیانا نەو. نە سەرواز و نە فەرماندە و نە تەک‌تیرەناز و نە هیچکەی تر نەو. دەوروبەر تانگ بوو وەلێ کەس ناویا نەو. کاریان تواو بوو و هەر کەس چووەو بۆ شار خوەی. ژین‌بەخش گۆڕنشینیچ نەو. بارانیچ ناواریا. دار هەناریچ نەو. کەسێکیچ نەو هەنارە وشکەکان بە پۆسەو بخوات. کەس نەو. شەهینیچ نەو. هەر خوا بوو. شەیتانیچ نەو.

پیادە چووم تا گەڕەک شوان پەروەر، لەینەو تا مەیان کەسنەزان، لۆقەلۆق تا 'کانیی کەسنەزان' . شەو بوو. کەس نەو. بارانیچ نەو. هەر مژ بوو. شەهین؟ تۆەنم؟ لۆلۆ شانم شکیا. تەنیام. کەسێگ نەیرم.

لای کانیی کەسنەزانەو دانیشتم و خوڕەی ئاو ئەهات. لە دوای مەقام سەرتەرز خوەشترین مووسیقا بوو. مارێکم دی ناو ئاوەکا. دەرهات و خوەی خشان بەرەو سپی‌بەرد بە باریکە ڕێگەکەی خوەیا چوو. خوەم ڕووتەو کرد و خوەم خستە ناو ئاوەکە. فرە چایگ بوو. ڕچیاوم. حەزم ئەکرد بەرلەوە خوەم بوکژم خوەم بشۆرم. هاتمە دەرەو.

دونیایک لە ڕەشیم ئەدی. هەڵگەڕیامەو چووم بەرەو سپی‌بەرد، ڕێک بە ڕێگەی مارەکا. باریکەڕێگەیک بوو بەرەو بان. هەڵگەڕیامەو تواشای ئەو ڕێگەمە کرد کە بەرەو کانیی کەسنەزان هاتووم. یەکدەس قەورسان بوو. قەورسانێ بێ‌وێنە و وشک و خاڵی. سەرم چەرخاند و تواشای سپی‌بەردم کرد، لیپاولیپ قەور بوو. ئێژیتە بە جێگەی کوچک، قەور لە ژێر زەوییەو هەڵتۆقیگە.

چوومە بان، سەر لووتکەی سپی‌بەرد. کێفەکان دەوروبەری قەور بوون و لە بان هەر قەورێ دار هەنارێ وشک ... بێوەری. ناو دۆڵ قەور بوو، داوێن قەور بوو، سەر لووتکە قەور بوو و لە بان هەر قەورێکەو مردگێک ڕووت دانیشتوو. بە بەنێ باریک بە دار هەنارەکانەو بەسیاونەو. جۆرێ بوو ئێژیتە ڕۆحیان ها لە ژێر خاکەوە و جەسەیان بان خاک.

گەرەکم بوو بە شۆن خوەما بگەڕم و قەور خوەم پەیا کەم. چووم بەرەو گۆڕەکان. نەو، قەور من نەو. ناوونیشان خوەمم نادۆزییەو.

لە دانەیک لە مردگەکان پرسیم قەور من کامەسە؟

" منم. من تۆم. تواشام کە،"دەنگێ وشک وەک ئەوە لەتە ئاهەنێ ژەنگی گرمۆڵە کەی، سەری بەرزەو کرد. چاوی بەسیاو.

دڵم تۆقی و زاتم نەو وشەیکیش بدرکنم. لە قەورێک تر نزیک بوومەوە و پرسیم لە مردگەکەی، "دادە من ئەشناسی؟ قەورم ها لە کوێنا؟"

"مەگەر نایژی تەک مردگەکانا زینگی ئەکەی؟ تواشا کە، تواشای خوەت کە. ئێمە گشتمان ..."

چوومە بان قەورێ تر. بێ ناو. "لە ژێر هەر ماڵێکا، لە ناو هەر حەوشێکا چەن مردگ خەفتگە."

دانەی تریان وتی، "تواو ئەم شارە ڕۆح مردن و مەرگی ها پێیەو. تا قیامەت هەر مووسیقایک بخوڵقێ لەم شارا دەنگ مەرگی هەس. گشتی ئێمەی فەرامۆش کرگە ... تۆ مەیکە." دانەیکیان وتی بە شۆن خۆما نەگەڕم. وتی ئەوان گشتیان منن. وتی شەوێ خەو خوەشم ناوێ بەدەسیانەو. وتی ئەم شارە شەوێ خەو خوەشی ناوێ بەدەسیانەو. هەڵگەڕیامەو. چوومە بەرەو و لە سەر کێفەکەو، لە سەر لووتکەکەو تواشای ناو شارم کرد: لاشە و تەرم خەڵک کوژیاگ لە ژێر و ژوور کۆڵان و شەقامەکان کەسنەزان یەک لە سەر یەک داکەفگن و خەڵک بەدڵڕەقییەو بە سەریانا هەنگاو ئەنێت و بێحورمەتیان ئەکات. شایەد چڵک و تۆز چاویانی چەپەڵ کردوێت.

... شەهین؟ هایدە کوو؟ ڕۆلۆ؟ شەهین نیەوێرم بچمە ناو شارەگەی خوەم. کەس نیەزانێ چە هاتێەسە سەرمان ... هیچکە نیەشناسم شەهین.

هەڵگەڕیامەوە و دەرچوومەو سەر کانی کەسنەزان. ڕێک بە ڕێگە باریکە پاکوتەکا. خوەمم خستەو ناو ئاوەکە ...

دوارە لە کونای درگا چێوییەکەو تواشای ناو ماڵەکەم کرد. کەسی تیا نەو. نە ژن بوو، نە مناڵ مردگ، نە پیاگەکە. ئەونگە ئەنگووسم گووشاو فرەی نەماو بشکێ. دەرچووم بەرەو ناو شار. دەرچوومەو ناو ئەشکەفتەکەم. دڵەکوتەم بوو. باوەڕم بە جەسە و گیان خوەم ناکرد ئیتر. تماشای ئەنگووسەکان دەسم کرد. دەسم ئەهاورد بە خوەما و وەک دڵدارێک تامەزرۆ جەسەم ئەلاواندەو. نووک ئەنگووسەکانم هێشتا مووچڕکیان ئەخستە سەر پۆسم، گەرمای جەسەمیان حس ئەکرد. ئەو وەختە دڵنیا بووم کە هێشتا زینگم. کاستەکەم لە ناو پەخشەکا دەرهاورد.

دایکم وتی رووڵە هەڵسە دێرە بچۆ بۆ مەدرەسە.

دێر چووم. گەیمە ناو حەوش و پەنجەرەی کلاسەکەمان دیار بوو. مێهدی تواشامی ئەکرد و بزەیکی کرد. دەفتەرەکەی کردەو. چتێکی دا نیشانم. ڕووناک دەموچاوی ناو لاپەڕەیکا بە میداد کێشاو. چاو مێهدی خاس دیار نەو. هێڵگەل سەرگەردان و بێمانا.

ڕووناک هەر نەیتوانی هەست بنیامەکان، چاویان، ناو نیگارکێشییا دەربڕێت. ئەدەبیاتمان بوو. لە سەر مێزەکەی خوەم دانیشتم. فرەی نەماو کلاس تواو بێت و سەرنجم دا دیم چەن کەسێک نین لە سەر کلاسەو. بڕێک لە منالەکان نەون. کتوپڕ هاتنە ناو. هەرکامیان دەڵقێ دووان برنج و ڕۆن بەدەسیانەو بوو. ماموستاکە وتی دانیشن. دەسی گرتە سەریەو و دە دێقەیک هیچێکی نەوت.

"نایژم مەچن، نایژم ئەم کارە مەکەن، بەڵام بیر کەنەو. بزانن ئایا کیلوێک ڕۆن و دوو کەلە قەن چە دەردێک لە ئێوە دەوا ئەکات کە کرامەت خوەتان بوەنە ژێر پرسیار." سەری داخستوو. هەڵسا لە کلاس چووە دەرەو. ئەو پیاگمە ئیتر نەدییەوە و هەروا کە ئیتر من نەچوومەو بۆ ئەو مەدرەسە.

دوای چەن دێقە تەقەی درگا هات و مودیرەکە قاوی کرد لێم. بردمی بۆ دەفتەر. درگاکەی بەستە سەرمەو. کردی بە کیفەکەما و کردییەو. کاستەکەی ناسر ناویا بوو. دەریهاورد. زەفتێک ناو دەفتەرا بوو و کاستەکەی خستە سەر:

هۆ خاکەکەم ڕەنگی سوورئاڵی تو نەبێ منیش لێرەوە بێ ڕەنگم.

زوو کوژاندییەو. وەلێ هەر ئەیخوێند. زەفت پیرەمەردە داناکە هەر بەردەوام بوو، ***ئەم خاکە خاکی کوردییە خۆ خاوەنی دیکەی نییە.***

گەرەکی بوو بچێت درگاکە قوفڵ کات. کاستەکەم دەرهاورد و کوتامە تەوق سەر مودیرەکا. داکەفتە بان زەوی. بەپەلە و بەدزیکەو وەک کتکێک خوەی بواتەو یەک لە مەدرەسە دەرچووم. ئاغەی بەهرامی فرە قاوی کردە شۆنما. جواوم نەداوە.

دەرچووم. خەڵکێ فرە. تواو شار کەسنەزان بە جوان و پیرەو، بە کال و زارۆکەو هاتووە ناو خیاوان. مامۆ گیریاو. ئاپۆ لە زیندان بوو. لە ناو خەڵکا بووم و لەتەکیانا ... لە سەر شەقام و لە سەر دانەیک لە کووجییەکانا براکەمم دی خەریکە دەرئەچێت و چەن کەس بە شۆنییەو بوون. دیم چەن دانە کاستی لە گیرفانی دەرهاورد و فرەیانی دا ناو جەدوەل. وەزنم نەما. دەرچووم بە شۆنیا و خوەم کردە ناو کووجییەکا. کووجیک تەسک و تەنگ و درێژ و پێچاوپێچ. لە ناو کوجییەکا لەم لا و لەو لا چەن دانە تر کووجی ... گشت درگاکان بەسیاون. گشت پەردەی گشت ماڵەکان داخریاون. هیچ نوورێک لە پەنجەرەکانەو ناهاتە ناو کۆڵان. ڕۆژ بوو یا شەو؟ دەرچووم بە شۆن براکەما و ... نەمدۆزییەو ... ئەو سەر کووجییەکە ئەیخواردە ناو شەقامێک تر و فرەیک تر خەڵک لە دوورەو دیار بوون کە خەریک بوون نزیک من ئەوانەو. براکەم نەو. دیار نەو. لە ئاقار چاوما نەو. نوقم بوو. خەڵکێ فرە کوژیا ئەو ڕۆژە و فیشەک سەرگەردان ... هەواسم لای کاستەکانەو نەو.

هەواسم لای هیچ چت و هیچکەو نەو. هەواسم لای شەهینیشەو نەو. دایکیشم، خاڵۆم، دایەم، هیچکە. لەو وەختا بیر براکەم کە چەن کەس دەرئەچوون بە شۆنیا ئازای ئەنام و ئەروامی تەزاندوو. ئەو ڕۆژە من بووم بە تەنیاترین کەس کووجی کەسنەزان، خیاوان کەسنەزان، مەحەلەی کەسنەزان، شار کەسنەزان و وڵات کەسنەزان.

چوومەو بۆ لای شەهین و ناو ئەشکەفتەکەم. چەن ڕۆژ ماتڵ براکەم بووم کە بێتەو بۆ ماڵ و وەک جاران کاستێک بێرێت و بیخاتە سەر و بەیەکەو گوێچکەی بەین. چەن حەفتە ماتڵ بووم بێتەو و لەتەک خوەیا چەن دانە کاست بێرێت. کاری ئەکرد و هەرچێ پووڵی بوایە ئەیدا بە کاست. چەن ساڵ ماتڵ بووم بێتەو و بەیەکەو مووزیک گوێچکە بەین: ئاخرین ڕا بڕیاری دا نەوارێک تەمووره بێرێت وەلێ براکەم نەهاتەو. شەهین خەمی ئەخوارد، خەم نوقم بوون براکەم و ... قسەی ناکرد و جاروبار چاوی ئەخستە ناو چاوم و من لە دەروەچ چاویەو گشتیانم بە کەلیمە ئەدی. کەلیمەگەلێک زەخمار و مردگ و ... کەلیمەکانم ئەنووسی و مێهدی ئەیزانی چە ئەنووسم. مێهدی و مادی ناو ڕۆح ڕەشما بوون. دواتر بە ناو بردن لە براکەم ئەشکەنجەمیان ئەدا لە زیندانا.

ئەو ڕۆژە ڕەشە هات و من خەباتم کوشت. بەڵام من هێشتا هەم و ماگم و هەناسە ئەکێشم. ئەوان هاتن و چوون بەڵام ئەز لڤرم. بار ناکم و ئەز لڤرم. شەڕ ئەکەم بۆ خوەم بۆ ئەو چتە گەرەکمە. بۆ ئەو چتە لێم سەنیاگە. بۆ ئەو چتە کە ترازیاگە. گیریام، ئەشکەنجە کریام، حەتا تیرباران کریام، بەڵام دوایی ...

قالۆنچەیەک لە دەربەندیخانە دەربازی کردم.

"مامۆستە مامۆستە چما هاتی گوندێ مە؟" ڕەشۆی دەنگبێژ پرسی.
"بۆ ئەوەی کە خاک و زوانمان لە یەک جیا کەنەوە و پووچەڵمان کەن. ڕابردووی دوورودرێژمان لە بیر بچێتەوە و لە پێناو یەک زوانا بکەفینە گیان یەک." شەهین بە جێگەی مامۆستا مێهدی جواوی داوە.
مامۆستا مێهدی بەلاچاوێکەو چاوی خستە ناو چاو مادی. کرمانجی فام ناکرد.
منیش گوێچکەم ئەدا و مووی سینەم هەڵئەکێشا.

سێیەمین هاتنەوەی شەهین: چیرۆکی ڕووناک

پێش ڕووداوەکە سێ کەس بووین، من و ڕووناک و تووڵەسەگەکەم. پاش ڕووداوەکە تەنیا خۆم مامەوە و دونیای سامناکی تەنیاییم. تەنانەت شەهینیش ئیتر خۆی پیشانم نەدا. بیرلێکردنەوەشی دژوار و مەترسیدارە چە بگا بە نووسینی، بەڵام وشە وەکوو چارەنووسێک چاوی لێ دائەگرتم. دڵەڕاوکی دێرم شەهین. ڕپەی دڵم تیەیێ دایراک وەختێ ئێ ڕستەیلە نۆسم ...
هەمووی دێتەوە بیرم و دەروونم ڕەشتر ئەکات و دونیام لە ناو قوڕولیتا قووڵتر ئەچەقێنێت.
تیر سەرگەردان، وەک با و بۆران ئەهات و ئەچوو
خەریکم قسە ئەکەم بەڵام نمەز ئەمە زمانی منە یان زمان منی لە ئامێز گرتووە؛ ڕائەوەستم، لەگەڵ تەنیایی خۆما پیاسە ئەکەم، بەڵام نازانم منم هەنگاو هەڵدێنم یان خاکی ژێر پێمە هاتووەتە جووڵە. ئاسمان خۆڵەمێشییە، ڕەش هەڵئەگەڕێ، دەنگ ئەگۆڕێ بە گرمە و دواتر بە زریکە، بەڵام نازانم هەوری مێشکمە یان هەورەڕەشەکانن کە پڕ لە ساردیی مەرگ لە سەر سنوور و لووتکەی چیاکانەوە هاتوونەتە ژوور سەری من. ئەمشەو هەست بە جیاوازییەکی زۆر قووڵ ئەکەم و دڵنیام ئەم کاتە ئەبێ بۆ ئەوان ڕۆژ بێت؛ کە وا نەبێت بۆچی ئەم خەڵکە هەموویان قاقا پێئەکەنن و دەست لە ناو دەستی دڵداریان

خەریکن پیاسە ئەکەن. بەڵام ڕاوەستە. کام دڵدار؟ گشتی دەستی لە ناو دەستی مێهدی و مادی‌دایە. کام خەڵک؟ کەس لێرە نییە جگە لە شاخ و داربەڕوو و فیشەک.

تیر سەرگەردان، وەک با و بۆران ئەهات و ئەچوو
تیر سەرگەردان، وەک سەگ هار ئەهات و ئەچوو

چاو لە ئاسمان ئەکەم و نەققاشییەکانی ڕووناک کە هەموو جارێ بە ئەکریلیک ڕەنگی ئەکردن دێنە پێش چاوم. بارانی ڕەنگ ئەبارێ، ڕەهێڵەی ڕەنگ ... ئرِا هێز خیانەت ئەقەرە قوڵە؟ شەهین!

کەی ئەتوانم هەمدیسان ترسەکانم بکەم بە وشە بۆ مردووەکان؟ دونیا و ئاسمان و زەمین و زەمان و سروشت و باڵندە هەموویان هەڕەشەم لێ‌ئەکەن. بۆ وام لێ هاتووە؟ فیلتێری چاوانم ڕەش بووە و هەست ئەکەم لەم گێژەنە دەستم بە هیچ شوێنێ ناگات جگە لە چەکەکەم، ئەویش نازانم من چەکم لە دەستە یان چەک منی گرتۆتە دەستی خۆی. تووڕم‌دا. نا، شاردمەوە. نیامە ژێر خاک. بۆ دوارۆژ ... شاخ ئەوە نەبوو کە بیرم لێ ئەکردەوە. خەریک بووم ئەگۆڕیام. خەریک بووم تێکەڵیان ئەوام. تێکەڵ کەسانێک، بیرۆکەگەلێک کە هیچیان ڕەنگ و بۆنی کوردییان پێوە نەبوو. من ئەو هەموو ژ ژیانا خوە بژار کرد. من ئەوەم ناوێ.

ڕووناک ... جەستەت بۆنی مێهدی ئەدات. مادیش.

تیر سەرگەردان، وەک با و بۆران ئەهات و ئەچوو
تیر سەرگەردان، وەک سەگ هار ئەهات و ئەچوو
تاریکی هەرچێ جێگەیە گرت و هەورەکانیش فیشەکیان ئەباراند

بەدزیکەوە هاتمەوە ناو شار و شەقام. لە بیرم چووبووەوە کە شەڕ لە شەقام و شارا ئەبێ بکرێت نەک لە شاخ. تا گەیشتمە سەر کۆڵانی خۆمان سوپایێک لە تاریکی، سوپایێک لە مێهدی بە دواما بوو و سەدان ڕەنگم گۆڕی. بەڵام من لێرەم، ئەز لڤرم، لە سەر شەقامەکانی کەسنەزان ... نەم‌ئەویست لە شەقامە سەرەکییەکانەوە بڕۆمەوە ماڵی خۆمان. کە دێمەوە ناو شار دەبم بە خوێڕیی کۆڵانەکان. هەمیشە لە کۆڵانە تەنگ و تەسک و تاریکەکان یارمەتی بۆ ڕۆیشتن بەرەو ماڵ وەرئەگرم.

چەن چرکەیەک چاوم لە دەوروبەر کرد و جگە لە مرۆڤی نامۆ کەسم نەدی، جگە لە گەنەموو و مێهدی ... چ ژی دەستێ وی چ ژی دەستێ وان دەهات، ئیخانەت لە ڕێ بوو... ئینجا ڕاوەستام. دەستم کردە ناو گیرفانم و کلیلەکەم بە قامکم گرت. لە ناو دەستما

سووڕاندم و دەرمهێنا. دیسانەوە خستمەوە گیرفانم. دەرمهێنا ... دڵم بە ڕیتمی باران لێی ئەدا و ئەم پرسیارەم لە خۆم بوو، گەلۆ ئەو نەققاشییە شایانی ئەم هەموو مەترسییە بوو کە من لە چیا هەڵگەڕێمەوە بۆ ناو شار؟ بەتاسەی بووم. ئەبوو بمدیبا. ئەبوو ئەو وێنەمە وەگەرد خۆم ... فیگۆری منی نەققاشی کردبوو ڕووناک. لەت‌لەت. ئەندامەکانی جەستەم تاک کەوتبوون. لاقێکم نەبوو. دەستێکم نەبوو. گوێیەکم نەبوو. قەت چاوم نەبوو. ڕووناک قەت نەیتوانی من بناسێت. گەر وەها بوایە چاوی ئەکێشام. هەمووی هێڵگەلێکی سەرگەردان ... نیگارەکە بەهانە بوو. ئەمەویست بگەڕێمەوە بۆ ناو شار. تاسەی شار و شەقامم کردبوو. تاسەی ماڵە کۆنەکان و دیوارە خشتییەکانی. تاسەی ڕەگ و دەمارە کورت و درێژەکانی شاری کەسنەزان. بیرەوەریی ئەم شارە خەمبارە دڵگیرمی کردوو. ئارام‌وقەراری لێ بڕیبووم. ئۆقرەم نەئەگرت. بیرەوەریی ڕووناک و ... بەتاسەیشی بووم. ئەبوو بمدیبا. سەرەتا خەمی ڕووناک و هەبوونی مادی و مێهدی وایان لێ‌کردبووم پەنا بەمە بۆ چیا و شاخ بەڵام ... قسەکەی شەهین هاتەوە بیرم و هانی دام بگەڕێمەوە، "شەڕ لە شار ئەکرگێ نەک لە شاخ. شەڕ ئیسە ئەشێ ئاگاکردن خەڵک بێت." دڵنیا بووم کە ئەرکی من ئەمە نیە، خەباتی من ئەمە نیە.

بەپەلە چوومەوە بۆ ماڵ و خێرا ڕامکردە ناو ژێرخانەکەم. جگە لە دیواری سارد و سڕ هیچم نەدی. قەت بیرم نەئەکردەوە ڕووناک ئەوەندە دڵڕەق بێ هەموو نەققاشییەکانی بباتەوە. نەققاشی؟ ئەو نەققاشییانە بە هۆی بوونی منەوە ڕەنگاژۆ بوون، من مانام پێ ئەدان. شتێ نەبوون جگە لە چەند هێڵی سەگەردان و بێ‌مانا. هیچ چاوێک لە ناو ئەو نیگارانە قووڵ نەبوون بەڵام من ... من خوڵقێنەری ئەو وێنەگەلە بووم، نەک ئەو. لەگەڵیان ئەژیام و بۆنم پێیانەوە ئەکرد. بۆشاییەکانم پڕ ئەکردەوە. بە وشە. چەنێ تاسەی بۆنی ئەکریلیک و بنزینم کردووە.

بەئاستەم و بە دڵێکی ڕەنجبەخەسار هاتمە دەرەوە. هیچ دەنگ و ڕەنگێ لە ژێرخانەکەما نەمابوو. شەهین نەبوو. من شەهینم لە خۆم دوور خستەوە. شەهین پێی وتبووم نەڕۆم بۆ شاخ. وتبووی شەڕ لەوێ نییە، ئەوە کە ئەیبینی هەمووی ڕواڵەتێکی بێ‌مانایە. بە قسەیم نەکرد. کڵاو چووە سەرم. منیش سەرەتا وەکوو هەمووی ئەم خەڵکە پێم وابوو کوردبوون ئەوەیە کە ئەوان ئەیڵێن. بەڵام من ئەو بەشەم لە خۆما کوشت. لەو کاتەوە کە من چووم ... لەو کاتەوە کە ڕووناک هات ... شەهین ئیتر ... لە ناو کۆڵانەکانا پیاسەم ئەکرد و بیرم ئەکردەوە کە چی ڕووی دا. چما ئەم هەموو کارەساتە ڕووی دا. چی ڕووی دا کە من گرێ

درام بە ڕووناکەوە.

بنچینەی پەیوەندیی من و ڕووناک خۆشەویسی و ئەوین نەبوو. ژەحر و سێحر بوو. ئەیپەژرێنم و درۆ ناکەم و ئەیڵێم کە لە بنەوە شتێک نائاسایی منی گرێ دابووە ڕووناکەوە. شتێک جیا لە ئەوین و لە ئەوپەڕی سنوورەکانی خۆشەویستی. نازانم چلۆن باسی بکەم بەڵام یەکەمین شت باوکی بوو. ئەمەویست بۆشایی بێ‌باوکیی بۆ پڕ بکەمەوە. هەمووی خەڵکی گەڕەک و کووجی و کۆڵان و ئەوەی کە بنەماڵەی ڕووناکی ناسیبێت پێی وابوو باوکی ڕووناک لەبەر کوردایەتی گیراوە و ئەبێ بۆ هەتایە لە زیندان بمێنێتەوە. کەس هیچی نەئەزانی، ڕەنگە لە سێدارەش درابێت. منیش پێم وابوو باوکی ڕووناک زۆر نیشتمان‌پەروەر بووە. پێم وابوو پرشەی کوردبوونی ئەو توانیویەتی ڕووناکیش بگرێتەوە. پێم وابوو هەر کەسێک باسی کوردی بکات زۆر ئەتوانێ مرۆڤێکی قووڵ و پڕ لە هەست و ئاکار ... بیرم ئەکردەوە کەسێ بیروبڕوای کوردی هەبێت چۆن‌بژییەکی کوردانەی هەیە.

بەڵام ڕووناک باسی کورد و شوناس و هیچێکی بۆ گرنگ نەبوو. ئەمەم لە سەرەتاوە نەئەزانی. ڕۆژێک کە بڕیار بوو بیبینم، زۆر دەرەنگ هات. پەرێشان بوو. لێوی بای کردبوو. دڵم ڕاچڵەکا، ئەمزانی ڕووناک لە لای کەسێکی دیکە بووە. بۆنی تێکەڵ ... پێم وت،"ڕووناک، باوک تۆ گیان خوەی خستە ناو مەترسی بۆ ... ئەی تۆ بۆچە ...؟" هێڵانی ئەوەی نەدا قسەکەم تەواو بکەم.

"باوکم؟ تۆ هەر باوکم ئەشناسی؟"

بۆ یەکەمین جار باسی باوکی کرد و من ئەو ڕۆژە زانیم باوکی لە زیندان نییە.

"باوک من قاتڵێک شەهوەتڕانە." دای لە پڕمەی گریان.

باوکی دوو ساڵ پاش خواستنی دایکی ڕووناک، لە گەڕەکێک تر لە شاری کەسنەزان، دڵی ئەچێتە سەر ژنێک. ژنەکەش باسی ئەوە ناکات کە مێردی هەیە. ڕۆژێک باوکی ڕووناک ئەچێتە ماڵی ئەو ژنە و لەناکاو مێردەکەی دێتەوە. لە ئەو بارودۆخە کۆمیکە، بەڕووتی، خۆی و ژنەکە لەگەڵ مێردەکا دەستەویەخە ئەبن و هەردووکیان پێکەوە مێردەکە ئەکوژن. هەر لە ناو هۆڵی ماڵەکا مێردەکە ئەنێژن و هەر ئەو شەوە ئەڕۆن بەرەو سنوور. ڕۆژی دوایی خۆیان لە بنکەی یەکێک لە حیزبەکان ئەدۆزنەوە و ئەبن بە ئەندام. دوای ساڵێک، بە کۆکردنەوەی بەڵگەی چالاکیی سیاسی ئەتوانن لە وڵاتێکی ئەورووپا نیشتەجێ بن. بەبۆنەی چالاکیی سیاسی لە ناو ئەو حێزبە، هەمووی خەڵک پێیان وابوو کە باوکی ڕووناک زۆر مرۆڤێکی کوردپەروەرە. دوای ڕۆیشتنی بۆ هەندەران، دایکی ڕووناک بە خەڵکی

وتبوو کە مێردەکەی گیراوە و لە زیندانە.

" ڕووناک، باوکت وابوو تۆ وا مەوە."

"من چۆنم، چەم کرگە؟ من نەققاشم. هونەرمەندم، من ناچارم لە ناسینی خەڵک. من ئەشێ خەڵک ببینم و بیانناسم و بیانکەم بە نەققاشی."

"لەتەک ناسین خەڵکا کێشەیکم نیە. وەلێ مەژبوور نیت و لازمیش نیە لەتەکیانا ..."

"جەسەی من هی خومە، بە هەر کەس حەز کەم ئەیدەم."

" بۆچە لە ئەوەڵەو نەتوت؟ تۆ ئیسە دەسگیران منی."

"شوویشم بیت بازەم ماف ئەوەتە نیە جەسەم کونترۆڵ کەیت."

ئەمزانی. ئەمزانی هەر ڕۆژ لەگەل کەسێکە و نەمئەتوانی لێی دابڕم. خوەمم ئەگووشی و نەمئەتوانی. شتێک، بریا ئەمزانی ئەو شتە چییە، گیرۆدەمی کردبوو. ئەوین نەبوو، ڕەشایی بوو ئێمەی پێکەوە گرێ دابوو. هێزێک گەورەتر کە نەیئەویست من لە ڕووناک دابڕێنێت. شتێک تەواو هەست و نەستمی گرێ دابووە ناخی ڕووناکەوە. ڕەنگە بۆنی جەستەی ڕووناک بوو کە هەر لە سەردەمی منداڵییەوە گیرۆدەمی کردبوو. ڕەنگە ئەوە بوو کە وەک باوک چاوم لێ ئەکرد. هەستم ئەکرد منداڵی خۆمە و ئەبێ ئاگام لێ بێ. ئەمزانی چی ئەکات و وەک پیاوێک کە هیچ غورووڕێکی نەمابێت، لە خۆما ئەشکامەوە و هەمووی هەوڵی خۆم ئەدا ئەوینی ڕووناک بدزم بۆ خۆم. هەر کات ئەمزانی لای کەسێک بووە و لێی تووڕە ئەوام، دەموچاوی ئەوەندە مەعسووم و پاک و منداڵانە ئەینواند کە من بڕوام پێ ئەکرد. هەرشتێکی ئەوت من بڕوام پێ ئەکرد. بە هەموو وشەکانی بڕوام ئەکرد هەتا ئەو ڕۆژە ڕەشەی کافە. چاوەڕوان بووم بە چاوی خۆم ببینم کە ڕووناک خەریکە چی ئەکات. نەمدییایە بڕوام نەئەکرد. خەریک بووم بە هەر شێوەیەک کە ئەلوێ ئازاری خۆم بدەم. ئازاری تاوانێکی قورس و گران. تاوانی دوورخستنەوەی شەهین و ...

کاتێ لە کۆڵانە تەسکەکانی گەڕەکی خۆمان تێپەڕیم، بیرم لە ئەو توولە سەگە ئەکردەوە کە مادی تکای لێ کردبووم بۆ ماوەیەک بیباتە کافە لای خۆی.

چووم بۆ کافە لانیکەم بۆ دواهەمین جار ڕەشۆ (توولەسەگەکەم) ببینم. ئەوەندە ئەو سەگەم خۆش ئەویست کە ناوی خۆمم لە سەری دانابوو. گەرەکم بوو بۆ دواهەمین جاریش مادی ببینم. ئەم دڵە سەگەم ناسرەوێ ... جل و جەستەم خووسابوو و باران و ڕەهێڵە جلێ ڕەشی کردبووە بەر کۆڵان و دار و دیوارەکان. گەیشتمە ناو کۆڵان کافەکە و چرای دارتێلەکە هەڵئەبوو و ئەکوژایەوە و تیشکێ سوور، ڕەشیی کۆڵانەکەی ڕائەچڵەکان. شەهینم بینی.

حەپەسام. شەهین هاتۆتەوە. هیوایەک هاتەوە ناو هەمووی گیانم. لە ناو کۆڵانەکە ڕاوەستابوو. قژی هاتبووە ناو چاوی. جل و بەرگی نەخۆشوانی ... "ڕەشۆ مەچۆ ... ڕەشۆ مەسۆ ... ڕەشۆ مەچوو ..." لە زاری نەترازیا. چاوی ئەو هەستەی پێدام. نزیکی کەوتمەوە. دەستم برد پرچی لادەم. بوو بە دار.

هەموو شتێک ئەمشەو بۆ من گۆڕاوە.

تیر سەرگەردان، وەک با و بۆران ئەهات و ئەچوو
تیر سەرگەردان، وەک سەگ هار ئەهات و ئەچوو
تاریکی هەرچێ جێگەیە گرت و هەورەکانیش فیشەکیان ئەباراند
یەکێک سەری بەرزەو کرد و تەق، سەری پەڕیا

درگای کافە داخرابوو، زەنگم دا و دوای ماوەیەک کرایەوە. بەهێواشی درگاکەم کردەوە و چوومە ناو حەسارەوە. عاشقی حەوزە شینەکە بووم کە ماسیی سووری تیایە، ئەمجار ماسییەکان زۆرتر بوون. خشتە خۆڵەمێشییەکان و گوڵە شین و ئاڵەکان و دارە سەوز و بۆرەکان بەهۆی دڵۆپەکانی باران ئەبووژانەوە.

ڕەشۆ لە ناکاو هاتە پێش پێم و سەری هەڵهێنا و زۆرتر لە ڕۆژانی دیکە چاوی لە چاوم کرد. ئەیلووراند و شێوازی چاولێکردنی بەو مانا بوو لە ئامێزی بگرم و بینووسێنم بە سینگمەوە. شتێک سەیروسەمەرە لە چاوانیا قەومابوو، یەکجار ڕەش بوون. کافەچییەکە، مادی، کە هاوڕێی هاوبەشی من و ڕووناک بوو، پێش ئەوەی کە شەڕ دەس پێبکا و من شار چۆڵ کەم، زۆر لێم پاڕابووەوە بۆ ماوەیەک ڕەشو لەوێ بەجێ بهێڵم. بەڵێنی پێمدا هەموو ڕۆژێ شیر و گۆشتی پێبدا. چارەیک ترم نەبوو. ڕەشۆ تەنیا خۆی لەو ماڵە چۆڵەیا ئەتۆپی. ئەو سەگە ...

جاران، هەر ڕۆژێ کە ڕووناک بە هۆی وێنەکێشان ئەهاتە ماڵەکەم، لەگەل خۆی گۆشت و شیری ئەهاورد ... هەروەها بیری مێهدیش ... مادیش ...

"کاکە 'ل' قەڵەو لە دەسپێکی وشەدا نایەت،" مادی وتبووی، هەڕەشەی کردبوو. دەماری گرژ... خوێن هاتبووە ناو چاوی. دووکەڵ لە کەپۆیەوە ...

" کاکە دەسد خوەش. کوردەواری نجات داید. ئابادمان کردی وژدانەن،" بە دڵێکی ڕەنجبەخەسار وتبووم.

کافە. باران. ڕەهێڵە. لە تەنیشت دارێکا ڕەشۆم دانا بەڵام چاوی لە چاوم هەڵنەئەگرت. نیگای پڕ لە تکا بوو. پڕ لە ترس ... هەستم ئەکرد حەزی لە ماسی و ماساو سوورەکانی ناو

حەوزەکەیە. زۆر چاوی ئەترووکاند و کە ورد تماشام کرد، بینیم فیلتێرێکی ڕەش ناو چاوی حەشار دابوو.

بۆنێکی زۆر ئاشنا، پێدەچوو زۆر ئاشناتر لە بۆنی خاکی پاش باران لە دەرگای کافەکەوە هاتە دەرەوە و ڕەشۆ گەرەکی بوو لە گۆشەی درگا نیوەداخراوەکا بڕواتە ناو کافەوە، بە دوای بۆنەکا. کەس لە ناو حەوشا نەبوو، لە پلەکان چووم بەرەو درگاکە. کە کردمەوە هەموو بوونم، هەموو جەستە و ڕۆحم تێکەڵاوی بۆنەکە بوو. بۆنی جەسەی ڕووناک، یەکەمجارێ کە پێکەوە کایەمان ئەکرد و پام لە سەر بەفرەکە خزا و ... ئاخ شەهین ئرا ئێ کارە کردم؟...

شەهین لە ناو قوڕولیتا چەقاوم ... شەهین سەهۆڵ ... بمکە بە نەققاشییەک... تەرمێک لە ناو سەهۆڵا ... کە لەشم ڕەش بێت، دەمارم شین و خوێنم ئاڵ ... لۆلۆ؟

گەڕام بە دوایا و نەمدۆزییەوە، کەس جگە لە مادی و بۆنی ڕووناک لە کافە نەبوو. خۆمم ئەخڵەتاند و بەتەواویی دڵنیا نەبووم، نەمئەوێرا دڵنیا بم.

تیر سەرگەردان، وەک با و بۆران ئەهات و ئەچوو
تیر سەرگەردان، وەک سەگ هار ئەهات و ئەچوو
تاریکی هەرچێ جێگەیە گرت و هەورەکانیچ فیشەکیان ئەباراند
یەکێک سەری بەرزەو کرد و تەق، سەری پەڕیا
ئەویش سەری بەرزەو کرد و تەق، سەری پەڕیا
ئەوانیچ لای دیوارەکەو سەریان هاوردە دەرەوە و تەق، سەر ئەوانیچ پەڕیا

سەیری مادیم کرد؛ پەشۆکابوو، برۆی هەمیشە ڕێکوپێکی ئەمجار شێوابوو. چاویلکەکەی ... ڕقم هەڵسا ... لێی نزیک بوومەوە و جلە سپییەکەی تێکەڵی بۆنەکە بوو. هەندێ فیلتێر سگاریش لە سەر عەرزا داکەوتبوون.

نمەز چلۆن ئەیتوانی قسە بکات.

- ئەمە تۆ کەی هاتیتەو هەتیم. کورە برا تۆ پیاگ شەڕ و شاخ نیت!
- ئەزانم. ئیسە ئەزانم گشتان یەکێکن. دووکەڵ ئەم گەمە و ئەم شەڕە هیچوپووچە گشتانی ڕەشەو کرگە.
- قسەی قۆڕ مەکە ئەمە گشتی پەن توە من ئەیکێشم.
- قەینا قسە نەکەی. خۆ هەرچێ چتە ڕێک دیارە.
- چکێ بەر لە تۆ چووەو، گەرەکی بوو ئەم هەڕگبەسەریتانە درووس کەمەو.

ئەزانی خۆ چە ئێژم؟

وشک بووم. درێژەم نەدا بە باسەکە و هاتمەوە ناو حەوش. شەهین لە ژێر باران دانیشتبوو. سەیری ئەکردم. "شەهین ئێوە بۆ ئەم چتە شەڕتان نەکرد. شەهین بۆچە وایە پێ هاتگە؟ هیچێ لە سەر هیچێ بەن ناوێ ..." ڕەهێڵەی باران ڕەهێڵەی چاومی ئەشۆردەوە و دڵۆپە شینگێڕەکانی باران دەستیان لە سەرم هەڵنەئەگرت.

باران، حەوش، حەوز، ماسی، گوڵ
ڕەش، خۆڵەمێشی، شین، سوور، سەوز
ڕەش، ڕەش، شین، سوور، سەوز
ڕەش، ڕەش، ڕەش، سوور، سەوز
ڕەش، ڕەش، ڕەش، ڕەش، سەوز
ڕەش، ڕەش، ڕەش، ڕەش، ڕەش

دڵم ڕەش، چاوم ڕەش، هەناسەم ڕەش، جەستەم ڕەش، هەستم ڕەش، ئەروام ڕەش، ڕەشۆم ڕەش. چیتر نەمئەتوانی ڕەشۆ لە کافە دابنم. لۆچەکان تاریکیم دا لاوە و گشت حەسار گەڕام و لەوێ نەبوو. ژێر مێز، تەنیشت دار، پاڵ دیوار؛ پێموابوو لە سەر لێواری دیوارەکا بێت. لە سەر دیوارەکا لەتە شووشەیەک داکەوتبوو، نەمزانی و چنگم ... کە چوومە بان دیوار دەستم بریندار بوو و دیوارەکەش بەشێکی سوور هەڵگەڕا. ناو دەستم دادڕابوو و خوێن تا ژێر پێم هات و دڵۆپ باران کە ئەیدا ناو خوێنەکا، خۆمم تیا ئەدۆزییەوە کە وەکوو ماسییەکی بریندار سەرم هەڵئەبڕی دەست لە ناو دەستی دڵۆپەکان بڕۆم بەرەو دەریای ئاسمان. خوێنێکی زۆرم لێ ڕژابوو و بەر چاوم تاریک ئەوا. هەستم ئەکرد نیوەی خوێنی لەشم ...

ئێرە زۆر لەمێژە شوێنی من نییە. نیگام ئەگەڕا بە شوێن ڕەشۆ ...
لە دڵما توولەسەگێک مردووە.

هاتمە خوارەوە ناو حەسار. لە ناو خوێنی خۆما دانیشتم و بە قامک، دەستم بە ڕوومەتما، بە پرچما، بە چاوما، بە کەپۆ و کوڵمە ڕەقەڵ و ئێسقانییەکەما ئەهێنا. لێوم گەست و چەناکەم گرت و سەیری گوڵێ ژاڵەم کرد کە باران لقەکانی ئەشکاندەوە و وەکوو قالۆنچەیەک، بەپێچەوانەوە لە سەر عەرزا کەوتبێ، پەلەقاژەی ئەکرد. چووم گوڵەکە لە شوێنێ دابنم باران لێی‌نەدا. شتێک وەکوو بەردێکی ڕەش لە تەنیشت گوڵەکا بوو. ڕەشۆ بوو. مردبوو. وشک وەکوو بەرد داکەوتبوو. یان مان یان نەمان. هەڤالۆ ئەز ژ بیر مەکن

...

بڕیارم دا بۆ هەتایە لە ڕووناک جیا بمەوە. لە بیری ڕووناک. ڕووناک نەک وەک یەک کەس. وەکوو هەزاران کەسی تر. لە مادی. لە مێهدی، لە هەردووکیان نەک وەک دوو کەس وەکوو هەزاران کەسی تر. من هەموویانم لە دڵ خۆما کوشت، بە شێعرێک، لە شاعرێک کە بیرەوەری مردووی شارێک بوو:

وە هەرچێ دەن بفرووشەم

وەلێ بزان چ سنیدن

شەهین هاتە ناو درگای کافەکە. درگای حەوشەکە. "ڕەشۆ، حەز ئەکەم چتێکت پێ بێژم. تا ئیسە باسم نەکرگە،" بۆ ئەوەڵین ڕا ... درکاندی. "من لە بێمارخانە خەریک بووم زەخمارەکانم تیمار ئەکرد. دانەیک و دوان نەون. سەدان ... سەرم شلۆق بوو. چەن چرکە بوو نەخەفتووم. مەشیایە کارەکانم بەش کردایە. دانەیکم ئەهەنارد بۆ ئەم لا، دانەیکم ئەهەنارد بۆ ئەو لا، دانەیکم ئەهەنارد بە شۆن بتادینا و ... لە ناوڕاس ئەم گێژەنە هاوردیانە ژێر دەسم ... کەسێ کە ساڵەها خوەشم گەرەک بوو لاشەی مردگی هاتە ژێر دەسم. بیری پێ کەرەو!!! قژی پژیاو ... جەسەی خوێناڵی بوو ... ئەنگووسگەلی لاروگێڕ چەمیاونەو ... ئەویش دڵی بە منەو بوو. هیچ‌کاممان قسەی ئەو خوەشەویسیمانە نەکردبوو ... تا ئەو ڕۆژە ... هەرچێ لە دڵما بوو وتم پێ. لە بان سەریەو وێسیاوم ئەو چاوی بەستوو و ئارام بۆ هەمیشە خەفتوو. حەسوودیم ئەکرد پێ. ئەو چوو و من مامەو ... دەسیم گرت و قسەم بۆ کرد. ئەنگووسەکانیم لە یەک کردەوە و قسەم بۆ ئەکرد. دەمی تاک بوو، لەچکەکەم کردەوە و بەستمە دەور سەری و قسەم بۆ ئەکرد. چەنەها ساڵ تریش قسەم بۆ کردایە تەواو نەئەوا. جەسەیم شۆرد و قسەم بۆ ئەکرد و ... بردمە ناو کاخە یەخییەکەم. دێوێکی تیا بوو و دوو دانە مناڵ شیرین پاڵ‌کەفتوون ناویا. مناڵەکانم لە باوەش یەک جیا کردەوە و دڵدارەکەمم نیا بەینیان و سەر دوو مناڵەکەم خستە سەر دوو بازووەکەی و دەسیم هاوردەو دەور مل مناڵەکان. ئیتر جەسەی مردگ کەسێ ترم نەبردە ناو ئەو دێوە. دامنیا بۆ ئەو و تەنیا ئەو ... جاروبار ئەچوام و سەردانێکیم ئەکرد. هیواکانم لە ناو ئەو یەخگەلا ئەسپەردە کرد ... هەڵگەڕیامەو بۆ ناو بێمارستان و سەدان کەس زەخمار و برینار ماتڵ من بوون ..."

نەمتوانی وڵامی شەهین بدەمەوە. لە ناو درگاکە وەستابوو و ئمجا ... هەناسەم بڕیا ...

هەموو چتێکم بۆ ماوەیێک لەت‌لەت- پارچە پارچە- ئەبینی- خەیاڵ- خەیاڵی سێحراوی- خەون- خەونێ ژەحراوی- زەمەن درێژ بوو- ماری ڕەش بوو- هانای فەریادڕەسم بە شەهین-

هەناسەم هەڵنایەت- شەڕ؟- شەڕ بۆ کێ؟- بۆ خۆم- بۆ بۆنی شێدار- بۆ شەهین- سووچیام- لە سووچی ڕەشی شەو- پەنجەرەی داخراو- دایکم- دایەم- دایراک- داچکەکان- ژێرخان- دایکم دووگیان گیانی دا و گیانێکی ژاکیا- هاتن- ڕۆچوون- ئێمە هەموومان ئیسە مێهدین- مادین-

ڕەشۆ هەناسەی هەڵنایەت. من کۆتایی چیرۆکەکەی دەنووسمەوە؛ من دەستێکی نهێنیم، هەموو شتێک دەبینم و دەزانم، ئاگاداری پاشەڕۆژی ژیانی ڕەشۆیشم. چل ساڵە خەریکم خەمی ئەم شارە خەمبارە ئەخۆم ...

سەگە مردووەکەی گرتە ئامێزی و ئینجا خستییە ناو حەوزەکە لای ماسییە سوورەکان. ڕەشیی ڕەشۆ و شینیی ئاو و سووریی ماسی ... لە کافە هاتە دەرەوە و چوو تا سەر کۆڵانەکە. چیتر چاوی نەدەگێڕا. بە ناو کۆڵانە تەنگ و تاریکەکانیشدا نەدەڕۆیشت. سەری داخست و لە شەقامە سەرەکییەکاندا پیاسەی دەکرد، وەک لۆچی تاریکی شەو کە بجووڵێت، تا ون بوو، ون بوو لە ناو چیاکاندا. بە دوای شەهیندا دەگەڕا، شوێن دایراک کەوت ... کۆڵان بە کۆڵان ... گەڕا ... هەمووی کوردەواری گەڕا ...

تیر سەرگەردان، وەک با و بۆران ئەهات و ئەچوو
تیر سەرگەردان، وەک سەگ هار ئەهات و ئەچوو
تاریکی هەرچێ جێگەیە گرت و هەورەکانیچ فیشەکیان ئەباراند
یەکێک سەری بەرزەو کرد و تەق، سەری پەڕیا
ئەویچ سەری بەرزەو کرد و تەق، سەری پەڕیا
ئەوانیچ لای دیوارەکەو سەریان هاوردە دەرەوە و تەق، سەر ئەوانیچ پەڕیا
هەنار داکەفتوو و تواو شار سووری ئەکردەو
دانەیکیان لە بێمارستان هاورد و لای ئەوان پاڵیانخست
جووخێ ئامادێ هەدەف شێللیک
مژێک ڕەش گشت شاری داگیر کرد
هیچێ دیار نەو،
باران و فیشەک و تیر سەرگەردان
وەک سەگ هار ئەهاتن و ئەچوون

لە سەر چیا ڕادەوەستێت و هەمووی شار دەبینێت. کۆڵان بە کۆڵان و شەقام بە

شەقامی کەسنەزان دەبینێت. لیپاولیپن لە مردوو، لە وشەی مردوو. لە دڵی ڕەنجا دەمرێت و زیندوو دەبێتەوە. تاریکی ناخی دەگرێت و ناتوانێ هەناسە هەڵکێشێت، ناتوانێ بگیرێت، ناتوانێ ببینێت. تەنیا ڕەشی دەبینێت. دەستی تاریکی لە ناخی جودا دەبێتەوە. خۆی لە ناو ژوورێکی سێحراویدا دەدۆزێتەوە. من دەدۆزێتەوە ... دەحەپەسێت. پەنجەرەیەکی تێدایە کە لە ناویەوە تەواوی شار دەبینێت. هێزێک پاڵی پێوە دەنێت و دەکەوێتە ناو شاری مردووەکان. دەبێ هەموویان کۆ بکاتەوە و بیانخاتە چیرۆکێکی سوور و ئاڵ، لە ڕەنگی خوێن. ئەو ژین‌بەخشێکی گۆڕنشینە ... ئەو و شەهین ...

شەهین، دایکە گیان ... ئەوان نەبوون کە تۆیان کوشت.

تۆ خۆت مەرگت هەڵبژارد.

تۆ دەتزانی تیربارانت دەکەن و شارت چۆڵ نەکرد، بێمارەکانت وێڵ نەکرد.

لە ناو کەسنەزانا نوقم بوویت و ڕەشۆی چارەڕەشیش سەرگەردان بە شۆنتا هەنگاوی لە سەر هەنگاوەکانت هەڵئەهێنا.

دایراک شەهین مەرەمۆ: "سەد ساڵ پێش ئەکریا ڕەشۆ، ئیسە شاریاگینەسەو. لە ناو سەد ساڵ تاریکییا و لە ناو گێژەن مێژوو و درۆی دەرەکییا ئێمەیان سڕیگەسەو ... خوایش ئێتر نامانناسێت ... لانیکەم ئەتوانی لە ناو ئەم کتێوا ئەم کارە بکەیت. وڵات خوەمان ناو خەیاڵ خوەتا درووس بکە. ئەوانیش ئەتوانن. گەر موعتاد خاک...گەر بۆی خاک بکەن ئەتوانن ..."

چوارەمین لەتی ژیانم:
چلۆن بووم بە موعتاد

لارەلار مەرگم لادا و لە دایک بووم.

ڕاسڕاسەکانێ دایکم حەزی ناکرد منالێ تری لە باوکم بێت، بۆخەیکانێ گەرەکی بوو من بوکژێت و لە ناوم بوات. قورسی ئەخوارد. حەفتەی دوو حەفتە هەر خەریک بوو حبی هەڵەخست. وەختێ زانی خەریکم لە سکیا گەورە ئەوم و نەمردگم ئێتر نەیگەرەک بوو فرەتر لەوە قورساویم بکات. دایکم ئەیوت هەر دەس‌وپام ئەوەشاند و چتێ نەیهێشتگە بمرم و من ئاخری بە هەزارویەک هەڕگ‌بەسەری هەنگاوم نیاگە ناو ئەم دونیا نامەتە. ئەی داڵگ درس. ئەیوت وەختێ هاتگمە دونیا ئێشی نەوگە، ئەیوت هەزاران ڕۆح مردگ و سەرگەردان سەورێکانێ منیان لە ناو سکی کێشاگە دەرەو.

من ... ڕۆڵەڕۆ زاتم نییە بێژم، ئەترسم نووسینەکانم نەخوێننەو. وەسە ئەوە دەردەگولیم گرتوێ. ئەشێ چکێ بەرکانی بۆ داخەم جا بێژم. هەروا بێ ئەوەی کە خوەشەی کەم ئەتۆقن و منیش حەزناکەم زێڵتان بتۆقێ. ئەزانی بۆچە؟ گەر بێژم من کێم حوکم ئەکەن لە سەرم بێ ئەوە بمشناسن، بێ ئەوەی داستانەکەم بخوێننەو ئێژن، "کوڵێ وەخت دانین بۆ ڕۆمانێ

کە دانەی کۆڵەخەفەت و کۆڵەنامەت و موعتاد نووسیگیە؟" ئاخری ترازیا. فت. ئەرێ من موعتادم هاورێگەل، زاتم هەس و ئەیژم کە من موعتادم و ئێوە ئیسە خەریکن کەلیمەگەل موعتادێک ئەخوێننەو. حەزەکەن مەیخوێنن وەلێ من ڕاس خوەم ئەیژم.

من قورساژۆ لە دایک بووم. بەو بۆنەو، هەر لەو وەختەو لە دایک بووم دۆزم لە بانەو بوو. ناو ڕەگ و خوێن و مێژگما مەواد بوو. من بەرلەوە لە دایک بم موعتاد بووم. وە گیس داڵگم ڕاسەکەیم وتگە. درۆدرۆکانێ قسە ناکەم ...

من کوردم، موعتادیشم، جا کورد بیت و موعتاد فرە چت تایبەتێکە؛ موعتاد بووم لە ماڵ دەرکریام، کورد بووم لە کەسنەزان دەرکریام. چتێ کە باحاڵە ئەوەسە من هیچوەخت دەسم لە مەواد هەڵنەگرت. نازانم ئێوە چلۆن ئەتوانن زەریفییەکان کەسنەزان بێ مەوادکێشان بوینن؟ شکۆی ئام گشتە شاخ‌وداخە و هەردودۆڵ و بەڕوو و هەنارە ئەگۆڕنەو بە سی متر ئاپارتمان ناو تاران؟ حەک لە ئێوە. کورە دەی کلۆڵەی کۆڵەزەرەر، تاران و ژەقنەمووت؟ کورە کاکۆڵە دەی دادە گیان لێگەڕێ هەر لەیرا داتەپە و دایگرسنە و بیکە نۆش ئەو گیانتە. ئەزانی کووجی و کۆڵان کەسنەزان چتگەلێکی هەس بێ ئەوە کە چاوێ قووڵترت نەوێ ناتوانی بیوینی؟ ئەو قووڵبوونە مەواد ئەیدا بە من. عانێکانێ لە دڵ شەوا، دەوروبەر ساعەت سێ، لە ناو کووجی قەیمی و باریکەکان کەسنەزان، کەسنەزان، کەسنەزان یا کەسنەزان ئەچیتە ڕێگا؛ لە ژێر تیربەرقێ چێوی دائەنیشی و تواشای ئەو تیشکە سووریە ئەکەی کە ڕەشیی شەوی داچڵەکانگە و چتێ ئەپچنێتە گوێچکەتا کە زووکە دەری‌بێرا و دایگرسنە و هەڵیمژە. جار و باریش ئەوینی خوێن ئاویی دێز هاوشارییەکانت، وەک ئەوە مانگایان سەربڕیوێت، لە قەو دیوار و ناو کووجییەکانا ڕژیاگە و بۆکەی شێتت ئەکات. فرە زەریفە سێ ڕەنگ تێکەڵ ئەوێ، ڕەشیی شەو، سووریی تیشک دارتێلەکە و ئاویی خوێن. دەی چۆن ئەوێ لە دەرەو نەویت و مەواد نەکێشیت؟ زەریفە فرە زەریفە، ئەشێ وا بی تا لایک ئەولاتر لە کەسنەزان بوینیت. جا بیر لەوە ئەکەیتەو کە مەردم بۆچە خەفگن. دەی شڵپیتاو هەڵسە و بچۆ و بوینە. لە چاو منەو کورد ناوێ لە شەوا بخەفێ. ئێمە ئەشێ وەک قۆلانچە لە شەوا خەوەر بین. موعتادەکان قۆلانچەی شەوانەی وڵاتن. ئەتانزانی؟

خۆ هەر ئەوە نییە. تا ئیسە لە شەوا مەعموور نیاگیە شۆنتەو، تەقەت لێکات و جا نەتپێکێ؟ ئەزانی چەنێ ئەم چتە خوەشە؟ گەر نازانی و نەوچێشتگە ئەو کارە بکە جا چەشتی ئەویت. تا ئیسە بووگە دەرچیتە ناو کووجیک و بوینی بیس‌وچوار ژن و پیاگ کوژیاگن و لاشەیان پژیاگە بە دار و دیوارا و دڵدارەکانیان خەریکن ماچیان ئەکەن؟ ئەمە بۆ من

جوانترین وێنەس و ئەم چتە تەنیا لە شەوا ڕوو ئەدات. هاوڕێیان بچنە دەرەو لە شەوا و خوەتان لەم چتە بێوەری مەکەن. شایەد ئێوەیش ئەوانە حس کەن و بن بە نووسەرێک موعتاد. یا موعتادێک نووسەر. جیاوازی چەس، گرینگ ئەوەسە من ئەمکێشا و بەینێ حاڵم خوەش بوو.

ئیمشەو خەریکم ئەنووسم کە زەجر و زریکەی ئەو دەورانەی زیندان لە بیر خوەم بوەمەو. یەک ساڵ من مەوادم نەکێشا. ئەو قەپۆز و سپێ‌خوەرگەلە دەم و لۆچیان چێڕ ئەکردەوە و مۆڕیان ئەبردەوە ... نەخێ سگاریشیان نەدا دەسمەو، هەر بۆ تام دەم. دەی هەتیم ئاخر نەخێ سگار چەس ئیتر کسکن؟ یەک ساڵ ئیسقانم ئەیزریکاند، یەک ساڵ من نەمتوانی خاس بخەفم.

حوکم ئەبەد و یەک ڕۆژیان دا پێم ... قۆلانچە تەنیا موعتاد لە زیندان ئازاد ئەکات. ئەیچە ... ئەملاکانێ ئەولاکانێ بۆخەیکانێ گەوجەگیانێ ... درۆ ناکەم تەکتانا خوا قەزاتان ...

ڕاس و پاک ئێژم خوێنەری نازار، ئابا گیان، دادە گیان، من موعتادم و ئێوەیش ئیسە خەریکن چیرۆک دانەیک موعتاد ناتاو و خەراواتی ئەخوێننەو. حەزەکەن مەیخوێننەو. هەر ئیسە بیوەسن و فڕەی بەنە ناو ئاگر. بیدڕنن ئەم چیرۆکە. حەزتان کرد جوێنیش بەن. تا ئیسە نەتانداگە؟ کەس ئەمە بە خۆی نایژێ و منیچ نەمگەرەک کڵاو بنمە سەر خوەم. کەسێ کە چیرۆک ئەنووسێ ناتانێ تەک خوەیا درۆ کات. شایەد کەس قسەت باوەڕ نەکات و بێژن خەریکە تەوەهۆم ئات لێ. با بێژن، من خوەم خاستر ئەناسم و ئەوانیش با هەر قسەی قۆڕ کەن. ئەو مادییە قەپاڵەقنگە ... ڕۆژێکانێ مێژوو لە سەر گشتمان حوکم ئەکات، جارێکانێ با ئیسە نەوێ سەد ساڵ تر بێ. ئەم چتگەلە بۆ موعتاد گرینگ نییە خوا قەزات. ئێمە خوەمان زەمان درووس ئەکەین.

هەر چرکەیەکت ساڵێکە لۆلۆ ...

درووسە کە موعتادم وەلێ ئەمە مانای ئەوە نییە کە ناتوانین کارێ بکەین، کێ ئێژێ موعتاد ناتوانێ کارێ بکات؟ ئابرالێ گیان، دادەلە گیان، موعتاد گەرەکی بێت کارێ کات بە دڵنیاییەوە ئەیکات، خاسیش ئەیکات. گوللە و بۆمب و خومپارە بە سەرمانا ئەواریا؛ هاوڕێکانم لە بەر چاوم ئەکوژیان و فت، چۆن ئەمتوانی؟ دوای ئەوە قۆلانچەکە دەسمی گرت لە زیندان بێمە دەرەو، چلۆن ئەمتوانی نەنووسم و نەکێشم؟ جا ئەیانوینن ئەم مردگ‌گەلە زینگ بووگنەسەوە و خەریکن تەکتانا تێنە ڕێگا. ئەمە گشتی کار منیش نییە،

کار و کاردانەوەی شەهینە. دەی ئابا گیان تا نەکێشی شەهینیش ناوینی نازار بان مەزار ... وشە ئەتوانێ مردگەکانیش بژووژنێتەو. موعتاد خاستر ئەتوانێ لە ژێر خاکا کەلیمە کێشێتە دەرەو. وەسە سەگ. گشت ئەمانمە سەورێکانێ و دانە بە دانە ژێر خاکا کێشاگە دەرەوە.

دایکم بەرلەوە بێمە دونیا موعتادمی کرد، وەلێ ڕۆژێ سەد ڕا دەسی ماچ ئەکەم. ئۆخەی دایە گیان، ئەوەی کە مەواد ئەکێشم خاستر ئەنووسم. باوکیشم منی کردە خوای ترس، دەس ئەویچ ماچ ئەکەم. ترس و مەواد تێکەڵ ئەون و کەلیمە و داستان ئەخوڵقێت بۆم. ئەرێ هینە ... دایکم گەرەکی بوو بمکوژێ، نەیانهێشت. با درێژەی پێ نام. کورت و کورمانجی ئێژم، گەرەکمیان بوو. ئەرێ باوان، مردگەکان ئێژم. کەسیان جگە لە منی چارەڕەش و کوڵەنامەت نەدۆزییەو. بێخۆ ناوم ڕەشۆ نییە. هیوام ئەوەسە ڕەنجبەخەسار نەوم. بۆ من ئەم چتە خوەشە، یانێ گ گیانم بووگە شەڕکردن و ترس و مەوادکێشان بۆ ئەوە نەیلم مردگەکان بمرن. ئەرێ کەس نەزانێ ئێژێ من مەلەکتاووسم. ئەمە هێز ژیان منە کە دڵخوەشیکم بۆ چەن هەزار نەفەر مردگ. ئەیچە ئابا گیان. تا ئیسە موعتادێک نیشتمانپەروەرتان دیگە؟ کورە نەوەڵا.

"هەر کەس ئەو تەنافە لە پایەو بکاتەو، خوەی ئەوەسمەو،" دایکم وتی باوکت وتگیە ... ئەو هەتیمە بە چاویشی ئەو حسیە ئەگۆزاندەو. چووە دەرەو. دوای سەعاتێ خوەمم باز کرد و چوومە ناو کووجی تەک مناڵەکانا کایە کەم. ئەترسیام وەلێ دەنگ و هەرای مناڵەکان داگیرمی کردوو. یانێکانێ نەمەتوانی نەچمە دەرەو. گز گرتوومی. دەنگەکان لە تواو کووجی و گەڕەکەکان کەسنەزان ئەسووڕیانەوە و پەنگیان ئەخواردەوە و خوەیان ئەگەیاندە گوێچکەم؛ لە سانیار، لە بیس‌وچوار، لە شەکرۆ، لە ڕەزازی، لە کەسنەزان، لە کەسنەزان و لە کەسنەزان و لە شوان‌پەروەر. گشتیان قاویان ئەکرد بە شۆنما. پەنشەممە بوو، ڕۆژ بەڵێن‌دریاگ. ڕۆژێ کە گشت مناڵەکان جەم ئەوانەوە و هەلووکانیان ئەکرد و دوای ئەوە گشتیان (گشتمان) ئەچووان بۆ سگارکێشان. فرەیکمان مناڵ یەک مەدرەسە بووین. ئەم نەریت سگارکێشانە، ئەم عەتەبات عالییاتە و ئاتمەوساتمە دوو سێ ساڵێ دەسی پێ‌کردوو.

گرێ‌کۆرەی تەنافەکەم کردەوە و خوەم ڕسگار کرد و چوومە ناو کووجی. فرە سەیر بوو، کەس نەو ناو کۆڵانا. تاریکی خەریک بوو لە پشت سپی‌بەردەو ئەهاتە خوارەوە جۆرێکانێ لیباسی ئەکردە بەر کەسنەزان. وامەزانی تیشکێ سوور لە ناو باخە بووچکەلەکەی پشت کووجییەکەمانا داگرسیاگە. باخێ بوو کە لەینا گردەو ئەوباینەو ... ئێوارەگەلا ئەچووایِن کە حاجی، ئەوەی کە باخەوان بوو و وەک ورچ ئەیبۆڕان، نەوایە. ئەو هەتیمە بنگووسێ ناوا،

بەو گۆچانیەو دونیایکی هاوردووە تەنگ. کاورای گیپن و کۆمپەڕەش.

پاییز بوو. گشتمان ئەمانزانی پاییز چەنیٚ خوەشە بۆ سگارکێشان. ئاگرێکمان ئەکردەو. گەڵای وشکمان گردەو ئەکرد و ئەوەڵین لاپەڕەی کتێوەکان مەدرەسەمان ئەدڕان و گەڵاکانمان ورد ئەکردە ناویان و ئەمانپێچا. وەختێکانی بە نووک زوانم تفم ئەدا لیٚ کە بیگریٚ، هەستم ئەکرد بووگمە پیاگیٚ. تا ڕۆژ ئاوا ئەوا و شەو وەک مار لە بەین دارەکانا پەپکەی ئەبەست، سگارمان ئەکێشا. ئەچواینە ماڵەو بۆی ئاگرمان ئەهات.

"رووله گیان مەگەر نەموت ئاگر مەکەرەو. نازانی شەوگەلا ..." دایکم خەم لێف و دۆشەکەکەی ئەخوارد. ئەیوت ئەوەیە دانیاگە بۆ زەماوەنەکەم. وەختیٚ ئەوەیە ئەوت بڕۆم ئەدا بان و خوەمم بە خاوەن ژن‌ومناڵ ئەزانی. شوویٚک موعتاد و کوڕەخاسە.

هەرچیٚ ئاگرمان ئەکردەو ناو کووجییا شەوەکەی گمێزم ئەکردە خوەما. ڕایکیان ناو خەوا بەرلەوە خوەم تەڕ کەم، خەوێکم دی فرە باحاڵ بوو. من و باوکم لە ناو هەزارلۆخانەیکا گیرمان کردوو. هەرچیٚ گەڕەکمان بوو خوەمان کەینە دەرەو نەمانەتوانی. باوکم یەکڕا چتیٚ هاتە بیری کە باڵ درووس کەین و باڵەوازە بین. باڵەکانمان لە مۆم درووس کرد و باوکم وتی هۆشت بیٚ فرە بەرز نەفڕی. دەسی کێشا بۆ خوەر و ئاماژەی کرد ئەو ئاگرە مۆمەکانت ئەسووتنێت و دائەکەفی. بە قسەی باوکمم نەکرد، حەزم لە ئاگر بوو. تا توانیم بەرز فڕیم بەرەو خوەر. کەسێکم دی لە پشت خوەرەتاوەو خوەی قایم کردوو. سووتیاو. ڕەش‌وڕووت. قرچۆڵ. لە خوەم داماگتر. وتم تۆ کیت؟ وتی دەروونم ڕەشە. خەباتم کوشتگە. بەشێک لە خوەمم کوشت. دژوار بوو، تاڵ بوو، هەرچیٚ چتیە وردوخان کرد بۆم. وتم بۆچە؟ جواومی نەداوە. دەنگیٚ لە سەر زەوی ئەهات. دەنگ و نرکەی دەف و دەوڵ ... خەڵک بەکۆمەڵ هەڵەپەڕیان. زایەڵەی تەمووره ... مۆمەکانم تاویانەوە و داکەفتمە خوارەو ناو شار و قەڵای زرێوار. دەورێشیٚ لەتەک خێزانەکەیا لە جێگەیک دوورەو هاتوو بۆ ئەینە. پیاگەکان پاوشا دەس‌درێژییان کردووە سەر ژنەکەی. دەورێش سکاڵای برد بۆ 'فەیلەقووس' پاوشا. پاوشا جواوی نەداوە و کردییە دەرەو. دەورێشەکە چووە سجدە و ئەلاڵیاوە لە خوا کە شار زرێوار بچێتە ژێر ئاو. ئەیوت خودایا تا دۆعاکەم نەیرێتە دی لە سجدەت هەڵناسم. کانیاوێک هەڵقوڵیا و فوارەی کرد. ئاو هاتە بان. خەڵک شار زرێوار پیاگەکانیان لە کێفەکان دەوروبەریەو گردەو بوونەوە و گشتیان بە یەکەو گمێزیان ئەکردە ناوی. گۆمێک درووس بوو. قەڵای پاوشا و زرێواری خنکان ... دیم گمێزم کردگە خوەما.

ئەو ڕۆژە من نەچووم بۆ مەدرەسە. هەواڵێک خراویان گەیاندوو بە دایکم جۆرێکانیٚ دڵی

داکه‌فتوو. باوکم خه‌فتوو.

میمکه‌زاگێ دایکم به بۆنه‌ی مه‌ره‌زقه‌نه‌و مرد و له گۆڕستان 'بیس‌وچوار' و ئێواره‌ی ئه‌و ڕۆژه نیایانه خاک. قه‌وم و فامیل هاتوون و مناڵه‌کانیان له‌ته‌کیانا هاوردوو. خوه‌ر خه‌ریک بوو ئه‌خنکیا. خوه‌رێ سوور که نیمه‌ی له بان کێفه‌کانه‌و بوو. نیمه‌ی که‌سنه‌زانی سووراوی کردوو و چتێ له ناو ئه‌و گۆڕستانه منی ئه‌کێشا به‌ره‌و خوه‌ی. گۆڕستان بیس‌وچوار پڕ بوو له دار، وه‌مئه‌زانی داره‌کان مردگن، وه‌مئه‌زانی هه‌ر که‌سێ بمرێ ئه‌وێته دار و چرۆ ئه‌دا له ژێر خاکا. 'بیس‌وچوار' ژوانگه‌ی فره‌یک له کوژیاگه‌کان ئه‌و بیس‌وچوار چرکه ... چووم سه‌رنجێک ناو بیس‌وچوار به‌م. دوایی بووبووه شوێنگه‌ی مه‌وادکێشان موعتاده‌کان. ده‌وروبه‌ر کێله‌کان پڕ بوو له خه‌شاو خاڵی قورس هۆشبه‌ر و ده‌رزیی خاڵی. بۆی گمێز گۆڕستانی گرتوو و شه‌وگه‌لا گڕ گه‌زاره‌ی له داره‌کان ئه‌گرت. په‌پکه‌په‌پکه موعتاد دانیشتوون به ده‌ور ئاگرا. له ژێر داربه‌ڕووێکا، گۆڕێک بوو بێ ناونیشان. کێله‌که‌ی بووم نه‌ققاشی بوو. چه‌رمگ. چاوم خستووه بان بوومه‌که و هه‌ستم کرد خاک ژێر پام ئه‌جووڵێته‌و. ڕاس‌ڕاسه‌کانێ ئه‌جووڵیاوه. ترسیام.

چوومه‌و بۆ لای مناڵه‌کان.

قێڕه‌ی مناڵه‌کان هات، "هۆ تواشای خه‌بات که‌ن، خه‌باته شێت، دواره ها پشت داره‌که‌و."

"خه‌بات کیه؟،" سه‌رم سووڕماو له هاوار و بێدای مناڵه‌کان.

"موعتاده، ناو قه‌ورسانا زینگی ئه‌کات. له ژێر ئه‌و دارا قه‌ورێکی که‌نگه بۆ خوه‌ی. شه‌وگه‌لا له ناویا ئه‌خه‌فێ."

گۆڕستانم چاوی، مژێ مه‌رگاژۆ داگیری کردوو و سێوه‌رێک خوه‌ی ناو ڕه‌شییه‌کا ئه‌نواند، ڕه‌شیک که وه‌ک شای‌ماران ئه‌جووڵیاوه. کوڕێ باریک وه‌ک چوکڵه گۆگرد سووتیاگ، له ناو گۆڕێکا هاته ده‌ره‌و. چاڵێک بوو که خوه‌ی که‌ندبووی له ژێر داربه‌ڕووێکا. که‌م‌ته‌مه‌ن بوو وه‌لێ دیار بوو ده‌م‌وچاوی یه‌کڕا قوپیاگه. ده‌سێکی نه‌و. دیار بوو قرتیاو. هات به‌ره‌و لای ئێمه. مناڵه‌کان هه‌ڕایان کرد و به‌رم کرده ئه‌ولاو تواشای شاخه‌کان ڕه‌شه‌به‌ردم کرد. فره‌یک له خه‌ڵک، خه‌مۆک، هوراسان، شه‌ڕبه‌خه‌سار، له دوای یه‌ک خه‌ریک بوون له ڕه‌شه‌به‌رده‌و شاریان چۆڵ ئه‌کرد، سه‌ریان داخستوو. که‌نیشکێ که‌ڕ و لاڵ چووه سه‌ر ڕه‌شه‌به‌رد هاواری ئه‌کرد چتێ بێژێت. وه‌ک سه‌گ قسه‌ی ئه‌کرد. گه‌ره‌کی بوو بێژێ مه‌چن شار چۆڵ مه‌که‌ن. مه‌یده‌نه ده‌س ... وه‌ک زوان مردگه‌کان بوو، وه‌ک مۆرخوانی دایکێک و سێ خوه‌یشک بۆ

برایکیان کە کوژیاگە.

"بچین بێژین پێیان کە نەچن، شار چۆڵ نەکەن،" وتم بە دانەیک لە مناڵەکان کە هاتووە سەر قەور میمکەزاگەکەی دایکم.

"بە کێ بێژین؟" وەیئەزانی خەریکم دەزگای ئەگرم.

"مەگەر نەتدی گەرەکیانە بچن؟ تواشای ڕەشەبەرد کە،" دەسم کێشا بەرەو ئەینە.

"لە کوێنا؟ کوڕە دەرچۆ قایشقەیاسک، خەباتە شێت خەریکە تێ بۆمان."

خەبات شێت نەو، بوو بە شێت، ئەویچ لە چاو خەڵکەو. یانێ خەبات ئەونگە مردگی دیبوو و ئەونگە وێنەی مردگ ناو سەریا بوو وایە پێ هاتوو. ئەو ڕۆژە خەبات نزیکم بووەو وەلێ هیچ کارێکی نەکرد. ئارام بوو. ناو چاومی چاوی و وتی،" ئەمانە هەڵئەگری بۆم؟"

"خوڵ بە سەرم چە هەڵگرم؟"

تواشایم کرد. سی چل کەلیمەیکی ناو پەڕێ قازا نووسیبوو. دایە دەسمەو.

"چەی پێ کەم؟"

" ئەم کەلیمەگەلە تەک خوەتا بوە و بیکە بە داستانێک."

لە دڵەو ترسیاوم وەلێ ترسەکە ئەوە نەو خەبات ئات لیم، ئەوە بوو ئەو کارە نەکەم خەبات دەس لە سەرم هەڵناگرێت.

سەری داخست و هەڵگەڕیاوە بۆ ناو قەورسان. دوایی زانیم، شەهین لە ژێرزەوییا وتی پێم کە خەبات بە بۆنەی حەقێقەتێکەو شێت بووگە و داگیە دەسەو. وتی کە باوکی خەفتوو و دایکی لەو بیس‌وچوار چرکە کوژیا، خوەیشکە کۆرپەکەی لە باوەش دایکیا تیری خوارد و تیرەکەیش چەقییە ناو دڵ دایکیا. دوای ئەوەیشە فرەیک مردگی دیگە. وتی دوای ئەوە گەرەکیان بووگە بیدەن لە سێدارە یا تیربارانی کەن. وتی تیربارانیشیان کرد وەلێ فیشەکەکان پلاستیکی بوون. وتی کە خەبات هەستی بە مەرگ کرد وەلێ نەدۆڕیا، تەنیا شێت بوو. وتی کە ترسی دا لاوە و کەفتە ناو خەڵک و قسەی ئەکرد بۆیان. وتی خەبات ماڵەوماڵ، کۆڵانەوکۆڵان چووگە و هەناری بردگە بۆ مەردم کە ئەو پەتا لە ناو بوات.

خەبات لە بیس‌وچوار چرکەکا کە سەد ساڵە بەردەوامە لە شەقام پردیوەر و کەسنەزانا بووگە، خیاوانەکەی پشت شەقام ڕەزازی. وتی خومپارە، لە چرکەیکا، داگیە پاڵیا و دەسێکی قرتاندگە. وتی خەبات ناو گێژەنەکا بووگە. وتی هاوردیان بۆ لای من لە بێمارستانا. وتی هیچێ دارو و دەرمان بۆ تیمارکردن نەماو و مەژبوور بووین بێ ئەوەی کە خەبات بێهۆش کەین، بە زینگی، دەسی بۆڕینەو کە چڵک و عوفوونەت نەکات. وتی دوای دە ساڵ، خەبات

سوار تاکسیک بووگە لە شەقام کەسنەزانەو بەرەو مەیان کەسنەزان. وتی وەختێ تاکسییەکە لە بەر پردیوەرەو ئەچێ، خەبات ئەیژێ بە ڕانەندەکە لەو شوێنا لە چرکەی سیانزەما دەسی قرتیاگە. ڕانەندەکە وتگیە کاکە کام چرکە؟ بۆچە لە کەسنەزانا چتێک قەومیاگە؟ خەبات شێت بوو کە چلۆن ئەوێت دوای تەنیا دە ساڵ ... بۆچە دوای دە ساڵ ... کورە هەتیم هەرچێ کاپۆڵەک و کوڵەش و زوان‌چەفتە لە ناو ئەم وەڵاتا خلمگیانە. هەتیم چکێ بیر کەرەو دین‌دەراتگ کەم لە بیر ورگ و گوان و گەڵتا بە.

لەو ڕۆژەو بە دوا ئەو نادرووسە بوو بە پاڵەوان زینگیم. بەو بۆنەو فرەتر ئەچوامە باخەکەی پشت کووجی و فرەتر سگارم ئەکێشا. وەمئەزانی مەوادکێشان و موعتادبوون هەر ئەو سگارەسە کە من ئەمکێشا. ڕۆژێکانێ، ئێوارەیکانێ پەڕە قازەکەی خەباتم نیا ناو خاک. زاتم نەو بیخوێنمەو. دوای ئەوە گەڵایک فرەم ورد کرد و چووم بۆ ناو باخ. بارانێ فرە لە سەڵای سبحەو تا نیمەڕۆ باریبوو و مژێ تۆخ، مژێ زۆڵ، ئەو باخیە ناو خەیاڵما کردوو بە گۆڕستانێک خنکیاگ لە ناو دڵۆپە بووچکەلەکان بارانا. لە بیر خەباتا بووم و وامەزانی کەسێ کەفگە شۆنی کە بیکوژێ و لە ناوی بوا. نەمەزانی کیە و قڕوقیافەی قەپۆزی لە تیرەی مێهدی ئەچوا، گەنە ڕیش و سمێڵێ تەنک و لوول و قژێ کۆتا کە دریاگە خوارەو. لە پشت دارێکەو خەریک بووم سگارم ئەکێشا و خەبات لە پشت دارێکەو مەوادی ئەکێشا. پیاگەکە دەمانچەیکی دەرهاورد و خەباتی نیشان کرد. چاوێکی بەست و گەرەکی بوو فیشەکێ ڕێک بنێتە کەڕاکەیەو. نرکەیک هاتە گوێچکەی ڕاسما یانێکانێ مەغزم خەریک بوو ئەتەقیا. تڵپەیک. شڵپەیک کە بەشێک لە مەغزمی شڵەقاندەو. باوکم لە پشتەو ...

ئەو شەقەزیلەی باوکمە بوو بە مدووی ئەوە فرەتر سگار کێشم. دوای ئەو شەقەزیلە، وەک موعتادێ، باوکم بوو بە هاندەرم کە فرەتر بیر لە خەبات کەمەو. تا چەن ساڵ دەسم ئەدا لە گوێچکەم و دڵم ئەهاتە ئێش. قینم ئەهات لە گوێچکەم، حەزم ئەکرد لە بێخەو هەڵیکەنم و فڕەی بەم، یا ناو باخ حاجییا بینێژم. یا وردی کەم و بیکەم بە سگارێک و هەڵیمژم. هەرچێ تواشای خوەمم ئەکرد قینم هەڵەگرت لە دەم‌وچاوێ کە گوێچکەم هەس لە ناویا. وردەوردە لە بیرم چووەو کە گوێچکەم هەس، وردەوردە دەنگ مەردمم کزتر و وردەوردە کەمتر ئەژنەفت، وردەوردە کەڕ بووم و مووزیکەکان شوان و ناسر و ڕەشۆ و جوان حاجۆ و یەدێ شاکریم بە گوێچکەیکم گوێچکە ئەدا. دەنگ دیوانەکەی خاڵۆم بەس بە لایکم گوێچکە ئەدا. ئەترسیام لەو ڕۆژە دوو گوێچکەکەم کەڕ بێت و ئیتر نەتوانم پینک فلۆیدیچ ... گەرەکم بوو خوەم بوکژم کە ناتوانم مۆسیقای کۆ-چیاکان بە دوو گوێچکەکەم

گوێچکە بەم. دوای چەن ساڵ عادەتم بە کەڕیی خوەم کرد. گووم کردە ناو ئەو دونیا کە مووسیقی کوردی نەتوانی بە دوو گوێچکەکەت وەک بەشەر گوێچکە بەیت. تفم لێت باوکە ...

چووم بۆ ڕەشەبەرد، چاوم خستووە ناو چاو دانە بە دانەی ماڵەکان (ناتوانم بە دەس کەسنەزانەو دەرچم، ناکرگێ بە دەس ئەم خاکە خەمبارەو دەرچی، بنیام داگیر ئەکات. پڕیە لە مەواد لامەسەب) چاوم بە سپیبەرد و قەڵای خان کەسنەزانەو بوو، لە سەر کێفە بەرزەکەی پشت کەسنەزان. لە ژیانما ئەونگە کێفم نەدیبوو، کەسنەزان لە باوەش چیا و شاخا زیندانی بووگە. سامێ سەیریان خستە دڵم و دڵم داخرۆپیا. دەروونم داتەکیا. بەرزی و نزمی ئەو گشتە چیا ڕیتم لێدان دڵمی دیاری ئەکرد ... ڕیتم خەیاڵەکانم ... ڕیتم نووسینەکانم ... ڕیتم زینگیم، هەر بەو ئەنازە کە زنجیرە کێفەکان شێت و یاخی بوون.

لە لووتکەکەو بەرم کردە ئەولا بەرەو پشت و تواشای ناو دۆڵێکم کرد و دارستانێ بووچکەلەم دی و زانیم لەینا ئاو هەس. هەرچێ شوێنە گەڵاڕێزان بوو و ئەینە بەهار، سەرسەوز. باریکە ڕێگەیکی بوو تا ئەگەیا بە ئەینە. لە دوورەو خوڕەی ئاو ئەهات و ناو ڕێگا تا گەیمە ئەینە دوو کانیاوم دی کە تازە هەڵتۆقیاو. سەرم سووڕ ما کە لە پاییزا چلۆن چتێ ئاوا ڕوو ئەدات. گیاگەلێک فرە سەریان دەرهاوردوو و بۆی شکۆفەی دارەکان لەو ناوچە بووچکەلە و لەو بەهەشتە ئەخولیاوە. لە بەر خوەمەو وتم بەخوا ئەم توولەسەگە هەتیمە ئەیرەیە دۆزیگەسەو و دڵی نەهاتگە بەجێی بێڵێ. سەگێک لەینا شوێنی خوەش کردوو بۆ خوەی و چاوی مەس بوو. سەگ گیاخوەرم نەدیو تا ئەو وەختە. وە نامووس. چوومە ئەولاتر و گوڵێکم دی، گوڵێ فرە زەریف و خوەشبۆ. چەن دانەیک لەو گوڵگەلە بوون و سەگەکە خەریک بوو ئەیانیخوارد. منی دی داچڵەکیا چووە ئەولا وێسا، گوێچکەی بەلی داخستوو و تواشامی ئەکرد. چاوی مەس کردوو و بەزۆر چاوی هەڵئەسا. کەمێ لێم دوور کەفتەو. گەرەکی بوو دەرچێت بەرەو لام قەپم لێ بگرێت. گرتم و نەمهێشت.

سەگ وامە لە گشت زینگیما هەر نەدیبوو. ئەو نادرووسە هەڵیئەخستەو، جفتەی ئەوەشاند، بە دەور خوەیا ئەسووڕیاوە وەمئەزانی هەڵئەپەڕێت. هەڵتیقان داتیقانەکەی فرە ترساندمی. وەلێکانێ ترس نەو. خوەشەویسی ئەو سەگە دڵمی کێڵاو.

چەن گوڵێکم کەندەوە و نیامە گیفانم. بە سەگمەرگی و هەرگبەسەری ئەو سەگە حەیرانمە گرتە باوەشمەوە و هاوردم بەرەو خوار. دامنیا و بەستمەو بە دووچەرخەکەم و دەرچوومەو بەرەو بان ڕەشەبەرد.

ئەو گوڵە، بۆکەی، ڕوومەتی، ڕەنگی، خەیاڵمی زڕاندوو.

نیامە ناو دەمم و جاویم. هەروا لە قوڕگم ئەچووا خوارەو من پام لە زەوی، لە دایکم، لە نیشتمانم ئەبڕیا. سەرم گێژی ئەخوارد و تواو کێفەکان و قەڵای خان کەسنەزان و کەسنەزان لە بەر چاوم ئەسووڕیانەو. ئۆف. وێسیاوە. بوو بە شەو. چتێ لە جنس تاریکیی ناو دێوەکەم قاوی ئەکرد لیم. مێشکم قورس بوو. ڕەشیی تواو کێفەکانی تاواندەو. فیشەکێ تەقیا و تیشکێ سوور عازاکانێ ڕەشایی کێفەکانی داچڵەکاند و تێکەڵ نوور ماڵەکان ناو شار کەسنەزان بوو. تەنیا یەک نەفەرم ئەدی و ئەویش خەبات بوو. دەرئەچووا، بێ شوێن، بەرەو هیچ کوێ دەرئەچووا. تواو شار سوور بوو، هەنار پڕیاگ تواو کەسنەزانی سوور کردوو. فرەیک لاشەی مردگ پێوەرەکانێ بێ‌ناز داکەفتوون. سەگ لاشەی ئەخوارد. مرۆچەم ئەدی لە هێلانە تێتە دەرەوە و ئەچووا ناو منالّدان ژنە مردگەکان و لە ناوەو ئەیانیخوارد. ناو لاشەکەیشم ئەدی. لە دار و دیوار مرۆچە ئەواریا؛ لە دڵ زەوی، ناو دار، لە تۆی گەڵا، لە دڵ هەور و دڵۆپ باران، لە دڵی تاریکی، لە ناو چێو سووتیاگ مرۆچە ئەهاتە دەرەو. گشتیان هاتوون لاشەی مردگ بخوەن؛ مەردمگەلێ کە سووتیاون، منالگەلێ کە دەموچاویان مووچیاونەو. شیلەی مەمکەی ژنە مردگەکانیان ئەخوارد و لە ناو پایانەو ئەچووانە ناو دڵ و ڕوودەیان و تواو جەسەیان لە ناوەو ئەجاوی. پۆسیان وەک شیشە وشک ئەوا و گشتیان ئەشکیان و دائەکەفتنە بان زەوی ئەپڕیان، ئەڕژیان و تواو کەسنەزان وردە شیشەی جەسەی خەڵک بوو.

دانەیکم دی ئەیقێڕان، فیشەکێ نریا بە منالێکەوە و لێڵەخۆی داکەفتوە بان خاک، تواشای منی ئەکرد و جەمی ئەکردەوە و ئەیخستەو ناو سکی. دایکی کوێر بوو و ئەگەڕیا بە شۆنیا، پای هەڵکەفت و کەفتە مل منالەکەیا. خوەمم دی ناو کووجیک تەسکا دەمم نیاوە بان دەم سوور کەنیشکێ، دەسم نیاوە بان مەمکی کە خوێنی لێ ئەتکیا. خوێن ئاوی. مار لە ژێر زەوی ئەهاتە دەرەوەو هووشەی کەڕمی کردوو... لە ترسا دەرچووم، سوار دووچەرخەکەم بووم، سەگەکەم گرتە باوەشمەو. ڕۆژ بوو و من ناو شەوا پام لێ‌ئەدا، کووجی بە کووجی و کۆڵانەوکۆڵان دەرچووم...

بە هەر هەرگ‌بەسەریک بوو خوەم گەیاندە ماڵەو و دەرچوومە ناو ئەشکەفتەکەم. گشتیان لە ماڵا بوون، ئەونگە بێ‌دەنگ چوومە ناو کەسیان نەیزانی پێم. بە پەڕۆیک دەم سەگەکەم بەستووەو نەوەڕێت. توولە بوو. هەر گەورە نەو و تا ئیسە هەر وەک توولەیک ماگەسەو. ئەو توولەسەگە بوو بە هاوڕێی هەتایی من. ناویم نیاوە ڕەشۆ کە هاوناو خوەم

بێت. سەعاتێ لە خوەم بتاکیایەتەو شێت ئەوا. ئیتر باس ئەو دینسەگە و ئەم ئاتمەوساتمە ناکەم، تەنیا بزانن هەمیشە لەتەکما بوو تا ئەو ڕۆژە ڕەشە کە چووم بۆ کافە و ڕووناک ... لەینا خەریک بوو دیوارەکانی نەققاشی ئەکرد. دەس و ئەنگووس و توێڵی ڕەنگی بوو. دامەنەکەیشی ... ناوپایشی ... ئۆف ڕووناک خوا بتواتەو.

ئەوە ئەوەڵین ڕۆژ موعتادبوون من بوو.

چەن ڕۆژ تێپەڕی. سەرم بای کردوو، ئەیشا، ژانێک سەیر، وەمئەزانی چتێک ناو مەغزما نەماگە. گش خانۆکەکان مەغزم داوای ئەو گوڵە سێحراوییانە ئەکرد. سەگەکەیش حاڵی باش نەو، یەکڕا ئەیلووراند و چاوی بەحاڵێکانێ هەڵەسا.

چوومەو بۆ ڕەشەبەرد. کتریک زەرد و ئاهەنی و بووچکەلە لە ماڵا بوو و بردم لەتەک خوەما. کوانگێکم کردەوە و ئاگرێکم داگرساند. لە کانی دۆڵەکا ئاوم کردە ناو کترییەکا. نیامە بان ئاگر تا هاتە کوڵ. چووم چەن گوڵێکم هەڵکەند و هاوردم و خستمە ناو ئاوەکوڵەکە تا خاس تام و بۆ باتەو. ڕێک دوای دە دێقە کترییەکەم داگرت و دامنیا تا سەردەو بێت. ڕوو لە کێفەکان کە ئەگەیا بە سپیبەرد دانیشتووم و کەسنەزان لە ژێر پامەو بوو.

نیامە سەرەوە و چکێکم لێ هەڵقوڕاند. هەر لە ئەینا پاڵکەفتم و هەنێک مار خوەیان پێچان بە قەوما و لە ژێر ملما پەپکەیان بەست. خەریک بووم ئەخنکیام وەلێ نامردم. خوەمم دی هام لە زیندانا، ڕووت، دانەیک ئەیدا لیم؛ وەک مێهدی بوو. هەر مێهدی بوو. ئەیپرسی لیم و دەسی بۆم دائەوەشان و نەمەزانی چە ئێژێت. دانەیکی دا ناو گوێچکەما و دەنگیم ژنەفت. کاورای قەپاڵەقنگ. کورە هەتیم تۆ ناتوانی شواڵەکەت کێشیتە سەر چڵمن. ساوەن ئایت لە پاوپلت. پرسی ڕووناک ها کوێنا؟ فارسی قسەی ئەکرد. سەرم سووڕ ماو نەمەزانی چە بێژم. چە ئێژیت ئابا؟ جواوم نەداوە و وتی باشە ئەوە چتێ نییە خوەمان پەیای ئەکەین. ئەیوت سبحا شەهین تیرباران ئەکەین، ئەیوت شار چۆڵ بوو، دیت؟ خەریکی چە ئەنووسیت؟ خەبات ها لە کوێنا؟ لە پرسەی دایەتا لە کوێنا بووی؟ پرسی و پرسی و پرسی، لە بگردگ، لە داهاتگ، لە ئیسە. جواوم نەدا و بە شەلاخێ نیشتە ملم. خوەم خستە کوڵەسووچێک. سەرم هەڵگەڕاندەوە و وتم، "ئابا گیان دەم بنمە ناو دەمت دووگیانت کەم؟" خوەمم ئەدی ڕووت ناو زیندان تاکەکەسییا دانیشتگم و قۆلانچەیک ها ناو دەسما و بەوردی خەریک بووم تواشام ئەکرد. سەرمام بوو وەک شۆڕەبی ناو بێسان ئەلەرزیام. ژێر پام ئەیزریکاند، قۆلانچەکەم نیا پشتم نەیوینێ. ترس تواو داگیرمی کردوو. باوکم ئەدی ناو چاو مێهدییا. ناو چاو ئەو قۆلانچە. چە بوو، چەم کرگە کە هامە زیندانا،

ئەو وەختە دوای ئەوە کە مەوادەکە داهاتگی دا نیشانم نەمئەزانی چە تێ بە سەرما. دە ساڵ تری نیشانم ئەدا. نا، نا، بگردگ بوو. نازانم، کات و ڕێکەوت و شۆنم لێ شێویاگە. سرم گێژی ئەخوارد و نەشە بووم، نەشەی بۆی خاک. چاوم بە زۆر هەڵئەسا. دەنگ ماشینەکەی باوکم ژنەفت کە خەریک بوو ئەهاتەو. ترسیاوم. خوەم تل دا تا بێخ دۆڵەکەو هەر وا خەوم پیا کەفت. دوای سەعاتێکەو لە سەرم پەڕی و هاتمەو بۆ ناو شار.

زوو دەرچوومە ناو ژێرخانەکەم. هەر نەمدی چاو لە چاوم بکات. قسەی ئەکرد نوقم جێگەی تر ئەوا.

وتم، "شەهین ئەمانە چەس من ئەیانوینم؟ داهاتگ من چەس، چە تێ بە سەرما؟"

جواومی نەداوە. ناڕاحەت بوو. وەلێ ئەمزانی چکەچکە دایئەچکنێتە ناو چاوم.

لە ئەشکەفتەکەما خەفتم.

لە خەو هەڵسام بڕوام ناکرد تەک کەسێکا قسەم کردوێ، بڕوام بە بوون خوەم ناکرد، ڕۆژێ سەد ڕا ئەچوامە بەر ئاینە و تواشای خوەمم ئەکرد و ورد ئەوامەو لە دەموچاوم. دەسم ئەهاورد بە لووت و کوڵم و دەم و چاوما، گەرەکم بوو بزانم داچڵەکیاگم لە خەو یا نا. جاروبار هەنێ لە ئەنامەکان جەسەم هەست ناکرد، ڕۆژێ وەمەزانی لووتم نییە، ڕۆژێ وەمئەزانی دەمم نەماگە و بەڕاسی نەمئەتوانی قسە کەم، ڕۆژێک کە گوێچکەم نەو دەنگ کەسم ناژنەفت.

هەڵسام. هەستێ ناو دڵما زینگەو بووەو. یاخی بوون. وەمەزانی یاخیم. موعتادێک یاخی کە ئەشێ شەڕ کات و بگەیت بەو شتە کە گەرەکیە. گەرەکم بوو بە دووچەرخەکەم دەورێ بەمەو، چکێکیش جاچکەی نیم‌سووپێرم ماو و وتم بیانفرۆشم. چوومە ناو حەوش و دیم دووچەرخەکەم نەماگە. قاوم کرد لە دایکم و هات. وتم کوای. وتی بردی. وتم بۆچە. وتی وتگیە پووڵی گەرەکە و ئەشێ ماسە بسێنێت بۆ باخ. وتم کێ. وتی باوکت. وتم ئەمە ڕەسمی نەو پاڵەوان فس‌فس.

ئیتر حەوسەڵەی بیرکردنم نەو، نەماو، ڕێک چووم بەرەو ترمیناڵ. وەک کەسێ کە هیچ‌کەسی نییە، وەک کەسێ بێ‌شوێن و بێ‌پووڵ و کەسێ کە تەنانەت زەمانیشی بۆ گرنگ نەماگە بڕیارم دا بچم. ورەیک فرەم بوو. وەختێکیش دووچەرخەکەم نەماو... ئیتر دونیام بۆچە بوو؟ ئەو دووچەرخە تەواو منالیم بوو. تەواو کەسنەزانم بەو دووچەرخەو ناسی. باوکم نمەشیایە بەو شێوە گیانمی بگرتایە. ئیتر چتێکم نەو بملکنێ بەو شارەو ... هەر وەکوو پووش و پڵاش ... سەر خوەم هەڵەگرم و بێ ناو و نیشان چاوم ئەوەسم و سوار ئوتووبووسێ

ئەوم و ئەوم بە خوێڕیی ڕێگەکان ... دەنگ و سازەکەی خاڵۆم لە گوێچکەما پەنگی ئەخواردەو ... تەمەنای سەفەر... **جادە پشتی چەماندەوە، سیگناڵی ئەژدیهای سەفەر ناڵاندی و تەنیاییمی لاواندەوە** ... شعر پیرەشاعرەکەی دارەپیرە. شەو و مانگ و هەسارە و مردگەکان ...

ناو ڕێگە هاتن و داوای بلیتیان کرد. نەمئەزانی بەرەو کوێنە ئەچین. جواوم نەداوە. داوای بلیتیان کرد جە نوو. وتم بێن بمکوژن پووڵم نییە. ئەچم ناو ڕاڕۆوا ئەخەفم. ئەچمە ژێر ئوتووبووسەکە. ئەسڵەن ئەچمە بان سەقف. خاسە وا خواقەزات؟

خەفتم، هەڵسام. گەیم. شارێک بێشوناس ... گشتی لە کوڵەو گێڕیاو. دەرچووم گیریام بڕیام و چووم بۆ ناو شەقام ناوەندی شارێک کە نەمئەزانی کوێنەس. بە شۆن مەوادا ئەچووم، بە شۆن خاکا، نەو. چەقۆ چەقۆ ناو سەرم لات لووت دەرچۆ دەرچۆ مەعموور دەرچۆ شەش گرەم نەیشەکەر بڕیاگ و تیژ تا خوەرهەڵات چەقیا ناو سەرما خوماری بێشار و بێشوێن و بێشوناس ئای شەهین هایدە کوو؟ قەزاگەد بوومە خڕد هانای فەریادڕەسم بوو ... و مەواد مناڵباز چەقۆ زمسان سارد بخەفە شیشە بشکنە شیشەی ئەو ماشینە و ناویا بخەفە لە سەرما نەڕچیت زیندان لە بان تەرم مردگ بخەفە دەرچۆ ئاوەها گردتی گوێچکە بڕیاگ مەمکەی سووتیاگ و بۆگەن بۆگەن ئەکەنیا مێهدی ئەکەنیا ئاینە ئاینە لە بەر ئاینە تواشای خوەمم ئەکرد و بڕوام بە بوون خوەم نەو. جاروبار هەنێ لە ئەنامەکان جەسەم گوم ئەکرد، ڕۆژێ وەمەزانی لووتم نییە، ڕۆژێ وەمئەزانی دەمم نەماگە و بەڕاسی نەمئەتوانی قسە کەم، ڕۆژێک کە گوێچکەم نەو سای کەسم ناژنەفت. چتێ سەیرم دی و دەسم، دەس ڕاسم یەکسەرە بوو بە بافوور.

باوکم خەفتوو و تواو مال خەفتوو و مەشیایە تواو دونیا بخەفتایە و فڵتەفڵتی نەهاتایە. لە بانەو بووم. ناو ئاینە تواشای پام ئەکرد. شواڵەکەم داوە خوارەوە لە پشت چاومەو لە بان شانمەو چاوم لێ ئەکرد. دەسم چەک بوو. خەفتوو باوکم. دەسم تەقیا و باوکم داچڵەکیا و چەکەکەی شکاندەو پێما. تواشای خوەمم کردەو. دەسم بوو بە قەڵەم دوارە. دامە ناو ئاینەکا و شکیا و وتم تۆڵە ئەسێنم. وتم باوکم ئەکوژم. نا، ئەیکوژم لە ناو چیرۆکێکا. چە فەرقێ ئەکات دووانەکەی کوشتنە. تواشای خوەم ئەکرد و دەسم بافوور بوو، شیشەیی و شکیا و ژیانم پریش‌پریش بوو. گشتی بگردگم کۆ کردەوە و نیامە ژێر خاک. ناو باخەکەی حاجییا. لە بێخ کووجبییەکەمانا. ئای، چز، تواو بوو.

نەچووم بۆ ترمیناڵ ئیتر. ئیتر نەچووم، ئەوەیشە دانەیک لە خاسییەکان مەوادە، داهاتگ

ئەوینیت.

ئیتر گوڵاوەکە نەمی‌ئەگرت. ڕابردووم نادی. بۆی خاکم ناژنەفت. تام هەنارم نەئەچێژا. ڕووداوەکان و کارەساتەکان کوردەواریچم نەئەدی. گەرەکم بوو. نەمئەدی، هەستم ناکرد و گەرەکم بوو بزانم چە قەومیاگە. جاچکەکانم فرۆشت و چووم بۆ قەڵای کەسنەزان پاکەتێ تر بسێنم. قەڵا جێگەی خەلاف بوو. بە ناو و ڕواڵەت جێگەی لیباس نزامی و کەوش‌فرۆشی و ساندویچی و سەرتاش‌خانە و چتگەل تر بوو و لە ڕاسییا شوێن فرۆشتن مەواد و قورس و مەشرووب و چەک بوو. ژن زاتی نەو بچێتە ئەینە. شوێنێک بوو تەنیا بۆ پیاگ. پیاگ خەلاف. پیاگ بەچەباز. جاران، قەڵای کەسنەزان بوو، هێمای شکۆی شارێک. ئیسە هێلانە مرۆچەس.

کەسێ لەینا بچوایە چتێکی بسەندایە لانیکەم پەنجا نەفەر ئەیانپچاندە گوێچکەیا کە چەیان هەس بۆ فرۆش. وەک مووزیک ڕەپ لە چرکەیکا بیس دانە جنسیان ئەوت پێت. جاران ئەچوام و هەر ئەوانمە ئەژنەفت وەلێکانێ ئەمڕا ناو مەوادەکان گوێچکەمی گرت. بەنگ، تریاک، شیرە. پووڵم دا پێ و بە جێگەی داچکە چتێ سۆکم سەند.

وتی پێم چۆن بیکێشم. ئەیزانی ئەوەڵ‌ڕامە. درێژە نام بەم چتە. چووم کێشام و حاڵ خوەشێکی بوو. بۆ ماوەیک فرە یارمەتیمی دا و بۆ خوێندن کەلامەکان فرە هاندەر بوو. خاستر فامم ئەکرد. لە ئازار و ڕەنجەکان 'حەفتەن' تێ‌ئەگەیام. دایراکم قووڵتر دەرک ئەکرد و دواتریش وەمەزانی شاخوەشین‌م، کەسێ کە لە کەسنەزان، لە دڵ کوردەواری و ئەپەرەسنا سەری هەڵدابوو بە دانای دەوران و چوو بۆ 'کەسنەزان'. بۆ ناخ کەسنەزان. لە لای ڕۆخانەی کەسنەزان. جێگەیک شاخاوی و کێفگەلێک لە هیچ‌وەخت هیچ‌کەس ناتوانێ تەختیان کات. هاوار بەماڵم چلۆن ئەکرگێ نەکێشیت و نەچیت بۆ ئەو کەژ و کێف و شاخ و داخە. هەر وەخت دامەگرسان، دەنگ تەمموورەکەی شاخوەشینم ئەژنەفت ناو ئەو زنجیرە کێفگەلا دەنگی ئەداوە. وەمئەزانی کێفەکانم. سەرگێجەم ئەگرت.

کوڕێ لە سەر قەڵا وتی پێم جنس قەڵا خاس نییە و بچۆ لەم ئادرسە و لەو ژن و پیاگە چت بسێنە، هەم هەرزانە هەم ئەسڵە و سروشتیشە. داتئەدڕنێت. گەڵووت ئەکێڵێت. گووت تێ‌ئەکات.

ئەو ڕۆژە ڕەشمە لە بیر ناچێ.

چوومە مەیان کەسنەزان. مەیان بۆنەفت، مەیان نەگبەت، مەیانە حیزەکەی کەسنەزان. یەکڕا تەعمیرگای ماشین بوو ئەو مەیانە و خیاوانەکان دەوروبەری. دەسم لە هەرچێ ئەدا

چەور بوو. دار و دیوار و ئیسفاڵت و کوچک و ئاجۆر و هەرچێ چتە ڕۆغەن ماشین قوڕازە بوو. هەرچێ شوێنە بۆی گازایل و نەفت و ... ماشینم گرت تا بێخ گەڕەک کەسنەزان، تا تەنگەکووجیک چۆڵ. کاکڵەمووشانێ زل و ڕەش بە سەر ماڵگەل ئەو کووجییا هێلانەی کردووەو. دوو ماڵ بە ئاخر کووجییەکە، درگایک نیمەباز بوو. زەنگم دا کە ئەو کاورا جنسم بۆ بێرێ. فرە دێر هات. یانێکانێ هەر نەهات. خومار بووم، خومار بۆی ... هەر خوەم ئەخوراند و هیوام نەماو کە کاورا بێت. چوومە ناو حەوش ماڵەکەیش و کەسی تیا نەو. هاتمەو ناو کووجی و هەڵگەڕیامەو. سێ پیاگ زل و ملقەوی هاتنە ناو کووجی. لیباس ڕەش و سمێڵی. دیار بوو کەفتگنە شۆنم. مناڵ بووم و تووکم دەرنەهاوردوو. هاتن لە نزیکمەوە وێسیان، دەوروبەر چوار میتر و بیس‌وچوار سانت. ساحێوەکەیان لە بەینیانا، دەسی ناو پایا بوو و ملی خستووە پشتا. بە ژێر چاو تواشامی ئەکرد. گەڕەکم بوو بێژم دەڵقە دۆ وەیتە ناوپای عەزیزخان و جا دەرچم. بەچەکانی لە پشت سەریەو وێساون. نەمئەزانی چە بکەم. ئەمبەر کووجییەکەیش بن‌بەس بوو. چنگم کردووە ڕانما. کوچکێ دووان داکەفتوو لە پاڵ دەسمەو، هەڵمگرت. قەسەم ئەخوەم من نەوم هەڵمگرت چتێ هانمی دا. فڕەم دا بۆیان و دیم دوور ئەونەو؛ نا، نەچوون و کوتامە تەوق سەر خوەما دوای چەن چرکە دوور بوونەو؛ نا، وایشە نەو، خاس نایتە بیرم، وتم با بە کوچکێ دوو چت پێکم؛ ئەیانم‌ترسان و هەر ئەهاتنە بەرەو؛ دامە تەوق سەرما جا فڕەم دا. چەن چرکەیک ماق مان و جا دەرچوون. وەمەزانی بووگمە کوڕەخاسەیک خەراباتی، وەیانەزانی مردگم، وەمەزانی هێزم هەس؛ وەیانەزانی ئەومە ملیان. دیم باران ئەوارێ؛ وتم بەخوا ئەمە نیشانەیکە خوایی و ئاسمانیش ئەزانێ چە کار گەورەیکم کردگە. باران فرەتر ئەواریا. بارانێ سوور. وتم بەخوا قیامەتە. تواشای ئاسمانم کرد و دیم چتێ نەو، هەوری نەو، دیم خوێن ئەوارێ. خوێن شین. جیڕەی درگایکم ژنەفت، دیار بوو دەنگەکە لە بێخ کۆڵانەکەو ئەهات. ژنەکە دەنگی بەحاڵەیک دەرئەهات، قیڕاندی، "یا ئەڵا گیان خوەی تۆپاند،" دەنگی وەک جیڕەی درگای دارینە بوو.

هاتمەو هۆش دیم ژن و پیاگێ بووچکەلە لە جنس ئێسقان لە بان سەرمەو وێسیاگن. گۆشتیان نەو و پۆسیان شۆڕەو بوو بان چوارچێوەی جەسەیان.

گەینە داوما و ئیسەیشە هەر لە بیرما ماگن. ژن‌وشوویک موعتاد و خوێن‌شیرین.

ماڵەکەیان، هەڵبەت ماڵ نەو هێلانە مامر بوو، سەقفێ فرە کۆتا ... بۆی مامر چزڵیکی لێ ئەهات. لە سەر چۆکت دانیشتایەتی زاتت نەو سەرت بەرزەو کەی. لەینا ئەژیان و

پشتیان یەکڕا چەمیاوەو. هاتمەو هۆش، خەریک مەوادکێشان بوون. دوو چڵە ئێسقان بە دەور پکنیکێکا دانیشتوون. لازم نەو مەواد کێشم، دووکەڵەکە ئەونگە خەست بوو خوەی ئەچووا ناو قوڕگما و دووکەڵ‌گیرمی ئەکرد.

دووکەڵ‌گیر بووم، خراو جۆریک گرتوومی. پیاگەکە شەقەزیلەیکی دا لێم، هاتمە سەر خوەم. چکێ شیری چۆڕانده ناو قوڕگم ... وشک بوو و شیرەکە بینەقاقەمی دادڕی. دیم دوو نەفەر لە جنس ئێسقان هانە بان سەرمەو. ماڵەکەیان کولێن مامر بوو و سەقفەکەی فرە نزم. خەریک مەوادکێشان بوون. چکێ حاڵم خاس بوو و بەزۆر هەڵسیام و چووم تەکیانا مژێکم دا لێ. کەمێ ئێش سەرم خاس بوو و هاتمەو چووم بەرەو ماڵ. خوەم ئەخوران.

تەکنیکێ فرە خاس فێر بووم بۆ ئەوەی کە خوەم و زینگیی خوەم بپارێزم. کەس خراوی بوەتایە پێم ئەمدا لە خوەم، بە چەقۆ بوایە، بە دەس خوەم یا بە کوچک. خوێن خوەمم ئەدی وەمئەزانی زینگم. باوکم، ئاخ باوکم. هەرچێ خراو تەکما قسەی کردایە یا گەرەکی بوایە بیدایە لێم وەک سەگ خوەمم ئەتۆپاند و ئیتر زاتی نەو کارێ کات. ئەمزانی کە ئیسە ئەو ئەترسێ لە من ... ئاواتە پێ ئەکەم چاوزیت ...

ئەو چتە ئەو ژن و پیاگە ئەیانکێشا فرە جیاواز و قورس بوو. ئەمزانی بەوبەختن و چتیان نییە بخوەن. جاچکەم ئەفرۆشت و چتم ئەسەند بۆیان و ئەوانیش جنسیان ئەدا پێم. هەر لای خوەیانەو ئەمکێشا. خراو جۆرێ فێر ئەینە بووم. ئیتر بگردگم نەئەدی، ئیتر شەهین تواشامی ناکرد و خوەی نادا نیشانم. تاقەت ڕووناکیشم نەو. دیار بوو خەریک چەس ...

چتێ ڕوویدا کە گشت زینگی منی هەڵگەڕاندەو. خومار بووم و مەوادم گەرەک بوو. چوومەو بۆ لایان و هەر گەیمە ناو کووجییەکە، بۆیک فرە تون کاسمی کرد. مەغزمی کونا کرد. درگای ماڵیان باز بوو. تەقەم دا. درگایان نەکردەو. درگایان ناکردەو. بۆکە بنیامی کوێر ئەکرد ئەونگە تۆخ بوو، ئەونگە زۆڵ بوو. چوومە ناو و دانەویمەو بچمە ناو دێوەکەیان. هەر وا وشک بووم. وەک مار تۆپیگ. بەرانبەر من و لای دەس یەکەو پیوەرەکانێ دانیشتوون. پکنیکەکە ڕۆشن بوو و قژ ژنەکەی یەکڕا سووتاندوو و لکیاو بە دەموچاویەو. وەک یەکیان پێ هاتوو، ڕێک وەک یەک. دووانەکەیان ڕستەیک ڕەش بوون. چاویان داچەقیاو، دەمیان داتەکیاو، جەستەیان هەڵقرچیاو و پۆس و جلەکانیان هەڵپڕووزیاو. ئەنگووسیان وەک کوچک وشک بوو. لێو ڕەش و لیباس شین و پۆس ئاڵ. ناتوانم ئەو ترسمە بە حیچ ناو و ئاوەڵناو و حیچ کردار و ئاوەڵکردارێ بێژم بۆتان کە چلۆن بوو. ئەتوانم بێژم ترس لە مەرگ بوو. مەرگ داگیرمی کردوو و من لەو ڕۆژەو تا ئیسە هەر نەومەو بنیام.

نازانم چلۆن لەو ماڵا هاتمە دەرەو، تا توانیم هەڕامکرد. وەک بزن دەرەچوام. لە ناو کووجییەکانا ژنگەل لە سەر کووجی دانیشتوون و پکنیکێ لە بەینیانا ڕۆشن بوو و مەوادیان ئەکێشا. لە ناو کووجیک تر چەن کوڕ بە دەور یەکا پەپکەیان بەستوو و مەوادیان ئەکێشا. لە سەر دیوار و پاڵ دیوار و ژێر دار و لە هەر کونایکا دانەیک خەریک مەوادکێشان بوو. سریکیان وشک مردوون و سریکیان چاویان هەڵناسا و سریکیشیان سەریان ناو پایانا بوو و وەک پیرمەردێک کۆم و پشتچەمیاگ ئەچوانە ڕێگا. بۆی چەور و بۆی نەفتیان لێ ئەهات. لیباسەکانیان قورس و چەور لکیاون بەیەکا. قژیان درێژ و ڕیشیان لوول و گژ ... خوەمم ناو گشتیانا ئەدی. خوەمم دی لە کوڵەسووچێکەو دانیشتووم و سەرم ناو چۆکما بە دەنگێ نارەحەت و دڵگیر و خومار و خەراواتی ئەمخوێند ***ئەی دە دەی داد ڕیسوای زەمانەم ... شەش دەری بەختم ڕێی لێ گیراوە خەمبار و دڵتەنگ جەرگم براوە ... چەوت و لار و گێژ چەرخی چەپگەردم ... دەردم گرانە و دوور لە هاودەردم.*** تەواو دەردەکان دونیا ناو دەنگما خەمیان تێئەزا. مەرگ نیاویە شۆنمەو. ترس ئەو ژن و شووە سووتیاگە. بۆی جەسەیان، بۆی سووتیاگ قژیان، بۆی مەرگیان ...

تا بەر ماڵ خوەمان هەڕامئەکرد و چاوم بە پشت سەر خوەمەو بوو کە مەرگ نەمگرێ، کە چنگ نەخاتە ناو زینگیم. مەرگێک بەو شێوەمە نەگەرەک بوو. مردگەکان کەسنەزان و ئەرکەکەی شەهین ... لە ناو شەقام کەسنەزان و کەسنەزانەو لە ڕێگەی کۆڵانە تەنگوتەسکەکانەو دەرەچووام و بیرم لە قسەکان شەهین ئەکردەو، بیرم لە ئەرکەکەم ئەکردەو، بیرم لە دایەم و دایکم و براکەم و خاڵۆم ئەکردەو. باوکم؟ باوکم لە کوێنا بوو؟ چەن ساڵە ها لە باخا و خەفتگە؟

"من گەرەکم نەو تۆ مەواد کێشی، من گەرەکم بوو بۆی خاک تەک خوەیا بتوات."

"چۆن لایوەم؟ گشت گیانم گەرەکیە لایوەم بینمە لاوە ئەم لامەسەبە،" دڵم لە ترسا ئەیدا لێ و بە زۆر قسەم ئەکرد.

شەهین پەیقی، "ئەگەر گەرەکت بێ لای بوەی چکێ بیر کەرەو بزانە دڵت چە ئەیژێت."

مەوادم نەکێشاو و نەمەزانی دڵم چەی گەرەک. چووم تەقەی درگای هاجەر خانمم لێ دا. بەر لە من ڕووناک و دایکی لەینە بوون. تەواو خەڵک کەسنەزان هەر ئاواتێکی بوایە ئەچوا بۆ لای هاجەر خانم و ئەویش دۆعایکی بۆ ئەنووسی. کوڕێک سووتەڵ و ناشیرین و دەموچاو قوپیاگ لەینە بوو و وتی چە بکەم کەنیشکێ خاڵۆزاگم هەس تواشایچم ناکات. هاجەر خانم دەم کتێوێکی کردەوە و چتێکی نووسی ناو کوتەقازێکا. وتی، "ئەمە باز

نەکەی. بە جۆرێک بینە ناو سرنگای کەنیشکەکە و ئیتر کارت نەوێت." کور بە هەڵتیقان‌داتیقان چووە دەرەو. دڵم بۆ ئەو کەنیشکە بەوبەختە ئەسووتیا. من خوەم سەد کونام بوایە دانەیکم نادا بەو دەمەوقۆپانە. لیباسەکانی ئەگیریان لە بەریا. چوومە ناو دێو دۆعانووسین هاجەر خانم. گیپەقنگێک بوو هاجەرخانم هەنگاوی ئەنیا ماڵەکە ئەشەکیاوە. هەمیشە وەک جادووگەرێک تواشای ئەو ژنمە ئەکرد. فرە بۆم ترسناک بوو. ئەیانوت لەتەک مردگەکانا پەیوەندی هەس و شەوگەلا تەکیانا قسە ئەکات. ئەیوت جن تێرێتە ژێر باڵ خوەی. ئەیانوت گەرەکی بێت زینگی کەسێ نابوود بکات، گووی تێ ئەکات. بەم بۆنەو هیچکە زاتی نەو ناو گەڕەک خوەمانا مزەڕەتێکی بە حاڵ ئەو ژنە بێت. وتم چە بکەم هاجەر خانم؟ وتی شەهین وتگیە پێت چە بکەی. بۆچە تی بۆ لای من وەختێ خوەت ئەزانی چە بکەی؟

قسەکانی ترساندمی. کەلیمەکانی قورس بوون و ئازارمیان ئەدا. ڕەش و سێحراوی قسەی ئەکرد.

دڵم داوای سروشتی ئەکرد.

هاتم بێمە دەرەو، وتی، "بێسە مەچۆ، تاڵێ برژانت بکەنەرەو بیدە پێم."

کتک کەفتە شواڵم. وتم بۆچە؟

وتی کارت نەوێت بۆ خوەتە. چت خراوێک نیە.

ئەم ڕۆژەکەو چووم بۆ مەدرەسە. وتیان پێم سروود بخوێنم. مێهدی ئەکەنیا. مودیرەکە دوو دەسەکەی لە بەر سکییەو بەستوو و ورد ورد تواشامی ئەکرد. ئەویش لە دڵەو ئەکەنیا. خومار بووم هیچم بۆ گرینگ نەو. حەزم ئەکرد بمرم حەزم ئەکرد شۆڕشێ کەم و جا بمرم. ترس هاتە دڵما، خاڵۆکانم و باوام هاتە بەر چاوم. بیس‌وچوار چرکەی ژیانی شەهین هاتە بەر چاوم. میکرۆفۆنم گرتە دەسم و ئەمقێڕاند. دەنگ دووڕەگەی موعتادێک خەراباتی: دایک‌وباوگ حویزگەلە رۆ ڕۆژێژژژێ ڕاوتان ئەنین و و و و وەک سەگ هەر ڕێک وەک سەگ لە لە لەم وڵاتە دەرتان ئەکەین. چەپپپەڵگەل. کوناکوناتان ئەکەین کوناکونامانتان کرد.

دونیا لەبەر چاوم ڕەش بوو. زوانم شکیا. فرمیسکم هەڵڕژیا. ئەمقێڕاند و ئەمبۆڕاند. وەک شێتم پێ هات و وشەکانم بڕگەبڕگە ئەدرکاند. زوانم گیری ئەکرد. قسەکەم وەک لاڵێک بوو. وەک سترانێک لاڵ بوو. وەک شەهین وەختێ داوای یەخی ئەکرد. لەو چەن چرکە شەهین بووم خەبات بووم و بۆ چەن چرکە گشت ترس و دڵەڕاوکەیانم فام کرد. بۆ چەن

چرکە تواو قین دونیام دەرخست و چکێ ئارامەو بووم. گەرەکم بوو دەرچم و غورووورم نەیەهێشت. هەر وا وێسام. قنجوقیت. مودیرەکە و مێهدی و چەن کەس تر لەوانە کە مانگێ ڕای ڕۆن و شەکەریان ئەگرت هاتن و گردمیان و تۆپاندمیان. کار خوەمم کرد و خوەم دانیاو بۆ هەرچێ چتە. بردمیان بۆ دەفتەر. خوێناڵی بووم.

مودیرەکە کیفەکەی سەند لێم و تواشای ناوی کرد. مەوادی دۆزییەو. درگای داخست و زەنگی دا بۆ پاسگا. چنگم کردوو بە ڕانما و سفت ئەمگووشا و دیانگەلم ئەهاڕان بە یەکا. لە دڵ خوەما جوێنم ئەدا بە مێهدی. هەمیشە بە شۆنمەو بوو، هەمیشە ئەو کوڕە مەزەڕەتی بوو بۆ من و من هەر نەومە بنیام. هەر نەمفامی.

هاتن و بردمیان بۆ پاسگا و خستمیانە ناو بازداشتگا. بە بۆنەی مەوادەو نەو، ئەوە بەهانە بوو. دوای چەن سەعات سێ نەفەر هاتن و نیشتن پێمەو و فرەتر خوێناڵیمیان کرد. دەموچاوم یەکڕا خوێن بوو هەرچێ دام لە خوەم حیچ کارێکی نەکرد. چوونە دەرەو و تواو ئەنامم ئەیشا. درگا باز بوو و باوکم هاتە ناو.

"کوڕەکەم، چەت کرگە نازارەکەم؟ بۆچە هاوردگتیانە بۆ ئەیرە؟"

داچڵەکیام لەو خەوە ناحەزە. ناو ئەشکەفتەکەما بووم. ئیتر نەچوومەو بۆ مەدرەسە، ئیتر پام نەنیا ناو مەدرەسە. ئیتر نە مێهدیم دی نە مودیر نە حیچ هاوکلاسی و تەڕەماشێک تر.

هەڵسام و بەرچاییکم خوارد. ئازای ئەنامم ئەیشا، وەمئەزانی چتێ ناو مەغزما نەماگە. مێخ چەقیاو بە مەژگەما. ماق خاڵێک ئەوام و نەمئەتوانی چاوی لێ هەڵگرم. تووڕە بووم و دایکم زاتی نەو تەکما قسە کات. شیشەم ئەشکان، ئەمقیڕان، لە باوکیشم ترسم نەو. شەهین نەما، چوو و وێڵمی کرد، مردگەکانیش وێڵمیان کرد. یەک سات بڕیاڕێکم دا، وتم من ئەشێ ئەم مەوادە نامەتە لاوەم. دەرچووم بۆ باخ. ترسم نەو باوکم لەینا بێت. چووم بۆ شوێنێک کە مناڵیمی تیا بوو. باخ و هەسارە و شەو و تاریکی:

ئیسە ئارام قسە ئەکەم، جاران خۆ ئەتزانی چەنێ فرە ئەدوام. ئارامم، تواشام کە. لە مناڵییەو گشتی هاتگە بان، بەر چاوم، ناو گوێچکەم. گشتییان هاتگنە بان مەژگەم. کەورشکەکە کە مناڵەکان لە باخ حاجییا خوێناڵییان کرد و من هیچم نەوت و تەنیا تواشایم ئەکرد هاتەو بۆ لام و شەو لە ژێر ئەو دارە کە خوەم گەورەم کردوو سەری نیاوە بان سینەم. ئەو سەگە، ئەو سەگە کە تواشای خاڵێک ئەکات و ئەوەڕێ لە چتێک کە من نایوینم، هات و ئەیوت لە بیرتە ڕەشۆ؟ سەگەکە ئەیوت ڕەشۆ من چتێک ئەوینم تۆ نایوینی. بتدییایە فرە چتگەل ترت ئەنووسی. لەبیرتە دوو شەو برسیم بوو هیچت نەدا پێم؟ ئەیوت لە بیرتە

شەوەکە ئەوەڵین باران پاییز هات و من تەکتا هاتم تا بان ئەو کێفە هۆشم بێ پێتەو؟ نا، لە بیرت نییە. سەگەکە ئەیوت من ئەو کەنیشکە سەندرۆم‌داونیمە و تۆ هەر نەتزانی. ئەیوت حەقێقەت ها لای منەو. هاتووە بان. دارگەلێک کە شکاندوومەو، لقەکانیان ئەیانزریکاند. ئەو دارگەڵانە لە بێخەو خەتەنە ئەکرد، شەقم ئەکرد، بێوەریم ئەکرد. ئای وە ئەندازەی گشت ئەو میوەیلە کە سەر نەڵاوردن دووسد دێرم شەهین. وە ئەندازەی گشت ئەو فیشەکەیلە کە دان لە دار بەڕوەگان دووسد دێرم. دایە گیان دایە گیان شەهین گیان هاینە کوو؟ لۆلۆ؟ لۆرۆ؟ رۆلۆ؟ رۆرۆ؟ ئەموینن؟ ئازارەکانم هەست پێ ئەکەن؟ ئەیانزریکاند. کەڕ بووم شەهین باوەڕ وە پیم کەی؟ ئەو لقگەلە ئەکرد بە ئاگر ناو سەرما و بەفرا، گشتیان تەکما قسەیان ئەکرد، ئەزانی چە ئێژم ڕەشۆ ڕۆژڕەش؟ لە باخا بووم ئیتر دارم نابڕی سەرمایشم ناوا. فرە سەیر بوو فرە ئەڵاجەۆ بۆ شەهین، دار هەناریێ بوو خوەم نیاوم، خوەم ئاوم پێ ئەدا، خوەم تەکیا قسەم ئەکرد، ئەیوت ڕەشۆ بێرەو بۆ لای خوەم، بێ بۆ لای خوەم دانیشە کەس ناتوینێ. چووم بۆ لای و وەمئەزانی هامە کووجییەکان کەسنەزانا، ئەو هەستییە ئەدا پیم. کەس ناموینێ. فرە خوەش بوو. مەوادم ناکێشا و ناو تەرکا بووم و کەس نەمیئەدی. وەک دایکێ قسەی ئەکرد تەکما. چتێ وەک دایکەزەوی ئەهاوردە بەر چاوم و ئەیوت لە بیرت نای من خوەم ناوم بۆت هەڵبژارد. دۆڵ و شەتاوێ بوو هەنگوورە ڕەشەی تیا بوو بەخوا کەس لە ژیانیا نەچووگە ئەینە. شماردم بیس‌وچوار دانە کونا مار لەینا بوو. مار درێژ و قەڵەو، ڕۆژانە بە قەو کێفەو بوون لەم بەرەو من ئەمدی. دەی بە شەهین و مەرگی سوێند ئەخوەم ئەچوامە ناو ئەو دۆڵە، پڕی بوو لە گیا و بە داس تەمیسم ئەکرد، بژارم ئەکرد، لە بەین ئەو کوناگەلە ڕووت دائەنیشتم و چاوم ئەبەست و بیرم ئەکردەو. مارەکان ئەهاتنە دەرەو لە ژێر پاما پەپکەیان ئەبەست و جا بە قەوما پەنگیان ئەخواردەوە و وەک گورگ ئەیانلووراند و من چاوم ئەکردەوە و تواشای مانگم ئەکرد. لوونا. لوونا. ئاشما. مانگ. هەڕام‌کردە بان کێفەکە، کەس نەو، ئەمقێڕان و هەڕامەکرد، تواو جەسەم، زەینم، بیرم، ڕۆحم نیشتووە زریکە. یا مەلەک، تواشای دەسم کە، ئەم ئەنگووسگەلە ئەوینی؟ چنگم ئەکردە ژێر کوچکا و لە جێگەی خوەیا هەڵم‌ئەتەکاند. دەرئەچوامە ناو خانەباخ دائەنیشتم. تەبەقەی سەر زەوییەکە. لە تەبەقەی سەرەو باوکم خەفتوو. سۆمپا چێوییەکەم هەڵئەکرد و دار بەڕووم ئەسووتان، بۆن و بەرامەی جەسەی ڕووناک ئەهاتەو بە لووتما و ترسەکانم بیچمیان ئەگرتەو جە نوو. گشتیان ئەیانزریکاند، بڕوام پێ کە وەختێ ئەیژم تەک مردگا ئەژیم بڕوام پی کە. گشت مردگەکان هاتوونە بان زەینم و ئەیانزریکاند. چووم باوەشم کرد

بە دار هەنارێکا. دایکم چەن ساڵ پێش نیاوی. باوەشم کرد پیا و کەنیشکێکم دی خەریکە تێتە ناو باخ. بووم نەققاشی و قەڵەمموو بە دەسییەو بوو. بوومێ چەرمگ و خوەی چاوی قووڵ و قەوی. دانیشت و نەققاشی ئەکێشا. درۆ ناکەم ڕەشین، ئەو کەنیشکە شەهین بوو. شەهین بۆچە دوارە هاتی و قاوت نەکرد لێم؟ ئەو کەنیشکە تەنیا شەهینەکەی من نەو، نیشتمان بێمارەکان بوو، جا بوو بە گۆڕستانیان. چاوەکانی. چۆ هاتی شەهین خۆ تۆ خەریک تیمارکردن بێمارەکان ناو بێمارخانە بوویت؟ دەی بێمار و بێمارستان هەر کوردییە، بۆچە دەس لە سەرم هەڵناگرن؟ گووم کردە قەورتانا بۆچە ئەونگە کوردتان بووچکەو کردگە. دەرچووم بۆ لای و نوقم بوو. ئەیوت خەمت نەوێ من هەم. هامە لاتەو. کەسنەزان. کەسنەزان. کەسنەزان. مردگەکان، هەسارە، شەو. تۆ هەر هۆش خوەتۆ بێ. ئەیوت تا تۆ بنووسی منیش نەققاشی ئەکێشم و ئەخوێنم. ئەیوت وڵاتمان، خاکمان پڕ ئەکەین لە وشە و ڕەنگ و نۆت. کەم مەیرا، تواوی کە و دەس کەرەو بە نووسین. هەورەتریشقەیک ئاسمانی داگرساند و ناو باخی ڕۆشن کردەوە و لە پشت هەر دارێ ڕۆحێکم ئەدی. تواو دونیا ڕەنگێ تر بوو وەک نێگاتیڤێ. چتێکم ئەدی جاران نەمەدی. گرمەی ئاسمان دڵمی دائەخرۆپاند و تواو سروشتی بێدەنگ کرد. شەهین باوەڕ وە پیم بکە دارەگان دی قسە نەکردن. وتووم پێت ئەو باخ ئێمە پڕیە لە سەگ؟ دانەیکیان نەیانئەوەڕاند. یا مەلەکتاووس دەی چۆن ئەوێ ئەو گشتە سەگە نەوەڕێ؟ دەی خۆ سەگ‌وەڕت ژنەفگە. ئەو گرمەی ئاسمانە گشتی بێدەنگ کردوو. حیچ دەنگێ نەو، حیچ. لەو چرکە کە ئاسمان زریکاندی و دونیای ڕۆشن کردەو چتێکم ئەدی تا ئەو وەختەو تا ئیسەیچە هەر نەمدیگە. مەیژە چەم دی، نازانم چە بێژم بەخوا نازانم چە بوو. زوان ئەشکنێت. چلۆن ئەتوانم باس پەنجهەزار و بیس‌وچوار مردگ و ماسی کەم؟ چۆن ئەوێ سێسەد ساڵ خوەی بترینجنێتە ناو بیست‌وچوار چرکە؟ کاکە لە ئەو ڕستەدا دوو وشەی فارسیت هێناوە ... دەی خۆ دیارە بنیام شێت ئەوێت. کاورای نامژمەڵ ئەوانە فارسی نین. فارسی هەر ئێوە خەریکن گەورەی ئەکەنەو. وەڵڵا برا تەڵڵا ئێوە هیچ‌کامتان پا نانن بە سکڵا بۆ ئەم خاکە. ئاخ نەزان چووزانۆ جە بیروونەوە، من چێشم مێشۆ جە دەروونەوە. دوارە تاریکی جلێ ڕەشی کردەو بەر زەوی و تەنیا چتێ کە خوەی ئەنواند تەقەتەق باران بوو. ڕەهێڵە. مەلکۆسان و لێزمەباران. ڕووت بووم. چاوم حیچی نادی. تەنیا هەستم ئەکرد تواو باخ پڕە لە مردگ. پاڵ‌کەفتم و چاوم بەست و هەستم کرد تاریکی خوەی برگە یەک و خوەی ترینجانگە ناو پۆس و گۆشت و ئێسقانێک و هاتگە دەسی نیاگە ناقم. یا شای گۆران، وەمئەزانی تاریکی دەسی تا

بینه‌قاقه‌م چووگه. "ده‌ی بگیره بزانم ئه‌توانی بگیری. ده‌ی بگیره،" ئه‌یوت و ده‌سی فره‌تر ئه‌گووشا. ڕووت بووم، قووت بووم و جه‌سته‌م لوول کردوو و خوه‌مم گریَ داو به خوه‌مه‌و. مناڵ بووم و چووبووم بۆ باخ ته‌ک باوکما. سیَ دانه مار ناو هه‌سیَڵه‌کا بوون و ئه‌سووڕیانه‌و. هه‌رکامیان دوو میتر ئه‌وان، ڕه‌ش و شین و ئاڵ بوون و لای یه‌که‌و خوه‌یان ئه‌خزان به مل ئاوه‌کا. لقیَ دار داکه‌فتوو. هه‌ڵم‌گرت و فره‌م‌دا بۆیان و دایه مل سێیانه‌که‌یانا. ئه‌و ڕۆژه چتێکم دی که ئه‌و شه‌وه هات به سه‌رما. ئه‌و مارگه‌له وه‌ها ئێشیان پیَ‌گه‌ی که په‌نگیان ئه‌خوارده‌وه به ده‌ور یه‌کا. مناڵ بووم و ئه‌و وه‌خته وامه‌زانی که‌سنه‌زان خه‌ریکه هه‌ڵه‌شێوگێته‌و ناو خوه‌یا. ئه‌و مارگه‌له ناو یه‌کا ئه‌گه‌وزیانه‌و، ئه‌شڵه‌قیانه‌و، ئه‌خلۆپیانه‌و و هووشه‌یان ئه‌کرد. وه‌ک ده‌نگ فڕۆکه که سه‌وت ئه‌شکنێت و گوێچکه که‌ڕ ئه‌کات. شیشه‌ی ماڵه‌کانی شکاند؟ شه‌هین وه داوو وه چه‌وه‌یلد قه‌سه‌م ئه‌و ڕۆژه من مه‌رگم به چاو خوه‌م دی وه‌ک ئه‌و شه‌وه که تاریکی ده‌سی نیاوه ناقم. "بگیره ده‌ی بگیره بزانم ئه‌توانی؟" نه‌مه‌توانی شه‌هین به‌خوا وه‌خته‌بوو شێت بم بۆ فرمیسکێک و ناهاته خواره‌و. یا شای که‌سنه‌زان، فرمیسکیَ چه‌س ئاخر. نه‌و. ناهات. وشک بوو. ڕه‌شین من ئه‌و شه‌وه دڵنیا بووم و بڕیارم دا ئیتر مه‌واد ناکێشم و ئه‌شیَ بنووسم. له پێناو ئه‌م خاکه من ئیتر ناکێشم. من هه‌ر بۆی نمم به‌سه. ڕه‌شۆ، تواشای ناو باخم کرد له په‌نجه‌ره‌که‌و. سه‌گیَ هه‌س هه‌میشه دایکم چتی پیَ‌ئه‌دا و تووله‌کانی به‌خێو ئه‌کرد. هه‌ر سه‌گه‌که‌ی ڕه‌شه‌به‌رد بوو شه‌هین. هه‌ر خوه‌ت بووی دایراک. بیلبیله‌ی چاوت له بیره که ئه‌له‌ریاوه؟ له بیرته ناو چاو ئه‌و سه‌گا خوه‌تت دۆزییه‌و؟ که‌نیشکه سه‌ندرۆم‌داونییه‌که‌ت دۆزییه‌و؟ هات و تواشامی ناکرد. من تواشای ناو چاویم ئه‌کرد و ئه‌و تواشای چتێکی ئه‌کرد که تا ئیسه نه‌یدیگه. شه‌هین ئه‌و شه‌وه سه‌یروسه‌مه‌ره بوو. من و ئه‌و سه‌گه چتێکمان ئه‌دی که هیچکه نایوینیَ. ئه‌یه چه‌س خه‌ریکی ئه‌یتێری به سه‌رما شه‌هین، ئیتر خوه‌م سانسۆر ناکه‌م ئه‌و شه‌وه من سه‌د ساڵ گه‌وره بووم. ئه‌و شه‌وه من ده‌مم نیا ناو ده‌م سه‌دان کچ مردگا. شه‌هین من خوه‌شیانم گه‌ره‌ک بوو. گشتیان هاوخوێن خوه‌م بوون. مردوون. ده‌ی چلۆن ماچیانم نه‌کردایه؟؟؟ ئه‌و شه‌وه من سه‌دان خه‌باتم دا به کوشتا. ڕه‌شۆ ئه‌و شه‌وه من داهاتگم دی. شه‌هین، که‌فتمه ناو دیوێک. گه‌وره بوو. تواو باخ کزه تیشکیَ ڕۆچنی کردووه‌و. ئه‌و ژووریشه وا بوو. شه‌میَ فره بووچکه‌له ئه‌و ژووریه داگرساندوو. که‌نیشکیَ دانیشتوو ئه‌یوت مناڵ دایراکه. مناڵ تۆ. مناڵ هاوبه‌ش تۆ و من و هه‌نار. له بان سه‌نه‌ڵیکه‌و. تواشای ناو په‌نجه‌ره‌ی ئه‌کرد. ئه‌و به‌ر په‌نجه‌ره‌که دیار نه‌و. وه‌ڵیَ ئه‌مزانی ماڵێک فره قه‌یمی

کەسنەزانە. شەهین وەگەردت درۆ نیەکەم، حەز ئەکەی ئاوڕووم بوە، من ئەو شەوە ئەو کەنیشکمە دی گمێزم کرد بە خوەما. وەک منالّی کە ئاگرم ئەکردەوە و شەوەکەی خوەمم تەڕ ئەکرد. کەنیشکەکە چاخ بوو کەچەڵ بوو و پشت سەری لۆچ کەفتوو. بەری کردە ئەم لاو ڕووە بە من. داچڵەکیام. دەس تاریکی هێشتا لە ناقما بوو. "بگیرە دەی بگیرە، بزانم ئەتوانی بگیری." نا ناتوانم توخوات وێڵم کە. هەورەکە گرمانی شەهین. گەرەکی بوو چتێ باتە نیشانم. وەمئەزانی پەنجهەزار و بیس‌چوار کەس بەیەکەو دانیشگن و تەمووره ئەژەنن. وەمئەزانی بۆمبێ شیمیایی تەقیاگەسەو و بۆی سێفی تێ. وەمئەزانی سەردەم بۆمباران ... وەمئەزانی بۆمبێکە فۆسفۆری کە ئەسووتنێ. لە ناخ و ناوەو ئەسووچنێت و تێتە سەر پۆس ... شەڕەکە هاتووە ناو واری سوور و کەسنەزان، ناو خاکی کەسنەزان ... تورکییە داوای ئەینەیشە ئەکات ... جوان حاجۆ تۆ هیچت نەوت. تەنیا 'زینێ'ت خوێند. *زینێ ... هاتی خەونا من ... گۆلا من حەزکر ... چاڤ ب هێستر بوون ... ژ من گازن کر* ... ئەو شەوە من گشت ئەو منالّگەلە دی کە ئەسووتێن. لە ناو ئەو سترانا دیم. سەگەکە نەیئەوەڕاند و ماق ماو. شەهین، لۆلۆ، من ئەو سەگمە دیبوو ناو شار کەسنەزان لە بەر عەمارەت کەسنەزان. دەسی نیاوە ناقم، "دەی بگیرە، بزانم ئەتوانی بگیری؟" منالّەکە بەری کردە ئەم لاو کامڵ دیم. سەندرۆم‌داونی بوو. قسەی ناکرد. پرسیم لێ تۆ کیت، جواوی نەداوە. تواشای ناو پەنجەرەکەی ئەکرد. چوومە بەرەو شەهین. ئای چەنێ دڵتەزێنە وەختێ ئەوینم تەنبوورێک شکیاگە. فرە ترسیاوم. لە ناو پەنجەرەکە کوردەواری دیار بوو و ناو کووجی و کۆڵانەکانیا فرەیک وشە و نۆت و ڕەنگ وەک مردگ داکەفتوون. پەڵەڕەنگ‌گەلێک زیت و زەق. گشتیان بێ‌گیان بوون. ئەم گشتە وەختە ئەو سەندرۆم‌داونییە خەریک بوو تواشای مردگی ئەکرد. تواشای ماسی و هەنار وشکی ئەکرد. بەری کردە ئەم لاو و ... هیچێ دیار نەو شەهین. بێ‌دەنگی بوو، تاریکی بوو، چتێ بوو کە هیچکە جگە لە من و ئەو سەگە و ئەو سەندرۆم‌داونییە نەیەدی. ڕەشۆ گشتیان جەمەو بوونەو بان زەینم گشت ئەوانەی کە کوژیاگن: "ئەگەر ئێمە ئەو چتە بەین پێت کە مەواد و دەوا و قورس ئەیا پێت دەسی لێ هەڵئەگری؟" بە تواو گیانم ئەمزریکان و ئەمقێڕان ئەرێ ئەرێ گەرەکمە. جا کوا کەلیمە بتوانێت ئەو هەست منە بگەینێت. شەهین، ئرمسم ڕشیا. بەربوو دایراک. بەربوو دایە. بەربوو دایکە گیان. ڕۆخانەیک بەر بوو. من ئەو شەوە زانیم کە ڕاوچییەکە نامرێت. من ئەو شەوە زانیم ئەو ڕاوچییە شارەکەی نەجات ئەدات. ئەو پەتا ئەبەزێنێت. ئەو شەوە زانیم کەسنەزان و گشت وڵات کەسنەزان تووش پەتایک بووگە. تووش لەبیرچوون. پەتای

لەبیرچوون. هێرشیان کردە سەرمان. من و خەبات نگابان بووین. ئێشکچی ئەو کووجی و گەڕەکە. هاتنە ناو کۆڵانەکە. فرە بوون. چەن کەس ترمان بوو لە سەر دیوار بوون. هەر خەڵک شار. کوژیان و دانەیکیان دەرچوو. شەهین، من مەوادم ئەکێشا و هێزم تیا نەو، نەماو. نەمەتوانی بجووڵمەو. خوەمم لە پشت تیربەرقێکەو قایم کردوو. تیرمان نەما. هەردووکمان. من دوو تیرم ماو. ئەوان فرە بوون. شەهین، چە بکرداتام؟ دوو تیرم ماو. تەنیا دوو دانە. خەبات وتی من بوکژە و جا خوەت. وتی ناوێ کەفینە دەسیان. شەڕ بوو شەهین، گشتی شەڕ کردیان. من نەمئەتوانی نەچم. مەوادم ئەکێشا وەلێ نەچوایەتم شێت ئەوام. وتم خەبات ئەم کارە مەکە بە من. من ناتوانم. گەرەکی بوو بیسێنێت لە دەسم و خوەی بوکژێت. نەمهێشت. شەهین تەقەم کرد و خەبات لە بەر چاو خوەما سەری کونا بوو و مەژگەی تەقی. من بووم یا نووسەرەکەی ناو ژێرخان؟ شەهین ئەوە کیە؟ خوەمم؟ دەی خۆ من لە بیرم نایت لە بیس‌وچوار چرکەکا بووێتم. من هەر لە دایک نەبووم ئەو وەختە. ئەی بۆچە وازانم من بووم؟ شەهین من خوەم بووم لە بیرمە. هاتنە بان سەرمان. من نەگەیم پیا خوەم بوکژم شەهین. تا هاتم ئەو کارە کەم تیرێکیان نیا بە پامەو و کەفتم. چەکیان سەند لێم و هەروا وێڵمیان کرد. ئامبۆلیم دا. مانگێ بێهۆش بووم لە کۆما. بۆچە منیان نەکوشت شەهین؟ من لیاقەت مەرگم بوو. نا، من لایق مەرگیش نیم. بۆچەیان بوو تیرێک حەرام دانەیک موعتاد کەن؟ من خەباتم کوشت شەهین. هەر ئەو نەو، من خەباتەکەی تریشم کوشت. نەمتوانی نەجاتی بەم. لە بەر چاو خوەمەو خوەی دا لە سێ‌دارە. لەبیرتە لۆلۆ. ئڕا هۆچ نیەۆشی، شەهین؟؟ باوەشت کرد پیا و بوویت بە چوار لەت و نوقم بوویت. شەهین، من کوشتم. من ئەمتوانی نەجاتی بەم. ئەمتوانی بەر تۆیش بگرم کە نوقم نەویت؟ شەهین تۆ خوەتیش ئەتزانی من وەختێکم نەماگە بۆ دڵداری بۆیە هیچ‌وەخت گۆشت و ئێسقانت نەگرتە خوەت و نەهاتیتە ناو دونیام. یا شای‌ماران های لە کوێنە؟ چووم بەرەو دۆڵەکە. ئەوەی کە ناو باخا بوو. کونایکی بوو. سەد دانە کونای بوو. فرەیک کوچک لە بانیەو چنیاو. تواو ئەو ناوچە بە ئەینە ئەیانوت کوناماران. مناڵ بووم هەرچێ حەفتە ئەهاتن و چێشتیان درووس ئەکرد بۆ مارەکان. کاژ مارەکانیان کۆ ئەکردەوە و ئەیانبرد. ئەیانبەست بە پەلکەی کەنیشکە عازەوەکان و ئەوانەی وا شوویان کردوو. بەرەکەتی بوو بۆیان. ئیسە ئەزانم بۆچە ئەینە ... چووم و کوچکەکانم دا لاوە و کونایک گەورە خوەی دەرخست. هیچێ دیار نەو. بۆشایی بوو و بەس. خوەم خستە ناوی. بریندار بووم. خوێناڵی بووم. خوێن شیناوی لە دەس و پام ئەتکیا. بە سەرەو داومە زەوییا و لە

هۆش چووم. ڕوومەتم ڕەتیاو. هەڵسام. فرەیک ڕەشەمار. کاریان بەسەرمەو نەو. گەرەکیان بوو تەکما قسە کەن. بردمیان. بۆ لای شایماران. شەهین، ناو دڵ خاکا بووم. بەهەشتم بوو. یەکڕا بۆنی نمساری خاک. تەنیا شوێنێک کە مێهدی نەو، مادی نەو، لەینا نەبوون، مانایان نەو. دڵنیا بووم کە هیچوەخت ناتوانن بێن بۆ ئەیرە. سۆکەو بووم. ناو ئەشکەفتێک بوو ئاوی لی ئەتکیا. شایماران هات و بەخێرهاتنمی کرد. سەری ژن بوو. ژنێ زەریف. چاو ڕەش و لووت قنج و ئێسقانی. دووچکەی سەر مار بوو. شەش پای بوو شەهین. هەر شەش پاکەی سەر مار بوون. گەردن گازی خەملیاو بە فرەیک تەڵا و جەواهێر. ئەیوت لە منالییەو، منالیی منەو، ماتلم بووگە. گشت زینگی منی ئەزانی. وەک کەنیشکە سەندرۆمداونییەکەت. وەک خوەت شەهین. نەیئەهێشت بێمەو سەر زەوی. ئەموت ماتڵمن ئەشێ بچم و بنووسم. ئەیزانی هامە ناو تەرک مەوادا. ئەیوت مێهدییەکان هان بە شۆنیەو. ئەیوت ئەگەر من بچمە دەرەو ئەوان ئەزانن و تێن و ئیتر هەرچێ چتە تواو ئەوێت. ئیتر نهێنیک نامێنێت. ئیتر خاکێک نامێنێت. ئەو پارێزەر خاک و ڕەمزوڕازەکانی بوو. نەیار ناوێ بزانێت. نەیار ژ بۆ مە نابێ دۆست. ئەیزانی چەنێ ئازارم کێشاگە. کوچکێکی هەڵگرت و ناو سینەی خوەی ڕووکاندەو. شەفایک، دەوایک، وەک لێنجاو هاتە دەرەو. دای پێم نۆشیم. وەمئەزانی چوارده ساڵمە. زامەکان زیندان لە سەر جەسەم نەما. ماوەیک فرە لەینا مامەو. وتم ئەشێ بچم کار نەکریاگ فرەم هەس. شایماران وتی تووش پەتا بووگن خەڵک. خاک نەخوەشە. وتی ناوێ باس ئەیرە بکەم. ناوێ ئەم نهێنیگەلە بێژم. ئەمانە نهێنین. شایماران خواژن نهێنی و ڕەمز و ڕازەکانا شەهین. شەهین؟ تۆ خوەت بووی؟ شەهین دڵنیام تۆ بووی ئەوانتە ئەوت پێم. شەهین تۆ خوەت شایمارانی. وتت لەیرە بچیتە دەرەو ئیتر وەخت ئیزافەت نیە، ئەشێ چرکە بە چرکەی زینگیت کار کەیت، بیر کەیتەو، ڕێگە چارەیک بدۆزیتەو. شەهین، ئەی شایماران، تۆ وتت، تۆ خوەت وتت کە خوەت ئەدەیتە نیشانم و ڕێنوێنیم ئەکەیت و چتگەلێک ئەخەیتە سەر ڕێگەم. سەوەتەیک نەمام هەنارت دا پێم. وتت بچۆ ئەمانە بنە ناو خاک و گەورەیان کە. لە مێوەکەیان بەش خەڵک بە. شەهین تۆ مەگەر دارستانێک هەنارت نەو؟ هاتمە سەر زەوی و تاریکی هاتەو دەسی نیا ناقم. نەمئەتوانی بگیرم. فرمیسکم وشک بوو. هاتمەو سەر زەوی، ناو شار.

کاشکایە زووتر ئەهاتم، دایکم و خوەیشکم و براکەم و خاڵۆم ... ئەی باوکم لە کوێ بوو. پێشتر چووبوو بۆ باخ و لەینا خەفتوو. چەن ساڵێکە نیە باوکم ...

خەڵک بە بەهانەی ئاپۆ هاتوونە ناو شار و شەقام و کووجی و کۆڵان. مامۆیان خستووە

زیندان. من نەچوومە ناو خەڵک. چووم و بەدزیکەو لە تواو شارا و لە ناو هەر کۆڵانێکا دارهەنارێکم نیا. هاتمەو بۆ ماڵ ... لە ناو حەوشا هەنارێکم نیا. کەس لە ماڵا نەو. بێ‌دەنگ بوو. بێ‌دەنگیک کە فرە لە سەرم قورس و گران بوو. شانمی داتەکاندوو. بۆ ئەوەڵین ڕا لە زینگیما دڵەکوتەی مەرگ باوکمم بوو. بۆ ئەوەڵین ڕا ترسیام باوکم بمرێت. لە نەبوونی ئەترسیام. نەمەزانی چەی بەسەرا هاتگە. بۆ چەن دیٚقە لە خوەم خەجاڵەتم کێشا بۆچە چەن ساڵە هەواڵێک باوکم نەزانیگە. منیش بەش خوەم کولەش و لاژگ بووم. یەکڕا باوکم لە بەر چاوم عەزیز بوو. تاسەیم کرد. کاشکایە لە ماڵا بوایە. قەینا ئەمترسنێت و ... کاشکایە بوایە. تەنیا ئەمزانی لە باخە و لەینا خەفگە. ئەو وەختیشە لە باخا ناو تەرک مەوادا بووم باوکم لە تەبەقەی بانەو خەفتوو و کاری بە سەرمەو نەو.

چووم بۆ باخ. حەزم ئەکرد بە پا بچم. حەزم ئەکرد چرکە بە چرکە و وەگەرد هەر هەنگاوێکما بیر لە باوکم بکەمەوە و گەیمە ناو باخ باوەشی پیا کەم. حەفت هەشت سەعات ناو ڕێگا بووم و هەرچێ نزیک باخ ئەوامەو دڵەڕاوکێ فرەتر دامیئەگرت. کێفاوکێف چووم. لە قەڵای کەسنەزانەو چووم. دۆڵ و کێفم تێپەڕاند و گەیمە ئەو دۆڵە کە ئەوبەری باخ ئێمە جێگەی خوەش کردوو. خانەباخێکمان بوو. لە ناو دارەکانا چووم. خەریک بوون وشک ئەوان و باوکم هەر خەفتوو و ئاویانی نەداو. چراکانی کوژاندووەو. گەیمە لای خانەباخەکە و تواشای پشتیم کرد. چاوم کەفت بە لوولە باریکێک کە کێشیاوە سەر تەپۆڵکەکەی ژوور ماڵەکە. شۆن لوولەکەم گرت و گەیمە سەر تەپۆڵکەکە و تانکرێک نەفتم دی. لوولەکە لەینەو کێشیاو تا پشت ماڵ و لە کونایک بووچکەلەو ئەچوا ناو. تا ناوەڕاس هاڵ. لوولەکە ئەچوا ناو سۆمپایک نەفتی کە لە ناوەڕاس هاڵەکا بوو. قەترە قەترە نەفت ئەتکیا ناو سۆمپاکە و ئەو سۆمپا بۆ چەنەها ساڵ نەفتی بوو و هەر بەردەام ئەگڕیا. لە دوورەو دیار نەو چەنێ گەرمای هەس وەلێ نزیکی ئەوایتەو گەرمایک فرەی بوو. باوکم لە پاڵ ئاگر سۆمپاکا خەفتوو. نەمئەزانی لە کەیەو خەفتگە. چوومە بەرەو. باوکم بە شانەو پاڵ‌کەفتوو و ڕووی کردوو لە ئاگرەکە. پاگەلی جەمەو کردوو و وەک منالێک گرمۆڵە باوەشی کردوو بە سکیا. لایک لە سکی شۆڕ بووەو بان زەوی و نزیکتر بە ئاگرەکە پانەو بووەو. وەک هەویر. وەختێ تواشای سکیم کرد زانیم باوکم لە زووەو خەوی پیا کەفگە. چەن ساڵ شایەد ...لایک لە سکی تاویاوەو. بە خوەی نەیزانیبوو. چۆکی شل وەک پلاستیک داچۆڕیاو و خەریک بوو ئەتاویاوە. توێڵی ... ئەنگووسەکانی ... شان ڕاسی داکەفتووە بان سینەی و ئەویش خەریک بوو ئەتاویاوە. باوکم خەریک بوو ئەتاویاوە ناو خەوا و من هەروا لە ماڵ و لە باخ

هاتمە دەرەو. حەزم ئەکرد بەو شێوە کە خوەی حەز ئەکات بمرێت. حەزم ئەکرد ناو خەوا بمرێت. باوکم چەن ساڵە خەفگە و خەو و مەرگی بووگە یەکێ. حەزم ناکرد بینمە ناو خاک. حەزم ئەکرد هەروا تەنیا بەجێی بێڵم ...

تەنیاترین کەس بووم. کەس لە ماڵا نەو. نە دایکم. نە براکەم. نە خوەیشکم. خوەیشکم هەر نەهاتە دونیا و ناو سک دایکما ماوەو. هەر لەینیشا گیانی دا. هیچوەخت لە دایکم جیا نەوەو.

چوومە ژێرخان و ئیتر نەهاتمە دەرەو تا ئەو ڕۆژە ڕەشە کە خەباتم کوشت و ... زیندانی بووم. وەلێ دواتر:

قاڵۆنچەیەک لە زیندان ڕزگاری کردم ...

"هەر وشەیک ئەم چیرۆکە لەت‌لەتە، مردگێکە لە ژێر هەر ماڵێک و لە ناو هەر باخچەیک و لە دڵ گۆڕستان بیس‌وچوارا. بە نووسین ئەم کتێوە گۆڕێکیچت بۆ خوەت کەندگە، لە ژێر دارێکا. بچۆ ناوی. لەینا شەوگەلا بخەفە. خوەت ناو ڕیشەی دارەکا بدۆزەرەو. ناو چیرۆک داهاتگا خوەت پەیا ئەکەیت و ناو خوەتا ئەخووسگی. یەک‌گرتنمان نزیکە. لە بیرت نەچێ ..." شەهین دایراک مەرەمۆ.

چوارەمین هاتنەوەی شەهین

لە ماڵێکا بووم. ماڵێک فرە هەڕاق و دڵواز. خوشکم لە باوەش دایکما خەفتوو. باوکم لە سووچێکا نووستبوو. ئەودێوی دیوارەکانم ئەچاوی، لە خشتی سەهۆڵ بینا کرابوون. گشت شارم ئەدی، دیار بوو وەک چاو قرژان. نە وەک ئاوێنە ڕێک‌وپێک ئەو جۆرە کە هەس بەڵام وەک ئەوە تواشای چتێ ناو ئاوا بکەیت؛ وەک مردگێک لە ژێرِ سەهۆڵا. شارێک بوو دیمەندار و پڕ لە مەتەشخەڵ ئایەمەیل گەورا کە لە ژێر دیواری ڕووخاوا خنکابوون. هەموو شتێک لە ناو یەکا تێکەڵ و ئاڵوودەی یەک بوون. گردین خەڵک لە ناو کەلاوەی خانووەکانیانەوە کۆ بوونەوە و ماڵاواییان لە یەک ئەکرد.

"ئەوە چەس خەریکە تێتە خوارەو؟" من پرسیم. سەرم لێ شێوابوو. سیەنم گرتوو و دڵەکوتە دڵی ڕەش کردبووم.

"کامە؟" دایکم پرسی. خوشکم لە باوەشیا سەری شۆڕ بووبووە سەر شانی دایکم. خوێنیان لێ ئەچۆڕا.

"ئەو چتە ڕەشە، وەسە مژ، لە سەر کێفەکەو. نایوینی؟" هەرچێ مژەکە ئەهاتە خوارەوە، من هەنگاوێ ئەچوامە دواوە. لە ناو مژەکا داوڵێکم ئەدی. کوێر بوو چاوگەلی.

"نازانی مەگەر؟" خوێن‌سارد و هێمن وتی و ئەیڕوانییە مژەکە کە سەیوەت‌سەیوەت مینس

وە شەو و تاریکی ئەهاتە خوارەوە.

"چە نازانم؟" مووی سنگم هەڵئەکێشا. نەمەتوانی هەڵی‌نەکێشم. سەیری شارم کرد. قەڵای کەسنەزان. مێروولەکان لە هێلانەکەیانەوە ئەهاتنە دەرەوە و وەکوو شێرپەنجە بە ناو شەقام و کۆڵانا بڵاوەیان ئەکرد.

"ئەمرین." دایکم وتی و چاو خوشکمی کە هێشتا لە باوەشیا بوو بە دەست داپۆشا.

"ئەی دایە؟ ئەی براکەم؟ ئەی خاڵۆ؟" ئەهاتم و ئەچووم و لە ناو دیوارەکانا سەیری مەردمم ئەکرد. دایکم بێ‌جووڵە ڕاوەستابوو.

"ئەوان حەزیان ناکرد تەکمانا بن. ئەوینی کە مرۆچەکانیز ..." هەر سەیری مژەکەی ئەکرد. مێروولەکان شاریان ڕەش هەڵگەڕاندبوو.

"نا، من حەز ئەکەم گشتمان بەیەکەو بین." چاوم خستە ناو ژوورەکە. مێروولەی ڕەش و قەڵەو لە دیوار و میچەوە هەڵئەوەرین. لاقی دایکم بینی. مێروولە هەمووی لاق و دەستی داپۆشابوو. نیگام خستە سەر باوکم. تۆژێک مێروولە وەکوو پەتوو باوکمی حەشار دابوو.

"دەی ناوێت، ئەوان ئیتر ناینەو بۆ لامان."

"تواشای پات کە دایکە، مرۆچەکان ... "

"ئەزانم ڕۆڵە." هێمن و خوێن‌سارد جوور شەهین.

"مژەکە هاتگە ماڵەو، هاتگە بان سەرمان، دەی بچۆ قاویان لێ کە دێرە دایکە گیان." ترس تواو گیانی گرتبووم. ویستم پەنجەرەکان داخەم بەڵام ماڵەکە پەنجەرەی نەبوو. سەیری باوکم کرد. نوستبوو و مێروولە ...

"هەس بە سەر گشت شارەو، تەنیا ئێمە نین. بڕیارێکە دریاگە. گشتی بە خوێن خوەی مۆر و ئیمزای کرگە."

"نا من ناتوانم. ئەشێ ئەوانیچ بن. ئەی هاوار ..." ئەمقیژاند و گوێچکەم بە دەسگەلم پۆشا.

"لە چە ئەترسیت کوڕەکەم؟ ئاوە لام‌برد. ئا ئیتر نەما. چوو. مەترسە. تواشای کە." دەسی هەڵکرد و جووڵاندییەوە. مژە ڕەشەکە نوقم بوو و لە شار چووە دەرەوە. بەڵام من داوڵەکەم ئەدی. چاوی واز بوو و لێوی ئەجووڵایەوە. نەمئەزانی چی ئەڵێت. مێروولەکان ڕۆیشتنەوە ناو هێلانەکەیان، قەڵای کەسنەزان.

دایکم دەرچوو بۆ لای دایە و براکەم و خاڵۆم. لە سەر کۆڵانەوە وێسیاگن.

"کوای؟" براکەم پرسی. دایە و خاڵۆ لە ژێر دارتێلەکا دەستی یەکیان گرتبوو.

"نەیئەتوانی."

"مەگەر بیاوبەستمان نەکرد گشتمان ئیمشەو بمرین؟"

"نەکریا رووله، نەیئەتوانی."

"چە ئێژی دایە؟ تۆ قەوڵت دا بە من. چەن ساڵە من چاوەڕوانم."

"ئەشێ گشتی ڕازی بێت. ڕەشۆ هێشتا دڵی دانەمرکیاگە ..."

دایکم دەرچووەو بۆ شوێنەکەی خۆی، بۆ لای من.

"یانێ ئیتر نامرین؟" من پرسیم. تواشای دەوروبەری خۆم ئەکرد.

"نا ئیتر چوو."

"ئەتوانی بیتێریتەو؟"

"نا رووله. چوو، تەنیا یەکڕا بوو. لە دەسمان دەرچوو."

"دەی ئیسە چە بکەین؟"

"هیچ، بوینە و بژنەفە و زەجر کێشە. بۆ هەمیشە."

هەورە ترێشقەیەک، بەس بە درێژایی چرکەیەک، ڕەشایی ڕاچڵەکاند و هەموو شوێنێکی شین کردەوە. مردووەکانم دیت. لە ژێر زەوی و سەر زەوی و ناو حەوش و کەلاوە و سەر کێف و ناو شەقام و کۆڵان، تەژی و لیپاولیپ مردوو ڕاکشابوو. بۆنی مەرگ بڵاوەی ئەکرد. کۆڵەکەی جەستەم چیتر ناتوانێت ئەم ڕۆحە گرانەم هەڵگرێت. ژانێک هەموو جەستەی داگیر کردووم. واوەورێز سەرم، بێشۆ سەرم ئێشێت. دایکم خوشکمی لە باوەش گرتبوو. دەسی هاورد و دەستی گرتم و وتی پێمدە یادگارێ. هیچم نەبوو بێجگە ئەوەی لە باوەشی بگرم. لە ئامێزم گرت و جەسەی هەردووکیان توانەوە ناو جەستەم. ئێستەش لە دوای چەنەها ساڵ هێشتا نە باوەشمایە و جلەکانم خوێناڵین.

چاوم واز کرد. نەمئەزانی خەو بوو یا ڕاستی. پەنجەرەکە داخرابوو و دێوەکە تاریک، مژاژۆ و لێڵ بوو. هیچم نەئەدی. تاریکی دەسی نابووە ناخم و نەمئەتوانی هەناسە هەڵکێشم. چاوم پڕ بوو نە ئەسر و نەمئەتوانی بگیرم. نەمئەتوانی بدوێم. چاوم نووقاند و گشت ژیانم، مینا وە وێنە، لە بەر چاوم وەک فیشەکی سەرگەردان ئەهات و ئەچوو. ئەبێ بێهاس و ئەروەند بڕۆم و شەهین ببینم. ئەبێ کۆڵان بە کۆڵانی کەسنەزان بپێوم و بۆنیان پێوە بکەم. ئیتر تاوشتی ئەم تۆماک و تاریکیمە نییە. دڵنیام لە دڵی ئەم تاریکییە ڕۆچنی هەڵئەقوڵێت. ئەبێ پەیجۆر بم. ئەبێ خۆم بڕۆم و بیدۆزمەوە. تەنانەت گەر پەتواچێ نەبێت. شەهین لەوێیە، لە ناو ئەو کووجیگەلە خۆی نوقم و پێوار کردووە. سوور سوور ئەزانم و دڵم قورسە

کە کاتی یەکگرتنە. ئارۆ یان ئیشەڤ ئەیبینم. گەر ئارۆ نەبێت بانەشەو ...

چوومە ناو کۆڵان. درگای ماڵەگان وازن. سەرنجم ئەدان. سێبەری ساردی مەرگ شاری تەنیبوو. لە حەساری هەر ماڵێکا دار هەنارێک وشک هەڵگەڕاوە و خەڵکی ئەو خانووگەلە خۆیان دیل کردووە، بە پەتێکەوە، ناسک، بە دارێکەوە. ماڵەکان لە ژێر تیرباران و بۆردومانا ڕووخابوون. هیچ نەماوە. بەس دار. بەس دارهەناری وشک‌هەڵاتوو و خەڵکی خۆدیل‌کراو. کچێک کە وێدەچێت شەهین بێت لە شەقامی پردیوەرەوە، ئاو لە دەست، خەریکە ئاو دەکاتە پێی دارە تینووە وشک‌بووەکان. ورد بوومەوە، شەهین نەبوو. پێم‌وابوو شەهین بێت، بەڵام شەهین ... هەڵگەڕامەوە بۆ ماڵ. ئەبێ خۆم ئامادە بکەم و بڕۆم و بیدۆزمەوە.

بریندارەنان شەهین، بریندارەنان ... وەرە گیانم بەرە چیتر تاوشتی ژیانی ئەنۆشم نەماوە ... ئی زامە نێڤەردانۆ بەتەنێ بمرم..

ڕەشۆ سەری دەیێشێت و ژانکوژی نەماوە. جل‌وبەرگی ڕەنگین لەبەر دەکات. هەرکەس دەروونی ڕەش بێت جل‌وبەرگی ڕەنگین لەبەر دەکات. دیسان لە ماڵ هاتە دەرەوە و درگاکەی دانەخست. تەقەی درگا تەنەکەی ماڵی دراوسێکان دەکوتێت. نابینێت کە درگای ماڵەکان نەبەستراوە. داوای ژانکوژ دەکات. کەس نیەتی. زۆری پێ سەیرە گەلۆ ئەم خەڵکە چلۆن دەژین؟ سەریان ژان ناکات؟ شڵەژاو. ڕەنگ‌بزرکاو. ماندوو. دەزانێ کە داستانەکەی خەریکە کۆتایی دێت. دڵنیایە کە لە دوونی هەزارەمی خۆیدایە. خۆی هەڵیبژاردوە لە دوونی داهاتوویدا دیسان وەکوو نووسەری مردووەکان لە دایک بێتەوە. لە دواهەمین چیرۆکی ئەم تریلۆژییەدا. دەیەوێ وەکوو منی لێ بێت. وەکوو بەردێکی سارد لە سەر چیایەک. بێ‌هەست و بێ‌خەم و بێ‌ئەوین . . . ڕەشۆ دەیزانی تا ئێستا هەزار جار لە دایک بووە و یەک دوونی دیکەی ماوە تا وە پەرتەخ تێکەڵی دونیای مردووەکان بێت؟ هەزارویەک جامە و دوون و ژیانی جۆراوجۆر؟ لە ناو کۆڵانی خۆیانەوە سەیری دەوروبەری دەکات. دەزانێ کە لە ناورۆی کۆڵانەکانی چیرۆکی خۆیدا پیاسە دەکات. یاخۆ نەققاشییەکەی دایراک شەهین؟ دەبینێت. مردووە کەڵەکەکراوەکان. هەموو شتێک لەو شارەدا مردووە و لە هەر شوێنێک مردووێک ڕاکشاوە. دارەکان مردوون، دیوارەکان مردوون، شەقام و کۆڵان و گەڕەک مردوون. لە سەر کۆڵان مردوو ڕاکشاوە. لە ناو شەقام. لە سەر دیوار. لە پاڵ دیوار. هەمووی مردووەکان تەڕن، نمسارن، ساردن و خوێنی جەستەیان بوەتە دەماری پەیوەندییان. ڕێ دەکەوێت ڕەشۆ.

دەبێ کە بەناو مردووەکاندا هەنگاو هەڵبێنێت. نایەوێ پێشێلیان بکات. خاکی ژێر پێی دەچاوێنێت، یەکڕا خوێنە. چەندەها شەقامی تێپەڕاندووە و نازانێ لە کوێیە. بەس چاوی لە سەر عەرز بووە و لەبەر ژانی سەری نەیتوانیوە سەری هەڵبێنێت.

پیرەمەردێک پوختە. لە ناو کۆڵانێکی تاریکدا. دوو سەری فەرەنجییەکەی ئاگری گرتووە و تەموورەیەکی بە دەستەوەیە. ڕەشۆ دەیبینێت و شوێنی دەکەوێت. دەزانێ کێیە. بە خۆی دەڵێت گەر ئەو پیرەمەردە زایەڵەی تەموورەکەی لە ناو ماڵەکەیدا دەنگ بداتەوە ... لە ناو کۆڵانە تاریکەکەدا پیرەمێردەکە ڕۆدەچێتە ناو شاری کەسنەزانەوە. ناوەندی کەسنەزان. لەوێوە ڕوودەکاتە سەر شاخەکانی کەسنەزان. لەوێوە دەچێتە 'کەسنەزان' و سەردانی باوایادگار دەکات. لە تەنیشت کانییەک دادەنیشێت، کانیی 'کەسنەزان'. دەچێت بەرەو 'کانی کەسنەزان'. هەڵدەستێت و دەچێت بۆ کانییەک تر، کانیی کەسنەزان. پاشان 'کانی کەسنەزان'. کانیی کەسنەزان و کانیی کەسنەزان و دواتریش کەسنەزان. دەیەوێ تەواوی خوائاوەکانی کوردەواری بگەڕێت. لەوێوە دەچێتە کەسنەزان، ئاوایی 'کەسنەزان' و لە تەنیشتی رووباری کەسنەزان دادەنیشێت. ڕووباری کە سنوورەکان تێئەپەڕێنێت ... پێشتر لەوێ خانوویەکی بەردینەی بۆ خۆی ساز کردبوو. پێی خۆش بوو لە کەسنەزان بێت. پیرەمێرد دەچێتە ناو ئاوایی و ئامشۆی خەڵک دەکات. پیرەمێرد بە لوڕی دەدوێت. لە زمانی یەک تێدەگەن، گشتیان لە ناو ڕێگای گۆرانا خۆیانیان دۆزیوەتەوە. بنکەی خۆی لەوێ دادەنێت پیرەمێرد. ڕەشۆ وەکوو سێبەرێک لەدووی دەکەوێت. پیرەمێرد سنوورەکان تێدەپەڕێنێت و دەچێتە شارەزوور. ئاگاهە. ڕەشۆ ناتوانێت. هاوزمانەکانی سنووری لێ دادەخەن. کاکە من دەبێ بڕۆم. چاوەڕێمن. شەهین، دەبێ بڕۆم ... وڵامی نادەنەوە. داوای پاسپۆرتی لێ دەکەن. ئازاری دەدەن. دەڵێن لە ئێمە نیت. پیرەمێرد هەڵدەگەڕێتەوە و ... خۆیەتی، دڵنیایە کە شاخوەشینە، ئەو کەسە کە هەزارویەک ساڵی ویەردە تەموورەی ئامێتەی کەلام و ئایینی یاران کرد. پیرەمێردەکە خۆی دەکا بە ناو ماڵێکدا و ڕەشۆیش ... لە سەر کورسییەکی چێوی دادەنیشێت کە هەزارویەک ساڵ تەمەنیەتی، تەموورە دەژەنێت و دوو قۆڵی فەرەنجییەکەی گڕ دەگرێت. پرتەپرتی ئاگرەکە ماڵەکە ڕووناک دەکاتەوە.

دەخوێنێت شاخوەشین. کەلامی نەورۆز دەخوێنێت:

یاران چیش بین

سرانجام قال ازل چیش بین

بیابست جم جهان کیش بین

بیشتر نساختن تنها ویش بین

نه بحر بی نه بر نه ارض نه سما

نه آب نه آتش نه خاك چنی با ...

دەنگی پڕلەمۆری تەمبوورەکە تیشکێک دەخاتە سەر چرکەیەک لە ژیانی شەهین. زایەڵەی تەموورە شەهین مەنمانۆ. بیست‌وسێیەمین چرکەی ژیانی شەهین دێنێتە پێش چاوی. شەهین لە ناو نەخۆشخانەدایە. پێی دەڵێن بەیانی دەبێ شار چۆڵ کەین. بۆ دەیەمین جارە کە پێی دەڵێن. شەهین خەریکە کۆشکە سەهۆڵینەکەی ساز دەکات و خەڵک پەیتاپەیتا سەهۆڵی بۆ دێنن. ئیتر شار بۆنی لاشەی نایەت ... ئیتر بۆنی مەرگ نەماوە، ڕەویوەتەوە. بەڵام کۆشکەکە ناتەواوە و لە حاڵی توانەوەدایە. پێی ئەڵێن ناوت لە ناو لیستی سێدارەدایە دەبێ بڕۆین. شەهین تکایە بجووڵێرەوە، خێرا کە، ئەبێ شار چۆڵ کەین. نا نا من نایەم. لە ناو هەر ماڵێکدا نەخۆشێ چاوەڕمان منە. من چە بکەم، من بێمارم تیمار کردووە. من تەنانەت لە ئەوانیشم تیمار کردووە. من نایەم هاوڕێ ئێوە بڕۆن. شەهین دەتکوژن. گەر گیانیشم بەم نایەم. من خاکم و خەڵکم بەجێ ناهێڵم. من ئەبێ ئەم کۆشکە سەهۆڵییە بگەیەنمە ئاکام. مردووەکان ئەبێ لە ناویا ئۆقرە بگرن. ئەمە دونیای ئەوانە. ئەمە ئەرکی سەر شانی منە. شەهین خەریکە دواهەمین تەرمەکان دەخاتە ناو کۆشکە سەهۆڵییەکە. کۆشکێکی گەورە، تەژی لە مردوو. جەستەی ڕەش و دەماری شین و خوێنی ئاڵ ... نەقاشییەکی بێ‌وێنەی سوورئاڵ ... وەکوو ئەم کتێبە کە خەریکە کۆتایی دێت. گەورەترین نەقاشیی دونیایە. هەر مردووێک وەکوو هەنارێکە پڕ لە ماسیی سوور. لە ناو بێرەنگیی سەهۆڵدا. شەهین دڵەڕاوکێیەتی. دەترسێت کۆشکەکە جێگەی مردووەکان نەکاتەوە، دەزانێ شەڕەکە هێشتا کۆتایی نەهاتووە و یەک چرکەی تریشی ... سەد ساڵی تریشی ... داوای یارمەتی دەکات. دڵەکوتێیەتی. دەترسێ بۆنی مەرگ و مردوو کەسنەزان داگیر کات.

تیشکی تیژی خۆرەتاو ... لاشە و جەستەی مردوو، بێمارستان و ناو حەوشەکەی

تەنیوە و بۆگەنیان خەریکە ئەچێتە ناو کۆڵان و شەقامەکانی کەسنەزانەوە. کۆشکەکە خەریکە دەتوێتەوە. لە پەنجەرە نیوەئاوەڵاکەی ژوورەکەی شەهینەوە دەچێتە ناو و شەهین دەحەپەسێت. هەڵدێت، کۆڵان بە کۆڵان دەگەڕێت. هوراسانە و داوای سەهۆڵ لە خەڵک دەکات. دەیەوێت و دەبێ کۆشکە سەهۆڵەکە وە پەرتەخ بگەیەنێت. بە جل‌وبەرگی نەخۆشوانییەوە هەڕا دەکات. تەقەی درگای خەڵک دەدات، درگا چێوینە و کۆنینەکان. درگا شینەکان کە ڕەنگیان وەریوە. دوو دەسکەیان هەیە بۆ تەقەلێدان. ئاسن. یەک بە دەنگی بەم و یەکیان بە دەنگی زیل. بەم بۆ پیاوان و زیل بۆ ژنان. شەهین هەردووکیان دەکوتێت. وڵام نییە. پەتواچ نییە. خەڵک یا کوژراون یان ترساون.

شەهین زمانی هەڵنایەت. ناتوانێ دەنگ هەڵبڕێت. وەکوو کەڕ و لاڵێک دەقیژێنێت و زمان ناکامە لە تێگەیشتنی ئەو. چاوی میناکی چاوی غەزاڵان. ڕادەوەستێت و دەوروبەری دەچاوێت. قژی. پەشۆکاو. چاوی دەبەستێت. لەرزەلێو، تێکشکاو و ڕەنگ‌بزرکاو، بە دیواری ماڵێکدا هەڵدەگەڕێت و لە سەربانەوە ...

"مەردم یەخم گەرەکە. ئەگەر بۆی لاشەکان بێتە ناو شار..." دەنگ هەڵدەبڕێت بەڵام لاڵ دەبێت. سترانێکی لاڵ، بێ‌دەنگ، بێ‌زمان، ئەبەبەبە ئەبە ئەبە بەبەبە.

فرمێسک بە چاوانیا دێنە خوارەوە. قوڵی جلەکانی قامکەکانیان شاردۆتەوە. داوا دەکات. دۆعا دەکات. یارداوو هانای فریادڕەسم بە و مەهێڵە بۆنی مەرگ کوردەواری داگیر بکات.

شەهین قەویلەن

شەهین نازت نە جەم قەویلەن

یاران واتشان ئەی نوور دیدە

ئەمرت موتاعەن ئەی بەرگوزیدە

خوڕەی ئاو دێت. کانی‌ئاوەکان کەسنەزان و کانی کەسنەزان و کەسنەزان و کەسنەزان و کانی کەسنەزان لە سەر کێوەکانی دەوروبەری شاری کەسنەزان چۆڕچۆڕ و خوڕخوڕ دادەچۆڕن و دێنە ناو بێمارستان. لە سەر دیوارەکانی کۆشکەکە دەڕچێن و دەبەستن. کاخێکی گەورە لە سەهۆڵ. کۆشکێکی گەورە لە سەهۆڵ کە هەمووی مردووەکانی کوردەواری لە خۆ دەگرێت.

کێوەکانی دەروبەری شاری کەسنەزان ... و سپی‌بەرد و ڕەشەبەرد ... ئاوی کانییەکان لە سەر ئەو کێوە بەشکۆئانە دەیبەسن و دیوارێکی سەهۆڵین کەسنەزان گەمارۆ دەدات. کەسنەزان یەخسیری سەهۆڵەکان ... ئاوەکان دێن و دەخرۆشنە ناو شار؛ ناو کووجی و کۆلان و گەڕەک و هەمووی خانووەکان ڕچان. هەمووی کەسنەزان بووەتە کۆشکێکی سەهۆڵی. گردین کەسنەزان بوو بە خانووی هەتایی مردووەکان. مەرگ و بۆنی مردوو لە کەسنەزاندا ڕچا. سارد ... بێ‌دەنگ ... شین ...

چرکەیەکی تر، چرکەیەکی تر، چرکەیەکی تر. دەنگی تەموورەکەی شاخوەشین هەموو چرکەکانی ژیانی شەهین دەردەخات، هەمووی ئاڵوودەی دەرد و مەرگە.

چرکەیەکی تر ... شەهین خێرا دەچێتە ناو بیمارستان. ژنێکیان هێناوە کە خەریکە گیان بەخت ئەکات. ژنێک کە شووەکەی کوژراوە، لە سێدارە دراوە. ڕۆژێک دوای ئەوە دێن و دوو کچەکەی دەسبەسەر دەکەن. ڕۆژی دوایی سێ کەس تەقەی درگای ماڵی ژنەکە لێ‌دەدەن. چەپکەیەک گوڵ و شیرینییان پێیە. پێی ئەڵێن کە ئەم دوو پیاوە زاواتن و کچەکانیشت ئێستا لە بەهەشت ... ئەو ژنە چیتر نەنووست. یەک ساڵ و دوو مانگە نەنووستووە. لە نەورۆزە خوێناوییەکەی ساڵی پێشووەوە نەنووستووە. لە گەڕەکی کەسنەزان، ماڵەکەیان یەک ساڵ و دوو مانگە بووەتە کەلاوە. یانەخراو خۆم شەهین. هەنووکە ماڵەکەی پڕە لە پاشماوەی خومپارە و فیشەک. کاتێ کە مرد، شەهین لە لای بوو. گرتییە باوەش. هەڵیگرت. سووک بوو. دەتوت ڕۆحی، قورسایی جەستەشی لەگەڵ خۆی بردووە. هێنایە ناو کۆشکە لەسەهۆڵ‌تەنراوەکە. هەزارویەک ژووری تێدابوو و هەر ژوورێک چەن مردوویەکی لە خۆ گرتبوو. داینا و هاتە دەرەوە. بیست‌وسێ چرکەشە نەنووستووە شەهین. ڕەشۆ دەبینێت.

پیرەمێردەکە بەردەوام خەریکە ئەژەنێت و لیسک‌وتیشکی ئاگرەکە بەردەوام ڕەشایی ژوورەکە ڕادەچڵەکێنێت. ژوورێک کە خشتەکانی بووبوونە سەهۆڵ. لەرەی تاڵی تەموورەکەی شاخوەشین دەبینێت ڕەشۆ ... سێبەرێک دێتە ناو چوارچێوەی نیگای. شەقامی پردیوەر ... خانووی شەهین لەوێیە ...

سێبەرێک ... سەراوێک بە سەر درگای کۆن و چێوی ماڵێکدا شۆڕ بووەتەوە بۆ ژێر پێی ڕەشۆ. سەری هەڵدێنێت. ژان بە هەموو گیانیدا مینس وە ڕیشەی داربەڕوو بە ناخیدا

ڕۆدەچێت. سەیری دایراک شەهین دەکات کە بەبێ جووڵە لە ناو درگاکەدا ڕاوەستاوە. تیشکی گڵۆپی ناو هۆڵەکە لە چاوی دەدات و ژانەکەی زۆرتر دەکاتەوە. بێهۆ سەری ژان دەکات ڕەشۆ، بەڵام چێژ دەبات لە ژانێک کە بۆنی شەهینی پێوەیە، وەکوو شەهین کە چێژی لە ژانی بەدایکبوونی دەبرد ... دایراک هەنگاو هەڵدێنێت و درگاکە دادەخات. خانووێکی دوو نهۆمی. ڕوومەتی بەتەواوی دیارە. پرچی دووپەلکەکراوی لە هەر دوو لای ملییەوە شۆڕ بووەتەوە. دایراک شەهین جوور مانگ چواردە، دەرگاوانی ئەو ماڵە کۆنە پڕ لە ڕەمزوڕازەیە.

ڕێدەکەوێت. بە دووی سێبەرەکەدا دەچێت ڕەشۆ. دەستی بە سەر دار و دیوارا دەخشێنێت. لێی نزیک دەکەوێتەوە، بزر دەبێت. لە دوورەوە بە دوایدا دەچێت، ڕۆدەچێتە ناو تاریکیی شەو. لە کۆڵانەکانی گەڕەکی پردیوەرەوە دەچێتە ناو شەقامی ڕەزازی. هەنگاو هەڵدێنێ و خێراتر بە دوایدا دەچێت. قاچ لە سەر شوێنپێکانی ئەوەوە دادەنێت. ڕادەوەستێت و پێڵاوەکانی لە پێ دەردێنێ. پێخاوس و خێراتر. بێدەنگتر و مۆتەکەئاساتر. مەودایان یەک هەنگاوە. دەستی بۆ شانی شەهین درێژ دەکاتەوە. دەبێتە دار دایراک. جەستەی ڕیشە دەکوتێ. لق‌وپۆ دەردەکات. گوڵ و گەڵا دەکاتەوە. مەزن دەبێت و سێبەری دار هەنارێکی گەورە ڕەشۆ بەتەواوی دادەپۆشێت. بیست‌وچوار هەناری لە خۆ گرتووە.

ڕەشۆ لێیقەوماوە. لە ساڕووکی دارەکە داکاسیا. مانگ دێتە ناو ئاسمانەوە، خۆر دەڕژێتە ناو خانووەکان ... لەوێ ڕۆژ دەکاتەوە. چاوی دەکاتەوە. شەهین لەوێ ڕاوەستاوە. پەلکەکانی کردووەتەوە و بزە دەکات. دەستی ڕەشۆ دەگرێت.

ڕێدەکەون و هیچکامیان دەنگیان لێ نایەت. ڕەشۆ دەیەوێت سەری باس هەڵچنێت. شەهین لەپڕێکدا دەپەیڤێت: "پیرەمەردێک هەس لەو ماڵا. هێشتا زینگە. لە چرکەی چواردەما بریندار بوو وەلێ من تیمارم کرد. توانی هەنار بدات بە تەواو مەردم شار و لە تەواو شارا هەنار بنێتە خاک. ئیسە وشک بووگن. ئەشێ ئاویان بەین. ئەگەر ئەو نەوایە، ئەو پەتایە ... دوایی ئەکەفێتە جەم کردن یەخ و لەبەرێکەو ئەیهاورد بۆ من. چەن ڕا گیان خوەی خستە مەترسییەو. ئیسە ئیتر نایتە دەرەو لە ماڵ." دوای درکاندنی ئەو وتە شەهین لە سەر پێستی، پووڵەکەی ماسی دەردێنێت.

ڕەشۆ قسە ناکات. بەس سەیری چاوی شەهین دەکات. کاتێ کە دایراک قسە ئەکات دەوری چاوی پڕ ئەبێت لە هێلە خواروخێچەکانی گێژەنی ڕابردووی کوردان، هەزارویەک چیرۆک لە دەوری ئاخڵە دەدەن. شەهین شارەزای هەزارویەک چیرۆکی کوردەوارییە، هەزارویەک دوونی تێپەڕاندووە، هەزارویەک دونیای بە چاوی خۆی دیوە.

دوو حەفتە هەر شەو ڕەشۆ تەقەی درگا چێوییەکەی ماڵی شەهین لێ‌دەدات و شەهین لە ماڵ دێتە دەرەوە. کۆڵان بە کۆڵانی کەسنەزان دەپێون و ڕەشۆ ئاوی دارهەنارە وشک بووەکان دەدات. لەو دوو حەفتەدا شەهین هەر شەو دەبێ بە دار، دەبێ بە سێبەر و لە ناو ڕەشاییدا نوقم دەبێت. دێتەوە. دەچێت. دەچێت بۆ دونیای مردووەکان. دێتەوە ناو دونیای زیندووەکان. دەچێتەوە بۆ چل ساڵی ویەردە. سەردانی نەخۆشخانەکان دەکات کە لە چەن دێهاتا دایمەزراندبوو لەبۆ تیمارکردنی بریندارەکان.

دێتەوە بۆ ئێستا و داهاتوو دەبینێت. سەیری ڕەشۆ دەکات و دەپەیڤێت: "ڕەشۆ ئەشێ ڕۆچنەیک بدۆزیتەو. ئێمە بۆ ئەم چتە کە ئیسە ئەیوینیت لە ناو کەسنەزانا گیانمان نەدا. ئامانج و ڕەساڵەت ئێمە گەورەتر بوو. هەرچێ چالاکییە لە پێناو خەباتی زمانییا ئەکرگێت و نازانن کە فێرکاری و فێربوون زمان تەنیا هەنگاوێکە. ئەوەڵین و ساکارترین هەنگاو. زمانیان کرگە بە ئامانج ... حەتا لە ئەوەیشا هەڵە ئەکەن و ڕۆژ بە ڕۆژ خەریکن جیایی ئەخەنە بەینمان." لۆچەکانی دەوری چاوی دەجووڵێنەوە.

ڕەشۆ هەر شەو دەیەوێ دەستی شەهین بگرێت و ناتوانێت. کە دێت دەستی بگرێت شەهین ئەبێت بە گۆڕ و ڕەشۆ لە ناو خۆیدا نوقم دەکات. کە دێت ماچی بکات، دەبێت بە چیا. کە دێت لە باوەشی بگرێت، دەبێت بە پەیڤ و تێگەیشتنێک دەخاتە ناو ڕۆحی ڕەشۆوە. کە دێت بۆن بە جەستەیەوە بکات، شەهین دەبێت بە دایراک و دووگیان دەبێت و دیسان نوقم دەبێتەوە ناو دونیای نەققاشی، گۆڕستانێکی سەهۆڵی پڕ لە مردوو... ڕەش و شین و ئاڵ. کە دێت لێی نزیک بێتەوە، دایراک دەبێت بە شەهین، دیسان دووگیان دەبێت و لە ناو کەلامدا دەبێت بە مەقامەکانی تەمورە. کە دێت، ئەویش دەچێت و دەبێت بە لۆچی دەورچاوی پیرێژنانی کوڕوکچ‌کوژراو. دەبێت بە ماسی و دەتوێتەوە ناو ڕووبار ... ناو ئەڵوەن ... شەهین چل ساڵ پێش تیرباران کرا، لە بەر چاوی هاوبەندەکانیدا. ڕەشۆ دەزانێت؟

ڕەشۆ بە پێی بەڵێنی شەهین، شەوێک لە کاتژمێر 11:11دا دەچێتە بەر ماڵەکەی. هەرچی درگا دارینەکەی ماڵی دەکوتێ، وڵامێک نابیستێت. لە ژێر باڵکۆنی نهۆمی دووهەمی ماڵەکەیدا، دادەنیشێت. نایەت. شەهین درگای بۆ ناکاتەوە. بیستوچوار چرکە ڕەشۆ دێت و تەقەی درگا لێدەدات و شەهین نایەت. پادیواری بۆ شەهین دەخوێنێ:

ئیمشەو چەن شەوە شەوگەڕانیمە
ئیمشەو چەن شەوە شەونوخسیمە
قرچە و برێژە و گرپە و گرەی دڵ
هاوار و قیژە و کڵپە و تڵپەی دڵ
بە سەرگەردت بم شای شیرین‌شێوە
جا چۆن شێت نەوم نەدەم لەو کێوە
بەم شەوە قەسەم نام چە شەوێکە
دەرد و ژانێک و مێرغەزەوێکە
ئیمشەو هەمدیسان دەروون پڕزامە
ئەساسەی مەینەت لەلامان جەمە
شەوان شەو ناڵان، ڕۆژان ڕۆڕۆمە
یەکجار پەژارەی دوورییەکەی تۆمە
دەردت لە گیانم وا حەقیقەت یاری
بۆچ لە دەردی دڵەکەم تۆ هیچ نازانی
دەردم ئای دەردم دەرد فەرهادە
ئای منیچ وەک فەرهاد ڕەنجم بەبادە
بچمە ئەو جێگە فەراد کۆی ئەکەند
با بێ بە ملما خشت و پارەسەنگ
دەس کە لە دەسم تا بزانە گەرمم
شۆڕی پەلکەکەو شل کە بان تەرمم

هەر شەو، دەیری و دێوانە دەخوێنێت. وڵامێک نابیسێت. هەر شەو درگا دەکوتێت و

وڵامێک نییە. دەنگێ نییە. پیرێژنێک دراوسێی خانووەکەی شەهین دێت و دەڵێت: کوڕەکەم ئەوە شێت بووگی هەرچێ شەوە تەقەی ئەو درگا ئایت؟

ـ ماتڵ شەهینم دایە گیان.

ـ شەهین کییە کوڕە کڵۆڵ؟

ـ کەنیشک ئەم ماڵەسە دایە.

ـ ئەو ماڵە چل ساڵە خاڵییە ڕۆڵە.

ڕەشۆ دەحەپەسێت.

من لە نهۆمی دووەمەوە ڕەشۆ دەبینم. پەشۆکابوو. نەک تەنیا ڕەشۆ. من هەموو شتێک دەبینم. تەواوی شاری کەسنەزان دەبینم. بست بە بستی ئەم شارە خەمبارە لە ناو چاوانمدا، لە ناو ڕۆحمدا ... چل ساڵە خەریکم سەیری کەسنەزان دەکەم ... چل ساڵە ... خەڵک دەبینم مردووەکان پێشێل دەکەن. تەنانەت دەتوانم لە دەرەوەی خۆمەوە خۆیشم ببینم. دونیای مردووەکانیش دەبینم. ڕەشۆ دەزانێت کە هیچ کات دەستی بە دایراک ناگات؟ دایکم دایراک، دایکم شەهین. ڕەشۆ هیچ‌کات نەیزانی کە دایکی من چل ساڵ پێش کوژراوە. ڕەشۆی داگیر کردبوو. ساحێواری بوو. مەژبوور بوو. کەس جگە لە ڕەشۆ نەیدەتوانی بەشێک لە مێژووی لەبیرکراوی کەسنەزان بدۆزێتەوە.

قوفڵی درگای ماڵەکەم دەکاتەوە ڕەشۆ. درگایەکی گەورەی دارینە. نیوەئاوەڵا. دارەلووس. جیرەی دێ. جیرەکە درێژ دەبێتەوە ناو کۆلان ... دەچێتە ناو خانووەکە. هێلانە پەسپەسەکۆڵە و کاکڵەمووشان دار و دیواری تەنیوە. داوی جاڵجاڵۆکە ڕەشۆ دەخاتە داوی خۆی. دەست و قاچی لە ناو داوەکەدا دەجووڵێنێت. دووپشک دەیگەزێت. دووپشکی ڕەش. دەکەوێتە بیری مێهدی و مادی‌یەکان کە هەمیشە ... وەکوو دووپشک دەیانگەست. ڕووناک کە لە ئەو دووپشکە چزی زۆرتر بوو. بەڵام ڕەشۆ چاک دەزانێ ژان و ئێشەکانی بکات بە چیرۆک. دەکەوێتە بیری ئەو کاتە کە تیرباران کرا. فیشەکەکان پلاستیکی بوون. چەند کاتژمێر لەترسان لە سەر خۆی چوو. وەیدەزانی مردووە. کاتێ دەسبەسەر کرا، پێیان‌وت ماوەیەک تر لە سێدارە دەدرێت یاخۆ تیرباران دەکرێت. یەک ساڵ لەگەڵ مەرگا دەژییا. هەر شەو چاوەڕوانی بوو. شەوان لەگەلی قسەی دەکرد. بۆنی پێوە دەکرد. بە تەناف بە دارێکەوە بەستیانەوە. ئەژنۆی

دەلەرزی. لەگەل ئەژنۆی خۆی قسەی دەکرد. بۆ دەلەرزی جەستەی من؟ من ناترسم تۆ بۆ دەترسی؟ چۆکی ... مەترسە تۆ بەشێکی لە چوارپارچەی من. مەلەرزە، من ناترسم نەک بڵێن ... ئابڕووم مەبە ئەژنۆی من. چۆک دامەدە. مێهدی پێم دەکەنێت. مەترسە ئەژنۆ. هەمووی ئەو ساتانەی وەبیر دێتەوە. چزی دووپشکەکە ئێشی پێ‌ناگەیێنێت.

داوی جاڵجاڵۆکە لە میچی ماڵەکەوە شۆڕ بۆتەوە. کورسی و مێز و، گشتی تەنیوە. پەردەی پەنجەرەکانی نهۆمی یەکەم زەردن. تۆز. لە سەر دیوارەکەی پاڵدەستی وێنەیەکی گەورە دەبینێت. منداڵێکە. کچۆڵەیەک. جل‌وبەرگی سپی. هەر لە منداڵییەوە خولیای نەخۆشوانی بووە. شەهین. دایراک هەر لە منداڵییەوە دەیوەیست یارمەتی خەڵک بدات.

لە لای چەپیەوە پلیکانگەلێکی بازنەیی دەبینێت کە دەچنە نهۆمی دووهەم. تاریکە، ئەوسەری نادیارە. دڵی ترپەی دێت. من لە ناو ژوورەکەی خۆمەوە دەیبیستم دەنگی هەناسەکانی. خودای ترسە ڕەشۆ. بڕگەبڕگە و گران. تەقەی هەنگاوەکانی دەبیستم، خەریکە هەڵدەگەڕێتەوە. هەنگاوەکانی بەسەبر و لەرزۆکە. دێتە سەرەوە. ئێستا لە پشت درگا چێوییەکەی دیوەکەم ڕاوەستاوە. دەردی گومان خەریکە دەیسووتێنێ. وەکوو یەکەم جارێ کە شەهین لە دوونی پێشوویدا هات بۆ ئێرە و زانی کە ژوورەکەی ڕەشۆ پەنجەرەی تێدا نییە. هەمووی ئەو چیرۆکە بۆنی نمساری خاک بوو. گەلۆ ڕەشۆ دەزانێ، گەلۆ لە بیریەتی؟

بیر دەکاتەوە. دایراک لێرە لە ناو ئەو دیوەیە؟ ڕەشۆ نازانێ کە چەندەها ساڵە چاوەڕوانیم کە بێت و ببینێت. فام بکات دەردی نەمان و لەبیرچوون. تێبگات لە مەرگ و مردووەکانی شاری کەسنەزان. شەهین چل ساڵی پێش شاری چۆڵ نەکرد و تیرباران کرا. منیشی تەنیا لە ناو خەیاڵیا بینیوە. ڕەنگە نەزانێت من لێرەم. دەزانێ من هەزارویەک ژیان و جامەم لە بەر کردووە و چل ساڵە خەریکم کەسنەزان دەچاوم؟

کتوپڕ درگا دەکاتەوە. دێتە ژوورەوە و دەترسێ ئاوڕ لە لای ڕاستی بداتەوە کە پەنجەرەکەی لێیە. ژوورەکە بە چاوی دەپێوێ. هەمووی دارینەیە. دیوارەکە لە نیوە بەرەو سەر شینە و نیوەکەی تری سوورە. لەپی ژوورەکە خۆڵەمێشییە و سێ کورسیی دارینی خاڵی و مێزێکی شینیشی لێیە. لە سەر مێزەکە شووشەیەک شەرابی سەوز، پاکەتێک جگەرە، پیاڵەیەکی سەرنخوون و پیاڵەیێکی پڕلەشەراب دانراون. لە پشت کورسییەکانەوە

جلێکی بووکێنی بە سەر تەختەیەکی زەردا هەڵواسراوە.

ڕەشۆ هەژگەڵ و ئاڵۆزکاو، لەم ژوورە دەحەپەسێت، ورە دەداتە بەر خۆی و بەرەو پەنجەرەکە دەڕوانێ. پەردەیەکی سپی ئەو بەشە لە ژوورەکەی داپۆشیوە و دەبێ پەردەکە لا بدات تا بتوانێ پەنجەرەی ڕووەو شاری کەسنەزان ببینێت. دەڕواتە پێش، چاوی دەبەستێ و پەردەکە لا دەدات. بەترسەوە چاوی دەکاتەوە.

من دەیبینێت و دەتۆقێت.

بەرەو پەنجەرەکە، لە سەر کورسی دانیشتووم و سەیری شار دەکەم. پشتم لێیەتی. لۆچەکانی پشتی سەرم دەبینێ. نازانێ کوڕم یا کچم. نازانێ کە داهاتووی خۆیم. نازانێ کە هەر خۆیم لە دوونێکی تردا. نازانێ لە دوون و جامەی هەزارویەکەمدام. لە حەقێقەت تێگەیشتووم و ساردوسڕم، وەکوو بەردێکی سارد ... لە سەر چیایەکی بەرز و بەشکۆ ... بێ‌هەست و بێ‌خەم بەس تماشا دەکەم ...

"تۆ کێیت؟" ڕەشۆ پرسی. لەرزۆک، لەرزەلێو بەڵام تامەزرۆ.

تاریکی چنگی لە گەرووی ڕەشۆ گرت. هەناسەی هەڵنەئەهات ڕابردووی خۆی دەبینێت خەریکە گەچی دیواری دیوەکەی هەڵدەکەنێ تاکوو ئاجۆرەکان خۆیان بنوێنن. ئاوپرژێنیان دەکات. پشیلەکەی دەبینێت و خۆی کە خەریکە نەققاشی دەکێشێت و دەنووسێت و تەمووره دەژەنێ. عومەر خاوەر و بنەماڵەکەی دەبینێت. مەلەک‌تاووس. هەمووی ژیانی ڕابردووی خۆی لە چرکەساتێکدا دەبینێت.

"تۆ کێیت؟"

وڵامی نادەمەوە. تاریکی دیسان چنگ بە ناقییەوە دەگرێت. هاکا بخنکێ. دەمەوێ یارمەتی بدەمێ بەڵام خۆی ئەم ڕێگەیەی هەڵبژاردووە. مردووەکان دەست لە سەری هەڵناگرن. بگری ڕەشۆ دەتوانی بگریت؟ فرمێسکی قەتیس بووە. وشک بووە.

"تۆ کێیت؟"

وڵامی نادەمەوە. خەریکم سەیری کەسنەزان دەکەم. بەڕاستی جوانە. ئەم وێنەیە زۆر جوانە. لیپاولیپ مردووی کەڵەکەکراو، تامەزرۆ، چاوەڕێ، چاو لە ڕێگەی کەسێکن کە بێت و کۆیان کاتەوە ... کزەتیشکێک کەسنەزانی ڕووناک کردۆتەوە. ئەمە نەققاشی دایراک شەهینی دایکمە چلۆن دەتوانم سەیری نەکەم، هەمووی کەسنەزان بووەتە

کۆشکێکی سەهۆڵی.

"تۆ کێیت؟" داماو و لێقەوماو دەپرسێت. سەیری کێوەکانی کەسنەزان دەکەم. ڕەشەبەرد. سپی بەرد. کەسنەزان یەخسیری سەهۆڵە ... هەمووی کێوە سەهۆڵییەکان ئەم شارەیان گەمارۆ داوە. مژێکی تۆخ و ڕەش خەریکە دادەگەڕێت و شار دادەپۆشێت.

سەرم هەڵدەگەڕێنمەوە. لە ناو بیلبیلەی چاومدا خۆی دەبینێت. بیلبیلەی چاوی چەپم. شەهین دەبینێت. خەریکە تیرباران دەکرێت. لەگەل پیرەمەردە دانا و چاوبەچاڵاچووەکە. لەگەل دوو خوشک، دوو هاوکاری شەهین و دوو نەخۆشوان. دوو ساحێواری شاری زیوییەی کەسنەزان. دوو یارمەتیدەری خەڵک کە تیرباران دەکرێن. هەمووی دەبینێت. دەحەپەسێت. تاریکی ناخی دەگرێت. ناخی دەپچڕێت. من نامەوێ ئازاری بدەم بەڵام ئەم ڕێگا هەڵبژاردەی خۆیەتی. دەبێ ببینێت، دەبێ ببیستێت، دەبێ بۆ هەمیشە ژانی ئازار بچێژێت. هەورەتریشقەیەک تەواوی کەسنەزان شین ڕادەچڵەکێنێت. نەقاشییەکی زۆر جوان. چاوی بە شتێک دەکەوێت کە هەتا ئێستا نەیبینیوە. سەگ وەڕەی دێت. ڕەشۆ وەڕەی دێت. لە چی دەوەڕێت؟ ڕەشۆ دەزانێ؟ شتێک دەبینێت کە تۆ نایبینی بەڵام من دەیبینم.

"تۆ کێیت؟"

پەژراندم. وڵامم داوە.

من کچی دایراک شەهینم. باوکم دار هەنارێک بوو و وشەمردووەکانی چیرۆکێک. تۆ نووسیبووت؟

دێتە پێشەوە. دەترسێت چاو لە چاوم بکات. مەودای نێوان دوو چاوم زۆرە. منداڵ دەنوێنم بەڵام هەزارویەک جار لە ناو ئازار و دەردا مردووم و زیندوو بوومەتەوە. پێی وایە منداڵێکی سەندرۆمداونیم. تماشای شاری کەسنەزان دەکات. هەمووی مردووەکان وەکوو وشەی مردگ لە سەر زەوین. گشتیان دەبینێت. کتێبەکەی خۆی دەبینێت. سەیری لاپەڕەکانی بیست‌وچوار چرکەی ژیانی شەهین دەکات.

"لەیرا چاکەی؟" ڕەشۆ پرسی.

من سەرچاوکەی ئیلهامات گشت نووسەرەکانم، گشت نەقاشەکان، گشت تەموورەژەنەکان. بەڵام مێژوو منی لە بیر و هوور خوەی بردگەسەو. کەس باس من

ناکات. یا ئەترسن. یا نازانن. یا نەفامن. ئەگەر کورد تا ئیسە ماگە و نەمرگە بە بۆنەی منەو هەس ...

پێی سەیر بوو. نەیدەتوانی بگرییێت. تاریکی ناخی گرتبوو. پەنجەرە دارەلووسەکەی کردەوە.

"خەوەکەم هاتە دی. مژەکە خەریکە تێتە خوارەو. هاتگە ناو دیوەکەیش. مێرووڵەکانیش هاتنە دەرەو. شار ڕەش ئەکاتەو. تواشایان کە ..."

تەنیا خەو و خەیاڵ تۆ نەو. منیش دیم. وەختیە ڕەشۆ. ئەشێ بچیت. گشتیان چاوەڕوان تۆن.

"ئەزانم. ئیسە گشتی ئەزانم."

خۆی خستە خوارەوە. مرد. بوو بە وشەیەک لە ناو چیرۆکەکەی خۆیدا. بوو بە پەڵەڕەنگێکی جەستە ڕەش، دەمار شین و، برین ئاڵ لە ناو نەققاشییەکەی دایراکدا. بوو بە هەنارێک لە ناو ڕووباری ئەڵوەن. هەنارێکی گەورە کە تەژی لە ماسییە. ڕاوچی هات و گرتی و بردی ... بوو بە ژینبەخشێکی گۆڕنشین ... ژینبەخشی خەڵکێک کە زۆر لەمێژە ڕۆحیان نێژراوە. مردوون، نازانن مردوون و بەس هەناسە هەڵدەکێشن.

ڕەشۆ دیسان چوو. شەهینیش. دەبوایە بچوونایە و منیش بەس چاوم لێ دەکردن. بەڵام لە ناخی دڵمەوە بە خۆمم دەوت، بە سەرجەم زاروزمانی کۆـچیا و خاکی کوردان: ڕەشۆ مەچۆ، شەهین مەسۆ، ڕۆڵۆ نەچە، لۆلۆ مەڕۆ، مەلە، نەچوو، نەڕۆ ... بەڵام چوون و دەبوو بچووبان. ڕێگایەکە خۆیان هەڵیانبژاردووە.

ئەمە چارەنووسی منە کە تەنیا بم و دیسان وەکوو بەردێکی سارد لە سەر چیایەک چاو لە کەسنەزان بکەم و بزانم لە چیرۆکی داهاتوودا چی ڕوو دەدات. دەبێ چاودێریی ڕەساڵەتەکەی شەهین بکەم. نیگارەکەی. کۆشکە سەهۆڵییەکەی. لێرەوە دەیبینم. جوانترین وێنەی دونیایە؛ کۆشکێک لە سەهۆڵ و تەژی لە مردوو ... شارێک لیپاولیپی جەستەی بێگیان کە یەخسیری یەخن: چاوی ڕەش ... جەستەی شین ... دەماری ئاڵ. نەققاشییەک ڕەش و شین و ئاڵ. نیگاریکی ڕەشیناڵ.

زستانی ۲۰۲۲، کەسنەزان.

ڕەشۆ

فەرهەنگۆک

ئ

ئاد کردن: بڕیاردان، عەهدکردن و بایەوبەست کردن.

ئارەخا بوون: ئرزا بوون. لە هەستێک خاڵی بوون. ڕازی بوون.

ئارۆ: ئەمڕۆ.

ئاخڵە: تیشکی دەوری مانگ. خەرمانە، شتێ کە گرد بێت مینس وە خەرمانەی مانگ.

ئاشما: مانگ.

ئاڵوودە: تێکەڵاو، ئامێتە. ئاڵوودەی دەردم.

ئاماو: دێت. هات. **ئامای:** هاتن

ئاوەیشتە: گیاندار، بوونەوەر.

ئەپەرەسن: لە سەر ئاسن. ئەپۆرسن، ئەپەرسین. ناوی کەونینەی کۆ-چیاکانی کەسنەزان.

ئرمس: فرمیسک، هسر.

ئەروا: ڕۆح، دەروون، ڕەوان.

ئەروەند: دلێر، بێ‌پەروا، ئازا.

ئەم: ئێمە

ئەز: من.

ئەسر: فرمیسک، فرمێسک، هێسر. ئەسرین.

ئەشکەفت: ئەشکەوت.

ئەکۆراندەوە: ئەگێڕایەوە. **کۆراندن.** بکۆر: گێڕەڕەوە، ڕاوی.

ئەلاجەو: سەیر، عەجیب.

ئەنۆش: بێ‌مەرگ، هەرمانە.

ئەونگە: هێندە.

ئیقەرە: ئەقەرە، ئەوەندە، ئەونگە.

ب

باڤ: باوک.

بانان: داهاتوو، داهاتگ.

بانەشەو: سۆزی شەو. شەوی داهاتوو.

بچاشنێت: فێر بکات.

برووت: سوێڵ، سمێڵ.

بریندارەنان: بریندارم.

بکۆر: گێڕەوەر. گێڕەرەوە.

بگردگ: ڕابردوو.

بنووڕ: بڕوانە، بنواڕە، تماشا بکە.

بەربژێربوو: بەر ب ژێر، ڕژا، سارێژ بوو.

بەرجد: بەدڵنیاییەوە.

بەڕاوهات: بەسەرهات.

بەرکان‌داخستن: ئامادەکردن. خوەشەکردن.

بۆخەیکانێ: ئینجا. داهاتی شتێک پیشان ئەدات.

بۆنیدەی: بیبینیت. لەوە گ توای بۆنیدەی: لەو شتە کە دەتەوێ ببینیت.

بیرماگ: بیرەوەری.

بێ‌وەند: بێ‌ئەژمار، بێ‌ئەندازە، زەوەردە.

بێ‌شۆ: بێ‌حەد. بێ‌ئەنازە، ئێجگار، بێ‌سنوور.

بێ‌هاس: ئەروەند، دلێر، بێ‌پەروا.

پ

پۆتار: پووچەڵ.

پەتواچ: وڵام، جواو.

پەرتخ: کۆتایی. وە پەرتخ ڕەسی: کۆتایی هات، تەواو بوو، کامڵ بوو.

پەرتووکی ڕەش: یەکێ لە دوو کتێبی پیرۆزی ئێزدییەکان.

پەژراندن: قەبووڵکردن.

پەسپەسەکوڵە: جاڵجاڵۆکە، کاکڵەمێشان، کاکڵەمووشان. ژەحری هەیە وەکوو دووپشک و لە جاڵجاڵۆکەش گەورەترە.

پەڵپ: بیانوو، بیانک.

پەیجۆر: دۆزەر، فێرخواز، توێژەر.

پەیڤ: وتە. کەلام. نزیکترین وشەیە بە لۆگۆس.

پێوار: نوقم، حاشار، نادیار.

پێوازۆ: قۆناخ.

پێوەرەکانێ: پێکەوە

ت

تاتە: باوک. باڤ.

تاوشت: تاقەت، تەحەموڵ.

ترنج داوود: دانیشت.

تواس: ئەیویست، گەرەکی بوو.

تەنکار: جەستە، لەش، جەسە.

تۆف: هاوار، فەریاد. بۆ کەس تۆفم نابیستێت؟

تۆماک: ڕەشی، تاریکی.

ج

جارێکانێ: هێشتا

جمشت: جووڵە، بووژانەوە.

جەم: بە کۆڕێک ئەڵێن کە یارەکان لەوێ کۆ ئەبنەوە. هێمای یەکیەتییە.

جەمخانە: شوێنی زیکری یاران. گیرۆدەی شوێنێکی تایبەت نیە و لە هەر شوێنێک چەند یار کۆ بینەوە ئەوێ جەمخانەیە.

جە نوو: سەر لە نوێ.

جەوری: پڕ، تەژی.

جۆرێکانێ: بە شێوەیەک کە. بە جۆرێ کە.

جوور: وەکوو، وەک. مینا. مینس وە. مان.

چ

چاسا: لە ئەو کاتە. لەو کاتەدا.

چاساولا: لەو کاتەوە بەدوا.

چاگا: ئەو کاتە کە، کاتێ کە.

چما: بۆچی. بۆچە. ئرا. ئەڕا.

چەرموور: سپی. چەرمگ.

چەشنی: لە جنسی، وەکوو.

چەمەڕێ: چاوەڕێ.

چەنی: لەگەل. لەگەڵ. تەک. وەرد. وەل. وەگەرد.

چێر: ژێر.

خ

خاوەنکار: جەژنی پیرۆزی خەڵکی کەسنەزان.

خڵمگیان: کاتێ کە کۆگایەک جل‌وبەرگ یاخۆ هەرشتێکی دیکە لە شوێنێکا بۆ ماوەیەکی زۆر ئەمێنێتەوە و بۆنێکی پیس لە خۆ ئەگرێت. هەڵسە درەنگە، چەند کاتژمێرە خڵمگیایتە ناو ژوورەکەت.

خەنی: پێکەنی.

د

داتەک: یاسا.

داچنا: چنی. **داچنای:** چنین، لە سەریەکدانان.

دارەلووس: هەڵواسراو، هەڵپەسێراو،

هەڵواسیاگ، ئاوێزان. شتێک وەکوو پەنجەرەیەک کە لە سەر عەرز نەوێت و با باوەشێنی بکات.

داکێڵ کردن: بێبەش کردن، مەحرووم کردن.

داڵگ: دایک. یادێ. دایە.

دامەنی: تۆ داوی، دامی. دڵە دامەنی: ئەی دڵ تۆ داوی

داهاتگ: داهاتوو، بانان.

داوڵ: داهۆڵ، داربەلەک، مەتەرسەگ.

دایراک: دایکی سوڵتان ئیسحاق(سان سوحاک). لە بنەڕەتا بە مانای دایکێک دلسۆز، دڵدۆز، پڕتاقەت و، خۆڕاگرە.

دڵدۆز: دڵدار، ئەویندار، عاشق.

دەروەچ: پەنجەرە، دەلاقە، ڕۆچنە.

دەفتەرەکان کەلام: بەو دەقە پیرۆزگەلەی ئایینی یاران ئەڵێن. پێی ناڵێن کتێب چونکوو دەفتەر لاپەڕەیەکی سپی هەیە کە بە پێی سەردەم بەرایی ئەوە ئەدات شتانێکی پێ زیا بکرێت.

دوڕ: لە باوەڕ و هووری یارانا، دوڕ لە بنی دەریایە و یار تیایا ئەژیت. ئەم دوڕە ئەتەقێتەوە و لە ئەم تەقینەوە دونیا بیچم وە خۆی ئەگرێت و ئەگرسێت، ئەو شتەی کە ئەمڕۆ پێی ئەڵێن بیگ‌بەنگ. لە ڕوانگەیەکی ترەوە، دوڕ هێمای ئاگاهی و داناییە. گەر دەستت پێ بگات، تەقینەوەیەک لە دەروونتا ڕوو ئەدات و ئەوسا تێ‌ئەگەیت لە خۆت و دەروونت و جیهانت، ئەو تێئەگەیت کەسنەزان کوێنەس.

ڕ

ڕاچنا: خەملاندی. **ڕاچنای**: ڕازاندنەوە، خەملاندن.

ڕەشین: ئاوێتەبوونی ڕەشۆ و شەهین.

ڕەشیناڵ: ئامێتەیەک لە ڕەش و شین و ئاڵ. هەروەها ئامێتەیەکە لە ڕەشۆ و شەهین.

ڕۆچن: ڕۆژن، ڕۆشن، ڕووناک.

ڕۆژنی: ڕووناکی، ڕۆشنایی، ڕۆچنی.

ز

زلق: جمشت، جووڵە.

زمافتە: ئەزموون، ئازمایشت، تاقیکردنەوەی ئیلاهی.

زەوەرد: بێشۆ، بێوەند، بێحەد، بێژومار، ئێجگار.

زێل: دڵ.

ژ

ژەرژە: کەو، کەڤ.

ژەرژەخاڵ: کەسێ لە سەر گۆنای خاڵێکی جوانی بێت.

ژووژیاوە: ورووژایەوە، گیانی تێ‌زا.

ژیوای: ژیان، زینگی.

س

ساجنار: کانیاوی خۆر، خۆرەتاو. ساجی ئاگر.

ساچنا: سازی کرد. **ساچنای**: بیناکردن، سازکردن.

ساحێوار: کەسێک یاخۆ ماڵێک کە جن داگیری کردبێت.

سارووکی: سێبەر، سێوەر.

سازنا: ساز کرد، بینا کرد، درووس کرد. **سازنای**: سازکردن

سان: پاتشا، سالار.

سرووشان: ئێلهامات.

سرِ مەگوو: نهێنییەکانی ئایینی یاران.

سەورێکانێ: هێواش. بەئارامی.

سەیوان: سێوەر

سەیوەت‌سەیوەت: بەئەسپایی، بەئارامی، هێواش هێواش.

سیەن: ترس **سیەنم گرتوو:** ترسام، دڵم تۆقا، ترس داگیری کردم.

ش

شاخوەشین: یەکێ لە پیر و ڕێبەری یاران کە هەزار و یەک ساڵ پێش ئەژیا و خەڵکی واری کەسنەزان بوو. یەکەم کەسێ کە تەموورەی تێکەڵ بە ئایینی یاران کرد.

شجام: سەرمایەکی تیژ.

شەست: داو، تەڵە.

شەویتم: سووتام، سووزیام، سزیام، سۆچیام، وەشایا.

شیا: چوو. ڕۆیشت.

ڤ

ڤەدەخوارد: ئەخواردەوە

ڤەژین: ژیانەوە.

ق

قایشقەیاسک: لە شاری کەسنەزان، بە کەسێک ئەڵێن کە لاژگە. لە بنەڕەتا بەو چەرمە ئەڵێن کە کۆپانی کەری پێ ئەبەستنەوە.

قنگانیسک: هەنیشک، ئانیشک.

قەلاقووچ: کەڵەکەراو، لە سەر یەک.

قەویلەن: قەبووڵە. نازت نە(لە) جەم قەویلەن.

ک

کانی کەسنەزان: کانیێک لە کەسنەزان. لە ئوستوورەی کەسنەزان خودای ئاوە. بەپێی سەردەمی چەن‌خوایی، هەر دیاردەیەک لە سروشتا خودا یاخۆ خواژنی شتێک بووە.

کانی کەسنەزان: کانیێک لە کەسنەزان.

کاکڵەمووشان: جاڵجاڵۆکە.

کل کردن: هەناردن. کلی کات: بینێرێت.

کەتن: کەوتووین. کەفتگین. **ئەم کەتن:** ئێمە کەوتووین.

کەسنەزان: کەس نازانێ کوێنەس. بە شۆنیا مەچۆ. بێژم کوێنەس کەس باوەڕ ناکات.

کەڵکەپاسار: گوێسەپان، لێواری سەر بان.

کەنیلە: کچ، کەنیشک.

کۆتەک: بچووک

کۆڵەنامەت: لە کەسنەزانا بە کەسێک ئەڵێن کە ناهەمێ و لەرزەڵێو و قوڕبەسەرە. کۆڵەخەفەت.

کین ئەم: ئێمە کێین؟

گ

گردین: گشتی. هەمووی. سەرپاکی.

گز گرتن: ئیشتیاکردنی شتێک بەبۆنەی ئەوەی کەسێکی تر ئەو کارە ئەکات یا ئەو شتە ئەخوات. (مۆزی ئەخوارد و گز گرتمی منیش دانەیک بخوەم.)

گورگانەشەو: زستان، زمسان.

گوێچکە بەل: گوێچکە شۆڕ

گیروەردە: گیرۆدە.

ل

لڤرم: ل ڤر م، ئەز لڤرم: من لێرەم.

لەبە: لەبەس، ئەوەندە.

لۆترەوانی: فرەوێژی، دەمهاری، قەوچە.

لیسک: تیشک.

م

ماساو: ماسی.

ماسناش: ڕچیا. بەستی. **ماسنای:** ڕچیان.

ماشیۆ: حەوا.

مان: وەکوو. مینس وە. مینا.

مدوو: هۆکار، هۆ. بۆنە.

مژاژۆ: تێکەڵاوی مژ. ئاڵوودەی مژ. مژئاژۆ.

مەتەشخەڵ: پەیکەر، مجەسەمە.

مەدرۆشۆ: ئەدرۆشێتەوە.

مەرەمۆ: ئەفەرمێت.

مەرگاژۆ: تێکەڵ بە مەرگ. مەرگ‌ئاژۆ.

مەستەر: کۆن، قەیمی.

مەسۆ: مەچۆ.

مەشیە: ئادەم.

مەگێلین: ئەگەڕین. **هەنێ مەگێڵین:** ئەوەندە ئەگەڕین

مەلکۆسان: لێزمەبارانێکی ڕووخێنەر.

مەلە: مەچۆ.

مەلەک‌تاووس: نوێنەری خودا لە سەر زەوی. پاتشای فریشتەکان.

مەنمانۆ: ئەنوێنێت.

میلکان: نیشتمان، خاک. وار، سەرزەوی.

مینا: میناک. مینس. جوور. وەکوو.

ن

ناچە: ئەو نانەی کە گۆشتی قوربانی تێئەنن و بەشی ئەکەن.

ناووس: نائاوس. ژنێ کە بەبێ جەستەی پیاوێک دووگیان و ئاوس ئەبێت.

نکارێ: نەتوانێت.

نمەز: نازانم

نە: لە. نە جەم دانەم بەش.

نووڕیە پیمەو: سەیری کردم. تواشامی کرد.

نووڕین/نووڕسن:تماشاکردن **نووڕیم/نووڕسم:** تماشام کرد

نۆگەکردن: دەنگی ئاوی شێر. نووزەکردنی ئاوی شێرە قەیمییەکان.

نێڤەردانۆ: ناهێڵێت. نایڵێت. ناتلێ. **ڤەردایەنە:** هێڵان

ه

هاشار: حاشار، نوقم، ون.

هامێن: تاوسان، هاوین، خوەرەتاوسان.

هاوجلووس: هاوتەمەن.

هەڕاق: پان و بەرین، گەورە، دڵباز، دڵواز.

هەڵوژانن: هەڵبژاردن. جێگەیەک بۆ خۆم هەڵوژنم: هەڵبژێرم.

هەلۆرک: بێشکە. هەلوورک.

هەنای: هەرکات.

هەنیە: عەزیز، دلۆڤان.

هەنێ: ئەقەرە، ئەوەندە، هێندە، ئەونگە.

هەوەجە: ویست، ئەبێ، ئەشێ، شتێ کە پێویستە زوو ئەنجام بدرێت.

هەیڤ: مانگ.

هوونوار: خوێن‌خوەر.

هۆر: بیر. ئاگاداری. هۆردە شەهینەو بۆد: ئاگات لە شەهین بێت.

هێسر: فرمێسک، ئەسر، ئەسرین.

هێمان: هێشتا.

و

وا: با. **گێژەوا:** گێژەبا

وار: میلکان. نیشتمان. سەرزەوی. **وارین:** نیشتمان‌پەروەر. نیشتمان‌پەرست.

وارا: باری.

وارما: وتی، فەرمووی.

واز: کراوە، باز.

واوەوریز، واوەڕێز: تایبەت.

وڵەکەت: شەکەت، ماندوو، مەنگ.

وەر: خۆر، ڕۆژ، ساجنار، خوەر.

وەرجە: پێش

وەر ژ: پێش لە.

وەرد: وەل. لەگەل. لەگەڵ. تەک.

وەرەتاو: خۆرەتاو، خوەرەتاو.

وەشی: خۆشی، خوەشی. وەشیم نەیۆنەو، خۆشیم نەدی.

وەیشت: زۆری، فرەیی، چڕی.

ویر: بیر.

ویەردە: ڕابردوو، بگردگ.

وێرسی: توانیت.

ی

یانەخراو: خانەخراو، ماڵخراو.

یانێکانێ: یانێ.

یاوام: گەیشتم.